화천골

2

화천골 2

초판1쇄 인쇄   2016년 9월 1일
초판1쇄 발행   2016년 9월 5일

지은이   과과果果
옮긴이   전정은

펴낸이   박대일
편집   이문영 · 임유리 · 신지연 · 전보라
교정   김미영
마케팅   송재진 · 임유미
디자인   박현주
일러스트   박현정

펴낸곳   파란썸(파란미디어)
출판등록   2004년 9월 14일 제313-2004-00214호

주소   04072 서울시 마포구 성지1길 32-36 합정동
전화   02.3141.5589영업부 070.4616.2012편집부
팩스   02.3141.5590
전자우편   paranbook@gmail.com
카페   http://cafe.naver.com/paranmedia
페이스북   http://www.facebook.com/paranbook

ISBN   978-89-6371-336-6(04820)
       978-89-6371-334-2(전4권)

花千骨

화천골

과과果果 장편소설 ― 전정은 옮김

2

차
례

3부

떠도는 그림자 향기 초여름을 흔들고
류광금 소리 태백산에 울리다

4부

이 내 마음 정 깊어 세상을 익히니
이 한 몸 아낌없이 차가운 연못에 던지다

花千骨

3부

떠도는 그림자 향기 초여름을 흔들고
류광금 소리 태백산에 울리다

17. 귀문이 활짝 열리다

"천골, 괜찮니?"

낙십일이 검의 속도를 늦추어 가장 뒤처진 화천골과 나란히 날았다.

"괜찮아요."

화천골은 불안하게 웃었다. 다소 긴장한 얼굴이었다. 예만천이 고개를 돌려 그녀를 노려보더니 혼자 제일 앞으로 날아갔다. 그녀는 항상 앞장서는 것을 좋아했다. 이유는 간단했다. 그래야 모든 사람들의 시선이 자신에게 쏠리기 때문이었다.

몇 년 동안 성장이 정지된 화천골과는 달리, 벌써 열아홉 살이 된 예만천은 완벽하게 성장하여 더욱 아름다워졌다. 장류산 남자 제자들은 그녀에게 미혹되어 어쩔 줄 몰랐다. 예만천은 자신의 가슴께에나 겨우 닿는 화천골을 더욱 깔보았다.

화천골은 화가 치밀었지만, 고개를 숙여 드넓은 평원같이 편편한 자신의 가슴을 바라보면 절로 탄식이 나왔다. 그러나 곧 거들떠볼 필요도 없다는 듯이 예만천을 비평했다.

'살천맥 언니의 손톱만큼도 예쁘지 않은 게, 흥!'

이번에 장류산에서 파견한 제자들은 모두 백여 명이었다. 이들은 세 무리로 나뉘어 각자 다른 방향으로 달려갔다. 천정[1]과 다른 큰 문파들도 지원군을 보냈지만 그 수는 제한적이었다. 요마들이 신기를 훔치기보다 성동격서의 계책을 쓴 것이라면, 모산의 도륙 사건 같은 일이 또다시 벌어질 수 있기 때문이었다.

윤상표는 천산파 출신이었으므로, 화석과 무청라, 그리고 다른 몇몇 제자들을 데리고 천산을 도우러 갔다. 호청구는 두 명의 장로와 일부 제자들을 데리고 장백산으로 갔다. 낙십일은 제자인 예만천과 삭풍, 경수, 운단, 화천골, 그리고 다른 십여 명의 제자까지 모두 서른 명을 데리고 태백산으로 향했다.

사실 대오에서 가장 느린 사람의 어검 속도로 계산해도, 낮에 행군하고 밤에 휴식을 취할 경우 장류산에서 바다를 넘어 태백산으로 가는 데는 고작 열흘밖에 걸리지 않았다. 지금은 8월 15일까지 한 달 정도 남았으니 이른 출발이었다.

이렇게 빨리 출발하는 주된 이유는 일행의 대다수가 너무 젊기 때문이었다. 그들 대부분이 입문 후 수행만 했지, 장류산

---

1 天庭. 하늘의 궁전.

을 벗어나 본 적이 거의 없었다. 그러니 진짜 요마를 상대해 본 적이 없는 것은 말할 필요도 없었다. 그래서 세존은 일부러 낙 십일에게 일행을 이끌고 한 달 전에 출발하도록 했다. 뿐만 아 니라 바다를 건너 육지에 닿으면 어검술을 쓰지 말고 걸어서 태백산으로 가라고 했다. 가는 동안 세상 돌아가는 것을 살펴 보고 견문을 넓히는 한편, 요마를 베어 조금이나마 경험을 쌓 게 하기 위해서였다.

드디어 놀 기회가 생겼다고 생각한 화천골은 처음에는 무척 기뻐했다. 그런데 떠나기 전에 사부가 천수적을 봉인하며, 외 부의 보호에만 의지하지 말고 직접 요마를 상대해 보라는 명을 내렸다. 그 결과 예전처럼 몸을 짓누르는 압력과 속박이 되살 아났고, 몸 주위로 무언가가 자꾸만 맴도는 느낌이 들었다. 손 을 갖다 대기만 해도 꽃과 풀이 시꺼멓게 말라 버렸고, 장류산 의 나무 요정들은 그녀를 보면 피하기 바빴다.

하지만 그것은 시작에 불과했다. 나이가 들면서 그녀의 어 두운 기운은 더욱 짙어졌고, 장류산을 떠난 지 얼마 되지 않아 으스스한 바람이 그녀의 발치에서 계속 맴돌았다. 화천골은 울고 싶었다. 사부는 그녀를 요괴들의 입 안에 던져 준 것이나 다름없었다. 그녀는 귀신이 제일 무서웠다. 수행을 시작한 것 도 귀신을 피하기 위해서였는데, 결국은 피할 수 없게 되고 말 았다.

일행은 기세도 드높게 육지에 도착하여, 아무도 없는 곳에 내려 고된 여정을 시작했다. 선계의 규칙은 엄했다. 일반인과 싸우더라도 부득이한 때가 아니면 법술을 쓸 수 없었다. 그래서 일행은 강호 문파의 제자로 꾸미고 보란 듯이 거리를 지나갔다.

거리에는 눈을 뗄 수 없는 온갖 새로운 것들로 넘쳐났다. 화천골은 길을 가다가 아무도 안 볼 때면, 흥분해서 노점상 옆으로 비집고 들어가 갖가지 장난감들을 구경했다. 낙십일이 아무 제지도 하지 않아 궁금한 마음에 돌아보니, 그 역시 사람 모양으로 만든 설탕 과자를 파는 노점상 옆에 서 있었다. 그의 어깨에 앉은 당보도 흥분한 얼굴로 손오공 흉내를 내며 꼿꼿하게 섰다.

설탕 과자를 파는 노인이 그 모습을 본떠 과자 두 개를 만들어 주었다. 낙십일은 남몰래 법술로 설탕 과자를 굳힌 다음 영원히 간직할 요량으로 품에 잘 감추었다. 다른 하나는 만들어지기 무섭게 당보가 "야호!" 하고 소리를 지르며 한입에 머리를 먹어 치웠다. 그리고 과자를 사 준 낙십일이 고마웠던지, 설탕 과자를 그의 입 쪽으로 내밀며 말했다.

"십일 사형, 맛 좀 볼래요?"

낙십일은 과분한 호의에 어쩔 줄 몰라 했다. 그는 한 입 베어 물다가 다 먹어 치울까 봐 조심스레 핥기만 했다.

"달달하죠?"

"그래, 무척 달구나!"

낙십일은 감격에 겨워 눈물을 줄줄 흘렸다. 이 모습을 본 예만천이 저팔계의 머리를 와작 베어 물더니, 거칠게 바닥에 집어던졌다.

"맛없어! 이런 걸 어떻게 먹는담!"

화천골은 할 말을 잃고 하늘을 향해 길게 한숨을 쉬었다.

'평소에는 어른스럽고 진중한 십일 사형이, 어째서 당보 앞에서는 완전히 다른 사람이 되어 버리는 걸까?'

설탕 과자 노인이 애벌레가 어떻게 말을 하나, 혹시 헛것을 보았나 하며 한참 동안 어리둥절해하는 사이 일행은 사라져 버렸다.

경수는 막 산 연지분을 들고 신이 나서 달려와 화천골에게 구경시켜 주었고, 운단은 어린아이처럼 팔랑개비를 들고 이리저리 뛰어다녔다. 그 모습을 본 화천골이 기막혀 하고 있는데, 갑자기 눈앞에 허연 얼굴이 불쑥 나타났다. 화천골은 깜짝 놀라 옆에 있는 나무를 끌어안았다.

'으앙, 백주대낮에 귀신이 나타났어!'

하지만 자세히 보니, 다름 아닌 경극용 대화검[2]이었다. 삭풍이 어슬렁거리다가 하나 주워 와서, 놀래 주려고 얼굴에 쓴 채 돌아섰던 것이다.

"대체 가면을 몇 개나 쓰는 거야?"

화천골은 작은 주먹을 휘두르며 분개했다.

저녁이 되자 일행은 작은 주막에서 밥을 먹었다. 비용은 장

---

2 大花臉. 경극에서 거친 성격의 남자를 표현하는 가면으로, 하얀 얼굴에 색깔 물감으로 그림을 그린 모양.

류파의 공금으로 처리하는데다 낙십일이라는 봉이 있었기 때문에, 모두들 사양하지 않고 상다리 부러지게 주문하고 신나게 먹었다. 낙십일 자신조차 일행이 경험을 쌓으러 나온 건지, 놀러 나온 건지 헷갈렸다. 하지만 당보가 무척 즐거워하니 아무래도 상관없었다.

본래는 잔뜩 들떠 있던 화천골은 자꾸 눈앞에 나타나는 이상한 장면들 때문에 놀아도 재미가 없고 먹어도 맛을 알 수가 없었다. 그래서 내내 하늘을 보고 걷기만 했다.

'안 보인다, 안 보인다, 나는 아무것도 안 보인다.'

배불리 먹고 마신 사람들은 즐거운 마음으로 각자의 방에 들어갔다. 화천골은 경수에게 같은 침대에서 자자고 졸라 댔다. 당보는 이번에도 자기만의 작은 집에서 잠들었는데, 목에는 낙십일이 사 준 가느다란 은반지를 목걸이처럼 걸고 있었다.

화천골이 웃으며 말했다.

"십일 사형이 밧줄만 안 달았을 뿐이지, 당보를 강아지 끌듯 데리고 갈 수 있겠는걸."

잠들기 전, 화천골은 진법을 펼치고 문 밖에 재를 잔뜩 뿌린 다음에야 겨우 안심하고 잠들었다.

그 후로는 가는 길에 마을이 전혀 없어 임시로 산속에서 잠시 쉬곤 했는데, 무척 불편했다. 일행은 서두르기 위해 대부분 인적이 드문 산길을 택했다. 이론대로라면 잡요괴들은 그들의 몸에서 나오는 기운을 느끼고 피해 가야 마땅했다. 하지만 이상하게도 요마와 야수 같은 흉악한 무리들이 겁도 없이 차례차

14

례, 끊임없이 그들을 습격해 왔다. 죽여도 죽여도 끝이 없었다.

화천골은 하늘을 바라보았다.

'나는 모르는 일이야. 난 몰라, 아무것도 몰라.'

일행은 너나 할 것 없이 기진맥진했다. 밤이 되었지만 푹 잘 수도 없었다. 귀신이나 요괴들이 계속 나타나 소란을 피우는 통에, 진을 치랴, 혼을 잡으랴, 피곤해 죽을 지경이었다.

다른 사람들은 이 모든 일의 원인이 화천골이라는 것을 몰랐으나 낙십일은 알고 있었다. 이제야 사부가 일찍 출발하게 한 이유와 화천골을 데리고 가게 한 저의를 알 수 있었다. 이렇게 계속 싸우면서 태백산까지 간다면, 일행의 실전 능력이 늘지 않는 것이 오히려 이상했다.

밤에 오래 길을 가면 늘 귀신을 만났는데, 항상 위험하고 강한 귀신이었기 때문에 고전을 치러야만 했다. 화천골은 고된 여정과 밤낮 없는 시련에 습관이 되었지만, 곱게만 자란 예만천은 이렇게 고생을 해 본 적이 없었다. 그녀는 언제나, 바닥이 딱딱해서 잘 수가 없다느니, 날씨가 너무 춥다느니, 먹을 것이 너무 맛이 없다느니 하며 투덜댔다.

더욱이 당보가 늘 낙십일 곁에 딱 붙어 웃음꽃을 피우고 있으니 더욱 화가 났다. 본래 그녀는 어렵사리 장류산을 나왔으니 낙십일과 좋은 감정을 쌓을 기회라고 생각하고 있었다. 그런데 낙십일이 저 멍청한 애벌레에게만 푹 빠져 있을 줄이야. 정말이지 저 벌레를 납작하게 짓밟아 버리고 싶었다!

며칠이 지나자 일행에게서는 처음 길을 나섰을 때의 원기 왕성하던 모습은 찾아볼 수 없게 되었다. 그들은 눈꺼풀을 축 늘어뜨린 채 묵묵히 걸으며, 갑자기 요마가 나타나지 않는지 주위를 경계하기만 했다. 처음 요마를 만났을 때에는 약간 두려워하며 갈팡질팡했지만, 이제는 무 뿌리라도 베듯 아무렇지도 않게 검을 휘둘렀다.

화천골은 온몸에 식은땀이 나며 뭔가 나쁜 일이 생길 것 같은 직감이 들어 경수에게 물었다.

"오늘이 며칠이니?"

경수는 몸을 부르르 떨더니 금세 안색이 창백해졌다.

"7월 14일. 내일이 귀신절이니 귀문鬼門이 활짝 열리겠구나. 흑……."

"얌전히 잠들었다가 짐이나 쌀 것이지, 귀신처럼 어딜 가는 거야?"

나무 위에서 망을 보던 삭풍이 우습다는 듯이 그녀를 바라보았다.

화천골은 몸을 부르르 떨더니, 황급히 둘째손가락을 입으로 가져가 "쉬잇!" 했다.

"그 단어는 빼!"

"무슨 단어?"

"귀신이란 단어 말이야!"

그녀는 말해 놓고 아차 싶어, 입을 틀어막으며 주위를 둘러보았다. 당장이라도 귀신이 튀어나오기라도 하는 것처럼.

"혼자 빠져나가려고? 그 털북숭이 벌레도 안 데리고?"

"당보는 털북숭이 벌레가 아니야! 당보를 데려갔다가 위험해질까 봐 그래. 여기 있으면 십일 사형과 경수가 잘 돌봐 줄 거야."

"혼자서 어딜 갈 생각이야?"

"모산에. 여긴 모산에서 멀지 않으니 2, 3일이면 갈 수 있어. 십일 사형한테는 편지를 써 놨어. 어쨌든 난 잠시 동안 사람들과 떨어져 있어야 해. 귀신절의 사태를 피해야 한다고. 때가 되면 다시 편지를 써서 합류할게. 안 그러면 모두들 나 때문에 피해를 볼 거야. 그나저나 올해 귀신들은 왜 점점 강해지는지 몰라! 비록 법술을 조금 할 줄 아는 사람들뿐이지만, 어쨌거나 십일 사형은 반선이라고 할 수 있을 만큼 법력이 높잖아. 그런데도 그 녀석들은 조금도 겁내질 않아!"

"알았어. 잘 가."

삭풍은 가느다란 나뭇가지 위에 누웠다. 바람에 가지가 좌우로 요동쳐 마치 그네를 타는 것 같았다.

"응?"

뜻밖에도 그가 시원스레 대답하자 화천골은 오히려 더 이상했다. 그녀는 손을 휘저으며 고개 한번 돌리지 않고 말했다.

"안녕. 떨어지지 않게 조심해."

그 말이 끝나기 무섭게 삭풍이 누워 있던 가지가 뚝 소리를 내며 부러졌다. 그는 황급히 몸을 뒤집어 다른 가지 위로 옮기며 그녀를 노려보았다. 화천골은 자포자기한 얼굴로 하늘을 바라보았다. 정말 고의는 아니었다.

'아마 약한 가지였겠지.'

화천골은 혼자서 어둠 속을 더듬으며 나아갔다. 수시로 숲속에서 귀신 울음소리와 늑대의 울부짖음이 들려왔다. 개 가죽 바람막이가 무척 그리웠다.

'이럴 줄 알았으면 가져왔을 텐데.'

그랬다면 마음이 조금 편했을 것이다. 그녀는 오른손으로 단념검의 자루를 꼭 쥐고, 왼손에는 염주를 들었다.

'으흐흑! 장류산에 있는 동안은 염주를 쓸 일이 없었고, 절에 염불하러 간 적도 없었어. 이렇게 곰팡이가 슬었는데, 영력이 남아 있기나 할까 몰라.'

검에 매단 궁령이 걸음을 옮길 때마다 딸랑거렸다. 이런 깊은 밤은 본디 허망하고 공포스러워야 마땅하지만, 어쩐지 그렇게 두렵지는 않았다. 마치 사부가 곁에 있는 것 같았다.

멀리 둥실거리던 도깨비불들이 그녀의 기운을 감지한 듯 천천히 그녀를 향해 날아왔다. 이어서 점점 더 많은 도깨비불이 그녀 주위에 모여, 거대한 불덩이를 이루며 그녀를 에워쌌다. 주변 나무들이 빠르게 말라붙었다. 그녀는 갑자기 오싹 한기가 들었다. 머리칼과 눈썹이 얼어붙기 시작했다.

'아아, 이제 죽었구나, 죽었어. 도깨비불로 이런 장관을 만들 수 있는 사람은 나밖에 없을 거야.'

이렇게 두었다가는 피와 내장이 금방 냉기에 얼어붙을 것이다. 화천골이 속으로 구결을 외자 손바닥에서 물 한 줄기가 솟아나 앞에 있는 도깨비불을 꺼뜨렸다. 하지만 그녀가 사용할 수 있는 진수眞水는 이것뿐이었다. 그녀는 냅다 달아나기 시작했다. 도깨비불들이 강물처럼 그녀의 뒤를 다급히 쫓아왔다. 화천골은 울고 싶었지만 눈물이 나오지 않았다.

훌쩍 몸을 솟구쳐 공중에서 위로 올라갔다 아래로 내려갔다 하며 움직이자 수많은 도깨비불들도 그녀를 따라 위아래로 요동치며 은하수처럼 길디긴 곡선을 그렸다. 몹시 보기 좋은 광경이었다. 하지만 지금 화천골은 이 아름다운 광경을 즐길 기분이 아니었다. 저 앞에 강물이 나타나자 그녀는 곧장 물속으로 뛰어들었다.

화천골은 강물 깊숙이 가라앉아 호흡을 멈추고 볼품없는 개헤엄을 시작했다. 물속에도 도깨비불이 몇 개 있었지만 뭍보다는 훨씬 적었다. 도깨비불들은 낮은 수온 때문에 화천골의 존재를 감지하지 못하고 물속에서 이리저리 떠 다녔다. 그 모습이 마치 반짝이는 별 같았고, 물속은 끝없이 펼쳐진 밤하늘 같았다.

화천골은 드디어 안심하고 강가로 힘껏 헤엄쳐 갔다. 그때 순간적으로 눈앞에 허연빛이 번쩍했는데, 정신 차리고 바라보니 사라지고 없었다.

'뭐지?'

화천골은 좌우를 살폈다. 가슴이 서늘해서 황급히 속도를 올려 헤엄을 쳤다. 코가 간질간질하며 재채기가 나올 듯 말 듯 했다.

'코 안에 뭐가 들어갔나?'

손으로 훑어 보니, 기다란 흰 머리칼이었다. 그걸 보자 온몸에 소름이 끼쳤다.

'흰 머리칼? 내 건 아닌데.'

암초를 돌아가자, 해초같이 둥둥 떠 있는 흰 머리칼이 얼굴을 덮쳤다. 수많은 머리칼이 코로 들어와 숨을 틀어막았다. 눈을 똑바로 뜨고 보니 커다란 머리 하나가 보였다. 얼굴 전체가 퉁퉁 불어 허옇게 문드러졌다. 하얀 이가 쉴 새 없이 딱딱거리며 화천골을 향해 킥킥 웃었다. 터질 것처럼 반쯤 튀어나온 눈은 물에 불어 두 배는 커져서, 눈구멍 안으로 밀어 넣을 수도 없을 것 같았다. 콧구멍에는 구더기가 들끓었다. 꼬물거리는 구더기들의 모습이 정말이지 토할 것 같았다.

화천골은 너무 놀라 눈을 질끈 감고, 죽어라고 위로 헤엄쳐 올라갔다. 하지만 흰 머리칼이 점점 더 숨을 막았다. 법술 구결 따위는 이미 머릿속에서 까맣게 사라졌다.

갑자기 뭔가가 그녀의 다리를 끌어안았다. 고개를 숙여 보니 머리 없는 여자 귀신의 몸이 그녀를 붙잡고 자꾸 아래로 끌어당기고 있었다. 화천골은 숨이 막혀 꾸역꾸역 물을 먹었다.

'이젠 정말로 끝이야! 이 귀신에게 잡아먹히거나 물에 빠져 죽겠지. 으아앙! 좋아. 익사하면 나도 귀신이 되어 복수할 거야!'

당황해서 발버둥 치던 화천골은 문득 단념검을 찾아 쥐며 진정하려고 애썼다. 생각을 하기 무섭게 단념검이 검집에서 나와 여자 귀신의 하얀 머리칼과 양손을 잘랐다. 화천골은 오른손으로 단념검을 쥔 채, 왼손으로는 물을 부려 여자 귀신에게 물 공격을 퍼부었다. 그리고 물의 역추력을 빌려 단념검을 타고 위로 솟구쳐 올라가 뭍에 도착했다.

그녀는 콜록거리며 물을 뱉어 냈다. 물속에 조금만 더 있었더라면 숨이 막혀 죽었을 것이다. 고개를 들어 보니 도깨비불들이 또 모여들기 시작했다. 그녀는 힘없이 한숨을 내쉬었다.

"사부님, 제가 일부러 명을 어기고 어검술을 쓰는 건 아니에요. 여기서 그걸 안 쓰면 사부님께서는 다시는 이 예쁘고 사랑스러운 제자를 못 보실 거라고요!"

그녀는 망설이지 않고 단념검 위로 뛰어올랐다. 단념검은 번개처럼 빠른 속도로 희끄무레한 점이 되어 사라졌다.

화천골은 밤새 들볶이느라 무척 피곤했다. 자시[3]가 이미 지나 귀신절이 되었다. 귀문이 열려 귀신과 괴물들이 점점 많아지고 있었다. 죽으라는 말이었다!

화천골은 반나절을 헤매다 산등성이에서 무너진 사찰 하나를 발견하고 쉬러 들어갔다. 하지만 겁이 나서 바닥에 자리를 잡지 못하고, 대들보 위로 올라가 잠을 청했다. 그러다 운은이 가르쳐 준 모산 법술이 생각나, 향이 타고 남은 재를 물에 섞어 대들보 위에 부적을 잔뜩 그렸다. 그리고 진기를 소모시켜 몸

---

3 子時. 밤 11시에서 새벽 1시.

주위로 은백색의 결계를 쳤다. 이렇게 하면 최소한 기운을 가릴 수 있어서 일반적인 귀신은 그녀를 볼 수 없었다.

요마를 물리치는 것으로 유명한 모산파의 장문인이 잡귀 몇몇 때문에 이렇게 낭패한 꼴이 되었다는 것을 알면 사람들은 큰 소리로 웃어 댈 것이다. 하지만 그녀는 귀신을 만나면 침착해질 수가 없었다. 놀라서 다리가 풀릴 지경인데 무슨 수로 귀신을 잡는단 말인가!

정신이 몽롱했지만 두려움에 겨우 선잠을 자고 있는데, 갑자기 싸우는 소리가 들려왔다.

'이런 황량한 곳에 어떻게 사람이?'

화천골은 슬쩍 실눈을 뜨고 살펴보았다. 그때 밖에서 잘린 팔다리가 날아드는 바람에 기겁을 했다.

'젠장! 사람에게는 얼굴이 필요하고, 나무에게는 껍질이 필요한 법이라고 했어. 귀신이 된 것만 해도 대단한데, 너무 심한 거 아냐! 좀 더 정상적이고 멋진 모습으로 나타나면 안 되겠니? 늘 팔이 잘리거나 다리가 잘린 모습이라니! 놀랐잖아!'

화천골은 몸을 부들부들 떨면서, 소리를 지르지 않으려고 소맷자락을 꽉 물었다. 귀신 둘이 사찰로 날아들어 쉬는 중이었다. 그러나 쉬는 것은 그들의 몸과 머리뿐, 그들의 네 팔과 네 다리는 공중에서 혼전을 벌이며, 신나게 주먹과 발길질을 주고받았다.

귀신 중 하나는 붉은 얼굴에 뿔을 단 소머리였고, 다른 하나는 날카로운 이를 가진 해골이었다. 팔다리도 없이 앉아 있는 모습이 사람 돼지[4] 같아 몹시 무시무시했다.

여덟 개의 팔다리는 공중에서 혼전을 벌였지만 한참 동안 승부를 내지 못했다. 그러자 소머리가 하품을 하며 고개를 저었다.

"관두자, 관둬. 귀신절마다 나와서 너와 싸우지만, 몇 년을 싸워도 승부가 나지 않으니 하나도 재미없어!"

그러자 그의 팔다리가 알아서 그의 몸으로 되돌아왔다.

"그럼 뭐 할 거야?"

해골도 팔다리를 거둬들이며 물었다.

"다른 방법으로 대결하는 건 어때?"

"무슨 방법?"

소머리는 경멸하듯 해골을 흘끗 바라보았다.

"오늘은 음악으로 대결하자. 왜, 겁나냐?"

"좋아, 딱 마음에 든다!"

소머리가 품에서 퉁소 하나를 꺼냈다. 쇠로 만든 것도 아니고 나무로 만든 것도 아닌 퉁소로, 먹처럼 새까맸고 광택이 전혀 없었다. 화천골은 눈을 반짝 빛냈다.

'오인소烏咽簫다!'

《칠절보》의 악보에 실린 유명한 퉁소였다. 이 퉁소는 저음이 무척 깊고 고음은 무척 맑아 특이한 소리를 내는데, 보통 사람

---

4 人彘. 한 고조 유방의 여 황후가 유방 사후 연적이던 척 부인의 팔다리를 자르고 눈을 뽑아 측간에 던져 넣고 '사람 돼지'라고 부른 것을 말함.

은 다루기 어렵다고 했다. 그런데 어쩌다 저 소머리의 손에 들어갔을까? 아무래도 일부러 준비해 온 것 같았다.

소머리가 퉁소를 불기 시작했는데, 뜻밖에도 우둔해 보이는 얼굴과는 달리 손가락은 날렵했다. 퉁소는 공포에 질린 여자의 비명 소리 같은 높고도 독특한 소리를 길게 뽑아냈다. 그 날카로운 소리가 화천골의 고막을 찢고 주변 10리 안에 있는 귀신들을 깜짝 놀라게 했다.

화천골은 황급히 공력을 써서 마음이 흐트러지지 않게 했다. 퉁소 소리는 차차 가라앉아 마치 호수 위 어슴푸레한 안개처럼 그윽해졌다. 음조도 부드러워 산을 휘감아 도는 물길처럼 고요한 느낌을 주었다. 편안하면서 초탈하고, 고요하면서 차분했다. 화천골의 마음도 갑자기 구름 위로 날아올랐다.

그런데 퉁소 소리가 갑자기 바뀌어 흐느끼듯 원망하는 소리를 내자 화천골의 마음은 참을 수 없을 만큼 슬퍼졌다. 해골은 냉소를 터트리더니, 갑자기 입을 쩍 벌리고 석 자 길이의 혀를 내밀었다. 입 안에서 작은 새 한 마리가 튀어나와 해골의 혀끝에 앉았다. 새는 헛기침을 하더니 놀랍게도 여자의 목소리로 퉁소 소리를 따라 노래하기 시작했다.

밝은 달 누각에 걸렸네. 지는 꽃은 수놓은 듯하고, 술은 잔에 반쯤 남았네. 퉁소 소리에 사람은 마르고…….

그 목소리는 너무나도 감상적이고 한스러웠다. 하지만 그

소리가 바로 새의 입에서 나오고 있으니 몹시 괴이하고 무시무시한 광경이었다. 화천골은 온몸에 소름이 쫙 끼쳤다.

귀신들은 나란히 연주하고 노래했다. 퉁소 소리는 점점 더 맑아지고 노랫소리는 점점 더 높아졌다. 퉁소 소리는 갈수록 애절해지고 노랫소리는 갈수록 슬퍼졌다. 화천골의 마음도 끊임없이 오르락내리락해서 더는 들을 수가 없었다. 그녀는 황급히 귀를 틀어막았다.

격렬한 싸움 속에서 칼 빛이 은은히 번쩍이고 살기가 모락모락 솟아올랐다. 뜻밖에도 소머리의 입에서 피가 흐르기 시작했다. 피가 새까만 퉁소를 따라 뚝뚝 떨어지고, 소리는 점점 더 이상해졌다. 반면 해골의 입에서는 더욱 많은 새들이 튀어나와 사찰 구석구석을 가득 채웠다. 수많은 새들이 합창을 하며 소머리의 퉁소 소리에 맞섰다.

마침내 소머리가 신비한 퉁소 덕에 우세를 점했다. 퉁소가 마지막으로 날카로운 소리를 내며 예리한 검처럼 해골을 찌르자, 순간, 수백 마리 새들의 심장이 한꺼번에 터지며 새빨간 피가 사방으로 튀었다. 화천골의 머릿속에도 굉음이 터지며 진기가 흩어졌다. 그녀는 대들보에서 콰당 하고 바닥으로 떨어지고 말았다.

순간, 세 명 모두 어리둥절했다. 셋은 한동안 영문을 몰라 멀뚱히 서로를 바라보았다. 화천골은 속으로 비명을 질렀다.

'이제는 정말 귀신에게 잡아먹히고 말 거야!'

주변은 온통 새의 사체들이 널려 있어서 구역질이 났다. 그녀는 구토를 억지로 참으며, 이번에는 정말 달아날 길이 없음을 깨달았다. 1대 2로 싸우면 그들의 상대가 되지 못할 것이 분명했다.

다행히 두 귀신은 원한에 사무쳐 사람만 보면 물려고 덤비는 저급한 귀신들이 아니었다. 엄포를 놓아 겁을 주면 살아날 수 있을 것도 같았다. 그래서 그녀는 눈을 크게 뜨고 소리쳤다.

"빌어먹을, 누가 감히 이 신선 나리의 단잠을 깨우느냐!"

귀신들은 그녀의 엄포에 당황했다. 그냥 털이 보송보송한 어린 여자아이 아닌가? 많아 봤자 열두세 살 정도로 보였고, 냄새도 아직 사람 같은데, 눈에 뵈는 게 없는 듯 시비를 거는 것이었다.

"우리가 여기서 대결하는데, 어디서 너 같은 꼬마 계집이 튀어나와 수작이냐. 우리 흥을 깨뜨리다니, 먹어 치우자, 먹어 치워!"

대결에서 져 화가 난 해골은 마침 화풀이할 곳이 필요하던 차였다. 그런데 화천골이 선수를 쳤다. 단검이 쐐액 하고 날아가 해골의 손을 잘라 버린 것이다.

두 귀신은 순간적으로 아연실색했다. 화천골이 너무 어려 보여 전혀 경계하지 않고 있었는데, 갑자기 보랏빛 광채가 번뜩이며 한기가 일어나 방어할 수가 없었던 것이다. 덕분에 화천골의 기습은 성공했다.

해골은 자기 팔이 바닥에서 팔딱거리는 것을 보고 황급히 주워 붙였다. 이마에 식은땀이 송골송골 솟아났다.

"이 신선 나리를 먹으려 들다니, 이제 살기가 귀찮은가 보구나! 한 번 더 불손한 말을 하면 혼이 쏙 빠질 때까지 혼내 주겠다!"

소머리는 눈앞의 어린아이가 꽤 솜씨가 있는 모양이라고 생각했다. 물론 도행이 어느 정도인지는 알아볼 수 없지만, 저 선검仙劒은 상고시대의 뛰어난 보물이었다. 그는 저도 모르게 공손한 태도로 말했다.

"귀하께서는 어느 신선이십니까? 방금의 무례는 부디 용서해 주시지요."

다리가 풀려 더 이상 서 있을 수가 없던 화천골은 제단 위에 앉으며 한쪽 다리를 탁자 위에 턱 올려놓았다.

"진작 그래야지. 사람이라면 무릇 예의가 있어야 하고, 귀신이라면 무릇 너무 패악을 부리면 안 된다고 너희 부모가 가르쳐 주지 않았느냐? 이 몸은 바로 모산파 장문 화천골이다!"

그 말이 떨어지자 사찰 안은 쥐 죽은 듯 조용해졌다. 모산파는 귀신을 잡고 요물을 물리치는 것으로 유명해 요마들이 가장 꺼렸다. 그런데 이 조그마한 계집아이가 모산파 장문이라고 자칭하다니, 도무지 믿을 수가 없었다.

해골은 배를 잡고 큰 소리로 웃어 댔다. 얼마나 웃었는지 이가 빠져 바닥에 툭 떨어졌는데, 바닥에서도 딱딱거리며 흔들렸다. 그는 재빨리 이를 주워 입에 끼워 넣었다.

'아무래도 몸 일부를 빼서 장난치는 것은 그만 해야겠군. 애들이 말을 안 듣고 제멋대로 빠지잖아.'

화천골은 신발을 벗어 해골의 얼굴로 집어던지며 흉악하게 말했다.

"어디서 킬킬대느냐! 이게 뭔지 모르겠느냐?"

소머리와 해골이 황급히 다가갔다. 화천골이 손바닥을 뒤집자 새하얀 궁우 하나가 나타났다. 동시에 그녀의 미간에서도 빨간색 장문인의 표식이 반짝였다. 두 귀신은 깜짝 놀라 즉시 바닥에 엎드렸다.

"아이고, 소인들이 눈이 있어도 태산을 알아보지 못했습니다요. 모산 장문인께 인사 올립니다요!"

"흠, 착하구나. 일어나라."

화천골은 다리를 꼬며 속으로 만족스러워했다.

'헤헤, 이렇게 하면 되는 거였어. 장문인 표식을 달고 다니는 것도 꽤 좋은 일이구나.'

소머리가 말했다.

"모산 장문인께서 이, 이렇게 젊으실 줄은 몰랐습니다요……. 참으로 전도유망하시군요!"

화천골은 자기가 너무 어려 두 귀신이 완전히 믿지 않는다는 것을 알고 진기를 끌어올렸다. 순간 강렬한 빛이 몸에서 솟아나 몇 장 밖으로 퍼져 나갔다. 두 귀신은 놀라 다시 한 번 바닥에 엎드렸다.

"봤느냐! 이 장문인은 백 살이 넘었고, 일찍이 선인의 몸이 되었다. 내가 이렇게 젊고 예쁜 모습을 하는 것이 좋다는데, 너희가 무슨 상관이냐!"

'히히, 백 년의 법력이 있다는 것은 사실이잖아. 쓸 수가 없어서 그렇지!'

귀신들은 힘껏 머리를 끄덕이며, 공손하게 바닥에 바짝 엎드려 연신 말했다.

"저희들은 귀신절을 맞아 지하에서 나왔는데, 음악 솜씨를 겨룬다는 것이 그만 장문인의 휴식을 방해했을 줄은 몰랐습니다요. 정말 죽을죄를 지었습니다요. 하지만 저희들은 한 번도 세상 사람들을 해친 적이 없으니 은혜를 베풀어 주십시오, 장문인!"

화천골은 고개를 끄덕이며 엄숙하게 말했다.

"나도 귀신을 잡으러 나온 것이 아니라 잠시 지나던 길이었을 뿐이다. 왜 이렇게 시끄럽나 했더니 음악을 겨루었다고! 그래, 대결의 결과는 어떻게 되었느냐? 누가 이겼지?"

소머리가 자랑스레 나섰다.

"소인이 이겼습니다요, 장문인."

"이기면 어떻게 되지?"

"이긴 쪽이 진 쪽에게 명령을 내리며 소처럼 부리게 됩니다요."

화천골은 소머리를 흘끗 보았다.

'소는 자기 자신 아냐?'

"비록 네게 졌지만 너보다 음악성이 떨어지지는 않더구나. 네가 악기의 힘으로 득을 봤을 뿐이다. 그 오인소는 기악선嗜樂仙이 애첩 만향挽香을 위해 만든 것이다. 만향이 죽은 후 그 퉁소는 행방이 묘연해졌지. 전설에 따르며 그 퉁소는 만향과 기악선의 피를 머금어 영력이 충만하고 불길한 기운이 있으며, 그 소리는 귀신에게까지 통한다고 했다. 그러니 이 대결은 불공평하다."

해골은 그녀가 자기편을 들자 흥분해서, 길쭉한 혀를 입 밖으로 내밀었다가 돌돌 말아 다시 빨아들였다. 소머리는 퉁소의 내력을 간파한 그녀에게 더욱 감탄하여 연신 고개를 끄덕였다.

"장문인의 말씀이 옳습니다요."

"나와 시합하겠느냐? 네가 이기면 기악선이 쓴 《오야가五夜歌》 악보를 주겠다."

그 말을 들은 소머리는 눈을 구리 방울처럼 둥그렇게 떴다. 그는 퉁소를 무척 좋아하여 갖은 방법을 동원하여 이 퉁소를 얻었다. 그런데 만일 신비하기로 유명한 그 악보까지 얻을 수 있다면 천지신명께 감사할 일이었다. 그래서 그는 고개를 주억거리며 말했다.

"그럼 소인이 지면요?"

"네가 지면 네 동료와 했던 것처럼 내 명을 따르고, 소처럼 부림을 받는 것이다. 그 말인즉슨, 네가 지면 너희 두 사람은 모두 내 부하가 되는 것이지. 공평하지 않느냐?"

"네네, 좋습니다요!"

그들은 고개를 끄덕였다. 소머리는 퉁소의 악보를 얻기 위해서였고, 해골은 물론 화천골이 대신 화풀이를 해 주기를 바라서였다. 게다가 더 강한 사람의 부하, 그것도 모산파 장문인의 부하가 되는 것이 좀 더 위엄이 설 테니까!

"좋다!"

화천골은 장난기가 일어 속으로 중얼거렸다.

'사부님이 가르쳐 주신 것을 제대로 써 본 적이 없었는데, 이 참에 시험이나 해 봐야지.'

이 귀신들은 솔직하고 시원시원해서 두려움은 사라지고 오히려 흥미가 일었다.

화천골이 금을 떠올리자, 예전에 사부에게 금을 배우기 위해 금방에서 골랐던 영기금靈機琴이 허정에서 나와 그녀의 손에 들어왔다.

"그럼 시작!"

진기만으로는 상대만큼 오래 버틸 수 없으므로 속전속결해야 했다. 때문에 소머리의 퉁소 소리가 울리기 무섭게 화천골은 금을 살짝 퉁긴 다음 점점 더 빠르게 현을 쓸었다. 그녀는 조금 전 소머리와 해골의 시합을 보았기 때문에 그 퉁소 소리의 허점을 손바닥 들여다보듯 훤히 꿰뚫고 있었다. 게다가 소머리는 이미 그 전 시합에서 피를 토하며 연주했기 때문에 내력이 채 회복되지 않은 상태였다.

화천골의 연주는 곡조가 전혀 없어 음악이라고 할 수도 없었다. 마치 담벼락이 무너지고, 들짐승이 울어 대고, 칼과 창이 부딪히는 소리 같아서 도저히 들을 수가 없었다. 해골은 귀를 떼어 내어 품에 단단히 숨겼지만, 그래도 견딜 수가 없어 앉아서 호흡을 가다듬었다. 화천골이 마지막으로 현을 쓸자, 쇠와 돌이 부딪히는 것 같은 금 소리가 오인소에 흘러들어 구멍을 틀어막았다. 오인소는 더 이상 소리를 낼 수 없게 되었다.

"제가 졌습니다요. 앞으로는 장문인이 시키시는 대로 하겠습니다요."

소머리가 울적하게 고개를 숙였다. 솜씨가 부족하여 졌으니 깨끗이 승복할 수밖에 없었지만, 악보를 놓친 것이 못내 아쉬웠다. 해골은 무척 기뻐하며 화천골에게 절을 했다. 소머리의 하인이 되는 것을 간신히 피했기 때문이다. 그렇지 않았다면 어디 가서 얼굴도 들지 못했을 것이다.

화천골은 내력과 진기가 많이 상했지만 무척 기뻤다. 그녀는 영기금을 넣고, 허정에서 두 권의 책을 꺼내 한 권은 소머리에게, 다른 한 권은 해골에게 건넸다.

"너희는 이제 내 사람이 되었으니, 소홀히 대할 수야 없지. 이 《오야가》와 《성성읍聲聲泣》을 가져가 천천히 익히도록 해라!"

두 귀신은 흥분하고 감격하여 그녀에게 절을 하고 또 했다.

"참, 아직 너희들의 출신과 이름을 안 물어봤구나!"

소머리가 대답했다.

"저와 이 친구는 모두 지하 관아의 심부름꾼입니다요. 너무 오래 그렇게 살다 보니 번호만 알지, 이름은 잊어버렸습니다요. 장문인께서 부르기가 어려우시면 아무렇게나 이름을 지어 주시면 됩니다요."

화천골은 웃으며 말했다.

"좋다. 그럼 너는 소홍小紅, 너는 소백小白이라고 부르자."

두 귀신은 당황해 민망한 표정을 지었다. 아무리 그래도 악귀인데 그렇게 귀여운 이름을 지어 주다니, 남들이 들으면 체면이 서지 않을 것 같았다. 하지만 주인이 지어 준 이름이니 그냥 두는 수밖에 없었다. 어쨌거나 그들에게도 드디어 이름이 생긴 셈이니까. 그런 생각에 두 귀신은 기뻐하며 대답했다.

"이름을 지어 주셔서 감사합니다요, 장문인."

"흐흐, 뭘 그런 걸 갖고. 귀신문은 이레 동안 열린다던데, 맞느냐?"

"그렇습니다요."

"내 요구는 그리 어렵지 않다. 이레 동안 내 곁에 숨어 있으면서 요괴나 잡귀들이 감히 나를 귀찮게 하려고 하면 나 대신 모두 쫓아 버려라."

"자신 있습니다요. 저희들을 보고 감히 방자하게 굴 잡귀들은 없으니까요. 안심하십쇼, 장문인!"

"잘됐구나. 한 번의 수고가 평생을 편안하게 해 주는군. 하하하하!"

화천골은 득의양양하게 웃어 댔다.

"좋아, 좋아. 이 장문인은 피곤해서 더는 견딜 수가 없구나. 이제 자야겠다. 너희는 문 앞을 지키며 잡귀들이 10장 안으로는 다가오지 못하게 해라."

"예!"

화천골은 드디어 마음이 놓였다. 이제는 더 이상 대들보 위에서 잘 필요가 없었다. 그녀는 불을 피운 뒤 그 옆에 짚을 깔고 누워 만족스럽게 잠이 들었다.

이튿날, 화천골은 하루를 꼬박 달려 저녁에야 작은 마을에 도착했다. 소홍과 소백은 보이지 않았지만, 그들이 계속 호위하고 있다는 것은 알 수 있었다. 덕분에 귀신이 달라붙는 일이 없었다.

배가 고파서 식당을 찾으려는데, 갑자기 무시무시한 사실이 떠올랐다. 너무 급히 빠져나오느라 돈을 가지고 오지 않은 것이다!

"이걸 찾고 있어?"

갑자기 나뭇가지 끝에 그녀의 돈주머니가 매달린 채 눈앞에서 흔들거렸다. 화천골은 놀라면서도 기뻐하며 돈주머니를 낚아챘다.

'와하하! 이제 밥을 먹을 수 있겠구나!'

고개를 들어 보니, 삭풍이 얼굴을 가린 채 길가 나무 위에 앉아 있었다. 그는 돈주머니를 가지 끝에 실로 묶어 화천골이라는 커다란 물고기를 낚기를 기다리던 중이었다.

"여기서 뭐 해?"

"난들 여기 있고 싶었겠어? 사부님께서 너 혼자 두는 것이 불안하다며, 가서 어린 사숙님을 보호하라니까 어쩔 수 없잖아!"

"하하, 십일 사형은 정말 좋은 분이야. 그럼 우리 당보는?"

"당보도 같이 오려고 했지만 사부님께서 달래어 잡아 뒀지. 너는 모산에 돌아갔으니 며칠 후면 곧 만날 거라고 말이야. 사실은 그 녀석이 귀신을 부르는 너와 함께 있다가 위험해질까 봐 두려워서지만!"

"양심 없는 녀석. 먹을 것만 주면 엄마도 잊어버린다니까. 흥, 나도 이젠 귀신을 불러들이지 않아!"

"뭐 괴상하고 신비한 법술이라도 배웠냐?"

"아니. 하지만 호위병 둘을 구했지."

화천골이 득의양양하게 손뼉을 쳤다.

"소홍, 소백, 이리 나와!"

그러자 소머리 하나와 해골 하나가 삭풍 앞에 불쑥 나타났다.

"장문인!"

"에이, 장문인이라고 하지 말고 천골이라고 불러! 자, 소개해 줄게. 헤헤, 이쪽은 내 사질이야!"

두 귀신은 복면을 쓰고 두 눈을 날카롭게 빛내는 호리호리한 남자를 바라보았다. 키도 장문인보다 훨씬 크고 나이도 많아 보이는데, 사질이라니!

'과연! 역시 대단한 분이셨어!'

두 귀신은 삭풍에게 인사한 후 다시 모습을 감추었다.

화천골은 배가 너무 고파 견딜 수가 없어, 삭풍을 끌고 식당으로 들어갔다. 삭풍은 그녀가 마파람에 게 눈 감추듯 음식을 먹어 치우고는, 입가를 닦으며 요리 솜씨가 자기보다 못하다며 비평하는 모습을 바라보았다.

두 사람이 식당에서 나왔을 때는 이미 하늘이 어두워져 있었다. 거리의 상점들도 거의 문을 닫았다. 거리 가운데는 백 걸음마다 하나씩 제단이 펼쳐져 있고, 그 위에는 과일과 음식, 술안주가 놓여 있었다.

"왜 거리에 사람이 없지? 문은 또 왜 이렇게 일찍 닫은 거야?"

"오늘이 귀신절이니, 귀신들에게 거리를 내준 거야."

"그렇구나. 나는 귀신절에 밖에 나와 본 적이 없어. 보통 며칠 전에 아빠가 날 부근의 절에 데려다줬거든."

"그럼 수등水燈을 띄워 본 적도 없어?"

"수등? 그게 뭐야?"

"귀신절은 중원절中元節이라고도 해서, 상원절과 짝을 이루는 날이야. 인간계에서는 상원절上元節을 원소절元宵節이라고 하는데, 보름날인 원소절은 경사스러운 날이어서 화등을 달고 등으로 수수께끼놀이를 해. 그리고 사람들은 중원절이 귀신들의 명절이니 등을 달아 귀신들을 축하해야 한다고 생각해. 하지만 사람과 귀신은 다르기 때문에, 중원절과 상원절에는 등을 다는 방식도 달라. 사람은 양陽이고 귀신은 음陰, 육지는 양이고 물은 음이지. 그래서 상원절의 등은 육지에, 중원절의 등은 물에 있어야 해. 이 때문에 보통 귀신절에는 수등을 띄워 축하하고, 억울하게 죽은 귀신들의 길을 인도하는 거야. 수등이 꺼지면 원혼을 내하교[5]로 이끄는 임무가 끝나는 거지."

---

5 奈何橋. 죽은 사람이 다시 태어나기 위해 건너는 다리.

"와! 그거 재밌겠다! 우리도 가서 띄우자!"

화천골이 달려가 보니 과연 지전紙錢과 수등을 파는 상점은 아직 문을 닫지 않고 있었다. 그녀는 물건을 잔뜩 사서 강가로 가져갔다.

수등이라는 것은 작은 나무판에 채색한 종이로 만든 연꽃 모양의 등을 올려놓은 것이었다. 화천골은 아버지와 어머니를 떠올리며 빽빽하게 글을 쓴 후, 그것을 조심스레 수등 안에 넣었다. 그런 다음 삭풍과 함께 하나씩 불을 붙여 물 위에 띄웠다.

싸늘한 바람을 맞으면서, 화천골은 수없이 많은 수등이 별무리처럼 강으로 떠내려가는 것을 바라보았다. 수등이 점점 희미해지고 멀어지는 것을 보자 슬픔이 밀려왔다. 부디 부모님이 그녀가 보낸 애도와 그리움을 받을 수 있기를 바랐다.

삭풍을 돌아보니, 그는 꼼짝도 않고 멀어지는 수등을 지켜보고 있었다. 두 눈동자는 칠흑처럼 까맸고 아무런 동요도 없었다.

"넌 글 안 쓰니?"

"무슨 글? 난 가족도 없고, 추억해 주길 바라는 죽은 친구도 없어."

"가족이 없다니, 무슨 말이야? 세상을 떠난 가족이 없다는 거야?"

"아예 존재하지도 않는다는 말이지. 그러니까 죽거나 잃어버릴 일도 없어."

"어떻게 가족이 없을 수가 있어? 누구나 가족이 있는 거야,

아빠와 엄마가 있으니까. 안 그러면 누가 널 낳고 키웠겠어?"

삭풍은 아무 말도 없었다. 한참 후에야 그가 불쑥 대꾸했다.

"난 손오공이야."

"뭐?"

화천골은 어리둥절했다.

'이게 무슨 말이람?'

"네가 어떻게 손오공이야? 손오공은 원숭이인데, 넌 원숭이가 아니잖아."

화천골이 흥분해서 말하자 삭풍은 한숨을 쉬었다.

"넌 바보 멍청이야. 농담인데, 그걸 진지하게 받아들이냐?"

화천골은 멀거니 코웃음을 쳤다.

"하하, 참 썰렁한 농담이다!"

갑자기 삭풍이 화천골의 뒤를 가리키며 평소와 다름없는 목소리로 말했다.

"네 뒤에 있는 건 뭐야?"

"으악!"

화천골은 냅다 비명을 지르며, 허겁지겁 삭풍을 덮쳐 쓰러뜨리고는 자기 뒤쪽을 마구 때려 댔다. 삭풍은 참지 못하고 푸하하 웃음을 터트렸다.

"왜 그렇게 귀신을 무서워하는 거야!"

화천골은 울상이 되었다.

'너무해. 이런 걸로 놀라게 만들다니. 하마터면 제대로 안 지켰다고 소홍과 소백을 불러 혼낼 뻔했잖아.'

"너도 어렸을 때부터 귀신들한테 괴롭힘을 당해 봐! 곁에 있는 사람들이 죽거나 다치거나 허약해지는 것을 지켜보면서 매일 전전긍긍하고, 꼭꼭 숨어 다녀 보란 말이야. 오랜 세월 몸에 독을 품고 반죽음이 되어 침대에 누워서, 언제까지나 혼자라는 쓸쓸함을 느껴 보면 내가 왜 그렇게 무서워하는지 알게 될 거야!"

삭풍이 몸을 부르르 떨었다. 아직 어린아이 같고, 여전히 가볍고 작기만 한 그녀를 바라보고 있자니 어쩐지 마음이 약간 아픈 것 같았다. 그녀가 어려서부터 그렇게 살아왔다는 것은 몰랐다. 그는 눈동자에 부끄러움과 따스함을 떠올리며, 그녀를 부축해 일으켜 주었다.

"왜 그래? 화났어?"

"아니."

화천골은 여전히 마음을 놓지 못하고 뒤를 돌아보았다.

"넌 몰라. 이 세상에서 내가 제일 무서워하는 건 바로 귀신과 사부님이야!"

"말해 두지만 언젠가는 너도 알게 될 거야. 존상이 귀신보다 더 무섭다는 걸."

"그럴 리가. 얼음처럼 차갑고 엄숙하시지만 평소의 모습만 보고 사부님을 판단하지 마. 사실은 무척 따뜻한 분이고, 내게 잘해 주셔. 아무래도 안 되겠다. 사부님께서 내 천수적을 봉인하셨거든. 소홍과 소백이 지켜 주는 것도 이레뿐이니, 운은에게 귀신을 물리치는 법술을 좀 더 배워야겠어."

삭풍은 그녀를 바라보며 의미심장하게 말했다.

"네가 가장 먼저 쫓아내야 할 귀신은 바로 네 마음속에 있어. 바로 공포지. 오랜 세월 함께해 왔으니 고질병이 되었겠지만, 기억해야 할 것은, 네겐 이미 귀신을 뛰어넘는 능력이 있다는 거야. 네가 귀신을 무서워하지 않으면 귀신은 자연히 널 두려워하게 되어 있어. 소홍과 소백이 바로 그 증거잖아? 존상께서도 그걸 아시기 때문에 천수적을 봉인하고 너 혼자 세상으로 나가 경험을 쌓게 하신 거야. 그분을 실망시키지 마!"

화천골은 금처럼 번쩍이는 삭풍의 눈동자를 우두커니 바라보았다. 이제 보니 지금 그녀가 이겨 내야 할 것은 귀신이 아니라 그녀 자신이었다…….

'힘내야 해. 사부님을 실망시킬 수는 없으니까!'

그녀는 힘차게 고개를 끄덕였다. 평소 냉담하던 삭풍이 저렇게 따뜻한 눈빛을 하고 있는 것을 보자, 문득 그 복면 아래에 있는 것이 차가운 얼굴일지 따뜻한 얼굴일지 궁금해졌다. 그래서 그녀는 객잔으로 돌아가는 길에 재차 물었다.

"네 얼굴을 보여 주면 안 될까?"

"안 돼."

"얼굴 좀 보여 줄 수 없어?"

"안 돼!"

"얼굴 좀…….."

"말했잖아! 안 돼!"

"좀 보여 줘. 잠깐이면 돼. 못생겼다고 소리 지르지도 않고,

우습게 생겼다고 비웃지도 않을게. 잘생겼다고 침을 흘리지도 않을 거야. 아무한테도 말 안 할 테니까, 좀 보여 줘, 응?"

"안 돼. 안 돼. 안 돼, 안 돼……."

밝은 달이 둥실 뜨고, 까마귀 한 마리가 날아갔다. 이번 귀신절은 조금도 무섭지 않았다!

18. 무력 충돌

다음 날, 화천골과 삭풍은 곧장 모산으로 달려갔다. 화천골은 이곳의 풀 하나, 나무 하나까지 낯익어 마치 이곳이 세 번째 고향 같았다.

모산에서 잠시 쉬고 배불리 먹은 후, 운은에게 귀신 잡는 법술을 배우고 나자 화천골은 무척 기뻤다. 운은은 화천골을 먼저 보내며, 며칠 있다가 제자들을 이끌고 태백산을 도우러 가겠다고 했다.

모산을 내려와 얼마쯤 걸으니 곧 요가성이 나왔다. 문득 화천골은 이후각에 들러 보고 싶은 생각이 들었다.

"뭐 하러 무를 그렇게 많이 뽑아?"

나무 그늘 밑에 앉은 삭풍이 강아지풀 하나를 입에 문 채, 열심히 일하는 그녀를 바라보았다.

"이후군에게 선물로 줄 거야. 그 사람이 아니었다면 나는 모산에 올라가지도 못했을 거고, 사부님의 제자가 되지도 못했을 거야."

옷으로 무를 잘 싸고 있는데, 멀리서 농사꾼 아낙이 호미를 휘두르며 달려오는 것이 보였다. 그녀가 격분하여 흉악하게 소리쳤다.

"어느 찢어 죽일 놈이 우리 집 무를 훔쳐!"

"큰일 났다, 도망쳐!"

화천골은 무를 안고 쏜살같이 달려 단숨에 몇 리 밖으로 달아났다. 삭풍도 어쩔 수 없이 그녀를 따랐다.

"왜 달아나는 거야? 그냥 무 밭에 은자나 좀 두고 오면 되잖아?"

"아, 그렇구나! 도둑이 제 발 저린다고, 그 방법을 깜빡했네."

두 사람이 성 안으로 들어서자 이후각 앞에는 여전히 길고 긴 줄이 늘어서 있었다. 하지만 사람들의 바구니에는 무가 아니라 벌꿀이 들어 있었다. 화천골은 눈을 찌푸렸다.

"이걸 어째! 이후군이 이제 무가 아니라 벌꿀을 좋아하나 봐. 하긴 꿀은 미용에 좋으니 그 사람 얼굴을 좀 하얗게 만들어 주면 좋겠어."

그녀를 맞이한 사람은 여전히 지난번의 그 녹색 옷을 입은 키 큰 여자였다. 화천골을 본 그녀는 깜짝 놀란 듯했다.

"너, 너, 너는……."

화천골도 그녀가 아직 자신을 기억할 줄은 몰랐다. 하지만 그녀의 모습이 별로 달라지지 않아 5년 전과 거의 똑같았으니 이상할 것도 없었다.

"이후군을 만나러 왔어요. 하지만 벌꿀로 바뀐 줄 모르고 무만 가져왔어요."

"안 돼."

여자는 단번에 거절했다.

"그럼 가서 벌꿀을 구해 올게요."

"벌꿀을 가져와도 안 돼."

"에? 왜요?"

"네 미간이 맑은 것을 보니 궁금한 일도, 네 힘으로 해결하지 못할 일도 없어. 질문할 일이 없는데 왜 왔어? 이후각의 문은 정말로 필요한 사람들을 위해 열려 있는 거야."

"그건……."

화천골은 당황했다.

"전 이후군에게 고맙다는 인사를 하러 왔어요. 그가 아니었으면……."

"필요 없어!"

여자가 딱 잘라 말했다.

"넌 대가를 치렀고, 이후각은 대답을 했어. 빚을 진 사람 같은 건 없어. 그저 거래였을 뿐이야. 그러니 고맙다는 인사도 필요 없어."

화천골은 알 듯 말 듯 고개를 끄덕였다. 그리고 바구니에서 깨끗하게 씻은 무를 꺼내 그녀에게 말했다.

44

"그럼 이 무를 이후군에게 전해 주실 수 있나요? 그 사람이 받든 말든 전 고맙다는 인사를 해야겠어요. 그가 내게 가는 길을 알려 주었기 때문만은 아니에요. 내게 천수적을 주고, 다시는 외롭지 않도록 항상 당보가 옆에 있도록 해 주었기 때문이에요."

여자는 무를 받아 들었지만, 원망스런 표정을 지으며 씩씩거렸다.

"그런 것도 다 네가 값을 치른 거야. 그리고 그 영충은 네 피일 뿐이고. 좋아, 말은 전해 주지. 어서 가 버려!"

화천골은 그제야 삭풍과 함께 떠났다. 한참 걷다가 이후각을 돌아보니, 놀랍게도 이번에는 마치 궁전처럼 거대하고 우뚝 솟은 누각들과, 한가운데 비뚤배뚤하게 구름을 뚫고 솟아 그 끝을 볼 수 없는 탑까지 모두 볼 수 있었다. 저 탑 안에 피비린내와 함께 아무도 모르는 비밀이 가득 숨겨져 있다는 것을 그녀는 잘 알고 있었다.

바로 그때, 폭 넓은 검은 옷을 입고, 얼굴에는 긴 혀를 내민 아귀餓鬼의 가면을 쓴 사람이 그 탑 위에서 산을 내려다보고 있었다. 그는 조그만 검은 점 같은 화천골과 삭풍의 뒷모습을 바라보며, 화천골이 방금 보내 준 무를 꺼내 가면을 벗고 한 입 깨물었다. 입술이 아름다운 호를 그렸다. 몇 년이 지났는데도 그 맛은 여전히 변함이 없었다.

화천골과 삭풍은 금방 낙십일 일행과 합류했다. 당보는 흥분해서 화천골의 코에 뽀뽀를 해 댔다.

한밤중에 화천골은 모닥불 옆에서 목에 걸린 보물을 만지작거렸다. 천수적과 구옥, 그리고 아직 한 번도 써 본 적이 없는, 살 언니가 준 새끼손가락 뼈였다. 요즘 살천맥이 어디에 있는지 궁금했다. 거의 반년 동안 만나지 못했다. 그 전까지 살천맥은 석 달이나 다섯 달마다 사부가 없는 틈을 타 장류산으로 숨어 들어와 같이 놀아 주곤 했었다.

문득 몇 년 동안 많이 낡은 구옥의 끈이 눈에 들어왔다. 당장이라도 끊어질 것 같았다. 화천골은 목에 걸고 있다 잃어버릴까 봐 벗어서 품에 넣었다. 내일 성에 들어가면 시장에서 새끈으로 바꿔 달 생각이었다.

이유는 알 수 없지만 화천골은 구옥이 특히 마음에 들어 오랫동안 걸고 다녔다. 구옥은 마치 살아 있는 것처럼 그녀의 슬픔을 이해했고, 그녀가 무슨 생각을 하는지 다 아는 것 같았다. 천수적처럼, 구옥 안에서 날개가 있는 나비가 튀어나오는 꿈을 화천골은 몇 번이나 꾸었다.

지난날 랑 오빠는, 자신이 무적태백문인가 뭔가 하는 문파 출신이라고 했다. 그러니 태백산에 올라가면 혹시 그를 만나게 될지도 몰랐다. 이 때문에 화천골은 무척 흥분하고 기대되었다.

화천골이 이런저런 생각을 하고 있는데 갑자기 예만천이 그녀 옆에 앉으며 소리 죽여 말했다.

"왜 돌아왔니? 그만큼 우릴 귀찮게 했으면 됐잖아?"

"귀찮게 하다니?"

"그 귀신들을 네가 불러들였다는 걸 내가 모를 줄 알아?"

예만천도 처음부터 알지는 못했지만, 화천골이 대오를 떠난 후 귀신들이 싹 사라지자 짐작한 것이었다.

"하? 눈 좀 크게 뜨고 봐. 오늘 내가 돌아온 후에도 10리 안에 귀신이 하나라도 있든? 의심이 곧 귀신을 낳는다더니, 귀신을 불러들인 게 너 아냐?"

화천골은 하품을 하고는 의기양양한 모습으로 자려고 누웠다.

'헤헤, 내일 소홍과 소백에게 커다란 배추를 상으로 줘야지.'

예만천은 눈을 찌푸린 채 풀 위에 누워 쿨쿨 자는 화천골을 바라보았다. 그 모습을 보자 괜히 확신이 없어졌다.

이튿날 성으로 들어가자, 성문 앞에 한 무리의 관병들이 행인들을 조사하고 있었다. 그리고 금군 복장을 한 사람들이 칼과 창, 몽둥이들을 모조리 몰수했다. 화천골 일행은 사람 수가 많고 기세가 높을 뿐 아니라, 모두들 살상력이 있는 무기를 가지고 있어서 자연히 그들의 표적이 되었다. 관병들이 우르르 그들을 둘러싸고 검문했다.

낙십일은 자신들이 동해파 제자로, 태백산의 무림대회에 참석하러 가는 길이라고 말했다. 금군 통령은 열행운烈行雲이라는 이였는데, 눈썹이 매끈하고 눈빛이 맑은 위풍당당한 모습이었고, 성격은 급하고 강직했다. 그는 외모가 출중하고 선풍도골을 한 화천골 일행에게 주의를 기울이며 계속 심문했다. 그러다 몇 번이고 아무 문제가 없다는 것을 확인하자 그는 무기를 두고 가야만 성 안으로 들여보내 주겠다고 했다. 그러자 예만천이 대로했다.

"그럼 안 들어가면 되잖아."

'웃기고들 있네. 선을 닦은 우리가 설마 이 관문을 못 지나갈까 봐?'

고개를 들고 그녀를 바라본 열행운은 그 아름다움에 놀라 속으로 중얼거렸다.

'저렇게 아름답고 초탈한 여자라면 요괴 아니면 마귀일 것이다. 저들의 내력은 범상치 않은 게 분명해. 어쨌든 황제께서 성 안에 계시니 작은 실수라도 있어서는 안 된다. 모두 잡아들여야지!'

그는 다짜고짜 관병들에게 그들을 무장 해제시키게 했다. 예만천은 화가 나서 검을 뽑았다. 당장이라도 싸움이 벌어질 일촉즉발의 순간이었다.

낙십일이 황급히 그녀를 붙잡으며 전음으로 말했다.

— 선계에는 나름의 규칙이 있다. 절대 보통 사람과 싸우면 안 돼. 검을 거둬!

예만천은 답답해하며 검을 검집에 꽂았다. 정말이지 우스운 일이었다. 요마든 귀신이든 단번에 벨 수 있는 그들이 이런 보통 사람들에게 제압당해야 하다니! 어쨌든 그들은 반쯤은 검선劍仙이라고 할 수 있었다. 그런데 목숨만큼 중요한 검을 어떻게 일반인들 손에 내준단 말인가. 미리 알았다면 허정 속에 숨겼을 것이다. 하지만 보통 사람들 앞에서 법술을 드러내 보일 수는 없으니, 정말 분통 터지는 일이었다.

'사부는 받아들일 수 있을지 몰라도 난 받아들일 수 없어!'

그녀는 조용히 구결을 외우고는 손가락을 퉁겼다. 그러자 저 멀리 거리에서 갑자기 불이 났다.

"불이다! 불이야! 어서 불을 꺼라!"

주위는 삽시간에 어지러워졌다. 관병들도 당황하여, 자객이라도 나타난 줄 알고 우르르 달려갔다.

열행운의 눈에 빛이 번뜩였다. 왜 하필 이때 불이 났을까? 분명히 이자들에게 문제가 있는 것이다. 혹시 성 안에 협력하는 사람이 있을지도 모른다.

"아무도 움직이지 마라! 이자들이 무기를 내놓지 않으면 항명으로 판단하여 모두 감옥에 가둔 후 처분을 기다리게 하겠다!"

낙십일은 예만천이 제멋대로 구는 바람에 백성들이 다칠까봐 걱정스러웠다. 그가 가볍게 입김을 불자 갑자기 광풍이 몰아치며 폭우가 내리퍼부었다. 불은 순식간에 꺼졌다.

그는 허리에 찬 검을 풀어 열행운에게 내밀었다. 조금 있다가 어검술로 되찾으면 되니까 별로 큰일도 아니었다. 그러나 예만천은 수긍할 수 없었다. 사부의 검을 보통 사람이 만지게 하다니, 잘못하면 악취가 묻어 영력이 손상될 수도 있었다. 그녀가 눈 깜짝할 사이에 열행운 앞으로 달려가 장법을 휘둘렀다.

"감히 사부님의 검을 건드려?"

낙십일은 속으로 괴로운 비명을 질렀다.

'저 아이는 언제나 저렇게 경솔하고 제멋대로여서 대국을 그르치는구나!'

"모두 잡아들여라!"

열행운이 손을 휘두르자, 관병들이 벌떼처럼 우르르 몰려들었다. 화천골 일행도 어쩔 수 없이 검을 뽑아 막았다. 금군은 보통 관병이 아니라 충분히 훈련받은 사람들이었고 무예도 뛰어났다. 반면 화천골 일행은 보통 사람을 해칠 수 없었기 때문에 상대하기가 무척 힘들었다. 낙십일은 애처롭게 탄식했다.

'이 아이들은 어째서 아무도 내 말을 듣지 않는 거야!'

그의 지휘는 그야말로 대 실패였다.

화천골은 주위를 둘러보았다. 관병들은 점점 많아졌고, 궁수까지 포진했다. 그들은 법술을 쓸 수도, 어검술을 펼칠 수도 없었다. 그리고 갑자기 사라질 수도 없었다. 그랬다가는 많은 사람들이 보고 있는 지금 주목을 끌어 공황 상태에 빠질 것이 분명했다. 강호 문파들이 소란을 피울 때 하듯, 먼저 대장을 잡고 안전하게 떠나는 것이 나았다.

이렇게 생각한 그녀는 몸을 날려 어지러이 환영을 그리며, 쥐도 새도 모르게 사람들 틈을 뚫고 들어가 열행운 뒤에 내려섰다. 하지만 검기가 무고한 사람을 해칠까 봐 단념검을 쓸 수는 없었다. 그래서 손으로 그의 목을 틀어쥐며 순식간에 그를 제압했다. 그러나 그녀는 키가 크지 않았기 때문에 그 동작은 무척 힘이 들었다.

화천골이 내력을 써서 외쳤다.

"모두 멈춰!"

사람들이 동작을 멈추고 그쪽을 바라보았다. 관병들은 열행운이 붙잡힌 것을 보자 경거망동하지 못했다. 화천골이 눈짓을 하자 일행은 서둘러 성문을 통과해 안으로 들어갔다.

몇 년 동안 금군을 이끌어 온 열행운은, 무예가 으뜸인 자신이 겨우 열두세 살밖에 안 된 여자아이에게 영문도 모른 채 붙잡힐 줄은 생각지도 못해 화가 머리끝까지 솟았다.

"모두 붙잡아라! 한 명도 놓치지 마라!"

열행운이 화가 나 눈을 부릅떴다.

"예!"

궁수들이 사방에서 그들을 에워쌌다. 화천골은 믿을 수가 없었다. 뜻밖에도 열행운은 자신의 안위조차 상관하지 않고 그들을 잡으려고 했다.

그녀가 당황한 사이, 열행운이 허리에 차고 있던 검이 스르르 뽑혀 그녀를 찔렀다. 귓속에 있던 당보가 조심하라고 소리쳤다. 화천골은 미처 손쓸 틈이 없어 뒤로 물러났지만, 검이 스치는 바람에 앞섶이 찢어졌다.

낙십일과 삭풍 등은 깜짝 놀랐다. 열행운이 어검술을 할 줄은 아무도 예상치 못했다. 이제는 그들도 이것저것 따지지 않고 법술로 돌파할 준비를 했다. 그런데 뜻밖에도 열행운이 갑자기 획 몸을 돌려 화천골을 향해 엎드리더니 높이 외쳤다.

"황제 폐하, 천추만세."

주위에 있던 관병들은 당황했으나 황급히 무릎을 꿇고 소리

높여 외쳤다.

"황제 폐하, 천추만세!"

모든 사람들이 어리둥절한 표정이었다. 화천골 역시 깜짝 놀라 소심한 가슴을 어루만졌다. 심장이 쿵쿵 뛰었다.

'어떻게 된 거야? 이 많은 사람들이 내게 무릎을 꿇다니?'

낙십일과 예만천 등도 당황했다.

'황제가 왔다고? 어디? 어디에?'

열행운이 고개를 숙인 채 화천골이 실수로 떨어뜨린 구옥을 주워 공손히 두 손으로 받쳐 올렸다.

"구옥은 곧 황제 폐하께서 친히 납신 것과 같습니다. 신이 미리 알지 못하고 무례를 범했으니, 낭자께서 부디 용서해 주십시오."

화천골은 그가 구옥을 이렇게나 공경하는 것을 보자 한참 생각한 후에야 랑 오빠가 구옥을 줄 때 했던 말이 떠올랐다.

"구옥을 줄게. 앞으로 귀찮은 일이 생기면 그 지방 관병에게 도움을 청해. 이걸 보면 네가 시킨 대로 할 거야."

'그런 거였구나. 미리 알았으면 일찍 꺼내 보였을 텐데. 그럼 이런 수고도 없었잖아!'

"됐어요, 됐어."

그녀는 눈을 깜빡거렸다.

"그럼 우린 이제 떠나도 돼요?"

"물론입니다."

열행운은 고개를 숙였다. 대체 이들이 어떤 사람들인지 도통 알 수가 없었다.

화천골은 고개를 들고 큰 소리로 하하하 웃었다. 그런 다음 고개를 들고 가슴을 쫙 편 뒤 으스대듯 일행을 데리고 성 안으로 들어갔다. 자랑스러워 어깨가 으쓱했다. 예만천이 낙십일에게 호되게 꾸지람을 듣는 것을 보자 더욱 기분이 좋았다. 다른 제자들은 그녀가 기지를 발휘하여 보통 옥으로 관병들을 놀라게 했다고 여기고는, 역시 장문 제자는 다르다며 몹시 감탄했다.

성 안으로 들어가 보니, 성 안의 수비는 더욱 삼엄하여 관병들이 안팎으로 거듭 늘어서 있었다. 하지만 대체 무슨 일인지는 알 수 없었다. 일행은 무슨 문제라도 생길까 봐 건량 같은 것만 산 다음, 오래 머무르지 않고 성을 나와 길을 재촉했다.

이상한 생각이 든 낙십일은 화천골이 가지고 있는 구옥을 자세히 살폈다. 상서로운 보물이기는 하지만 썩 좋아 보이지는 않아 그는 눈을 찌푸렸다. 구옥 안에서 무엇인가가 튀어나올 것 같았다.

"왜 그래요, 십일 사형?"

"확실히 말할 수는 없구나. 장류산으로 돌아가면 구옥을 준 상께 보여 드려라."

"이 옥에 무슨 문제라도 있어요?"

"그렇지는 않아. 그 구옥은 누가 준 거지?"

"친구가요."

"친구?"

"헌원랑이라고 하는데, 무적태백문의 부장문인이에요. 우리가 태백산에 도착하면 볼 수 있을지도 몰라요!"

화천골은 흥분한 얼굴로 말했다. 벌써 5년째였다!

"무적태백문? 그런 문파가 있어? 태백문의 분파인가? 헌원랑이라니? 설마……."

"이렇게 된 일입니다, 폐하."

"그래서 그대는 그들을 보내 줬는가?"

장막 뒤에서 위엄 어린 목소리가 물었다. 평소 침착하고 기품 있던 목소리에 초조함이 담겨 있었다.

"그렇습니다. 구옥을 가지고 있어서 감히 따르지 않을 수가 없었습니다. 하지만 신이 사람을 보내 뒤를 쫓게 했는데, 그들은 성문을 나갔다고 합니다."

"옥을 가진 자는 어떤 모습이었는가?"

"열두세 살의 여자아이로, 평범한 외모였습니다. 하지만 영기가 짙고, 무예가 무척 뛰어났습니다."

"열두세 살의 여자아이?"

'그럼 아니야, 그 애일 리 없어. 천골은 남자였어. 그리고 올해 열일곱 살이 되었을 테니 청년 모습을 하고 있어야 해. 그렇다면 그 옥이 어쩌다 다른 사람 손에 들어갔지? 설마……, 설마 무슨 불길한 일이라도 당한 걸까? 아니야. 사부는 분명 그

54

가 잘 있다고 했어. 전화위복이 되어 모산파의 장문인이 되었으니 걱정할 필요 없다고.'

궁중에서 반란이 일어나는 바람에 그는 돌아온 지 얼마 되지 않아 즉위했다. 그 후 천하에 이변이 잇달아 벌어지고 처리할 정무도 잔뜩 쌓여 있어 화천골을 만나러 갈 틈이 없었다. 일이 끝나면 찾아갈 생각이었는데, 일은 계속 이어지기만 했다. 하지만 마음속으로는 늘 화천골을 걱정했고, 한 번도 잊은 적이 없었다.

'천골한테 아무 일도 없어야 할 텐데. 아니야, 계속 이렇게 앉아서 기다릴 수는 없어. 그를 봐야 마음이 놓이겠어.'

"그들은 어디로 갔는가?"

"태백산인 것 같습니다."

'역시 신기 때문이군.'

"폐하, 신이 보기에 그들은 선을 닦은 사람들 같습니다."

"짐도 안다. 그만 물러가라. 이번 일만 마무리되면 8월 15일에 태백산으로 행차하겠다!"

열행운은 어리둥절했다.

"신, 명을 받들겠습니다."

19. 예상 밖의 일

화천골이 떠난 후, 전각 안은 휑뎅그렁한 것 같았다.

입정에서 깨어난 백자화는 화천골을 떠올리자 갑자기 마음이 불안해졌다. 손가락으로 점을 쳐 보니 재난이 다가오고 있었다. 그녀의 운명이야 지금까지도 확실히 내다볼 수 없어 알 수 없지만, 낙십일 일행은 곤경에 빠진 모양이었다. 백자화는 그들이 위험한 일을 당했을까 봐 걱정스러워 황급히 원신을 움직여 천산에 있는 화석과 무청라에게로 날아갔다.

"존상, 무슨 일이십니까?"

"너희 둘은 서둘러 태백산에 다녀오너라. 반드시 사흘 안에 낙십일 일행과 만나야 한다."

"알겠습니다."

백자화는 눈을 감고 정신을 집중했다. 그러자 그의 온몸에서 마치 솜처럼 부드러운 은실들이 춤추듯 날아올랐다. 그가 손바닥을 펼치자 그 많은 은빛 실들이 손으로 모여들어, 똑바로 쳐다볼 수도 없을 만큼 반짝거렸다. 무청라와 화석은 깜짝 놀랐다.

"류광금!"

비록 빛만 볼 수 있고 신기는 볼 수 없었지만, 그들은 한눈에 이것이 장류산이 지키는 류광금이라는 것을 알아보았다.

"화석, 이 금을 허정에 잘 숨겼다가 소골을 만나면 내주어라."

"하지만 존상, 이 금을 함부로 장류산에서 가지고 나가도 될까요? 만약 요마에게 빼앗기면 그 뒤는 차마 상상도……. 저는 이런 중책을 감당할 수가 없습니다!"

무청라도 백자화의 말을 듣고 놀라 안색이 창백해졌다. 화석은 광채를 내뿜는 금을 넋을 놓고 바라보았다.

"괜찮다. 이 금은 내가 이미 봉인했고, 소골만이 풀 수 있다. 다른 사람 손에서는 빛만 나는 허상일 뿐이다."

"존상, 십일 사형 일행에게 무슨 위험이라도 있는 건가요? 이 류광금으로만 막을 수 있는?"

"그렇다. 서둘러 떠나라. 이 일은 다른 사람들에게 알려서는 안 된다. 문제가 해결된 다음 다시 천산으로 가거라."

"말씀대로 하겠습니다."

산골짜기에서는 화천골이 바구니를 들고, 머리에 나뭇잎을 쓴 채 버섯을 따고 있었다.

"저기, 저기! 골두, 저기 있어! 여기야, 여기! 여기, 여기
도……."

당보도 작은 나뭇잎 모자를 쓰고 그녀의 머리 위에 앉아 이
리저리 방향을 지시했다.

길 가다가 잠시 쉬는 동안, 화천골은 먹을거리를 구해 저녁
에 일행에게 음식을 해 주었다. 비록 마음 내키지는 않았지만,
예만천도 그녀가 만든 음식이 맛있다고 인정하지 않을 수 없었
다. 그녀는 말로는 이것저것 트집을 잡았지만, 남들 못지않게
많이 먹었다.

지쳐서 나무 밑에 앉아 쉬면서, 화천골은 허정에서 백자화
의 초상화를 꺼내 한참 동안 보고 또 보았다.

"골두, 왜 멍하니 있어?"

당보가 말을 하자 입 안에서 거품이 튀어나왔다.

"사부님을 생각하고 있어. 내가 없으니 아무것도 안 드실 텐
데. 음식은 많이 먹는 게 좋아. 그래야 사람 같잖아. 인생에 맛
있는 음식이 없으면 재미가 반으로 줄 거야."

"내 인생에는 잠이 없으면 재미가 하나도 없을 거야."

거품이 화천골의 코까지 날아와 떨어졌다.

"당보, 뭐 하는 거야? 물고기도 아니면서 왜 거품을 토해?"

"배가 고파서 바구니에 있던 버섯을 훔쳐 먹었는데, 왜 그런
지 말을 하면 자꾸 거품이 나."

"저 버섯은 거품버섯이라서 익혀 먹어야 해, 이 조그만 아귀
야. 넌 며칠 동안 거품을 물어야 할 거다!"

화천골이 큰 소리로 웃었다.

"아아, 안 돼⋯⋯."

당보는 울상이 되었다.

일행에게 돌아간 후, 당보는 낙십일이 아무리 어르고 달래도 절대 입을 열지 않았다. 낙십일은 당보가 자기에게 화가 났나 싶어 당황하고 불안해했다. 옆에 있던 화천골은 재미있어하며, 손가락으로 당보를 간질였다. 당보는 참지 못하고 까르르 웃었다. 하지만 버섯탕이 너무 맛있어 과하게 먹었기 때문에 둥글둥글한 배를 누르자 트림이 나왔다. 그의 입에서 곧 거품이 보글보글 올라왔고, 일행은 배를 잡고 웃어 댔다.

"십일 사형, 태백산까지는 며칠이나 더 가야 해요?"

"음, 이제 다 왔다."

낙십일은 아침 일찍 일어나자마자 마음이 불안하여, 눈을 찡그리고 조심스레 사방을 둘러보았다. 골짜기는 좁고 길고 양쪽으로 절벽이 무척 높아, 요마들이 매복하기 좋았다. 낙십일의 불안감이 더욱 강해졌다. 그는 고개를 돌리고 말했다.

"이 골짜기는 어딘지 이상하니, 모두 어검술을 써서 급히 지나가도록 해."

일행은 검을 타고 경계심을 돋우었다. 문득 남색의 안개가 일기 시작했다.

'독인가?'

일행은 황급히 피했다. 낙십일이 바람을 일으켜 흩어 버리려고 했으나, 뜻밖에도 남색 안개는 갑작스레 여덟 갈래로 나누어져 일행을 향해 쐐액 하고 날아들었다. 순간, 맑고 고우면서도 꿈결 같은 은방울 소리가 들려왔다. 그 소리는 마치 수천 수만 가지의 음률처럼, 인간 세상의 모든 악기 소리가 들어 있는 것 같았고, 심지어 한 번도 들어 보지 못한 소리도 있어서 듣기만 해도 마음이 움직였다. 그리고 사람의 귀가 완전히 받아들일 수 없는 괴로움과 슬픔도 담겨 있었다.

낙십일을 돌아본 화천골이 놀란 목소리로 물었다.

"십일 사형, 왜 우세요?"

낙십일이 손으로 얼굴을 훔치니 그녀의 말대로 얼굴이 눈물투성이였다. 그는 대경실색해서 사람들을 둘러보았다. 모두들 영문도 모른 채 뜨거운 눈물을 흘리고 있었다. 화천골만이 아무 일도 없이 멍한 표정으로 일행을 바라볼 뿐이었다.

방울 소리에 깨어난 당보도 흑흑거리며 울었다. 낙십일은 큰일 났다 싶어 외쳤다.

"환사령이다! 어서 귀를 막아!"

환사령.

사람의 마음을 통제. '정'과 '집념'을 대표한다. 방울 소리는 사람 마음속의 희로애락과 같은 여러 감정을 조종할 수 있고, 사람의 정신을 미혹시킨다.

방울 소리는 가까이에서 나는 것 같기도 하고 멀리서 나는 것 같기도 했다. 주변이 점점 더 몽롱해지고, 안개의 색도 점점 다양해졌다. 안개는 여러 가지 형상을 만들며, 하늘의 구름처럼 생명이 있는 듯이 허공을 맴돌며 춤추다가 일행을 휘감고 빙빙 돌며 날뛰었다.

방울 소리는 때로는 솜털처럼, 때로는 옅은 안개처럼 변해 사람들의 귀와 콧속으로 스며들어, 무슨 수를 써도 소리를 차단할 수 없게 만들었다. 놀랍게도 저 방울 소리는 단순히 소리만 있는 것이 아니라 형체도 있었던 것이다!

"어떤 요사한 놈이 장난질이야! 썩 나와!"

예만천은 빨개진 두 눈으로 계속 눈물을 흘리면서도 내력을 돋우어 큰 소리로 외쳤다. 하지만 방울 소리는 조금도 물러서지 않았다. 대신 한 여자의 그림자가 공중에 나타났다. 팔과 허리에 조그만 방울들을 달고 있었는데, 바람에 방울이 흔들리며 눈물을 재촉하는 소리를 냈다.

사람들은 그 여자를 자세히 바라보았다. 여자의 피부는 더없이 희어서, 청수한 얼굴에 병약함과 기이함을 더했다. 재료가 무엇인지 알 수 없는 보라색 가죽 질감의 짧은 치마에, 가슴은 작은 천으로 동여매, 가늘고 새하얀 다리와 뽀얀 가슴골이 드러났다.

그녀는 어린아이처럼 천진난만하게 사람들을 향해 웃었다. 눈동자가 풀어져 빛이 없는 것을 보면 장님이 분명했지만 이상하리만치 유혹적이어서, 보기만 해도 입이 마르고 절로 심장이 빠르게 뛰었다.

낙십일이 몸을 부르르 떨었다.

"십요 중 하나인 막소성莫小聲이군!"

막소성이 그를 향해 고개를 돌리며 달콤하게 웃어 보였다.

"날 아는구나? 좋아! 듣자니 여기서 네가 가장 잘생겼다니, 죽이지 않고 몰래 숨겨 두어야겠어. 날 따라오너라."

예만천이 다짜고짜 수많은 눈물방울을 얼음으로 만들어 그녀에게 내쏘았다. 하지만 막소성 주위의 방울 소리가 장벽이 되어 쉽사리 막아 버렸다.

사람들이 일제히 달려들었다. 계속 흘러내리는 눈물 때문에 가능한 한 빨리 저 방울 소리를 그치게 해야 한다는 생각뿐이었다. 하지만 막소성은 움직이지도 않고 방울 소리만으로 모든 공격을 막아 냈다.

"음악에는 음악으로 싸울 수 있을 뿐이다."

낙십일의 말에 사람들은 허정에서 악기들을 꺼냈다. 금과 퉁소, 훈, 피리, 북, 슬瑟, 종, 경磬 등의 악기 소리가 순식간에 허공에 울려 퍼졌다. 여러 사람이 힘을 합쳐 환사령에 대항하겠다는 헛된 꿈이었지만, 역시 계란으로 바위치기였다.

막소성은 환사령을 얻은 지 그리 오래되지 않았다. 또 막 봉인이 풀린 신기를 제어할 힘이 한참 부족해서 눈물을 흘리게 하는 효과만 낼 수 있을 뿐이었다. 그래도 그 위력은 예상 밖으로 엄청났다.

낙십일은 억지로 선혈을 삼키며 달려가 눈 깜짝할 사이에 막소성 앞에 도착했다. 눈물이 더욱 빠르게 흘렀다.

"왜 우리 앞을 막는 거냐?"

"너희 선계가 몇 갈래의 지원군을 보냈으니, 우리도 길을 나누어 막는 거야. 한 놈이 오면 한 놈을 죽이고, 여럿이 오면 여럿을 죽이는 거지!"

"너희들의 힘으로 막을 수 있을 거라 생각해?"

"물론 막을 수 없겠지. 하지만 이미 손에 넣은 신기를 이용해서 다른 신기를 빼앗지 않을 이유가 없지 않아? 봉인을 약간만 풀었을 뿐이지만, 너희들을 상대하기에는 충분해!"

막소성이 아름답게 깔깔거렸다.

"너희와 놀 시간이 없어. 곧 최외崔嵬가 올 거야. 아직도 너희를 처리하지 못한 것을 보면 화를 내겠지."

그 말이 떨어지기 무섭게 허리와 발목, 손목에 매달려 있던 은방울이 갑자기 그녀의 손에서 하나가 되었다. 남색 빛은 더욱 왕성해졌다. 일행의 악기는 순식간에 방울 소리에 먹혀 사라지고, 방울 소리에 흔들리지 않는 화천골만 남았다. 영기금이 그윽한 소리를 냈다.

"너는 눈물이 없는 아이니?"

막소성은 의아했다. 환사령의 봉인은 완전히 풀리지 않았고, 막소성의 힘도 한계가 있었기 때문에 웃음, 분노, 슬픔, 원망, 원한, 미혹, 욕망 중에서 방울 소리로 제어할 수 있는 것은 인간의 슬픔밖에 없었다.

막소성은 손에 든 은방울을 더욱 빨리 흔들었다. 사람들은 차례로 얼굴을 가리고 흐느끼며 검에서 떨어졌다.

"어서들 가요!"

화천골이 말하며 온몸의 내력으로 대항했다. 금 소리와 방울 소리가 금과 돌이 부딪히듯 허공에서 부딪혔다. 화천골은 비록 눈물은 흘리지 않았지만 고막이 크게 상했다. 억지로 버텼으나 귀에서 핏물이 천천히 흘러나왔다. 더는 버티지 못할 것 같다고 느끼는 순간, 갑자기 압력이 줄어들며 노랫소리와 퉁소 소리가 들려왔다. 좌우를 돌아보니, 소홍과 소백이 나와 돕고 있었다. 그 모습을 보자 그녀는 저도 모르게 마음이 따뜻해졌다.

낙십일이 사람들을 이끌고 포위를 풀려고 했으나, 주위를 둘러싼 오색 빛깔의 방울 소리가 갑자기 대열을 짓더니 날카로운 화살처럼 쏘아져 왔다. 일행 중에서는 낙십일과 삭풍만이 간신히 움직여 겨우 일행을 보호했다. 낙십일은 당보에게 무슨 일이 생길까 봐 그를 붙잡아 보호막을 친 다음, 모든 공력을 쏟아 밖으로 퉁겨 냈다.

하지만 환사령은 너무나 위력적이었다. 화천골의 금도 현이 하나둘 끊어져 더는 버틸 수 없게 되었다. 그녀는 소홍과 소백이 이미 힘을 다한 것을 보자, 그들마저 다칠까 봐 마지막 힘을 끌어올려 그들을 지하로 돌려보냈다.

영기금이 쾅 하고 터졌다. 화천골은 입에서 선혈을 내뿜으며 공중에서 떨어졌다. 그러자 목에 걸고 있던, 살천맥이 준 새끼손가락 뼈가 드러났다. 그녀는 앞뒤 가리지 않고 그것을 입에 넣고 불었다.

호루라기 소리가 높이 솟아 날카롭게 구름을 깨뜨리고, 빽빽이 둘러싼 방울 소리의 장막을 뚫으며 막소성의 몸을 찔렀다. 그것을 미처 막지 못한 그녀는 입에서 피를 내뿜었다. 이 틈을 타 일행은 검을 타고 방울 소리 밖으로 재빨리 달아났다.

막소성은 화천골의 호루라기가 이렇게 강력하다는 사실을 믿을 수가 없었다. 그녀는 얼굴을 찡그리며, 입가에 묻은 피를 닦을 사이도 없이 급히 화천골 일행을 쫓아갔다.

"위로! 산골짜기를 넘어!"

낙십일이 명령했다. 산골짜기에서는 메아리가 커서 방울 소리가 더욱 위력을 발휘하기 때문이었다.

막 골짜기를 벗어났을 때 막소성의 방울 소리가 쫓아왔다. 낙십일은 일행의 뒤를 지키며 온몸으로 막아섰으나, 큰 상처를 입고 기절해 아래로 떨어졌다.

"사부님!"

지금 예만천의 눈에서 흐르는 눈물은 환사령 때문인지, 아니면 스스로 원해서 흘리는 것인지 알 수 없었다. 화천골이 아래에서 날아오르며 낙십일을 받아 예만천의 품으로 던졌다.

"빨리 가!"

그녀는 뒤를 막고 서서 계속해서 호루라기를 불며 시간을 끌었다. 내력이 다할 무렵 갑자기 열기가 몸 속으로 흘러드는 것이 느껴졌다. 돌아보니 삭풍이었다.

"너도 어서 가!"

그러나 삭풍은 웃으며 그녀를 향해 고개를 저었다. 그의 눈빛은 차분하고 따뜻했고, 물처럼 맑았다. 그 눈빛을 보자 화천골은 감격하여 가슴이 부르르 떨렸다. 그녀는 다른 사람들이 멀리 달아나기만을 바라며, 계속해서 온 힘을 다해 적을 막았다. 막소성이 두 사람 앞으로 날아와, 몹시 놀란 표정으로 삭풍을 바라보았다.

"너도 눈물이 없는 사람이니? 환사령 소리를 이렇게 오래 버티다니?"

삭풍은 싸늘하게 웃었다.

"나는 마음이 없는 사람이다."

그러나 화천골의 귀에는 방울 소리만 가득해서 삭풍이 뭐라고 하는지 듣지 못했다.

막소성은 두 눈을 잃어 귀로만 사물을 판별했다. 소리를 들을 수 없다면 볼 수도 없다는 말이었다. 화천골은 전력을 다해 호루라기를 불어 막소성의 오감을 방해했다. 그런 다음 그녀가 방비하지 못한 틈을 타서 재빨리 단념검을 날려 막소성의 복부를 찔렀다.

막소성은 비명을 질렀다. 그녀는 미친 듯이 환사령을 흔들어 계속 화천골에게 영력을 보태 주고 있는 삭풍을 온 힘을 다해 공격했다. 삭풍은 방울 소리에 감정이 흔들리지 않았지만, 그 공격을 막을 방법은 없었다. 결국 그도 버티지 못하고 눈물을 흘리며 기절해 떨어졌다.

"삭풍!"

화천골이 다 같이 죽자고 막소성에게 덤벼드는 순간, 멀리서 빨간 구름 하나가 나타났다.

"화석!"

"멍청하기는. 죽기로 작정했구나! 받아!"

은빛 광채 한 줄기가 그녀의 손으로 날아들었다.

"류광금!"

화천골은 깜짝 놀랐다. 목구멍이 뜨거워지고 코끝이 찡해졌다. 사부가 그들의 위험을 알아채고, 도와주라고 일부러 화석을 보낸 것일까?

화천골이 두 손으로 가볍게 쓰다듬자 류광금의 빛이 환해지고, 오색 방울 소리의 안개가 순식간에 물러났다. 막소성이 비틀거렸다.

"이럴 수가!"

화천골이 공중에서 가부좌를 틀고 앉자 그녀의 몸 아래로 커다란 연꽃이 피어났다. 그리고 그녀가 오른손 손가락으로 현을 당기고 가볍게 밀자 음파가 파도처럼 일어나 막소성을 거세게 찔렀다. 방울 소리는 모두 사라지고, 막소성은 음파에 정면으로 부딪혀 십수 장 밖으로 날아갔다. 입에서는 피가 계속 흘렀지만 그녀는 억지로 내력을 모두 써서 방울을 흔들었다. 순간, 일곱 빛깔 안개가 흉악하고 사나운 야수와 괴물 모습으로 변해 화천골을 덮쳤다.

화천골은 피하지도, 양보하지도 않았다. 금 소리가 서서히 흘러나왔다. 그 소리는 담담하고 편안했고, 올바른 호연지기浩然之氣로 가득했다. 금 소리는 높아졌다가 낮아지고, 때로는 끊임없이 이어지는 전쟁터처럼 싸늘하고 용맹스럽다가, 때로는 한겨울 눈보라가 치고 하얀 눈에 덮이는 천산 꼭대기처럼 변화막측했다. 방울 소리는 모두 허상이 되어 흩어졌다.

상대가 되지 않는다는 것을 깨달은 막소성이 달아나려고 했다.

"그렇게 쉽게 놔줄까 봐!"

화천골은 삭풍과 다른 사람들이 다친 일로 화가 잔뜩 나 있었다.

금 소리가 갑자기 처량하고, 낮고, 묵직하게 변했다. 막소성은 여전히 발버둥 쳤지만 그 정신은 이미 류광금에 붙잡혀 정화되고 말았다. 그녀의 멍한 표정 위로 따뜻한 미소가 떠올랐다. 그녀는 천천히 화천골에게 날아와 공손하게 환사령을 바쳤다.

화천골이 손을 흔들자 방울 소리가 울리고, 막소성이 눈물을 비 오듯 흘렸다. 그녀는 원래 보통 사람보다 청각이 예민해, 마음속의 비분과 절망을 제어하기가 더욱 어려웠다. 환사령 소리를 듣자 갑자기 죽고 싶은 마음이 들어, 검을 뽑아 자결하려고 했다. 화천골이 황급히 방울을 멈추었다. 환사령이 막소성보다 자기 손에서 더 강한 위력을 발휘하다니, 뜻밖이었다.

"오늘은 놔주지만, 다음에 또 악행을 저지르면 용서하지 않을 거야!"

막소성은 임무를 완성하기는커녕 신기까지 잃었으니 돌아가면 엄벌을 받을 것이 분명했다. 화가 나고 원망에 사무친 그녀는 하늘을 향해 깔깔 웃으며 말했다.

"이걸로 이긴 줄 알면 오산이야! 네게 류광금이 있어서 내 환사령을 이긴들 어때? 너희 동문들은 지금쯤 이미 최외에게 붙잡혔을 거야. 그가 가진 전천련까지 네가 이길 수 있다고 생각하니?"

화천골은 속으로 비명을 질렀다. 그녀는 삭풍을 부축하고 화석과 함께 검을 타고 날아갔다.

"때맞춰 와 줘서 다행이야. 안 그랬으면 내 목숨은 끝장이었어."

화천골이 삭풍을 치료하며 가만히 안도의 숨을 쉬었다.

"넌 내 애완동물이잖아. 함부로 주인을 버리고 갔다간 네 시체에 매질을 할지도 몰라!"

말과는 달리 화석은 좀 전에 피투성이였던 화천골을 떠올리자 아직도 오싹했다.

"당보가 나와 사매를 안내했어. 당보가 아니었으면 우리는 너희를 찾아내지도 못했을 거야. 주변 백 리가 전천련에 의해 봉쇄당했거든."

"그 말은……?"

화천골은 깜짝 놀라 고개를 들었다. 그러고 보니 언제부터 인지 하늘이 어두워지고, 태양은 검은 구체로 변해 있었다.

"전천련에는 불가사의한 힘이 있어서 만물을 묶을 수 있다잖아. 요마든 신이든, 심지어 시간과 우주, 세상까지 말이야. 또 놀랄 만한 파괴력도 가졌으니, 제때 사슬을 풀지 못하면 우리는 이곳에서 죽는 수밖에."

"저 앞이야!"

화석과 무청라는 전음을 주고받아 곧 사람들의 위치를 알아냈다. 화천골은 크고 호방한 웃음소리를 듣고 고개를 들었다. 사람들 앞에 거대한 신기루가 보였다. 그 속에 검은 장포를 입고 높은 관을 쓴 남자가 꼿꼿이 서 있었는데, 그의 어깨에는 금색의 사슬이 칭칭 감겨 있었다.

예민천과 경수, 운단, 그리고 무청라 등이 앞에 서서 상처를 입은 다른 제자들을 보호하는 중이었고, 낙십일은 여전히 혼수상태였다.

"천골, 별일 없어서 정말 다행이야!

경수와 당보가 같이 그녀의 품으로 뛰어들었다.

최외의 거대한 환영이 공중에서 그들을 굽어보며 미친 듯이 웃었다.

"아주 잘됐군! 류광금까지 왔구나. 모두 내가 가져야겠다."

"꿈 깨시지!"

화천골은 그가 가지고 있는 전천련이 모산을 도륙해 빼앗은 것이라고 생각하자 가슴 가득 분노의 불길이 치솟았다. 그녀는 환사령을 흔들어 그의 정신을 제어하려고 했으나, 최외는 큰 소리로 웃을 뿐이었다.

"유치한 짓 하지 마라. 내가 막소성처럼 바보같이 네게 당할 것 같으냐? 네가 보는 것은 나의 환영일 뿐이다. 내가 무엇 하러 전천련 속으로 들어가겠느냐?"

화천골은 그가 실제로는 이곳에 없기 때문에 환사령과 류광금은 소용이 없다는 것을 알았다. 하지만 금방 좋은 방법이 떠오르지 않았다. 전천련을 살짝 흔들기만 해도 땅이 흔들리고 산이 요동치고, 바짝 당기면 그들 모두를 짓이겨 버릴 수 있었다.

주변 공기가 점점 죽어 가는 것이 느껴졌다. 압력이 숨을 쉴 수 없을 정도로 그들을 짓누를 때, 갑자기 멀리서 봉황의 울음소리가 길게 들려왔다. 이어서 신 같기도 하고 선인 같기도 한 사람의 모습이 불타는 깃털을 가진 봉황 위에 우뚝 선 채 날아 내려왔다. 그 사람은 눈 깜짝할 사이 사람들 앞으로 날아와 멈춰 섰다. 화천골은 놀라고 기쁜 마음으로 그 사람을 보며 코를 훔쳤다. 감격해서 한동안 말이 나오지 않았다.

'으아앙! 살 언니!'

다른 사람들은 바보처럼 완전히 넋이 나가 아무 반응도 하지 못했다.

"미, 미인이잖아……."

화석은 커다란 불덩이에 맞기라도 한 것처럼 뜨거운 피가 머리끝까지 솟구침을 느꼈다. 온몸이 불타는 듯 뜨거워지고, 침이 주르륵 흘렀다.

'이 세상 모든 중생을 쓰러뜨릴 만큼 저렇게 아름다운 사람이 있다니!'

생사가 달린 순간 살천맥이 나타난 것은, 마치 어둠 속에 빛이 나타난 것과 같았다. 그 따뜻한 기분에 화천골은 말을 할 수가 없었다. 그녀는 살천맥이 오지 못할 거라고 생각했다. 그런데 정말 때맞춰 달려온 것이다.

그녀는 당장 그의 품으로 뛰어들려고 했다. 하지만 뜻밖에도 살천맥은 입술 끝을 살짝 올릴 뿐, 모르는 사람 대하듯 자세히 보지도 않고 다른 사람들을 굽어보며 비웃었다.

"장류산 제자들도 이렇게 낭패를 당할 날이 있다니, 뜻밖이군. 하나, 둘, 셋, 넷……. 삼존의 제자가 넷이나 되는구나!"

"너는 누구냐?"

무청라가 가장 먼저 정신을 차렸다. 하지만 살천맥의 시선을 받으면 침착해질 수가 없었다. 저런 외모를 하고 있으니, 눈빛만 스쳐도 몸이 뜨거워졌다.

"나? 하하하……!"

살천맥이 웃자 세상은 모두 그 빛을 잃었다. 그 모습은 지극히 아름다워 누구라도 성별을 알아볼 수가 없었다.

그 자리에 있는 제자들 중 낙십일만이 유일하게 그를 본 적이 있었지만, 지금은 기절한 상태였다. 다른 사람들은 장류산에 온 지 얼마 되지 않아, 설사 그의 이름을 들은 적이 있다 해도 직접 본 적은 없었다. 하지만 최외는 깜짝 놀라 바닥에 엎드렸다.

"마군께 인사드립니다."

목소리까지 떨렸다. 거대한 유리 환영이 무릎을 꿇은 것인데도 어쩐지 지난번보다 더욱 초라해 보였다. 사람들의 얼굴이 하얗게 질렸다.

"당신이 마계의 요괴인 살천맥!"

무청라는 저도 모르게 뒷걸음질 쳤다. 그랬다. 그가 아니면 이 세상에 누가 저런 미색을 가졌겠는가?

일행은 비 오듯이 땀을 흘렸다. 환사령과 전천련만으로도 사상자가 많은데, 요계와 마계를 통솔하는 마군까지 등장했으니 이제는 정말 끝장이었다.

"최외, 정말 마계를 위해 몸을 아끼지 않는구나. 본 좌가 지난번 네게 휴가를 주었던 것 같은데? 그런데 여기서 전천련을 가지고 소리를 지르며 어린 친구들을 놀라게 하고 있었군."

최외의 이마에서 식은땀이 방울방울 솟아났다.

"마군, 신기를 뺏는 일은 더 이상 미룰 수 없습니다! 저는……, 저는 가능한 한 빨리 요신을 세상에 나오게 하기 위해서 한 일입니다."

살천맥이 가녀린 옥수를 내밀어 정교한 손톱을 살펴보았다.

"그래서, 내 명령은 들을 수가 없고, 단춘추와 남우회藍羽灰와 같이 온갖 계략으로 신기를 빼앗겠다, 그 말이지?"

최외의 두 다리가 덜덜 떨렸다. 그는 살천맥이 비록 백여 년간 마군 자리에 있고, 일시적인 승부욕 때문에 요계의 요왕妖王 자리를 빼앗고 요마 두 세계를 거의 하나로 만들었지만, 벌써 싫증을 느끼고 있다는 사실을 알고 있었다. 그가 유일하게 흥미를 느끼는 것은 자신의 미모와 육계를 자유롭게 돌아다니며 즐거움을 찾는 것뿐이었다. 대권은 단춘추 등의 손에 넘긴 채 간섭하기 귀찮아 대부분 눈감아 주었고, 신기를 찾는 일에도 거의 끼어들지 않았다.

그럼에도 불구하고 모든 사람이 가장 꺼리는 사람은 여전히 살천맥, 그였다. 본래 요계와 마계에서는 그의 법력이 가장 강한데다, 제멋대로 일을 처리하는 성품에 기분파였다. 손이 맵고 수단과 방법을 가리지 않으며, 원한은 반드시 기억했다. 누구든 그의 눈 밖에 나면 운이 다한 것이므로, 차라리 제 손으로 죽을망정 그의 손에 들어가지 않기를 기도해야 했다.

최외는 이런 순간에 살천맥이 나타나리라곤 생각지도 못했다. 지금까지는 분명 이런 일을 모르는 척했기 때문이다. 최외는 그가 이곳에 나타난 이유를 곰곰이 생각해 보았지만, 감히 고개를 들어 사람들을 내려다보는 살천맥의 얼굴을 바라볼 수가 없었다. 다른 사람들 눈에는 절색일지 몰라도, 그들에게는 세상의 그 무엇보다 두려운 모습이었기 때문이다.

"저들은 모두 네가 해친 거냐?"

살천맥이 실눈을 뜨고 화천골의 몸에 묻은 피를 바라보았다. 입가가 실룩였다. 화천골은 몰랐지만, 조금 전 호루라기 소리는 점점 더 급박하고 날카로워져 그의 고막을 찢고 숨통을 조였다. 그래서 미친 듯이 화봉火鳳을 불러 필사적으로 마계에서 이곳까지 달려온 것이다. 그가 한 걸음만 늦었더라면 다시는 그녀를 볼 수 없게 되지 않았을까?

최외는 그가 평소처럼 비웃지 않고 무표정한 것을 보자 뭔가 크게 잘못되었다는 것을 느꼈다.

"마군, 저들을 해친 것은 제가 아니라 막소성입니다."

"막소성? 좋아, 아주 좋아."

살천맥은 손가락을 입가로 가져가 가볍게 후 불었다. 그의 눈에서 냉혹하고 날카로운 빛이 반짝이자 화천골마저 오싹해졌다. 이렇게 높은 곳에서 사람들을 내려다보는 살천맥의 모습은 한 번도 본 적이 없었다.

"전천련을 내놓아라. 그러면 네 시체는 보존해 주지."

살천맥이 아무런 동요 없이 말했다. 마치 아주 평범한 이야기를 하는 것 같았다.

"마군, 용서해 주십시오!"

최외는 창백해진 얼굴로 연신 머리를 조아리며 용서를 빌었다.

"내가 허튼소리를 싫어한다는 것을 잘 알 것이다. 내 마음이 바뀔지도 모른다."

살천맥은 고개조차 들지 않고 자신의 손톱을 바라보며 생각했다.

'둘째손가락 손톱은 이쪽을 좀 더 깎아야겠어.'

최외는 죽음을 피할 수 없다는 것을 깨달았다. 그는 이리저리 머리를 굴리다가, 살천맥이 아직 전천련 안에 있으니 신기의 힘에 의지해 싸워 보자는 생각이 들었다. 그러면 혹시 살아날 길이 열릴지도 몰랐다. 그는 환영을 없애고, 전천련을 잡아당기며 달아나려고 했다. 순식간에 산과 땅이 흔들리고 바닥이 갈라져 깊은 구멍이 생겨났다. 살천맥은 냉소를 지었다.

"죽기로 작정했군!"

그 말과 함께 보라색의 긴 머리칼이 천녀가 뿌리는 꽃잎처럼 날아올랐다. 머리칼은 허공에서 아래위로 흩날리며 끝없이 펼쳐지더니, 곧장 칠흑같이 검은 하늘을 찔렀다. 얼마 지나지 않아 머리칼은 다시 원래대로 돌아왔다. 그런데 놀랍게도 그 머리칼에는 최외의 혼백이 휘감겨 있었다.

"네 진짜 몸이 어디 있는지 내가 모를 줄 알았느냐? 오랫동안 나를 섬긴 것을 감안해 깨끗이 죽여 주려고 했는데 마다하다니!"

"살려 주십시오, 마군!"

최외는 필사적으로 발버둥 쳤다. 하지만 살천맥은 눈 하나 깜짝하지 않고 손으로 그의 혼백을 으스러뜨렸다. 하늘이 금세 맑아지고, 최외의 혼이 날아가며 지르는 처량한 비명 소리가 메아리쳤다.

장류산의 제자들은 간담이 서늘해졌다. 큰 적을 마주한 것처럼 그를 향해 검을 들긴 했지만, 속으로는 정말 싸움이 벌어졌을 때 그가 조금 전에 한 것처럼 자신의 혼을 하나씩 으스러뜨릴까 봐 두려웠다.

살천맥이 손을 들자 전천련이 그의 손으로 빨려 들어왔다. 그는 화천골을 내려다보더니, 이제 작은 뱀처럼 가느다래진 황금색 쇠사슬을 그녀에게 던졌다.

"언......"

화천골이 전천련을 받아 들며 그에게 다가갔지만 그는 고개를 저었다.

"이 전천련은 본래 너희 모산파의 물건이니 가지고 돌아가라."

말을 마친 그는 화봉을 타려고 몸을 돌렸다.

오늘 이곳에서 죽는 줄만 알았던 일행은 아연했다. 더욱 알 수 없는 것은, 살천맥이 온갖 궁리로 빼앗으려던 신기를 이렇게 쉽게 돌려주었다는 사실이었다.

"잠깐."

누군가의 목소리가 들려왔다. 우뚝 멈춰 선 살천맥은 몸을 돌려 우물쭈물하는 어린애를 내려다보았다.

"나, 나는 화석이라고 하오."

그가 빨갛게 상기된 얼굴을 숙인 채 말하는 순간, 사람들은 벌러덩 넘어가고 말았다.

살천맥은 입술 끝을 올리며 생긋 웃더니, 화봉을 타고 날아올라 순식간에 종적을 감추었다. 전천련을 품에 안은 화천골은 떠나는 그의 뒷모습을 한참 동안 넋을 잃은 채 바라보았다. 이유는 알 수 없지만 살천맥이 더욱 아름답게 느껴졌다. 아니, 아름답기만 한 것이 아니라 이번에는 무언가가 더 있는 것 같았다.

그녀는 살천맥이 일부러 자신을 구하러 와서 전천련까지 되찾아 주리라고는 결코 생각지 못했다. 더욱 놀라운 일은, 언제나 마음 내키는 대로만 하는 그가 그녀의 처지와 신분을 생각해서 아는 척하지 않았다는 사실이었다. 마군이라는 자신의 신분이 동문들과 함께 있는 그녀를 난처하게 할까 봐, 혹은 무슨 나쁜 일이라도 겪게 할까 봐 걱정스러웠던 것이다.

'언니, 왜 이 꼬맹이에게 이렇게 잘해 주는 거예요?'

화천골은 전천련을 끌어안았다. 금빛 찬란한 빛깔이 마치 태양처럼 따뜻하게 느껴졌다. 그녀가 화석을 돌아보며 물었다.

"넌 왜 코피를 흘리고 있어?"

사람들이 우르르 몰려와 지혈을 해 주었다. 무청라는 잔뜩 화가 나서 그를 힘껏 걷어찼지만, 그는 아무 반응도 없이 여전히 히죽거리며 바보처럼 웃었다.

"미인이야, 미인……."

남은 여정은 금방이었다. 화천골은 천산으로 떠나는 화석과 무청라에게 환사령을 주었다. 가는 길에 신기를 가진 요마를 만나면 상대할 수 있도록 하기 위해서였다. 그리고 즉시 사부에게 전서를 날려 그간 있었던 일을 보고하고, 각 문파의 지원군들에게 특별히 조심하라고 당부해 달라고 했다.

그들 일행이 목적지에 도착하기도 전에, 도중에 십방신기를 두 개나 되찾았다는 소식이 태백산을 비롯하여 삼계에 널리 퍼졌다. 그리하여 그들이 태백산에 도착한 날, 장문인은 친히 산 아래까지 마중을 나왔고, 마치 제군이 온 것처럼 예의를 갖추어 대접했다. 다른 문파들이 서둘러 보낸 제자들은 그 모습을 보자 속으로 몹시 불쾌해했다.

낙십일과 삭풍 등은 상처가 무거웠으나, 다행히 화천골이 장류산을 떠나면서 혈응화와 회청단을 많이 가져온 덕분에, 몇 번 기운을 다스리고 나자 큰 문제는 없었다.

"그 살천맥은 대체 어떤 사람일까? 왜 우리를 도왔지? 무슨 음모가 있는 거 아냐?"

예만천은 세상에 그렇게 아름다운 얼굴을 가진 사람이 있다는 것을 상상조차 하지 못했다. 덕분에 그녀의 외모가 순식간에 평범한 수준이 되자 분함을 참을 수가 없었다.

낙십일이 말했다.

"신계에서 지위가 가장 높은 사람은 천제고, 선계에서 가장 높은 사람은 제군, 인간계는 제왕, 마계는 마군, 요계는 요왕, 명계는 염군閻君이다. 살천맥은 요마 이계에 군림하기 때문에 세상 사람들은 누구나 조금씩은 그를 꺼리지. 그는 천하제일의 미모를 가지고 있다고 자부해서 아무도 눈에 차지 않아 하고, 행동은 더욱 괴팍해서 마군 같은 모습도, 자각도 없다. 요마 이계에서도 아무것도 하지 않는 그에게 불만이 있지만 아무도 감히 그에게 반항하지 못하지."

경수는 고개를 저었다.

"그가 몇 년 전에 불쑥 장류산에 나타나 류광금을 빌려 달라 했다고 들었어요. 그러다 존상의 손에 얼굴에 상처가 나자 깜짝 놀라 후다닥 달아났다고요. 그런데 이번에는 우리가 그의 도움을 받고 전천련까지 돌려받을 줄은 몰랐어요. 그가 왜 우리를 도왔는지 알 수가 없어요."

그러자 낙십일이 고개를 들고 의미심장한 눈길로 화천골을 바라보았다. 그녀는 고개를 숙인 채 멍하니 손에 든 구옥을 만지작거리고 있었다.

"천골, 무슨 생각 중이지?"

"으허헝! 랑 오빠가 태백산에 없어요. 장문인 말씀으로는 무적태백문인지 뭔지 하는 이름은 들어 보신 적도 없대요."

낙십일은 웃으며 고개를 설레설레 저었다. 무적태백문이라니, 그냥 되는 대로 둘러댄 말이라는 것을 누가 들어도 알 수 있는데, 화천골은 바보처럼 그것을 철석같이 믿었던 것이다.

"아프지 않아요, 십일 사형?"

당보가 마음 아픈 듯 그를 들여다보며 침대맡으로 다가갔다. 딩시 그가 당보를 보호하는 데 힘을 쓰지 않았다면 이렇게까지 심하게 다치지는 않았을 것이다.

"아프지, 아파……."

낙십일이 힘껏 고개를 끄덕였다. 이야말로 전화위복이었다. 요 며칠 당보는 내내 그의 곁을 잠시도 떠나지 않고 보살펴 주었다.

"포도 먹을래요?"

"응응, 먹을래……."

당보가 포도알 하나를 안고 그의 어깨 위로 기어올라 먹여 주었다. 낙십일은 당보까지 삼켜 버리지 못하는 것이 한스러웠다. 그는 눈을 감고 포도 맛을 음미했다. 평생 먹어 본 것 중에 가장 단 포도였다!

밤이 되자 당보는 손톱만 한 크기의 책을 안고 그의 코 위에 앉아 이야기를 들려주었다. 말로는 책에 있는 내용이라고 했지만, 사실은 직접 머리를 짜내 지어낸 것이었다. 이야기를 하다보니, 낙십일은 말짱한데 당보가 먼저 잠들었다. 낙십일은 자기 코를 안고 꿈틀거리는 귀여운 그 모습을 행복한 얼굴로 바라보느라 사팔뜨기가 될 지경이었다.

당보는 가만있지 못하고 그의 얼굴 위를 이리저리 굴러다녔다. 낙십일은 얼굴이 간질간질하고, 심장마저 간질간질했다.

결국 당보는 계란볶음밥처럼 흐물흐물, 그의 얼굴 위에서 굴러떨어졌다. 낙십일은 황급히 손을 내밀어 조심스럽게 그를 받은 다음, 눈앞에 내려놓고 보물처럼 자세히 살펴보고 또 살펴보았다. 그리고 살며시 손으로 만져 보았다. 부드럽고 통통해서 무척 재미있었다. 입을 벌리고 코를 고는 모습을 보니 귀여워서 견딜 수가 없었다. 그는 참지 못하고 당보를 입가로 가져와 가볍게 입을 맞추었다. 순간 그는 한참 동안 멍해져서 정신을 차릴 수가 없었다.

'내가 대체 어떻게 된 거지? 애벌레와 뽀뽀라니! 그것도 몰래 훔치듯이? 미쳤군, 미쳤어! 아무래도 이번에는 정말 상처가 심각한 모양이야. 뇌진탕인가 봐.'

20. 태백산 일전一戰

8월 15일이 점점 가까워졌다. 모두 바늘방석에 앉은 기분으로 매일같이 모여 적을 맞이할 방법을 의논했다. 화천골은 회의에 들어가기 귀찮아 주방에 박혀 사람들에게 줄 월병을 만들었다.

갑자기 전각에서 종소리가 크게 들려왔다. 장문인이 통보할 일이 있는 모양이었다. 화천골이 급히 정전으로 가 보니, 벌써 거의 대부분의 사람들이 와 있었다. 태백 장문인 비안誹顔이 엄숙하게 한가운데 앉아 있고, 주위 사람들도 눈을 잔뜩 찌푸리고 있었다.

화천골은 경수 옆으로 끼어들어 앉았다. 그러면서 비안 장문인은 태'백白'문의 장문인인데 왜 얼굴이 저렇게 까말까 생각했다. 밤에 진청색 장포가 날아다니는 것을 보고 귀신인 줄 알고 놀란 게 벌써 몇 번째였다.

비안이 말했다.

"방금 천산에서 급한 전서를 보내왔소. 오늘 새벽, 요마의 대군이 쳐들어왔으니 태백문에 있는 선인들이 서둘러 구원하러 와 주길 바란다고 했소."

이 말이 떨어지자 모두 깜짝 놀랐다.

"이제 겨우 8월 13일인데! 놈들이 왜 이틀 일찍 왔을까요?"

"요마들은 음험하고 교활하며 악행을 일삼으니, 무슨 말을 한들 믿을 수 있겠소? 우리 지원군이 도착하기 전을 틈타 혼란을 야기시키려는 것이오."

"그럼 애초에 왜 그럴듯하게 전서戰書를 보냈을까요? 몰래 기습하는 것이 더욱 쉽지 않습니까? 제 생각에 그들은 우리 시야를 어지럽혀 이곳에 있는 사람들을 끌어들이려는 것 같습니다. 우리가 천산이 공격당한다고 믿게 해 다른 세 곳의 지원군이 도우러 가게 만드는 겁니다. 길이 험해 빨라야 이틀은 걸릴 텐데, 그들은 그 틈을 타서 태백산이나 장류산, 장백산을 습격하겠지요. 그러면 우리는 그들의 계략에 당하는 겁니다."

비안은 고개를 끄덕였다.

"그럴 수도 있소. 하지만 요마들도 머릿수에 한계가 있소. 이번에는 거의 모든 병력을 동원했고, 단춘추와 십요팔마까지 총출동하고 천산으로 갔소. 그러니 매복했다가 태백산을 공격할 힘은 거의 없소. 설사 공격해 온다 해도 이동 시간만 최소 이틀이오. 그러니 그때 선인들이 다시 돌아온다면 시간을 맞출 수 있소."

선인들이 하나둘 검을 타고 태백산을 떠났다. 화천골 일행은 낙십일과 삭풍의 상처가 아직 낫지 않았기 때문에 남아서 그들을 돌보며 불의의 사태에 대비하기로 했다.

"화석 사형 일행은 어떻게 되었을까? 무슨 일이 생긴 건 아니겠지?"

화천골은 아무래도 마음이 불안했다. 요마가 저렇게 기세를 부리는 것이 마치 태백산을 비우게 하려는 것 같아서였다. 하지만 어떤 점에서 그런지는 확실하지 않았다. 그래도 거리가 머니 짧은 시간 안에 천산에서 다른 곳까지 날아가 신기를 훔치지는 못할 것이다.

"걱정 마. 그쪽에도 사람이 많고, 화석 사형이 환사령까지 갖고 있잖아. 이틀 정도만 버티면 돼. 지원군들이 도착하면 요마들을 물리칠 수 있어."

경수가 위로했다.

"제발 그랬으면……."

장류산에서는 많은 제자들이 이곳저곳으로 지원을 나가고, 삼존은 장류를 지키며 앞으로 일어날 일을 대비했다. 백자화는 수경水鏡을 통해 천산의 하늘을 빽빽이 덮은 요마들을 응시했다. 가끔 한두 명이 나서서 도발을 하곤 했지만, 포위만 하고 공격은 하지 않았다. 마치 때를 기다리는 것 같았다. 백자화는 다소 이해가 되지 않았다. 그들의 속셈을 알 것 같지만 끝내 풀리지 않는 문제가 하나 있었다.

석양이 서쪽으로 지자 천산 제자들은 대경실색했다. 고개를 들어 보니 만 명을 헤아리던 요마들이 순식간에 종적도 없이 사라져 버린 것이다.

백자화도 가슴이 철렁했다. 마침내 그 문제가 무엇인지 알 수 있었다. 환사령이나 전천련처럼 단춘추 일행에게 빼앗긴 상고신기 중 하나인 불귀연이었다. 환사령과 마찬가지로, 불귀연도 봉인이 풀린 것이다. 그리고 그 힘은 바로 순간 이동이었다.

불귀연.

공간 이동. '도주'와 '추적'을 대표한다. 불귀연을 가진 자는 순식간에 한곳에서 다른 곳으로 움직일 수 있다.

백자화는 눈을 찌푸렸다. 요마들은 신기를 이용해 성동격서[6]와 유인계를 쓴 것이다.

손가락을 짚어 헤아려 보니 화천골 일행은 아직 태백산에 있었다. 지금 태백산의 수비로는, 수만의 마계 군대의 공격을 받으면 단번에 무너질 것이 분명해서 절로 심장이 조여들었다. 그는 간단히 몇 마디로 일을 인계한 후, 서둘러 검을 타고 태백

---

6 聲東擊西. 동쪽을 공격하는 척하며 서쪽을 공격함.

산으로 날아갔다.

화천골은 하늘에서 쏟아지기라도 한 듯 우글거리는 요마들을 내려다보며 놀라 턱이 빠질 뻔했다. 분명히 산 주위에 결계와 진을 쳐 놓았는데 단춘추 일행은 아무 피해도 입지 않고, 발각되지도 않은 채 순식간에 태백산 대전 앞에 나타난 것이다. 어떻게 그럴 수가 있었을까?

단춘추의 목적은 간단했다. 태백산을 도륙하고, 비안의 심장을 뽑아 허정에서 태백산이 지키고 있는 보물인 민생검을 꺼내는 것이다. 그런 다음 선인들이 이곳을 구하기 위해 돌아오는 틈을 타 다시 천산으로 돌아가 똑같은 방법으로 신기를 빼앗는 것이다. 그 다음은 장백산과 장류산 차례였다.

이렇게 하면 선인들은 혼란에 빠져 서로 구하려고 하다가 아무도 구하지 못하게 되는 것이다. 그렇게만 된다면 내일 저녁이 되기도 전에 다른 신기들을 손에 넣을 수 있었다.

단춘추는 찬탄하는 눈길로 곁에 있는 운예를 바라보았다. 요 몇 년 간 신기를 빼앗는 일이 순조롭게 진행된 것은 운예가 옆에서 계책을 낸 덕분이었다. 다른 요마들은 매일 소리 지르고 싸우기만 하는 밥통들이었다. 다만, 흉터를 모두 없애 얼굴이 이미 정상으로 돌아왔음에도 불구하고 왜 운예가 여전히 가면을 쓰고 있는지는 알 수가 없었다.

단춘추 옆에는 얇은 면사로 가리개를 쳐 놓은, 화려한 연꽃 침대가 놓여 있었다. 그 안에 누운 하자훈夏紫薫은 주위의 창칼

소리에도 불구하고 단잠에 빠져 있었다. 길디긴 눈썹이 하얗고 투명한 얼굴 위에 그림자를 드리웠다. 그녀는 그림처럼 고운 외모에 머리부터 발끝까지 선기가 가득하여 어딜 봐도 요마 같지 않았다.

마군인 살천맥이 빈둥거리는 바람에 지금 요계와 마계의 실권은 단춘추와 하자훈, 남우회 등의 십요팔마의 손에 있었다. 복원정萬元鼎은 하자훈이 타락하여 마계로 올 때 가지고 온 물건이었다. 신기의 봉인을 풀 줄 아는 사람도 그녀뿐이었다. 그래서 그녀의 괴팍한 성격에도 불구하고 모두들 부득불 그녀를 봐줄 수밖에 없었다.

이번 일에는 선계와 마계의 싸움에서는 언제나 방관만 하던 하자훈까지 나섰다. 이것만 봐도 단춘추가 얼마나 신기를 욕심내는지 알 수 있었다. 지금 그가 원하는 것은 속전속결이었다. 단춘추는 몸을 날려 앞으로 나아가 방자하게 웃으며 말했다.

"비안 노인네, 원래는 너를 가장 마지막에 혼내 줄 생각이었는데, 갑자기 이 태백산에 신기가 많아졌으니 어쩔 수 없구나. 순순히 민생검과 전천련, 류광금을 내놓으면 목숨만은 살려 주마."

비안은 저들 손에 불귀연이 있는 이상 저들을 막을 수 없다는 것을 알았다. 저들은 태백산을 자유로이 드나들 수 있었다. 남은 몇 명의 선인들과 태백문의 제자 3천 명의 힘으로 저들에게 대항하는 것은 사마귀가 수레에 대항하는 것과 똑같이 승산이 없었다.

그는 태백문의 장문인으로서 신기를 지키는 중임을 맡았지만, 사심도 조금 있었다. 이것은 3천 제자들의 목숨과 태백문 백 년의 역사가 걸린 문제고, 그것은 민생검과 저울질할 만도 했다. 더욱이 그는 모산파 같은 말로는 원치 않았다. 하지만 요마들이 하는 말을 믿을 수 없다는 것도 알고 있었다. 신기를 내주어도 도륙은 피할 수 없을 것이다. 유일한 방법은 가능한 한 시간을 끄는 것뿐이었다. 미루고 또 미루어 지원군이 올 때까지, 혹은 기적이 일어날 때까지 기다리는 것이다. 그래서 그는 냉랭하게 말했다.

"쓸데없는 소리 마라. 신기가 어찌 요마의 손에 들어갈 수 있겠느냐?"

사람들 속에 섞여 있던 화천골은 호기심에 차서 단춘추를 올려다보았다. 놀랍게도 그는 이중인격을 가지고 있었다. 목소리도 남자와 여자를 오락가락하며, 흉악했다가 부드러워지기를 반복해서, 듣기만 해도 온몸에 닭살이 돋았다. 그가 임수의를 죽이고 모산을 도륙하라는 명령을 내렸다는 데 생각이 미치자 화천골은 저도 모르게 화가 치밀었다.

단춘추가 경멸하듯이 웃으며 한 손을 휘저었다. 요마들이 벌떼처럼 몰려왔다.

"죽음이 눈앞에 있는데도 버티는군."

"제자들은 들어라. 부도고심문浮屠敲心門, 팔괘감천진八卦撼天陣!"

순간, 3천 명의 제자들이 대전 안에서 각각 세 겹의 거대한 진을 여러 개 만들었다. 철옹성처럼 단단한 진이었다. 진 안의 요마들은 모두 교살되었고, 진 밖의 요마들은 뚫고 들어갈 수가 없어 물러났다.

운예가 단춘추의 귀에 뭐라고 속삭이자 단춘추는 고개를 끄덕였다. 갑자기 화천골이 큰 소리로 외쳤다.

"장문인, 조심하세요!"

단념검이 날아올랐지만 상대방의 손을 하나 잘랐을 뿐, 이미 늦은 뒤였다. 녹색의 머리칼을 가진 여자가 어느새 진 안으로 들어와 비안 뒤에 서 있었다. 그녀는 사람들이 채 방어하지 못한 사이 한 손으로 비안의 등을 뚫고 보호 진기를 깨뜨린 후 피가 철철 흐르는 심장을 뽑아냈다. 화천골에게 한 손을 잘리기는 했지만 그녀의 몸에는 여전히 일곱 개의 손이 더 있었다.

여자의 얼굴은 청녹색이었고 이끼가 끼어 있어, 물의 요괴인 것 같았다. 눈은 가늘고 길고 유혹적이었으며, 마치 독사 같았다. 녹색의 긴 머리칼은 수초처럼, 바람도 없는데 제멋대로 흩날렸다. 그녀는 입을 벌려 비안의 심장을 꿀꺽 삼키더니, 만족스러운 듯 마르고 긴 손가락에 묻은 피를 핥았다. 무시무시하고 구역질나는 장면이었다. 그녀가 바로 십요 중 한 명인 자유茈萸였다.

자유는 선인들의 공격을 쉽사리 피하더니 다시 한 번 몸을 번쩍하며 진 밖에 단춘추 옆으로 돌아갔다. 그리고 갓난아기의 울음소리처럼 웃으며, 날카롭고 뾰족한 목소리로 말했다.

"민생검은 없었어. 허정 안에는."

눈 깜짝할 사이 장문인이 피살당하는 것을 본 제자들은 금세 혼란에 빠졌다. 비통하고 구슬픈 울음소리가 이어졌다. 화천골은 사람들과 함께 비안을 부축했다. 요마가 불귀연을 이용해 등 뒤에서 기습할 줄은 아무도 몰랐다.

비안은 진기가 흩어져 겨우 숨만 붙어 있었다. 그는 사제인 비성誹聲과 비색誹色에게 전음을 보내, 신기를 잘 보호하고 태백문을 지켜 달라고 부탁했다. 그리고 장문인의 자리를 임시로 비어誹語에게 넘겨준 후, 화천골 일행에게는 무슨 방법을 써서든 당장 신기를 가지고 태백산을 떠나라고 분부한 후에야 눈을 감았다.

화천골은 그의 마음을 이해했다. 하지만 어떻게 수천 명의 사람들이 도륙당하는 것을 모르는 척하고 신기만 가지고 달아날 수 있단 말인가?

민생검은 아직 봉인이 풀리지 않아 사용할 수 없었다. 요마의 손에 있는 불귀연은 전천련과 상극이어서 그들을 묶어 둘 수 없으니, 의지할 것은 오직 류광금뿐이었다. 이렇게 해서 태백문의 제자들은 모두 대전 안으로 철수하고, 화천골 혼자 대전 지붕 위에서 류광금을 타며 지원군이 올 때까지 시간을 끌어 보려고 했다.

류광금 소리를 듣자 요마들은 갑자기 탐욕과 욕망, 사악함과 살기가 거의 사라지고, 인의와 도덕, 연민과 어진 마음이 솟아나 도저히 투지를 불태울 수가 없었다. 요마들은 모두 무기를 버리고 묵묵히 생각에 잠겼다.

자유는 잘려 나간 팔을 쓰다듬으며 곰곰이 생각하는 눈빛을 지었다. 그러자 몸에서 녹색 빛이 반짝이더니, 놀랍게도 새로운 팔이 버드나무 싹처럼 천천히 자라났다. 대신 갓난아기의 것처럼 부드럽고 포동포동했으며, 다른 팔들보다 훨씬 작았다.

"가서 저 애를 죽일까?"

"류광금을 연주하고 있는데 불귀연으로 다가갈 수 있을 것 같소?"

운예가 매서운 눈길로 화천골을 노려보았다. 그녀가 모산파의 새 장문인이라는 것을 떠올리자 원한이 뼈에 사무쳤다. 그러나 살천맥이 건드리지 말라고 명령한 사람이기도 했다.

자유는 다소 초조해 보였다.

"그럼 어떡해? 시간은 정해져 있는데, 그냥 앉아서 기다리란 말이야?"

운예는 고개를 저었다.

"저 류광금은 상고시대 신기니 다루기가 어디 그렇게 쉽겠소? 저 어린아이에게 법력이 있어야 얼마나 있겠소. 현을 퉁길 때마다 스스로를 해치게 되는데, 저렇게 쉬지 않고 연주를 하면 얼마나 버틸 수 있을 것 같소? 서두를 것 없소. 저 아이의 기혈이 다하고 나면 수월하게 류광금을 얻을 수 있소. 더욱이 남우회와 광야천曠野天이 밖에서 구원군을 죽여 없애고 곧 돌아올 것이 분명하오. 그러면 류광금을 깨뜨리지 못할 것도 없소. 또 전천련도 저 아이의 손에 있는 것 같소."

자유와 단춘추는 알 수 없는 눈길로 운예를 바라보았다.

"저 아이는 대체……?"

운예는 냉소를 지었다.

"모산의 장문이자 백자화의 수제자, 화천골이오……."

갑자기 연꽃 침대에 누워 있던 하자훈이 이상한 잠꼬대를 중얼거렸다. 달콤한 꿈속에서 금 소리를 듣고 깬 모양이었다. 그녀가 허둥대며 가리개를 젖혔다.

"누가 금을 연주하고 있는 거지? 너희들 방금 자화 얘기를 했어? 자화가 온 거야?"

21. 그림자 향기

석양이 서쪽으로 지고 노을이 퍼졌다. 핏빛의 석양이 마치 눈물을 뚝뚝 흘리는 것 같았다.

낙십일이 불편한 몸을 이끌고 대전으로 오자 예만천이 황급히 그를 부축했다.

"바깥 상황은 어때?"

"천골이 밖에서 류광금으로 적을 막고 있어요. 하지만 언제까지 버틸 수 있을지 몰라요."

경수가 걱정스러운 얼굴로 말했다. 지원군은 당장 오지 못할 것이고, 이대로 앉아서 죽음을 기다릴 수만은 없었다. 낙십일은 고개를 끄덕이고 주위를 둘러보더니 갑자기 놀란 목소리로 외쳤다.

"당보는? 당보는 어디 있지?"

'천골과 함께 밖에 있는 것은 아니겠지? 위험한데!'

"에, 그러네요. 당보는 어디로 갔지? 방금까지 여기서 엉엉 울며 초조해하고 있었는데. 아빠를 찾아가 골두를 구해 달라고 해야 하느니 어쩌니 하면서……."

"아빠?"

낙십일의 머릿속에 당보와 비슷한 크기의 애벌레가 떠올랐다. 나뭇잎 모자를 쓰고 수염을 쓰다듬으며 곰방대를 입에 문 엄숙한 얼굴에 저도 모르게 머리가 멍해졌다.

'당보의 아빠를 만나게 되면 뭐라고 불러야 하지?'

낙십일은 자기 머리를 퍽퍽 때렸다.

'세상에, 지금 그런 생각을 할 때가 아니란 말이야! 정신 차려!'

그는 황급히 관미를 써서 당보의 행방을 찾으려 했으나 류광금의 방해 때문에 찾을 수가 없었다.

대전 지붕 위의 화천골은 더 이상 버티기가 어려웠다. 숨만 겨우 쉬면서 금 위에 엎드린 채, 진기 손상을 최소화하기 위해 일정 간격을 두고 현을 가볍게 퉁길 뿐이었다. 겨우 소리만 낼 뿐 연주라고 할 수도 없었다.

요마들의 표정은 괴상했다. 흉악한 표정이었다가 다시 인자한 표정을 지으며 얼굴 근육을 이리저리 실룩였다. 하자훈만이 침대에 비스듬히 기대앉아 넋이 나간 듯 듣고 있을 뿐이었다.

금을 타는 사람이 백자화는 아니었지만, 류광금이 뿜어내는 상서로운 은빛 광채는 알아볼 수 있었다. 지난날의 정경이 끊임없이 눈앞에 떠올랐다. 요마들은 모두 오감을 막으려고 야단 법석이었지만, 그녀는 류광금의 소리에 정신을 반쯤 내놓고 그 속에 푹 빠진 채 벗어나려 하지 않았다.

화천골의 금 소리가 점점 느려지고 곡조가 만들어지지 않자 하자훈은 불쾌했다. 그녀가 손을 들어 손가락을 탁 퉁기자 수 없이 많은 보랏빛의 꽃잎들이 빠르게 허공을 맴돌더니 긴 선을 만들며 곧장 화천골에게 날아들었다. 기이한 꽃향기가 안개처 럼 하늘과 땅을 뒤덮었다.

화천골은 현을 뜯는 속도를 올려 대항할 수밖에 없었으나, 향기가 너무도 기괴하여 당장이라도 쓰러질 것 같았다. 그렇다 고 손으로 코를 막을 수는 없었기 때문에 어쩔 수 없이 계속 주 문만 외었다.

하자훈이 만족스럽게 입꼬리를 올렸다.

"잘 타는구나. 자화보다는 훨씬 못하지만 류광금이 내는 음 악은 역시 비할 데 없이 아름다워. 이제 《조로구천朝露九天》을 연주해 보지 않겠니?"

화천골은 무리하게 그녀의 공격을 하나하나 막으면서, 속이 상해 변태라고 욕을 퍼부었다.

'어디서 감히 자화라고 친밀하게 부르는 거야!'

하자훈은 류광금 소리에도 정신이 흩어지지 않고 공격할 힘 까지 있는데다, 단지 금 소리를 더 듣기 위해서 진기를 소모하 면서까지 화천골을 계속 공격하고 있었다. 지원군은 아무리 빨 라도 내일이나 도착할 텐데, 이대로라면 화천골은 한밤중이면 기력이 다할 것 같았다.

'사부님, 사부님! 어디 계세요? 보고 싶어요, 사부님!'

하늘이 점점 어두워지고 둥근 달이 떠올랐다. 화천골은 내내 사람들이 공급해 주는 영력을 이용해 하자훈과 맞섰다. 단춘추 등은 두 사람의 싸움에 피해를 입지 않으려고 10여 장 밖으로 물러났다.

화천골은 이렇게 버티는 것이 좋은 방법이 아니라는 것을 알고 갑작스레 외쳤다.

"자훈 선자, 곧 8월 15일이에요. 이렇게 오래 싸우고 있으니 지치지는 않아도 배는 고프네요. 잠시 멈추고 월병을 좀 먹는 게 어때요?"

전각 아래에 모여 있던 낙십일과 삭풍 등은 긴장해서 그녀를 바라보았다. 그녀가 무슨 생각을 하는지 알 수가 없어서였다.

"재미있는 아이구나. 목숨이 달린 순간에도 월병을 먹고 싶다니."

하자훈이 생긋 웃자 화천골은 금을 타는 것을 멈추고 눈을 깜빡였다.

"내일의 태양을 볼 수 없다는 것이 확실하면, 배부르게 먹어두는 편이 낫잖아요. 안 그래요?"

하자훈도 허공에서 몸을 멈추었다. 보라색의 망사 옷이 바람에 휘날렸다.

"먹고 싶으면 먹으렴. 배불리 먹고 난 후 다시 금을 들려주어야 해."

화천골은 눈웃음을 쳤다. 어딘지 동방욱경을 빼닮은 웃음이었다.

"사부님의 말씀이 옳았어요. 역시 자훈 언니는 상냥하고 아름다울 뿐 아니라 정과 도리를 잘 아시는군요."

"사부?"

"네, 바로 장류 상선 백자화 말이에요!"

"자화, 자화가 제자를 거둬?"

하자훈은 살짝 넋이 나간 듯 멍한 표정을 지었다.

'내가 마계에서 폐관한 지 그렇게 오래되었나?'

"이제 보니, 이제 보니 네가 바로 그의 제자였구나. 어쩐지 류광금을 가지고 있더라니. 자화는……. 그, 그가 네게 내 얘기를 했니?"

월병 한 접시가 화천골의 손으로 날아왔다. 그녀는 월병을 한 입 베어 물고 우물거리며 말했다.

"당연하죠. 자훈 언니는 예전에 천정에서 인간 세상의 모든 향기를 주관하던 상선 중 한 사람이었잖아요."

물론 이 이야기는 사부가 알려 준 것이 아니라 《육계전서》에서 읽은 것이었다. 요마들 사이에서 하자훈이 몸에 지닌 선기는 판별하기가 무척 쉬웠다.

"언니, 언니도 하나 드셔 보실래요? 제가 직접 만든 것이라 아주 맛있어요. 사부님께서도 제 솜씨가 좋다고 늘 칭찬하세요!"

접시 안에 있던 월병 하나가 하자훈 앞으로 느릿느릿 날아갔다.

"자화, 그가 칭찬을 할 줄 알아?"

하자훈은 월병을 받아 쥐고 멍하니 바라보았다. 마치 월병이 백자화의 얼굴이라도 되는 것처럼.

운예가 다급한 나머지 나서려고 했다. 어쩌자고 싸우다 말고 적과 수다를 떨고, 적이 준 음식까지 먹으려는 걸까? 독이라도 있으면 어쩌려고?

그러나 단춘추가 손을 들어 저지했다. 그는 왼쪽의 요기 넘치는 여자의 눈을 가늘게 뜨면서 무척 흥미로운 듯이 그 모습을 지켜보았다.

하자훈은 조심스레 월병을 맛보았다. 혀끝에서 단맛이 폭발하여, 마치 평지에 천둥이 치는 것 같았다. 음식을 먹지 않은 지 얼마나 오래되었던가? 미각은 거의 사라지고, 음식이 이렇게나 맛있다는 것도 잊고 있었다. 월병 안에는 은행이 들어 있었는데, 입에 들어가자 부드러우면서도 미끄럽지 않고, 달달하면서도 느끼하지 않은 맛을 냈다. 하나를 먹고 나니 그 맛을 잊을 수가 없었다.

하자훈은 분명 입 모양은 웃고 있었지만 달빛 아래에 비친, 비할 데 없이 창백한 얼굴은 확실히 슬퍼 보였다. 그런 표정을 보자 화천골마저 살짝 마음이 아팠다. 그녀는 손뼉을 치고 소매로 입을 훔치며 말했다.

"자훈 언니, 이제 다 먹었어요. 무슨 곡을 듣고 싶으세요? 제가 연주해 드릴게요!"

"이렇게 빨리?"

"헤헤, 언니는 제가 월병을 핑계로 시간을 끈다고 생각하셨군요?"

하자훈은 어린 화천골의 명랑한 모습을 바라보며 미소를 지었다. 지난날, 매일매일 기쁜 마음으로 백자화의 환심을 사려하던 자신이 떠올라 부러우면서도 서글펐다.

"내가 널 죽이면, 네 사부의 성격으로 보아 내게 복수를 하러 찾아올지도 몰라. 그럼 그를 볼 수 있을지도 모르지."

하자훈이 갑자기 고개를 들고 화천골을 바라보며 말했다. 화천골은 오싹 한기가 들었지만 웃으며 말했다.

"언니, 무슨 그런 농담을요. 생사는 운명에 달렸고, 부귀는 하늘에 달렸다고 하잖아요. 사부님의 성격은 언니도 잘 아실 거예요. 그분이 왜 저 때문에 언니에게 복수를 하시겠어요?"

"하긴, 그렇기도 해. 무정한 백자화가 왜 다른 사람의 목숨에 관심을 가지겠어?"

하자훈은 희미하게 말하며 손을 들어 미간에 있는 검은 타선[7]의 표식을 만지작거렸다. 눈동자 속의 슬픔이 더욱 짙어졌다. 화천골이 재빨리 말했다.

"언니의 향 제조술은 육계에서 비할 사람이 없다면서요. 저는 어려서부터 향료에 관심이 무척 많았어요. 오늘 운 좋게 언니를 만났으니, 같이 연구해 보는 게 어떨까요?"

화천골은 어떻게든 시간을 끌어 진기를 회복하려고 했다.

---

7 墮仙. 타락한 선인.

처음으로 누군가가 향으로 도전하자 하자훈은 절로 웃음이 나왔다.

"좋아, 네가 이기면 나는 이 싸움에 끼어들지 않겠어. 하지만 내가 이기면 다른 신기는 몰라도 그 류광금은 내게 줘야 해. 어때?"

"좋아요."

화천골은 미소를 지으며 고개를 끄덕였지만, 전각 아래에 있던 사람들은 깜짝 놀랐다.

"하지만 저는 언니만 한 실력이 없으니 공평하게 하려면 제가 문제를 내야 해요. 각자 자신이 만든 향을 꺼내, 상대방이 그 성분과 제조법을 알아맞히게 해요. 맞히지 못하면 지는 것이고요. 어때요?"

하자훈이 고개를 끄덕였다.

"아무래도 넌 자화의 제자니, 어린아이를 괴롭혔다는 말을 듣고 싶지는 않구나. 나는 향을 세 개 낼 테니, 그중 하나라도 맞히면 이긴 것으로 해 줄게."

화천골은 손바닥에 찬 땀을 비벼 닦으며 밤하늘을 바라보았다. 본래는 사부의 하얀 그림자가 나타나기를 간절히 바랐지만, 어쩐지 이 순간은 그러지 않았으면 하는 마음도 조금 들었다.

두 사람은 공중에서 향으로 싸우게 되었고, 아래에 있는 사람들은 모두 긴장해서 촉각을 곤두세우고 지켜보았다. 하자훈이 허정에서 빨간 향낭을 꺼내 화천골에게 던졌다.

"그 향의 이름은 부도삼생浮屠三生이야. 삼생三生(전생. 이생. 내생)을 겪은 자 꿈이요, 인의롭지 못한 자 하늘이니……."

화천골은 향낭을 코로 가져가 향기를 맡았다. 첫 향은 매우 옅어 거의 느껴지지 않았지만, 중간 향은 갑자기 파도가 덮치듯 세차게 밀려왔다. 짙고 그윽하여 그 속에 푹 빠져 벗어나고 싶지 않게 만드는 향이었다. 향은 백 리까지 퍼져 나가 전각 아래에 있던 사람들과 요마들까지 환상에 빠졌다.

인생은 뛰어가는 백마처럼 순식간에 지나간다. 웃음과 눈물, 슬픔과 고통은 이렇게나 분명하고 또 손끝에 닿을 듯 가깝다. 이 때문에 누군가는 큰 소리로 울고, 누군가는 껄껄대며 웃는 바람에 태백산 전체가 연극 무대처럼 시끌시끌해졌다.

화천골은 아직 세상을 잘 모르는데도 불구하고 눈앞에 인생의 온갖 모습이 끊임없이 떠오르자 한숨을 내쉬며 세상을 비관하는 마음이 일었다. 하지만 곧 정신을 차리고 향낭에 가볍게 입김을 불었다. 그러자 마지막 향이 점점 퍼져 나갔는데, 머리부터 발끝까지 화들짝 놀라게 하는 향이었다. 가슴 한구석이 서늘해지고 정신이 번뜩 들었다. 속세의 은혜와 사랑, 슬픔과 기쁨은 순식간에 공허한 환영이 되고, 어느새 오랜 시간이 흐른 것 같았다.

"부도삼생, 덧없는 꿈……."

화천골은 연신 고개를 끄덕였다.

"언니, 이 향은 백단향 두 냥[8], 영란향靈蘭香 넉 냥, 유향, 곽

---

8 兩. 1냥은 50그램.

향藿香, 침향沉香, 금매향金魅香 각 한 냥씩에, 푸른 갈대를 반 전[9]을 따로 간 다음, 향을 휘저어 넣고 섞어서 함께 찧어 만들어요. 그 가루에 어린 찻잎 가루와 작약을 각각 한 전 넣고, 생밀을 고르게 섞고, 장미수를 넣어 금박으로 싸요. 그렇게 해서 도자기 합에 넣어 십여 번 중탕하고 지하실에 봉인한 후, 이레 후쯤 꺼내면 되는 거죠?"

하자훈은 눈을 가늘게 뜨고 그녀를 바라보았다. 아무래도 저 아이를 얕본 것 같았다. 확실히 나이는 어리지만 그래도 백자회의 제자였다. 그래서 허정에서 두 번째 향낭을 꺼냈다.

"이 향의 이름은 도미훈풍茶迷薰風이야. 바람을 받으면 퍼지고, 바람이 없으면 향이 나지 않아."

화천골은 그 향을 받아 들고 바람을 향해 섰다. 이 향은 무척 특이한 효능이 있었다. 바람을 따라 날아갈 뿐 사방으로 퍼지지 않았고, 녹색 잎을 스칠 때는 녹색으로, 빨간 꽃을 스칠 때는 빨간색으로 물들었다. 달빛 아래에서 보니 색색으로 곱게 물든 환상 같은 안개가 길게 나부끼는 것 같았다. 인간 세상의 슬픔과 초목의 기쁨이 바람을 타고 나뭇가지와 잎을 흔들며 즐겁게 춤을 추었다. 화천골은 더더욱 하자훈에게 탄복했다.

"세상에 만물과 소통할 수 있는 향이 있다니, 과연 최고로 아름다운 향이군요. 이 향은 24절기마다 피는 스물네 종의 꽃들이 활짝 피어 떨어지기 직전에 그 꽃의 정수를 받아 각 한 전

---

9 錢. 1전은 5그램.

씩 넣고, 침수향沉水香 다섯 냥, 부령향茯笭香, 훈륙향薰陸香, 청목향靑木香, 감송향甘松香 각 반 냥을 더해요. 그것들을 가루 내어 술로 연하게 만들고, 도자기에 넣어 등사지[10]로 봉해 매화나무 밑에 묻었다가, 겨울에 꺼내 쓰면 돼요. 언니, 제 말이 맞죠?"

하자훈의 안색이 더욱 창백해졌다.

"맞아, 모두 맞아. 하나도 틀리지 않았구나."

이 세상에 향을 제조하고 판별하는 능력으로 그녀 자신을 뛰어넘는 사람이 있을 줄이야!

"마지막 향은 궤획상뢰媿嬅傷誄라는 거야. 다친 사람만 맡을 수 있고, 건강한 사람은 맡을 수 없어. 상처가 심할수록 짙은 향이 나고, 향을 맡을수록 상처가 더욱 아프게 되지."

화천골은 그 향을 손에 쥐고 작은 짐승이 먹이를 구하듯 향낭에 코를 대고 킁킁거렸다. 아무 향도 맡을 수가 없자 당황스러웠지만, 마음을 가라앉히고 눈을 감으며 냄새를 맡으려고 애썼다. 갑자기 사부의 얼굴이 머릿속에 떠올랐다. 그러자 불현듯 가슴이 죄어 와 그 통증에 허리까지 꺾였다. 동시에 향기가 덮쳐 왔다. 그 향기에 코가 시큼하여 눈물이 날 것 같았다.

그녀는 황급히 향을 하자훈에게 돌려주고 후각을 꽉 틀어막았다. 세 가지 향 중에서 이 향이 가장 좋았지만, 무슨 이유에선지 가장 마음에 들지 않았다. 화천골은 억지로 웃음을 지으

---

10 파라핀지.

며 말했다.

"그 향도 맡았어요. 세상의 진기한 향초 백 가지와 향화 백 가지, 향목 백 가지를 모아 망우주忘憂酒와 혼합하고, 삼매진화[11]로 최소 반년 동안 끓였군요. 그런 다음 북쪽의 가장 추운 곳에 가져다 두고 거기서 추출한 기름을 매일 궤획은화姽嫿銀花에 먹였을 거예요. 이 향낭에는 아무 가공도 하지 않고, 그 꽃에서 매일 채취한 이슬이 담겨 있어요."

하자훈은 눈을 감았다. 갑자기 얼굴에 떠오른 피로가 그녀를 순식간에 훨씬 늙어 보이게 만들었다. 어쨌거나 그녀는 화천골보다 훨씬 오래 살았다. 천 년 동안 산이란 산은 다 가 보았고, 세상 끝까지 가 보지 않은 곳이 없었다. 모든 약초를 맛보았고, 모든 향을 조제해 보았다. 하지만 지금 눈앞에 있는, 겨우 열두세 살밖에 안 된 어린아이가 보면 얼마나 보았고, 겪으면 또 얼마나 겪었기에 향 제조법에 대해 저렇게나 조예가 깊을까? 저것은 천부적인 재능이니 질투하고 싶어도 질투할 수가 없었다.

하자훈은 가만히 고개를 저었다.

"아직 하나가 빠졌어."

화천골은 그녀를 바라보며 미소지었다.

"다른 하나는 바로 자훈 언니의 눈물이에요. 그래서 살짝 씁

---

11 三昧真火. 불교나 도교에서 수련을 하여 만들 수 있다고 하는 불로, 일반적인 물이 아니라 진수(眞水)로만 끌 수 있다고 함.

쓸한 향이 나는 거예요. 그 때문에 맡는 사람의 마음이 아픈 거고요!"

하자훈은 길게 탄식했다.

"네가 벌써 자화의 문하에 들어갔다는 것이 아쉽구나. 그렇지만 않았다면 널 제자로 삼았을 텐데. 너처럼 총명한 아이는 자화도 포기하지 않겠지. 관두자, 이제 네가 문제를 낼 차례야."

낙십일과 경수 등은 간신히 안도의 숨을 내쉬었다. 이제 하자훈이 문제를 모두 맞히더라도 비기는 것이 되기 때문이다.

예만천은 믿을 수 없는 눈길로 화천골을 노려보았다. 화천골이 저렇게 많은 향을 다 알아낼 줄은 생각지도 못했다. 사람들의 감탄한 표정을 보자 가슴속에서 분노가 끓어오르고, 도무지 인정하고 싶지 않았다.

'오늘 대체 무슨 바람이 불어 저 애가 저렇게 잘나간담?'

화천골은 품을 이리저리 뒤적이더니, 마침내 소매 안에서 하얀색 향낭을 하나 끄집어냈다.

"언니, 이건 제가 얼마 전에 제조한 향인데 이름은 짓지 않았어요. 그런데 언니의 향은 모두 이름이 예쁘군요. 저도 이 향에게 이름을 지어 줄래요. 암영류광暗影流光이라고요!"

화천골은 하자훈에게 향낭을 던졌다. 하자훈은 향낭을 가슴 앞으로 가져가 고개를 숙이고 살짝 맡았다. 저도 모르게 가슴이 죄어들었다.

이렇게 맑고 우아한 향은 처음이었다. 마치 몸에 있는 모공들을 깔끔하게 다리미질한 것처럼 상쾌하고 편안했다. 향기는 오래갔고, 마치 먼 옛날부터 흘러온 것처럼 계속 이어졌다. 따뜻하고 평온한 느낌이 그녀의 마음속 상처를 일일이 눌러 펴주어, 갑작스레 가슴이 뻥 뚫리면서 기분이 편해졌다.

그녀는 고개를 들어 화천골을 바라보았다. 저렇게 순결한 마음을 가진 아이만이 이렇게 놀라운 향을 만들 수 있었다. 이것은 치유의 향이자, 행복의 향이었다. 성분과 제조법을 맞힐 필요도 없었다. 향기를 맡은 것만으로도 이미 진 것이다.

하자훈은 그 향낭을 손에 쥔 채 취한 듯이 흠뻑 맡으며 오랫동안 놓지 않았다. 화천골도 원하던 바였기 때문에 재촉하지 않았다. 그녀는 속으로 어서 빨리 날이 밝기만을 빌었다.

"자훈 선자, 서두르시지요. 더는 시간을 낭비하면 안 됩니다."

보다 못한 운예가 결국 입을 열었다. 내일이면 선인들이 몰려올 것이고, 그러면 신기를 뺏는 일은 더욱 어려워질 것이다.

하자훈은 향기 속에서 깨어났다.

"이 향은 주로 차향과 과일 향으로 만들었구나. 유자 껍질 한 냥에 귤, 복숭아, 대추를 두 전씩, 백부자白附子, 모향茅香 다섯 전, 죽엽청竹葉青과 서호용정西湖龍井, 벽라춘碧螺春, 몽정다蒙頂茶, 군산은침君山銀針, 고저자순顧渚紫筍, 보타불다普陀佛茶를 각 반 전씩 넣어 함께 갈아서 가루를 만들었어. 그것을 명주로 싸서 약탕관에 매달아 놓고, 빙련화冰蓮花의 이슬에 하룻밤 적신 다음, 약한 불로 49일간 끓인 거야. 그 후 삼생지의 물로 씻어 기름에 던져 넣은 다음, 복숭아 꽃잎을 겹겹이 쌓아 백 일

동안 봉해서······."

그 다음에는 무엇인지 말을 할 수가 없었다. 무척 익숙하면 서도 매우 낯선 느낌이었다. 후각까지 둔해지다니, 아무래도 정말 늙은 모양이었다. 이번 시합은 그녀가 졌다.

"그리고 두 가지 향이 더 있지만 알아낼 수가 없구나. 기꺼 이 패배를 인정할게······."

화천골은 눈을 깜빡이며 기쁨을 숨기지 못했다.

"언니도 대단해요. 방금 하신 말은 하나도 틀리지 않았거든 요. 맞히지 못한 두 가지 향은 제 소매 속에 오랫동안 들어 있 어서 섞인 제 체취와 사부님 베갯머리의 향기예요. 맡아 보지 도 못한 향을 맞히지 못한 것은 언니 탓이 아니에요."

화천골은 다소 부끄러웠다. 사실 이것은 속임수나 마찬가지 였다. 하지만 이렇게 하지 않았다면 무슨 수로 하자훈을 이길 수 있겠는가? 이런 짓을 한 것은 류광금을 지키는 것이 중요했 기 때문이었다.

하자훈은 비틀거리다가 그만 아래로 떨어질 뻔했다.

'그래, 맞아! 왜 그렇게 익숙하면서도 낯설게 느껴지나 했더 니 백자화와 화천골의 체취였던 거야. 갖은 노력으로 배우고 익혔지만 사람의 체취를 놓치다니!'

"네 사부의······, 사부의 베갯머리 향이라고?"

"그래요. 향낭을 다 만든 다음 몰래 사부님 베개 밑에 한참 숨겨 놨거든요. 그러다 이번에 가지고 나온 거예요."

화천골은 자랑스레 웃으며 말했다. 《칠절보》를 본 다음부터 그녀는 향 제조법에 대해 오랫동안 연구했다. 그리고 일부러 이 향낭으로 사부의 체취를 구해 늘 몸에 지니고 다녔다. 이렇게 하면 사부가 늘 곁에 있는 것 같아서였다.

하자훈은 바보처럼 향낭을 바라보며 손을 꽉 쥐었다.

'자화, 자화의 체취……'

"천골, 그렇지, 네 이름이 천골이었지? 이 언니가, 내가 가진 걸로 이……, 이 향낭을 바꾸지 않겠니? 원하는 것은 뭐든 줄게! 《조향비록調香秘錄》은 어때? 참, 넌 벌써 향을 잘 아니 필요 없겠구나. 그럼……, 그럼 내 검보나 법력은 어떠니? 아니면……. 참, 모두들 신기를 갖고 싶어 하지? 이 언니에게 복원정이 있어. 그것과 이 향낭을 바꾸자!"

하자훈이 갑자기 두서없이 말하더니, 허정에서 빛이 나는 영롱한 물건을 꺼냈다. 바로 신기 중 하나인 복원정이었다!

모든 사람들이 놀라 숨을 들이켰다. 운예와 자유 등은 하자훈이 충동적으로 바보짓을 할까 봐 급히 그녀에게 다가갔다. 복원정은 그녀가 타락하기 전부터 가지고 있던 것으로, 약과 향을 만드는 힘이 있었다. 이 신기를 얻기 위해 단춘추는 온갖 계책을 짜냈고, 마침내 그녀를 끌어들일 수 있었다. 그런데 지금 신기 하나를 뺏으려다 다른 신기 하나를 내주게 된 것이다. 그렇다면 그가 대군을 이끌고 여기까지 온 것이 무슨 소용일까?

"자훈 선자, 미쳤소?"

하자훈이 돌아보았다. 그녀가 차가운 얼굴로 손을 휘젓자 빛이 번쩍하며 운예 등이 모조리 몇 장 밖으로 밀려나 버렸다.

"꺼져! 누구든 날 막으면 죽여 버리겠다!"

화천골은 그녀의 미간에 있는 검은 표식이 피처럼 새빨갛게 변하는 것을 보고 저도 모르게 소름이 끼쳤다. 처음부터 그녀가 사부에게 애정이 있다는 것을 알아보긴 했으나 이렇게까지 집착하고 있을 줄은 몰랐다. 사부의 체취가 묻은 조그마한 향낭 하나를 위해서 신기까지 기꺼이 내놓을 정도라니! 무슨 이유에선지 그녀는 살짝 마음이 아프고, 가슴속에 연민이 가득 찼다.

"언니, 마음에 들면 선물로 드릴게요. 신기와 바꿀 필요 없어요."

"천골!"

아래에서 지켜보던 낙십일 등은 마음이 급해졌다. 화천골까지 감정적으로 행동하다니 뜻밖이었다.

"고마워. 그 마음, 꼭 기억할게……."

하자훈은 미친 듯이 기뻐하며 그녀를 향해 웃었다. 화천골은 그녀의 슬픈 얼굴에서 처음으로 찬란하고 눈부신 표정을 볼 수 있었다. 그 모습을 보자 더욱 마음이 쓰라렸다.

22. 막기 어려운 화살

하자훈은 향낭을 가지고 연꽃 침대로 돌아갔다. 그리고 더 이상 바깥에서 일어나는 일에 나서지 않았다.

양쪽은 또다시 일촉즉발의 상태에 놓였다. 화천골은 재미없는 연주를 계속하며 난동을 부리려는 요마들을 저지했다.

멀리 하늘을 본 그녀는 안도의 숨을 내쉬었다. 하늘이 밝아오기 시작한 것이다. 그때, 갑자기 남색 그림자 하나가 빠르게 날아와 적 진영으로 떨어졌다. 그 모습만 봐도 법력이 무척 높은 것 같아서 모두들 걱정스러워했다.

"드디어 왔군."

그러잖아도 광야천을 기다리던 단춘추였다. 그가 왔으니 류광금도 그들을 막지 못할 것이다.

"뭘 하느라 아직까지 성공 못 한 거야?"

큰 종을 때리는 것처럼 우렁찬 목소리의 광야천은 체격도 우람했다. 그는 어깨를 반쯤 드러내고 있어 큼직큼직하게 빛나는 근육이 돋보였다.

"저들이 류광금을 가지고 있어. 그 소리 때문에 나마저도 중생을 구제하고픈 마음이 들 정도여서 널 기다리고 있었지. 그쪽은 잘 요리했어?"

"안심해. 천병天兵 수천 명을 모조리 쓰러뜨렸으니 다시는 귀찮게 하지 않을 거야. 류광금을 타는 사람이 백자화는 아닌 것 같은데?"

"그자가 거둔 지 얼마 안 된 제자 같아. 백자화도 지금 이곳으로 달려오고 있어. 남우회를 보내 막게 했지만 시간을 오래 끌지는 못할 거야. 빨리 움직여야 해. 그자가 오면 아무것도 할 수 없어."

"어? 그자가 제자를 거두었다고? 그것도 저렇게 조막만 한 여자아이를? 재미있군. 나도 비슷한 어린애를 제자로 삼아 저 애와 대결시켜 볼까? 내가 그자를 이길 수는 없으니, 내 제자가 그자의 제자를 이기면 결국 한 판 만회하는 셈이잖아."

"잠시의 득실과 승패에 연연하지 좀 마. 요신이 세상에 나오는 것이야말로 진짜 중요한 일이야. 그때가 되면 육계가 모두 우리 것이 된다고."

"나더러 어쩌라는 거야?"

"생명이 있는 물건은 류광금의 조종을 받지만, 죽은 물건은 아니겠지?"

"네 말은……?"

"그래서 널 기다린 거야."

단춘추는 계략을 꾸밀 때는 항상 교태 어린 여자 목소리를 냈다.

"소리의 영향은 받지 않지만, 소리의 파동에 부딪히기만 해도 가루가 되어 버릴 텐데."

"불귀연이 있잖아. 부피를 작게 만들어서 어둠을 틈타 순식간에 저 아이 뒤로 돌아가면 쉽게 발견하지는 못할 거야."

"좋은 생각이군. 아주 묘해."

"그럼 어서 움직여. 반 시진이면 모두 끝날 거야."

광야천은 고개를 끄덕이고는, 허정에서 나무 상자 하나를 꺼내 열었다. 안에는 각종 목재와 정, 조각칼 같은 공구가 가득 들어 있었다. 그는 굵직한 손가락으로 보통 사람보다 몇 배나 빠른 속도로 민첩하게 공구를 움직였다.

얼마 지나지 않아 조각한 나무들을 모아 만든 자그마한 모기가 완성되었다. 이 나무 모기는 크기는 작아도 내장까지 완벽했고, 온몸에 있는 108개의 관절도 자유롭게 움직일 수 있었다. 광야천이 손바닥을 펼치자 모기는 가늘고 긴 다리를 폴짝이더니 고개를 돌리고 날개를 활짝 폈다. 마치 살아 있는 것 같았다.

사실 광야천은 기관술에 정통했다. 그가 만든 물건은 법술을 전혀 쓰지 않기 때문에 선인들에게 전혀 발각되지 않았다. 기관이나 암기 같은 작은 것부터 공성攻城 전차처럼 큰 것까지,

오로지 손의 기교만 사용하여 만드는데, 몹시 정밀하고 위력적이었다.

자유가 녹색의 긴 손톱을 내밀어 모기를 살짝 누르자, 모기의 온몸이 순식간에 선명한 비췻빛으로 변했다. 그런 다음 불귀연의 빛을 쪼이자 모기는 사람들 눈앞에서 사라졌다.

"문제없겠지?"

"저 몸 속에 내가 정성들여 제조한 극독을 주입했으니, 물리기만 하면 저 아이는 오늘 뜨는 해도 못 보게 될 거야."

자유가 요사하게 웃었다.

화천골은 등에서 식은땀이 계속 흘렀다. 어렴풋이 느껴지는 불길한 예감이 그녀를 초조하게 만들었다. 그런데 방금 나타난 남자가 갑자기 허정에서 커다란 연노차를 백여 개나 꺼내는 것이 보이자 화천골은 큰일 났다 싶었다. 요마들이 비록 법력은 강하지만, 류광금의 연주가 울리는 동안에는 법술을 거의 쓸 수 없었다. 하지만 활을 쏘는 데는 법술이 필요하지 않았다. 한번, 또 한 번 쏟아지는 화살 비를 언제까지 막아 낼 수 있을까?

광야천이 한 손을 휘두르자 백 개의 연노가 일제히 발사되었다. 연노차 하나는 날카로운 화살 백 개를 동시에 쏠 수 있었고, 힘이 강하고 사정거리도 멀었다. 화살들은 놀랄 만한 속도로 쐐액 하고 밤하늘을 갈랐다. 한 번에 날아오른 만 개의 화살은 마치 태백산에 있는 사람들을 모조리 쏘아 죽일 것 같은 기세였다.

"다들 어서 대전 안으로 들어가서 문을 닫아!"

화천골이 낙십일 등을 향해 크게 외쳤다. 그러면서 한시도 지체하지 않고 빠르게 현을 퉁기며 대항했다.

금 소리와 화살이 부딪히자, 무더기로 날아들던 화살 비는 허공에서 그대로 산산조각이 났다. 하지만 화살의 기세가 맹렬하여 잠시도 숨 돌릴 겨를이 없었다. 본래도 진기가 얼마 남지 않았던 화천골은 더 이상 기력을 쓸 수가 없었다. 그녀는 홀로 하늘을 뒤덮는 화살 비에 대항하여 싸우며 이를 악물고 버텼다.

하늘이 점점 밝아지고, 해가 천천히 떠올라 곧 지평선 위로 튀어나올 듯했다. 중요한 순간, 화천골은 갑자기 어깨가 찌릿하며 아픈 것을 느꼈다. 갑자기 손발에 힘이 빠져 더 이상 금을 탈 수가 없었다.

그 짧은 순간, 화살 비가 파도처럼 허공에서 떨어져 내렸다. 화천골은 연달아 세 발의 화살을 맞았다. 얼마나 힘차게 날아왔던지 앞의 두 발은 배와 허벅지를 관통했다. 이어서 세 번째 화살이 어깨뼈에 박히자, 그녀는 통증을 이기지 못하고 곧장 지붕에서 떨어졌다. 그러면서도 젖 먹던 힘까지 끌어올려 류광금을 허정 속에 넣었다.

끝이었다. 화천골은 자신이 화살을 맞아 죽을 거라고는 생각해 본 적이 없었다.

'마지막으로 사부님의 얼굴 한번 보지 못하고 죽어야 하다니, 그건 싫어!'

갑자기 그녀 위로 빛의 장막이 생겨났다. 고개를 숙여 보니 낙십일과 삭풍, 예만천, 그리고 태백산 제자들이 모두 나와 화살 비를 막아 주고 있었다.

"불화살로 바꿔!"

광야천의 명령이 떨어지자 유성 같은 불꽃이 끊임없이 하늘을 갈랐다. 류광금이 사라지자 요마들도 일제히 달려들었다. 태백산의 3천 제자들은 모두 화살 비 속으로 뛰어들어 요마들과 싸우기 시작했다. 도광과 불꽃이 어우러진 장면은 몹시 공포스럽고 참혹했다.

화천골은 공중에 뜬 채였다. 낙십일과 삭풍 등이 빛의 장막을 쳐 주었으나, 그와 동시에 요마와도 싸워야 했기 때문에 오래 버티지 못할 것 같았다. 화천골은 양손의 손톱이 까맣게 변해 가는 것을 보고 중독되었다는 것을 깨달았다. 하지만 아무 힘이 없어 그저 사부가 체내에 남겨 준 진기를 천천히 움직여 막으면서, 잠들지 않으려고 이를 악물었다.

"어서 대전으로!"

경수가 날아드는 화살을 쳐 내며 화천골을 전각 안으로 끌고 가려고 했다.

"뒤를 조심해!"

화천골이 놀란 목소리로 외쳤다. 그러나 경수는 화천골을 끌어당기느라 피할 수가 없었다. 보호막을 쳐 두었는데도 경수는 화살에 어깨를 맞고 말았다.

"난 괜찮아. 그런데 넌 어쩌다 중독된 거야? 심각한 건 아니지? 혈응화와 회청단은 어디 있어? 어서 꺼내 봐."

화천골이 힘없이 허정에서 약을 꺼내자, 경수는 황급히 그것을 그녀에게 먹였다. 화천골이 입술마저 까맣게 변하는 것을 보자 경수는 그녀가 심하게 중독된 것을 알고 다급한 나머지 눈물이라도 흘릴 것 같았다.

"천골, 겁주지 마. 구원병이 곧 올 거야. 존상께서도 이곳으로 오고 계셔. 그러니 버텨야 해!"

화천골은 힘겹게 눈을 떴다.

"사부님? 사부님께서 오신대?"

"그래. 천 리 밖에서 전음으로 전황이 어떤지 물으셨어. 남우회 등에게 가로막혀 지체되신 모양이야. 하지만 지금은 서둘러 달려오고 계시니, 조금만 버텨. 조금만. 곧 오실 거야!"

화천골은 중독이 심했지만 자유가 쓰는 이런 독이 어떤 종류인지 잘 알고 있었고, 어떻게 해독하는지도 알고 있었다. 다만 당장 해약을 구할 수가 없어 내력으로 막는 수밖에 없었는데, 얼마나 버틸 수 있을지 모를 일이었다. 그때 그녀는 정신이 번쩍 들어 경수를 멀리 밀어냈다.

"경수, 어서 가!"

경수는 어리둥절했지만, 녹색 그림자 하나가 방금 그녀가 있던 자리에 나타났다.

"너 참 눈치가 빠르구나!"

자유가 손가락을 핥으며 말했다. 꼬마 아이의 심장을 꺼낼 수 있었는데, 아쉬웠다.

화천골은 류광금이 없다면, 적들은 가장 먼저 자신을 붙잡아 심장을 꺼내고 허정에서 신기를 탈취하리라는 것을 알고 있었다.

"중독되었는데도 아직 안 죽었구나?"

자유는 매우 흥미로운 눈길로 그녀를 바라보았다. 그녀의 독에 당하고도 이렇게 오래 버틴 사람은 아직 없었다.

"웃기지 마. 선신을 이룬 나를 그깟 독이 어쩔 수 있을 것 같아?"

화천골은 매섭게 그녀를 노려보았다. 경수는 달려가 그녀를 구하고 싶었지만, 운예가 싸움을 걸어와 따돌릴 수가 없었다.

자유가 고개를 끄덕이며 웃었다.

"좋아, 좋아! 네 심장을 꺼낸 후에 그 선신의 심장을 구경해 주지. 무엇으로 만들어졌는지 말이야."

자유는 한 손만으로 보호막을 뚫었다. 그녀의 손이 곧 화천골의 가슴에 닿으려는 찰나, 갑자기 옆에서 보랏빛 광채가 번뜩였다. 내려다보니 어느새 손이 잘려 있었다. 그녀는 잠시 당황했다. 그녀는 헐떡이는 화천골을 바라보며 큰 소리로 웃어 댔다.

"좋아, 정말이지 재미있어. 그렇게 심하게 중독되었는데도 어검술을 쓸 힘이 있다니. 네가 내 양팔을 잘랐으니, 이 원한을 갚지 않으면 자유가 아니지!"

자유의 두 눈이 순식간에 새빨개지더니, 입에서 뱀의 혀같이 기다란 혓바닥이 튀어나왔다. 여섯 개의 손 중 하나가 화천골의 목을 틀어쥐고, 다른 네 개의 손은 오마분시[12]라도 하듯 화천골의 양팔과 양다리를 붙잡았다. 그리고 나머지 한 손은 그녀의 심장을 뽑으려고 했다.

단단히 붙잡힌 화천골은 온몸이 찢어질 듯 아팠다. 이번에는 정말 끝장이라는 생각이 들었다. 그때, 갑자기 공중에서 위엄 있고 노기가 서린 목소리가 들려왔다.

"나머지 여섯 개의 팔도 필요 없는 모양이지?"

멈칫하며 놀란 자유는 다리에서 힘이 빠짐을 느꼈다. 그녀가 채 정신을 차리기도 전에 멀리서 빛의 칼이 날아들어 쐐액 쐐액 하며 자유의 손 여섯 개를 잘라 버렸다. 자유는 고통을 참지 못하고 곧장 땅으로 곤두박질쳤다.

의지할 곳을 잃은 화천골도 천천히 아래로 떨어졌다. 이른 아침의 빨간 태양이 때마침 지평선 위로 불쑥 솟아올랐다. 화천골은 고개를 들어 보았다. 저 멀리 불꽃처럼 빨간 빛이 보였다. 화봉을 타고, 보라색 머리칼을 휘날리며 마치 천제天帝처럼 세상을 굽어보는 사람, 다름 아닌 살천맥이었다.

"언니……."

화천골은 마음이 따뜻해졌다. 그리고 눈앞이 깜깜해졌다. 더 이상 내력으로 막을 수 없었던 독이 심장으로 흘러든 것이다. 하지만 그녀는 평온하게 누군가의 따뜻한 품으로 떨어졌다. 새하얀 장포 아랫단이 흘끗 보였다.

---

12 五馬分屍. 몸을 다섯 갈래로 찢는 형벌.

'사부님! 사부님인가? 드디어 사부님이 오셨어!'

그녀는 한 번 더 눈을 뜨려고 애썼다. 은광이 환하게 비쳐 왔다. 그녀의 눈앞에 있는 사람은 세상에서 가장 따뜻하고, 가장 매혹적인 미소를 짓고 있었다.

"동방? 어떻게 당신이? 이곳은 엄청 위험해요! 어서 가요!"

그를 발견한 화천골은 놀라고 기쁘면서도 다소 실망했다. 동방욱경은 아무 말도 하지 않고, 그저 미소를 지은 채 재빨리 그녀의 혈도[13]를 여기저기 짚었다. 그런 다음 무언가를 먹여 주었는데, 화천골은 뭐가 뭔지 전혀 알 수가 없었다.

"넌 누구냐?"

살천맥은 갑자기 튀어나와 자기의 꼬맹이를 끌어안은 백의 서생을 내려다보았다. 그의 목소리에는 강한 적의가 담겨 있었다. 보아하니 꼬맹이는 저자와 알 뿐만 아니라 무척 친밀한 것 같았다.

동방욱경은 초승달처럼 눈을 휘고 입꼬리를 올리며 마치 여우처럼 웃었다.

"지금은 골두의 독을 제거하는 것이 더 중요한 것 같소만?"

살천맥은 그제야 정신이 들었다. 꼬맹이가 자유의 극독에 당했다는 사실이 떠오르자 그는 핏발이 가득 선 눈으로 자유를 노려보았다.

"해약은 어디 있느냐? 이리 내놔."

---

13 穴道. 혈 자리.

"하지만 마군, 저 아이는 선계 사람입니다. 심장을 뽑아내면 다른 신기들을 얻을 수 있다고요!"

살천맥이 손을 들어, 허공을 넘어 그녀의 뺨을 때렸다. 그녀의 뺨에는 다섯 개의 손가락 자국이 찍혔고, 입에서는 피가 터져 나왔다.

"내놓으라고 했다!"

자유는 내키지 않는 듯 원망 어린 눈빛을 떠올렸지만 그뿐이었다. 살천맥의 말을 거역할 수는 없었다. 그가 육계에서 제일가는 아름다운 얼굴과는 달리 마음은 무척 독한 사람이라는 것을 마계 사람이면 누구나 알고 있었다. 그녀는 어쩔 수 없이 해약을 꺼냈다. 동방욱경이 그것을 받더니, 재빨리 화천골의 옷을 풀어헤치기 시작했다.

"뭘 하는 거냐?"

살천맥이 공중에서 내려와 황급히 화천골의 옷을 다시 입혔다. 그러자 동방욱경이 우습다는 듯이 말했다.

"옷을 벗기지 않고 어떻게 약을 바른단 말이오?"

살천맥이 화천골을 확 빼앗았다.

"남녀가 유별한데, 무슨 짓이냐? 내가 하겠다!"

동방욱경은 고개를 저었다. 입가가 살짝 실룩였다.

"골두가 당신을 늘 언니, 언니 하며 부르니 당신이 진짜 여자인 줄 아는구려. 마군 폐하."

살천맥의 얼굴이 새빨갛게 달아올랐다.

'저자가 어떻게 알았지?'

"어쨌거나 넌 안 돼!"

"상관없소. 나는 이미 골두의 몸을 샅샅이 다 봤으니, 한 번 더 본들 무슨 상관이오."

"뭐라고?"

살천맥이 으르렁거렸다. 당장이라도 동방욱경을 짓이겨 버릴 것 같았다.

"아빠, 골두 엄마는 어때요?"

조금 전 경수가 위험한 것을 보고 황급히 미래의 아내를 도와 요마와 싸우다가 위험이 사라지자 이제야 돌아온 당보가 물었다. 화천골의 몸이 극독에 중독되어 새까맣게 부어오른 것을 보자 당보는 놀란 나머지 얼굴이 하얗게 질렸다.

한편, 당보의 말을 들은 살천맥은 화가 나 발을 동동 굴렀다.

'뭐라고! 당보가 저 책벌레, 빌어먹을 서생을 아빠라고 부르다니!'

그는 울화통이 터져 화천골을 꼭 끌어안은 채 놓지 않았다.

'좋아, 그럼 둘 다 빠지자고.'

그가 자유를 가리키며 버럭 소리를 질렀다.

"너! 이리 와서 꼬맹이에게 해약을 발라!"

그의 호령에 자유는 다리가 후들거렸다. 그녀는 쭈뼛쭈뼛하며 화천골의 조그만 몸을 받아 들고 옷을 벗긴 후, 방금 다시 자라난 자그마한 손으로 드러난 어깨에 해약을 바르며 이를 악물었다. 평생 수많은 사람들에게 독을 썼지만, 자기 손으로 해약을 발라 보기는 처음이었다.

동방욱경은 살천맥의 유치한 모습에 웃음을 금치 못했다.

눈을 뜬 화천골이 가장 먼저 본 얼굴은 무시무시한 자유의 녹색 얼굴이었다. 놀란 그녀가 꺄악 하고 소리를 질렀다. 살천맥이 대뜸 자유를 걷어차 버리고 달려왔다. 동방욱경도 똑같이 달려와 동시에 화천골을 안으며 동시에 물었다.

"골두, 괜찮소?"

"꼬맹아, 괜찮아?"

화천골은 좌우로 그들을 바라보며 소매로 콧물을 닦았다. 감동해서 눈물이 쏟아질 것 같았다. 그녀는 힘껏 고개를 끄덕였다.

화천골이 아무렇지 않은 것을 본 당보도 겨우 마음을 놓았다. 그는 독이 올라 퉁퉁 부은 화천골을 보고는 참지 못하고, 배꼽을 잡으며 큰 소리로 웃어 댔다. 화천골이 그를 힘껏 꼬집었다.

"왜 웃어?"

"골두 엄마, 까맣고 퉁퉁 부은 게 꼭 멧돼지 같아!"

"뭐?"

화천골은 황급히 얼굴을 만져 보았다. 과연 돼지처럼 퉁퉁 부어 있었다. 양손의 손가락도 무 뿌리처럼 퉁퉁했다.

'으아앙, 죽고 싶어! 조금 있다가 사부님께서 오셔서 이 꼴을 보시면……'

"자유!"

살천맥이 자유를 흘낏 노려보았다.

'대체 무슨 짓을 했기에 우리 귀여운 꼬맹이를 돼지로 만들어 놓은 거야!'

자유는 억울해서 울상을 지으면서 황급히 무릎을 꿇었다.

"해약을 발랐으니 붓기는 곧 가라앉을 겁니다."

살천맥이 화천골의 머리를 톡톡 두드렸다.

"걱정 마. 곧 독이 완전히 사라지면 원래대로 돌아올 거야."

화천골이 힘껏 고개를 끄덕였다.

"언니, 이번에도 날 구해 주셔서 고마워요!"

그런 다음 그녀는 동방욱경을 돌아보았다.

"동방, 여긴 어떻게 왔어요? 이곳은 요마들이 난전을 벌이고 있어서 무척 위험해요. 얼른 돌아가요."

동방욱경은 웃으며 말했다.

"당보가 당신이 위험하다고 하기에 구하러 온 거요."

"하지만 당신은 법술을 모르니 더 위험하다고요. 자, 이제 나는 아무 일 없으니 어서 돌아가요!"

동방욱경은 고개를 들고 주변을 살폈다. 쌍방은 여전히 서로 죽어라 싸우고 있었지만, 누가 보아도 태백산이 열세여서 사상자도 많고, 싸울수록 밀리고 있었다. 그들의 머리 위에도 여전히 화살이 날아들고 있었다. 하지만 살천맥이 만든 거대한 보호막에 부딪혀 안으로 들어오지는 못했다.

"마군, 우선 당신이 저들을 멈추게 하시오. 이렇게 싸우는 건 해결책이 아니오."

살천맥은 화천골이 걱정스런 눈길로 사람들을 응시하는 것을 보자 살짝 고개를 끄덕였다. 그가 공중으로 날아오르자, 한 줄기 빛이 솟아나 사람들을 떨어뜨려 놓았다.

"모두 멈춰!"

그를 본 선인들은 그 아름다운 외모에 놀라 바보처럼 그 자리에 우뚝 섰다. 그리고 요마들은 겁을 집어먹고 우르르 무릎을 꿇었다.

"마군께 인사드립니다……!"

순간, 태백산 봉우리는 잎 하나 떨어지는 소리까지 들릴 정도로 고요해졌다. 그를 본 운예는 심상치 않다고 생각했고, 단춘추조차 눈을 찌푸렸다.

"마군께서 이곳에 무슨 일이십니까?"

살천맥은 공중에서 그를 내려다보며 한참 동안 말이 없었다.

"단춘추, 네가 신기를 빼앗으려는 것은 반대하지 않는다. 하지만 요계와 마계의 모든 힘을 쏟아붓다니, 다소 과하지 않느냐."

단춘추가 그를 올려다보았다. 그때는 이미 여자의 얼굴이 완전히 사라지고 남자 얼굴만 남아 있었다. 남자의 모습은 꽤 기운 넘치고 준수했다. 그가 낮은 소리로 말했다.

"마군께서는 요 몇 년 간 제가 이렇게 수단과 방법을 가리지 않고 바삐 고생한 것이 누구를 위해서라고 생각하십니까?"

살천맥은 가슴이 뜨끔해 한숨을 내쉬었다.

"나를 위해서겠지……."

단춘추는 고개를 끄덕였다.

"아시면 됐습니다. 다른 일들은 마군께서 싫어하실까 봐 모두 제가 처리했습니다. 마군께서는 저를 믿어 주시기만 하면 됩니다. 제 충성심을 믿고, 제가 영원히 마군을 배신하지 않을 거라 믿어 주시는 거지요. 이번에는 마군께서 물러나 주십시오. 신기를 빼앗으면 공손히 마군께 바치겠습니다."

"단춘추, 너도 알다시피 나는 육계의 주인이니 뭐니 하는 건 되고 싶지 않다. 네가 원한다면 마군인지 뭔지 하는 것도 네가 해. 난 상관없으니까."

원래 살천맥은 단춘추의 전폭적인 도움 덕에 마군이 되었고, 그 후 요계를 통일하여 요왕까지 되었다. 몇 백 년 동안 단춘추는 몇 번이나 살천맥을 위해 목숨을 걸었다. 이렇게 충성스러운 그에게 어떻게 감동하지 않을 수 있겠는가? 그래서 요계와 마계의 일을 모두 그에게 위임하고, 살천맥 자신은 거의 참여하지 않았다. 단춘추가 모산을 도륙하고 청허 도장을 죽였어도 단 한 번도 추궁하지 않았다.

"마군, 저를 죽여 주십시오. 저는 마군을 보좌할 마음뿐이지, 한 번도 야심을 품은 적이 없습니다. 하지만 오늘만은 이 단춘추, 저 신기들을 꼭 얻어야겠습니다! 마군께서 제 고심을 아신다면 부디 막지 마십시오!"

살천맥은 공중에 멈춰 선 채 이러지도 저러지도 못했다. 한편으로는 단춘추와 신기에 끌렸고, 한편으로는 꼬맹이가 마음에 걸렸다. 그의 마음속에는 본래 정사正邪와 선악의 구분이 없었다. 설령 단춘추가 육계를 짓밟고 수천, 수만 명을 생매장하더라도 아무 제지도 하지 않고 모르는 척했을 것이다. 하물며 단춘추는 너무나 충직했고, 무슨 일이든 그를 위해 처리했다. 하지만 만일 꼬맹이를 슬프게 만든다면 이야기가 달라졌다.

"단춘추가 물러나지 않고 계속 이렇게 싸운다면 공연히 사상자만 늘어날 뿐 아무 이득도 없소. 마군을 난처하게 만들 수 없으니, 우리 시합을 해서 서로 신기를 빼앗는 것이 어떻겠소?"

갑자기 온화하고 우아한 목소리가 낮지도, 높지도 않게 사람들의 귓속을 파고들었다. 동방욱경이었다.

"동방!"

화천골은 경악한 얼굴로 그를 바라보았다. 동방욱경이 그녀를 품에 안고 부드럽게 머리를 쓰다듬었다.

"골두, 두려워하지 마시오. 당신을 위해 신기를 가져오겠소."

화천골은 놀란 얼굴로 그를 쳐다보았다. 그의 깊은 눈동자에 교활한 웃음이 떠올랐지만, 어쩐지 마음이 푹 놓였다.

조금 전 살천맥이 장류산의 계집아이에게 호의를 베푸는 것을 지켜본 단춘추는 그가 저 계집아이 때문에 이곳까지 왔다고 짐작했다. 이미 막소성한테서 환사령과 전천련을 빼앗기고 최외가 죽었다는 보고를 들었기 때문에 놀랄 일도 아니었다. 그러나 신기는 틀림없이 화천골의 허정에 들어 있을 텐데, 마군이 그녀를 총애하는 이상 그녀의 심장을 꺼내는 것을 절대 허락할 리 없었다. 그녀 스스로 내놓게 만들 수 있다면 그것이야말로 가장 좋은 방법이었다. 그래서 그는 큰 소리로 말했다.

"어떻게 시합을 하자는 말이냐?"

낙십일과 예만천, 경수, 그리고 태백산 제자들이 모두 돌아와 일렬로 섰다. 동방욱경은 화천골을 낙십일의 품에 넘겨주었다. 사람들은 어디서 나타난 신성神聖인가 싶어 그를 바라보았지만 겉보기에는 일개 평범한 서생 같았고, 법력이라고는 전혀 없어 선을 익힌 사람이 아닌 것이 확실했다. 하지만 화천골이 그를 믿는다면 그들에게도 이의는 없었다.

화천골은 낙십일의 품에 안긴 채 나지막이 물었다.

"사부님……, 사부님이 곧 오시겠죠?"

낙십일은 이 지경이 되도록 버텨 준 그녀를 보자 마음이 아파 열심히 고개를 끄덕였다.

"그래. 곧 오실 거다."

동방욱경은 천천히 앞으로 걸어 나갔다. 손에 든 종이부채를 가볍게 흔드는 모습이 자못 우아하고 현명해 보였다.

"내가 잘못 안 게 아니라면 지금 당신들 손에는 불귀연과 적선산, 복원정, 이 세 개의 신기가 있을 것이오. 우리 쪽도 전천련, 민생검, 류광금, 이렇게 세 개를 갖고 있소. 양쪽에서 각기 세 사람씩 나와 싸워, 두 번을 이긴 쪽이 상대가 가진 신기 세 개를 얻는 것이 어떻소?"

단춘추는 냉소를 터트렸다.

"좋다, 거래 성립."

동방욱경은 웃으며 말했다.

"약속은 반드시 지키시오. 마군께서 증인이 되실 것이오."

두 사람이 동시에 공중에서 눈을 잔뜩 찌푸리고 있는 살천맥을 바라보았다. 그러자 그가 가볍게 고개를 끄덕였다.

단춘추는 잠시 생각한 후 말했다.

"첫 번째 시합은 광야천 네가 나가라. 너희는 누가 싸우겠느냐?"

사람들은 주위를 둘러보았다. 모두들 밤새 사투를 벌였기 때문에 상처투성이였다. 게다가 본래부터 광야천의 적수가 될 만한 사람도 없었다. 하지만 이번 싸움에는 신기가 걸려 있기 때문에 절대 질 수는 없었다.

낙십일이 자기가 하겠다고 말하려는데 동방욱경의 목소리가 들려왔다.

"비록 재주는 없지만, 첫 번째 싸움에는 이 몸이 나서겠소."

"동방, 당신은 법술을 모르잖아요!"

화천골과 당보는 놀라고 당황했다. 비록 동방욱경이 계략에 뛰어나고 신기한 기술도 많이 알지만, 실제 싸움에서는 문약한 서생의 몸으로 요마의 적수가 될 리 없었다. 화천골은 무슨 일이 있어도 자기 때문에 그를 위험에 빠뜨리고 싶지 않았다!

동방욱경은 그녀를 돌아보며 눈을 찡긋하고 부드럽게 웃어 보였다. 모두들 마음이 따뜻해지며, 이유 없이 그에게 믿음이 솟아났다.

광야천이 위로 날아올라 그를 내려다보며 하하 웃었다.

"너같이 평범한 사람이 뭐 하러 태백산까지 와서 설쳐 대느냐?"

동방욱경은 두 손을 모으며 대답했다.

"이 몸도 어쩔 수 없어서 이리 된 것뿐이오. 당신은 십요의 우두머리로 법력이 뛰어나고, 혁혁한 전공도 세웠소. 더구나 기관술로는 상대할 사람이 없을 정도니 능력으로 보면 요계를 호령할 사람인데, 어째서 다른 사람의 앞잡이 노릇을 하고 있소?"

아픈 곳을 정확히 찔리자 광야천의 얼굴이 붉으락푸르락해졌다. 그가 버럭 화를 냈다.

"네놈이 무슨 상관이냐! 어디 무엇으로 겨룰지 말해 봐라. 내가 어린아이를 괴롭혔다는 소리는 듣고 싶지 않으니, 어떻게 죽는 게 좀 더 통쾌할지 네 스스로 골라 봐!"

"선생께서 가장 자신 있는 것으로 겨루겠소."

"이 어르신이 가장 자신 있는 것은 기관술이다. 설마 기관술로 겨루겠다는 거냐? 웃기는 소리. 내가 법력은 남들보다 강하지 않을지 몰라도 기관술은 육계를 통틀어 한 번도 져 본 적이 없다. 감히 기관술로 내게 도전하다니, 살기가 싫어진 모양이지?"

동방욱경은 여전히 얼굴색 하나 변하지 않고 말했다.

"이 몸은 법술은 모르지만 기문이술과 기관팔괘, 점성술, 의술 등은 꽤 연구를 했소. 자, 그럼……."

광야천은 냉소를 짓더니 허정에서 사람만 한 크기의 나무 인형 열여덟 개를 꺼내 동방욱경을 에워싸듯 세웠다.

"이 나무 인형들은 무척 튼튼해서 불에 타지 않고, 칼로 벨수 없고, 법술 공격도 먹히지 않는다. 게다가 고통도 모르니, 대라금선이 와도 어쩌지 못할 것이다. 일단 발동되면 내 명령

없이는 절대 멈추지 않아."

동방욱경은 건곤진乾坤陣을 이루고 선 열여덟 개의 나무 인형을 보며 손을 들었다. 그러자 그의 손에 기괴하게 생긴 철제 도구가 나타났다.

"이 진법은 이미 한물갔는데."

아무도 그가 어떻게 진 안으로 들어갔는지 제대로 보지 못했다. 그가 쓴 것은 법술도, 빠른 속도도 아닌 이상한 보법步法이었던 것이다. 눈 깜짝할 사이에 그는 어느새 진 안으로 들어가 나무 인형마다 한 번씩 공격을 가했다. 그가 그렇게 열여덟 번을 움직이고 나자, 나무 인형들은 계속 움직이려 했지만, 걸음을 내딛기 무섭게 무너져 잡동사니 목재더미가 되고 말았다.

모두들 놀라 눈을 휘둥그렇게 떴다. 광야천은 더욱더 놀라 입을 쩍 벌리고 아무 말도 하지 못했다. 이 열여덟 개의 나무 인형으로 수없이 싸워 봤지만, 약간이라도 망가진 적은 한 번도 없었다. 한 번은 백자화를 이 진 속에 가두어 놓고 백여 초의 시간을 끌어 달아난 적도 있었다. 그런데 저 서생의 손에 눈 깜짝할 사이에 분해되고 말다니!

"너, 너는 대체 누구냐?"

"이 몸은 동방욱경이라 하오."

광야천은 가슴이 무너지는 것 같았다. 이 인형들은 낮에는 그에게 밥과 빨래를 해 주고, 밤이면 부채질과 안마를 해 주는 보물들이었다. 그는 승복할 수가 없어, 허정에서 매우 정교하게 만들어진 물건과 기관 암기 십여 개를 꺼냈다. 그것들은 각

각 다른 재료로 만들고, 다른 형태를 한 것들이었지만 모두 동방욱경의 손에 하나씩 분해되었다. 놀랍게도 그는 광야천이 만든 기관들의 약점이 어느 관절, 어느 부위에 있는지 꿰뚫고 있었다. 광야천은 너무 화가 난 나머지 말이 나오지 않았다.

"물건을 망가뜨리기만 하는 게 무슨 실력이냐!"

동방욱경이 웃으며 말했다.

"조립하는 것은 더욱 쉽소. 하지만 선생께서 후회하실까 봐 걱정이오."

동방욱경은 군더더기 없는 손길로 단숨에 나무 인형 하나를 조립했다. 나무 인형은 팔다리를 탁탁 털더니 갑자기 미친 듯이 광야천에게 달려들었다. 그 어떤 법술 공격도 나무 인형에게는 아무 소용이 없었다. 광야천은 여러 차례 분해를 시도했지만 동방욱경이 만든 기관을 풀 수가 없었다. 그는 연신 "얘야, 얘야, 나란다! 나라니까! 내가 바로 네 주인이야!"라고 외치면서 나무 인형을 피해 이리저리 도망쳤다. 보고 있던 사람들은 큰 소리로 웃음을 터트렸다.

동방욱경이 미안한 듯 그를 바라보며 말했다.

"후회할 거라고 하지 않았소. 이제 그 인형은 이 몸의 명령만 듣소. 자, 나무 인형아, 그만 돌아가자."

그는 유유자적하게 나무 인형을 끌고 원래 자리로 돌아갔다. 화천골은 나무 인형이 신기해서 이리 찌르고 저리 찔러 보았다. 나무 인형이 그녀를 낙십일한테서 받아 들더니, 그녀에게 머리를 비비대며 웃게 만들었다.

"재밌다! 동방, 어떻게 한 거예요? 당신 정말 대단하군요!"

"마음에 드시오? 그럼 데려가서 노시오. 당신이 원한다면 하늘을 나는 것이나 바다를 헤엄치는 것도 모두 만들어 주겠소."

화천골은 즐겁게 웃으며 열심히 고개를 끄덕였다. 당보가 동방욱경의 손바닥 위에서 데굴데굴 구르며 말했다.

"아빠, 정말 대단해!"

옆에 있던 낙십일은 어리둥절했다.

'잘못 들은 건 아니지? 저 사람이 바로 당보의 아빠였구나!'

단춘추 역시 이 세상에 광야천보다 기관술이 뛰어난 사람이 있다는 것은 생각지도 못했다. 운예가 그런 그를 바라보았다. 두 번째 시합까지 지면 큰일이었다.

"자유는 다쳤고, 남우회는 아직 돌아오지 않았으니, 이번 싸움은 제가 나가겠습니다. 저쪽에는 쓸 만한 사람이 없습니다."

단춘추는 고개를 끄덕이며 허공에서 보라색 머리칼을 휘날리고 있는, 천상의 사람처럼 아름다운 살천맥을 바라보았다. 문득 궁금해졌다.

'대체 마군께서는 우리가 이기기를 바라실까, 아니면 지기를 바라실까?'

동방욱경이 그를 증인으로 삼은 이유는, 아예 양쪽 모두 돕지 못하게 만들기 위해서였다. 만일 그가 마음이 약해져 한쪽을 편들면 그쪽이 이길 게 분명했기 때문이다. 동방욱경이라는 저자는 모든 일을 손바닥 들여다보듯 훤히 알고 있었고, 헤아림도 귀신같았다. 대체 저자는 어떤 인물일까? 결코 평범한 서생은 아니었다.

화천골은 단춘추가 운예를 두 번째 싸움에 내보내는 것을 보고 걱정스러웠다. 운예의 위력은 직접 봐서 잘 알고 있었던 것이다.

"어쩌지? 두 번째 싸움은 누가 하지?"

"장문인, 제가 가겠습니다."

화천골은 믿을 수 없는 눈길로 갑자기 나타난 운은을 바라보았다. 그녀는 감격한 나머지 거의 그에게 안길 뻔했다.

"언제 왔어요?"

"저도 방금 도착했습니다. 오는 길에 동방 선생을 만났지요. 동방 선생은 단춘추가 두 번째 시합에 사제를 내보낼 것이라 예상하고, 제게 잠시 숨어 있으라고 했습니다."

화천골은 바보처럼 동방욱경을 바라보았다.

"으허헝! 동방, 갈수록 당신이 존경스러워요……."

동방욱경은 미소를 지으며 그녀의 머리를 쓰다듬었다.

운은이 앞으로 나가자 운예는 깜짝 놀라 비틀거리며 뒤로 물러났다. 운은은 그를 똑바로 바라보았다. 저 가면을 벗기고, 잘 알고 있다고 생각했지만 사실은 예상조차 하지 못한 그의 진짜 얼굴을 보고 싶었다.

"사제……, 오랜만이야……."

주위 사람들은 운예가 모산을 배신하고 사부를 죽였다는 의심을 받고 있다는 것을 알고 있었다. 이 싸움에 운은이 나선 것도 문호를 정리하기 위해서고, 원한을 품고 그를 죽여 없애려

할 것이라고 생각했다. 그러나 뜻밖에도 분위기가 어딘지 이상했다. 운은은 슬프고 괴로운 표정이었고, 두 사람은 서로 얼굴을 마주하고서도 미적거리며 움직이지 않았다. 마치 전음으로 이야기를 나누는 것 같았다.

— 사제, 더 이상 잘못된 길로 가지 말고 나와 함께 돌아가자.

'사제?'

운예는 조소를 터트렸다. 그 역시 이 생에서 단순히 그의 사제가 될 수 있기만을 간절히 바랐다.

'그랬다면 얼마나 좋을까!'

— 돌아가? 돌아가서 벌을 받으라고?

운은이 슬픈 표정을 지었다.

— 알고 있어. 사부를 죽이고 전천련을 훔친 건 네가 아니야. 단춘추지!

— 나다.

운예가 쉰 목소리로 대답했다.

— 안 믿어! 대체 무슨 고충이 있었던 거야? 요마가 뭔가로 네게 강요하고 협박했어?

— 아무도 협박하지 않았다. 거래였을 뿐이지. 그들에게 전천련을 가져다주면 내 얼굴을 치료해 주기로 했다.

— 얼굴……. 장문인께 들으니 네 얼굴이 나와 똑같다고 하던데, 정말이야?

운예는 한참 말이 없다가 갑자기 이상한 웃음을 터트렸다.

— 어디 맞혀 보시지.

운예는 슬픈 듯 고개를 저었다.

— 전천련만 갖고 가면 됐지, 왜 모산의 제자들을 도륙했어?

— 그 제자들은 모두 죽어 마땅해!

그들은 그의 얼굴을 혐오했고, 그를 비웃고 모욕했다! 모든 사람들이 그를 무시했다! 운은은 세상에서 유일하게 그에게 잘해 준 사람이었고, 또한 이 모든 고통을 초래한 장본인이었다.

— 그럼 사부님은? 그분은 늘 우리를 아끼고, 마음을 다해 가르치셨어…….

— 위선이었을 뿐이야!

청허 도장은 우연히 모든 것을 꿰뚫어 보았다. 운예의 마음 속 원한을 알아보고 그가 언젠가는 마도에 빠질 거라는 것도 알았다. 그리고 운예 그는 반드시 이 일을 막아야 했다. 자신의 진짜 얼굴을 운은 앞에 드러내는 것을 막아야 했다.

— 쓸데없는 소리는 그만 해라! 실력이 있으면 나를 죽여 사부의 복수를 하고, 모산의 문호를 정리해!

운예는 냉랭하게 운은을 바라보았다. 이번 싸움에 그가 나섰다면 자신은 질 것이 분명했다. 어차피 그렇다면 차라리 같이 죽는 것이 나았다.

말을 마치기 무섭게 그의 열 손가락에서 동시에 피가 흘러나왔다. 피는 점점 선을 이루어 마치 생명이 있는 촉수처럼 운은에게 날아들었다.

운은은 바보처럼 그 자리에 꼼짝도 하지 않고 서서 그를 바라보기만 했다. 그 오랫동안 밤낮으로 함께하던 때가 눈앞에 떠올랐다. 어린 시절 산에서 장난을 치고, 꽃 속에서 무예를 익히고, 함께 검을 타고 날고, 함께 법술을 배웠다. 세상에는 운예 사제보다 그를 잘 아는 사람도, 그에게 관심을 갖는 사람도 없었다. 잘못을 저질렀을 때 운예는 그를 대신해 벌을 받아 눈 속에서 밤새도록 꿇어앉아 있었고, 요마를 물리칠 때 운예는 그를 위해 칼을 맞아 몇 번이나 죽을 고비를 넘겼다.

그는 운예가 사부를 죽였다는 말을 절대 믿지 않았다! 심지어 자신과 똑같은 얼굴을 했다 해도, 그것을 이용해 화천골을 꾀어내려 한 것 외에는 다른 짓은 전혀 하지 않았다. 운예는 늘 가면을 썼고, 일부러 함정을 파고 그의 명예를 깎아내린 적도 없었다.

몇 년 동안 운은이 필사적으로 그를 찾아다닌 것은 확실히 물어보기 위해서였다. 모든 것이 사실이라 해도, 운예에게 분명 무슨 이유가 있기 때문이라고 믿었다.

그동안 운은은 항상 그를 믿었고, 그에게 의지했다. 이 목숨은 그가 준 것이었으니, 그가 원한다면 미련 없이 내놓을 것이다. 피의 채찍이 아무리 그의 몸을 내리쳐도 운은은 꼼짝하지 않았다.

사람들은 깜짝 놀랐다. 그들은 운은이 왜 전혀 싸울 생각을 하지 않는지 이해할 수 없었다. 그리고 경악할 만한 일이 벌어졌다. 운예의 몸에 갑자기 똑같은 상처가 나타난 것이다. 그것도 훨씬 깊고 무거운 상처였다.

운예는 얼굴이 파랗게 질리고, 눈언저리도 새까매져 흰자위가 거의 보이지 않게 되었다. 치명적인 일격으로 운은의 심장을 뽑아 버리고 싶었지만, 어찌 된 셈인지 아무리 해도 자신의 몸을 마음대로 할 수가 없었고, 한편으로는 그를 해치면서도 다른 한편으로는 그를 구하고 있었다. 그래서 결과적으로는 자해하는 꼴이 되었다.

"반격해! 반격하란 말이야!"

그는 험상궂은 표정으로 야수처럼 울부짖었다.

"사제, 왜 그래?"

운은은 놀란 얼굴로 운예를 품에 안고 미친 듯이 발버둥 치는 그를 제지했다. 운예는 손발에 경련을 일으켰다. 내력의 반탄력으로 가장 먼저 내장이 썩어 들어가기 시작했다.

"죽여라, 나를 죽여! 네 사부의 복수를 하란 말이야!"

'그는 뭘 기다리는 거지? 그리고 나는 또 뭘 기다리는 거지?'

평생을 기다리며 이렇게 많은 일을 했다. 이 모든 것은 오로지 운은이 그를 증오하여 죽이도록 만들기 위해서가 아니었나? 그래서 모든 것을 깨끗이 끝내기 위해서가 아니었나?

"싫어! 내 목숨은 네가 구해 준 거야!"

운은도 자신이 뼛속 깊이 충동적이고 제멋대로라는 것을 알고 있었다. 성숙하고 차분한 모습은 모두 꾸며 낸 가짜 모습이었을 뿐이다. 그래서 예전에 그는 많은 잘못을 저질렀고, 그때마다 운예가 몰래 그를 대신해 누명을 썼다.

운예는 그를 힘껏 밀어내며 처참하게 웃었다.

"내가 널 구하고 싶어서 구한 줄 알아?"

운은은 마음의 고통으로 몸을 부르르 떨었다. 운예가 공격한 사람은 분명 자신이었는데, 다친 사람은 자신이 아니었다. 지난날 운예가 어쩌다 얼굴이 망가졌는지 어렴풋이 알 것 같았다. 그리고 당시 그에게 일어났던 모든 기적들도 합리적으로 이해가 되었다.

약을 쓰지 않아도 나았기 때문에 그는 충동적으로 행동했고, 자기 몸을 아끼지 않았다. 하지만 그 모든 일의 업보는 운예에게 일어났다.

'그래서 운예는 누차 목숨을 아끼지 않고 나를 구해 주었던 것일까?'

하지만 그 몇 년 동안 운예는 그의 곁에 있으면서도 한 번도 그에게 충고를 하지 않았다. 운예는 늘 그를 지지하고, 그가 하고 싶은 일을 마음대로 하도록 내버려 두었다. 그런 다음 묵묵히 모든 고통과 상처를 감내했다.

진상을 마주하자 운은은 그 무게를 감당할 수가 없었다.

"내 잘못이야······."

'어째서 그 오랫동안 전혀 모르고 있었을까? 어째서 전혀 깨닫지 못했을까!'

운예는 쓴웃음을 지었다. 매일 낮 그와 함께하고, 밤에도 그의 곁에 있었다. 낮이고 밤이고 함께하다 보니 때로는 그 자신조차 눈앞에 있는 사람이 운은인지 자신인지 헷갈리곤 했다. 그를 보살피고, 몸을 내던져 그를 구하면서, 때로는 그 자신조차 이것이 본능인지 정인지 헷갈리곤 했다.

'이래서는 안 된다! 나야말로 사실은 운은을 가장 미워해야 할 사람이다!'

똑같은 얼굴을 가진 운은이 그가 가져야 할 모든 것을 빼앗아 간 것을 미워해야 했다. 늘 저렇게 미소를 지으며 따뜻하게 대해 주고 관심을 가져 주며, 이미 혈연으로 묶인 그를 또다시 정으로 묶어 버린 것을 미워해야 했다.

인정할 수 없었다. 운은에게 모든 것을 빼앗긴 것도, 대체 무엇 때문에 이 모든 고통을 그 대신 짊어져야 하는지도 인정할 수가 없었다. 더욱 괴로운 것은……, 운은이 이 세상에 자신이라는 존재가 있다는 것조차 몰랐다는 사실이었다.

운예는 운은을 홱 밀치며 울컥 선혈을 토한 후, 온 힘을 끌어모아 빠르게 저 멀리 달아났다.

"사제!"

그가 달아나게 운은이 내버려 둘 리 없었다. 그는 시합 따위는 아랑곳하지 않고 곧장 뒤를 쫓았다. 남은 사람들은 멍하니 서로를 바라볼 뿐이었다.

'이건 어떻게 해야 하지? 대체 누가 이긴 거야?'

양쪽 모두 약속이나 한 듯 살천맥을 바라보았다. 살천맥은 눈을 찌푸렸다.

"비겼다. 한 번 더 시합하지."

단춘추는 냉소를 터트렸다.

"좋아, 이제 내가 나설 수밖에 없겠군."

화천골은 다급한 얼굴로 운은이 날아간 쪽을 바라보았다.

그의 행동을 이해할 수 없어 마음이 초조했다. 동방욱경을 바라보니, 그는 부채를 살랑살랑 흔들며 무척 편안한 얼굴로 그녀를 위로했다.

"걱정 마시오. 나는 이미 비길 것을 알고 있었소. 관건은 시간을 끌어서 세 번째 시합을 할 사람이 오기를 기다리는 것이오."

"누군데요? 우리 사부님이요?"

화천골이 기쁜 목소리로 물었다. 동방욱경은 일부러 모르는 척하며 종이부채를 흔들더니 위쪽을 가리켰다.

"보시오. 왔군."

23. 한단邯鄲의 밝은 딸

열행운은 태백산 아래로 쌍방이 대치한 모습을 보자 화들짝 놀랐다. 구름을 탄 헌원랑은 편안한 복장을 하고 있었지만 여전히 귀티가 났다. 그는 아래를 내려다보고는 눈을 찡그리며 중얼거렸다.

"젠장. 겨우 8월 15일 아침일 뿐인데, 벌써 다 끝났나?"

"폐하!"

열행운이 나무랐다. 헌원랑은 민망한 표정으로 두어 번 헛기침을 한 후 다시 위엄 어린 모습을 되찾았다. 두 사람은 천천히 태백전 앞으로 내려갔다. 입을 벌리고 어리둥절한 표정으로 자신들을 바라보는 사람들은 깡그리 무시했다.

"구옥을 가진 사람이 누구냐? 이곳에 있느냐?"

사람들이 새까맣게 몰려 있는 모습에 익숙한 헌원랑이지만,

처음으로 약간 긴장이 되었다.

'천골은 어디에 있을까? 이 사람들 속에 있을까?'

그는 당장 뛰어들어 '친애하는 천골아, 이 형님이 오셨다! 어서 나와!'라고 소리를 지르고 싶어 몸이 근질근질했다.

'흠흠, 체통을 지켜, 체통을. 지금 나는 황제라고!'

그는 천번만번 스스로를 깨우쳤다.

"동방, 당신이 말한 사람이 바로 저들이에요?"

화천골은 한참 동안 바보처럼 그들을 바라보다가 침을 꼴딱 삼킨 후에야 물었다. 저렇게 고귀한 남자는 한 번도 본 적이 없었다. 금테를 두른 보라색의 진귀한 장포에는 검은 비룡 문양이 가득했고, 그런 차림으로 오색구름을 타고 휘황찬란한 아침 노을빛을 받으며 하늘에서 내려오는 모습은 너무도 화려하고 주목을 끌었다. 게다가 패기 넘치고 고귀한 모습에 감히 똑바로 쳐다볼 수조차 없었다. 살천맥이 숨 막힐 것같이 아름다운 외모를 갖고 있다면, 이 사람은 타고난 제왕으로, 외모뿐 아니라 태도와 기질까지 손 닿을 수 없을 만큼 높았다.

동방욱경은 웃기만 할 뿐 아무 대답도 하지 않았다.

"폐하, 찾았습니다! 머리를 양 갈래로 묶은, 거무튀튀하고 뚱뚱한 저 소녀입니다."

헌원랑은 황급히 화천골을 향해 성큼성큼 다가갔다.

"쓸모없는 놈, 이제야 알아보다니, 눈이 왜 그 모양이야?"

열행운은 어쩔 수 없었다는 듯이 우물거렸다.

"신의 탓이 아닙니다. 그날과는 모습이 너무 달라서……."

헌원랑이 경수 앞을 지나칠 때, 경수는 마치 뭔가에 강하게 얻어맞은 것 같아 크게 숨을 들이마셨다.

'왜 이렇게 가슴이 콩콩 뛰지?'

화천골은 어리둥절한 표정으로 자신에게 다가오는 사람을 바라보았다. 어딘지 약간 낯이 익은 것 같은데, 아무리 생각해 봐도 누군지 생각이 나지 않아 그녀는 머리를 긁적였다.

"낭자, 당신이 구옥을 가지고 있소?"

화천골은 그의 뒤쪽을 바라보았다. 지난번 그들의 앞을 막았던 금군 통령을 알아보자, 그녀는 눈앞에 있는 이 사람이 그의 상관이 틀림없다고 생각했다.

'일부러 여기까지 쫓아오다니, 구옥을 빼앗으려는 건 아니겠지!'

이렇게 생각한 그녀는 재빨리 앞섶을 단단히 여몄다.

"그래요. 왜요?"

헌원랑은 인내심이 거의 바닥났다. 저 시꺼멓고 뚱뚱한 계집애를 붙잡아 탈탈 털면서 이렇게 소리를 지르고 싶었다. 빌어먹을, 어디서 구옥을 얻었어? 빼앗은 건 아니겠지? 우리 천골을 어쨌어?

'아니야. 참자, 참아. 천천히, 천천히……. 좋은 인상을 주도록 신경 써야 해.'

그는 그 자신조차 구역질이 날 만큼 부드러운 목소리로 물었다.

"낭자, 그 구옥은 어디서 났소?"

"누가 준 거예요. 그럼 안 돼요?"

화천골은 그를 올려다보았지만, 몸이 점점 쪼그라드는 것 같았다. 이 사람은 위압감이 너무 강했다.

'안 돼. 구옥은 랑 오빠가 준 유일한 물건이야. 죽어도 못 내 줘.'

자꾸 되묻는 그녀의 태도에 헌원랑은 드디어 폭발하고야 말 았다. 그는 그녀의 멱살을 잡고 허공에 들어 올리며 천둥처럼 소리를 질렀다.

"빌어먹을! 분명 내가 천골에게 준 건데, 그가 왜 다른 사람 에게 줬겠어? 어서 말해. 대체 우리 천골을 어떻게 했어?"

장내의 사람들은 모두 깜짝 놀랐고, 순간 주위는 쥐 죽은 듯 조용해졌다. 그 다음으로 쟁챙 하며 일제히 검을 뽑는 소리가 들렸다. 동방욱경이 황급히 사람들을 막아섰다.

화천골은 눈을 휘둥그렇게 뜨고 앞에 있는 사람을 바라보았 다. 독 때문에 검게 변한 피부 덕분에 그 눈은 더욱더 검고 반 짝이는 것 같았다. 헌원랑은 그녀의 그런 시선에 당황했다.

화천골이 갑자기 큰 소리로 폭소를 터트렸다. 그리고 허공 에서 팔다리를 마구잡이로 휘저으며 풍뎅이처럼 그의 몸으로 기어오르려 했다. 하지만 팔다리가 너무 짧아 그에게 닿을 수 가 없었다.

헌원랑은 그녀의 웃음소리에 더욱더 불안해졌다.

'이 계집애가 미쳤나? 우리 천골에게 무슨 사고라도 생긴 건 아니겠지?'

화천골은 감격해서 코까지 빨갛게 되었지만 아쉽게도 눈물은 나오지 않았다. 그저 콧물만 흐를 뿐이었다. 그래서 그녀는 그의 손을 잡으려던 것을 포기하고 그의 소매에 코를 비벼 닦았다. 너무 감격해서 한참 동안 말이 나오지 않았다.

"우아앙, 랑 오빠……. 내가 바로 천골이에요……."

"뭐?"

헌원랑은 괴로운 얼굴로 소매를 바라보았다. 온통 그녀의 콧물투성이었다.

화천골은 고개를 들고 머리칼을 다듬어 얼굴을 드러낸 후, 별처럼 깜빡이고 있는 그의 눈을 똑바로 마주 보았다.

"나라고요. 내가 천골이라니까요. 랑 오빠, 날 못 알아보겠어요? 정말 보고 싶었어요……."

그가 갑자기 랑 오빠의 말투로 돌아가지 않았더라면 화천골 역시 눈앞에 있는 사람이 다름 아닌 랑 오빠라는 것을 죽어도 알아채지 못했을 것이다.

헌원랑은 믿을 수 없는 눈길로 그녀를 눈앞으로 잡아당겨 얼굴을 받치고 자세히 보고 또 보았다. 그리고 그녀의 시꺼먼 얼굴을 소매로 마구 문지르더니, 마침내 목 놓아 울며 와락 끌어안았다.

"어, 진짜 천골이야! 이런 젠장. 5년 만인데 넌 하나도 안 자란데다 까매지고 살이 쪘구나. 더구나 남자아이가 여자아이로 변하다니, 세상에……."

그 말에 모두 뒤로 넘어갔다. 열행운도 웃음을 참느라 얼굴이 시뻘겋게 변했다. 그는 울어야 할지 웃어야 할지 알 수가 없었다.

'몇 해 동안 폐하께서는 저 못난 성격을 아직도 못 버리셨군. 흥분만 하면 원래대로 돌아온다니까. 그나마 다행이야. 평상복을 입고 나왔으니 아무도 폐하라는 것을 알아보지 못하겠지.'

공중에서 그 모습을 보던 살천맥은 이를 부드득 갈며 저놈의 오른손을 잘라 줄까 왼손을 잘라 줄까 생각했다.

'아니지. 꼬맹이를 두 손으로 안고 있으니 두 손 모두 잘라야겠어.'

화천골이 울다가 웃으며 그를 바라보았다.

"오빠도요. 키가 훌쩍 크고 점잖게 차려입었네요. 놀라 죽을 뻔했어요."

헌원랑은 가슴을 탕탕 치며 눈앞에 있는 흑돼지를 바라보았다. 그는 진지하게 그녀의 머리를 두드리며 단언했다.

"걱정 마, 천골. 이 랑 오빠는 네가 남자든 여자든, 얼굴이 사람 같든 돼지 같든 상관없어. 예전처럼 널 아끼고 보살피고, 네게 잘해 줄 거야."

화천골은 힘껏 고개를 끄덕이고는 다소 쑥스러운 듯 웃었다.

"랑 오빠, 난 원래 여자였다고요. 그리고 독 때문에 까매지고 부은 것뿐이에요. 조금 있다가 독성이 사라지면 원래대로 돌아갈 거예요."

헌원랑은 멍청해져서 한참 동안 반응이 없었다.

'원래 여자였다고?'

영문은 모르지만 어쩐지 기분이 좋아졌다.

"사람들에게 소개해 줄게요! 여러분, 이쪽은 제 친구인 헌원랑이에요. 랑 오빠, 이쪽 분들은 태백산 제자들이고, 여기 이분들은 장류산의 제 동문들이에요."

"장류산? 어쩌다 장류산까지 갔어? 모산에 간다지 않았어?"

"맞아요. 본래는 모산으로 갈 생각이었는데, 어쩌다 보니 장류산으로 가게 되었어요. 나중에 이야기해 줄게요."

옆에 있던 동방욱경이 갑자기 헌원랑 앞에 무릎을 꿇었다.

"평민 동방욱경이 황제 폐하께 인사드립니다. 만세 만세 만만세."

사람들은 모두 그 자리에 얼어붙었다.

'뭐라고? 그가 황제라고?'

헌원랑과 열행운 두 사람의 이마에서 동시에 식은땀이 주르륵 흘렀다. 화천골도 깜짝 놀랐다.

"랑 오빠, 오빠가 황제예요?"

헌원랑은 어색하고 곤란해서 계속 헛기침을 했다.

"일어나라. 오늘은 평복을 입고 나왔고, 이곳은 태백산이니, 무릎을 꿇을 필요는 없다."

그러나 동방욱경은 입가에 간사한 웃음을 띠며 말했다.

"저들은 모두 선계의 사람들이라 작은 일에 구애받지 않지만, 소인은 평범한 사람인데 어찌 예의를 모르는 척하겠습니까?"

"맞아요, 랑 오빠. 동방은 정말 똑똑하고 대단해요. 모르는 게 없어요. 랑 오빠, 다음 과거에서 동방을 장원으로 뽑아 줘요!"

화천골의 눈에 랑 오빠가 황제라는 것은, 살천맥이 마군이라는 것과 마찬가지로 큰 의미가 없었다. 그것은 단지 신분에불과했다. 랑 오빠는 여전히 랑 오빠고, 살천맥은 여전히 살천맥 언니였다.

"그래, 그래……."

헌원랑은 오랜만에 다시 만난 화천골이 바라는 것은 뭐든들어주려 했다. 동방욱경은 미소를 지으며, 종이부채 뒤로 여우 같은 눈을 드러냈다.

"폐하, 지금 태백산과 요마 양쪽이 대립 중이며, 아직 마지막 시합이 남았습니다. 이 시합에는 신기가 걸려 있어 결코 져선 안 됩니다. 하지만 우리 쪽은 사상자가 많아 더는 나설 사람이 없습니다. 감히 여쭙건대 폐하께서 도와주실 수 없으신지요?"

"맞아요, 랑 오빠! 오빠가 때맞춰 와 줘서 다행이에요. 안 그랬으면 우리는 정말 아무 방법도 없었을 거예요."

"알았어, 알았어. 천골의 일인데 어떻게 안 도울 수 있겠어? 저깟 요마를 물리치는 일은 물론이고, 지옥으로 가라고 해도가 주지. 이 랑 오빠의 본업을 잊었어? 음하하하……!"

헌원랑은 손을 비비고 소매를 걷어붙였다. 두 눈에서 불꽃이 튀면서 지난날 야생 소년의 모습이 다시 나타났다.

"폐하, 폐하께서는 귀한 몸이신데 만에 하나 요마에게 상처를 입기라도 하신다면……. 차라리 신이 대신 하게 해 주십시오."

너무 놀란 열행운이 나섰다. 헌원랑에게 무슨 일이라도 생기면 그의 머리는 몸과 헤어져야 할 판이었다.

"네놈의 그깟 도행으로 단춘추와 싸울 수 있겠어?"

헌원랑은 그를 흘끗 바라본 후, 벌써 기다리기 귀찮아하는 단춘추를 바라보았다. 일찍이 사부에게 들으니 단춘추는 요마들 중에서도 가장 상대하기 힘든 사람 중 하나였다. 그가 남자의 용맹함과 여자의 독랄함을 모두 갖추었기 때문이다. 오늘 제대로 가르침을 받을 수 있는 기회였다. 마음껏 싸워 본 지가 얼마 만인지……. 덕분에 오늘은 몸을 좀 풀어 볼 생각이었다.

그때 동방욱경은 태백산 임시 장문 비어와 남몰래 소곤거리고 있었다. 비어는 망설이는 표정이었지만 마침내 허정에서 무언가를 꺼내 헌원랑에게 내밀었다.

이를 본 사람들은 깜짝 놀랐다. 그것은 바로 신기 중 하나인 민생검이었다. 민생검은 피를 보면 반드시 죽여야 했고, 그렇게 되면 신선도 구하기 어려웠다. 아직 봉인이 풀리지는 않았지만 그 위력이 어떨지는 상상이 갔다. 민생검이 있다면 승산은 훨씬 커질 것이다.

헌원랑은 검을 몇 번 휘둘러 보더니 뜻밖의 말을 했다.

"과연 좋은 검이군! 하지만……, 필요 없어!"

헌원랑은 검을 비어에게 던져 준 후, 큰 소리로 웃으며 공중으로 떠올라 단춘추와 마주했다. 그가 이렇게 오만할 줄은 누구도 예상하지 못했다. 일개 평범한 사람이 신기의 힘도 빌리지 않고 요마의 수장인 단춘추를 이기려 들다니! 모두들 저도 모르게 손에 땀을 쥐었다.

얼마 전 단춘추의 독하고 교활한 술수를 본 화천골은 헌원랑이 걱정되었다. 하지만 동방욱경이 웃으며 말했다.

"골두, 안심하시오. 헌원랑은 그를 무시하고 민생검조차 필요 없다고 했으니, 단춘추가 제아무리 낯이 두꺼워도 차마 신기를 써서 간교를 부리지는 못할 거요. 당신의 랑 오빠는 분명히 그를 진심으로 굴복시킬 것이오."

곧 화천골은 그 말이 무슨 뜻인지 깨닫고는 동방욱경에게 완전히 탄복했다.

단춘추는 눈을 데굴데굴 굴리며 헌원랑을 바라보더니 괴상야릇한 웃음을 지었다.

"인간계의 황제까지 참여할 줄은 몰랐군. 네가 구오지존[14]의 귀한 몸이라고 해서 사정을 봐줄 거라고 생각지는 마라."

헌원랑이 차갑게 그를 바라보았다. 눈동자에는 날카로운 빛이 가득했다. 그는 들고 다니는 왕의 검을 뽑아 어검술을 펼쳤는데, 그 기세가 하늘을 찌를 듯했다. 눈부실 만큼 환한 빛에 사람들은 절로 눈을 감았다.

"아무리 그래도 랑 오빠는 결국 보통 사람인데, 정말 단춘추를 이길 수 있을까요?"

화천골은 떨리는 심장으로 두 사람의 일전을 바라보았다.

---

14 九五之尊. 황제를 의미함.

갑자기 하늘과 땅이 어두워지고, 곳곳에서 모래가 날리며 돌멩이가 뒹굴었다.

"그는 낙하동의 제자요. 내력이 충만하고 순수하며, 대전 경험도 풍부하오. 게다가 황제의 기운이 몸을 보호해 주니 단춘추 같은 사마외도[15]와는 상극이지."

동방욱경의 얼굴에 떠오른 자신감 가득한 웃음을 보자 화천골도 살짝 마음이 놓였다.

공중에서 빛나는 안개가 피어올라 장관을 이루었다. 단춘추는 기운을 손가락 끝에 모아 칼날처럼 날카롭게 만들었다. 그의 손가락에서 쏟아지는 붉은 광채는 마치 빛의 검 같았다.

두 사람의 검광이 쏜살같이 뒤얽혔다. 부딪히는 쇳소리가 산속에 메아리치고, 하늘과 땅이 뒤흔들렸다. 그러나 헌원랑이 가진 왕의 검이 바른 기운을 가지고 있어 다소 우세했다. 검광이 끊어지자 단춘추는 곧 장법을 펼쳐, 한 손으로는 불꽃을 일으키고, 다른 한 손으로는 얼음을 얼렸다.

헌원랑도 똑같이 장법으로 맞섰다. 그는 번개처럼 빨랐고, 천둥처럼 위력적이었다. 그의 장법이 기세 좋게 하늘을 가득 채우고, 장풍이 끊임없이 휘몰아쳤다. 단춘추는 연신 뒤로 물러났다. 일개 평범한 사람이 이 정도 수준이라니, 믿을 수가 없는 표정이었다.

헌원랑의 어검술은 위력이 몹시 강했고, 얼굴은 차갑고 위

---

15 邪魔外道. 정도를 벗어나 사악한 행위를 하거나 단정하지 못한 성품을 가진 사람.

엄이 있었다. 마치 천신 같은 그 모습에 해와 달의 빛마저 흐려졌다. 그러나 단춘추 역시 육계를 통틀어 적수를 찾기 힘든 인물이었다. 두 사람은 천 초를 넘게 싸웠지만 여전히 승부가 나지 않았다. 공중에는 거대한 진법이 펼쳐지고, 그림자가 어지럽게 뒤섞였다. 아래에 있던 사람들은 너나 할 것 없이 놀란 눈으로 그 모습을 지켜보았다.

동방욱경이 바란 것은 두 사람이 오랫동안 싸우는 것이었다. 첫째는 시간을 끌기 위해서고, 둘째는 단춘추는 사악한 법술을 많이 익혔기 때문에 오래 싸우면 힘이 달리기 때문이었다.

경수의 눈은 시종 공중을 나는 보라색 그림자에 박혀 있었다. 가슴이 마구 뛰고 조마조마했다. 세상에 저렇게 위용이 넘치는 남자가 있다는 사실에 놀라면서도 한편으로는 걱정스러웠다.

돌연, 두 사람 주위로 핏빛 안개가 퍼져 그들의 모습을 가렸다.

화천골의 마음속 헌원랑은 언제나 5년 전의 고집 세고 거만한 소년으로 남아 있었기 때문에, 그의 실력이 저렇게 높을 줄은 전혀 모르고 있었다.

마침내 사람들의 귀에 여자의 비명 소리가 들렸다. 단춘추가 공중에서 떨어져 거칠게 바닥에 내동댕이쳐졌다. 그의 배에는 검이 박혀 있었다. 헌원랑도 따라서 땅으로 내려섰는데, 그는 검으로 몸을 지탱한 채 조용히 헐떡였다. 어깨에 몇 군데 상처가 있었지만 크게 위험할 것 같지는 않았다.

"하하하, 네가 졌다!"

헌원랑은 고개를 들고 껄껄 웃었다. 호기가 하늘을 찔렀다.

화천골이 다시 눈여겨 바라보니 어느새 단춘추의 모습이 보이지 않았다.

"아차!"

고개를 돌려 보니 과연 단춘추가 불귀연을 사용해 화천골의 뒤로 돌아와 있었다. 그는 화천골의 급소를 낚아채 눈 깜짝할 사이에 백여 장 위로 날아갔다. 동방욱경 등이 구하려고 했으나, 이동 속도가 너무 빨라 허탕을 치고 말았다.

"단춘추, 신용이 없구나!"

헌원랑이 대갈했다.

"감히!"

살천맥이 황급히 쫓아갔지만 단춘추 앞에 이르러서는 차마 더 다가갈 수가 없었다. 그의 온몸이 분노에 차고 두 눈이 새빨갛게 타올랐다.

"마군, 이 여자는 화근입니다. 이 여자를 죽이고 신기를 빼앗으면 요신이 나타나고, 얼마 후에 저희는 육계를 통일할 수 있습니다!"

단춘추가 반지에 있는 독침을 화천골의 관자놀이에 갖다 댔다. 조금만 움직여도 그녀의 목숨은 끝장이었다.

"단춘추, 내 명령마저 듣지 않을 셈이냐? 그 애의 털끝 하나라도 건드렸다간 어떻게 될지 두고 보자!"

그러자 단춘추의 얼굴이 여자로 변해 날카롭게 외쳤다.

"마군, 이 여자에게 단단히 홀리셨군요. 이 여자가 죽으면 그 속박에서 벗어나실 거예요. 그 후 저를 어떻게 처리하시든 달게 받겠어요!"

상황이 급변하자 하자훈은 손에 든 향낭을 꼭 움켜쥐며 생각했다.

'자화가 걱정하지 않게 그의 제자를 구해 줘야겠어. 하지만 그러려면 빠르고 정확해야 해. 조금이라도 늦거나 실수를 하면 천골의 목숨이 위험해.'

'못된 요괴! 사악한 이중인격자!'

화천골은 단춘추의 손에 붙잡혀 위험에 처한 자신을 보며 속으로 중얼거렸다.

"이대로 사람들의 짐이 될 수는 없어! 죽을 거면 같이 죽자고! 절대로 당신한테 신기는 못 줘!"

순간 단춘추는 그녀를 붙잡은 팔이 찌릿 하는 것을 느꼈다. 놀랍게도 화천골이 몸 속에서 아직 빠져나가지 않은 독을 뿜어내 손가락으로 그를 찌른 것이다.

갑자기 몸이 마비되면서 절로 손에서 힘이 살짝 빠졌다. 단춘추는 화가 치밀어 독침으로 그녀의 관자놀이를 찔렀다.

화천골은 기를 움직여 몸에 있는 백 년의 내력을 재빨리 불러일으켰다. 그녀의 몸이 순식간에 얼어붙자 독침은 뚝 소리를 내며 부러졌다. 하지만 화천골은 상태가 위중했고, 독도 완전히 사라지지 않아 폭주하는 진기를 제어할 수가 없었다.

은빛이 점점 더 짙어지자 살천맥이 다가서려 했지만 오히려 튕겨나왔다. 이대로 두면 진기가 폭발하여 화천골은 이 자리에서 목숨을 잃을 것이 분명했다. 살천맥은 순간적으로 어찌할 바를 몰라 아름다운 얼굴마저 빛을 잃었다. 헌원랑과 경수 등은 더욱더 간담이 서늘해졌다.

그때 멀리서 은광이 번쩍이더니 맑은 소리와 함께 손가락 하나가 나타나, 차분하면서도 정확하게 단춘추의 등 뒤에 있는 사혈死穴을 찔렀다. 단춘추는 비명을 지르더니, 눈을 부라린 채 온몸에 경련을 일으키며 아래로 떨어졌다.

하늘 저편에서 하얀 그림자가 바람을 타고 날아와 화천골을 붙잡으려고 강행 돌파하려는 살천맥 앞을 막아섰다. 그림자는 밖으로 쏟아지는 강력한 진기를 무릅쓰고 단번에 그녀를 품에 끌어안더니, 재빨리 그녀의 혈도 몇 군데를 봉쇄했다. 이어서 끊임없는 내력이 계속 주입되자 얼마 지나지 않아 화천골의 몸속에서 날뛰고 있던, 본래 그의 것이었던 진기가 가라앉았다.

화천골이 눈을 뜨고 그를 바라보았다. 그녀는 놀라고 기뻤다. 마치 꿈만 같아서 한참 동안 믿을 수가 없었다. 마침내 그녀가 그의 목을 힘껏 껴안으며 머리를 그의 품에 바짝 갖다 댔다.

"사부님······."

24. 들통난 마음

수많은 사람들이 보는 가운데에서 화천골이 자신을 단단히 끌어안자 백자화는 다소 불편했다. 하지만 속으로는 때맞춰 도착할 수 있었던 것에 무척 안심이 되었다.

그는 온 힘을 다해 날아오면서도 마음이 놓이지 않아 내내 관미로 지켜보았다. 장류파 제자들이 위험에 처하자, 처음으로 무력한 자신이 미워졌다. 특히 화천골이 몇 번이나 목숨을 걸고 싸우고 있을 때 남우회에게 가로막히자, 그마저도 손발이 어지러워져 한참 동안이나 벗어날 수가 없었다.

고개를 숙이고 품에 안긴 어린아이를 바라보는 그의 눈빛은 물처럼 맑고 그윽했다.

'이 아이는 어째서 이렇게 어리석을까? 이 지경까지 싸우다니, 정말 힘들었겠구나.'

화천골은 그의 가슴에 얼굴을 바짝 대고 있었다. 오랜만에 만난 기쁨과 감동으로 말을 할 수가 없었다. 사부를 이렇게 끌어안은 것은 처음이었다. 규칙에 어긋난다는 것은 알지만, 품속의 체취와 더없이 안전한 이 느낌이 아쉬워 한참 동안 놓을 수가 없었다. 이 따스함과 편안함이 그녀를 감싸자, 그녀는 감동하여 살짝 몸을 떨었다.

'사부님, 제가 사부님을 얼마나 기다렸는지 아세요? 사부님께서 오실 때까지 기다리려고 계속 이렇게 힘들게 버티고 있었어요.'

화천골은 고개를 들어 그를 바라보며 입을 삐죽거렸다. 그 모습이 더욱더 돼지 같았다.

"사부님, 왜 이렇게 늦으셨어요!"

'조금만 더 늦었으면 전 벌써 죽었을 거라고요.'

백자화는 그리움과 약간의 원망이 담긴 화천골의 시선에 살짝 마음이 아팠다.

"떠나기 전에 이 사부가 뭐라고 했느냐? 기회를 보아 움직이고, 힘이 닿는 데까지만 하라고 하지 않았느냐. 뒷일은 생각지도 않고 행동하다니, 정말 같이 죽기라도 할 생각이었느냐?"

화천골은 고개를 숙이고 잘못을 시인했다.

"잘못했어요, 사부님. 너무 마음이 급해서 다른 방법은 생각이 나지 않았어요. 사부님께서 때맞춰 와 주셔서 다행이에요. 전 다시는 사부님을 못 뵐 줄 알았어요……."

백자화가 그녀의 머리를 가볍게 두드리더니 어깨에 손을 댔다. 채 빠져나가지 않은 독이 그의 손바닥으로 빨려 들어갔다. 화천골은 곧 원래 모습을 되찾았다.

"사부님!"

"걱정 마라. 이 독은 내 몸 속에서 금방 사라질 것이다."

백자화가 그녀를 안심시켰다.

옆에 서 있던 살천맥은 속으로 천번만번 백자화에게 욕을 퍼부었다.

'저런 쳐 죽일 백가 놈을 봤나! 감히 내 영웅 노릇을 빼앗아?'

화천골을 구할 선수를 빼앗긴 것도 화나는데, 더욱 짜증나게도 백자화가 감히 바로 앞에 있는 이 아름다운 사람의 존재를 무시한 채 화천골과 딱 달라붙어서 그를 쳐다보지도 않는다는 사실에 정말이지 화가 나 돌아가실 지경이었다!

'저 사람이……, 장류 상선 백자화?'

헌원랑도 일찍부터 귀 따갑도록 그의 이름을 들었다. 사람들은 온갖 수식어로 그의 비범함과 훌륭함을 묘사했다. 그런데 실제로 보니, 그 어떤 말도 그의 앞에서는 빛이 바래고 무력하다는 것을 알 수 있었다.

백자화는 그렇게 화천골을 안은 채 비범하고도 도도한 태도로, 공중에서 사람들을 차례차례 훑어보았다. 그런 다음 아무 소리도 없이 천천히 바닥에 내려왔다. 사람들은 모두 멍청히 그 모습을 바라보며 한순간 아무 소리도 내지 않았다. 그런데 헌원랑이 갑자기 혁 하고 숨을 들이쉬는 바람에 가까이 있던 열행운은 화들짝 놀랐다.

'그러니까……, 여장한 천골은 저렇게 귀엽구나. 모습은 변하지 않았어. 여전히 조그맣고 괴상한 기운을 갖고 있잖아.'

헌원랑은 바보처럼 헤헤 웃었고, 열행운은 온몸에 닭살이 돋았다.

"괜찮아?"

헌원랑과 삭풍, 낙십일, 동방욱경 등이 우르르 달려와 화천골을 에워쌌다.

"괜찮아요. 하나도 안 다쳤어요!"

화천골은 관심 어린 눈빛들을 둘러보며 대답했다. 입술이 파르르 떨렸다. 함께 움직이고, 함께 생사의 관문을 넘은 이들은 모두 그녀와 재난과 복을 함께하는 좋은 동료들이었다! 늘 외로운 그녀였는데, 하늘은 대체 언제 이렇게 많은 사람들을 보내 주고, 이렇게 관심을 갖고 보살펴 주게 했을까? 그녀의 몸은 따스함과 행복으로 가득 찼고, 심장은 부드러운 솜사탕처럼 녹아 버릴 것 같았다. 그녀는 이제 더 이상 혼자가 아니었다!

백자화는 그녀를 땅에 내려 주고 똑바로 서도록 부축했다. 화천골은 여전히 그의 소매를 꼭 부여잡고 놓지 않았다.

장막 뒤에서 백자화가 나타난 것을 본 하자훈은 가슴을 망치로 세게 얻어맞은 것 같은 고통을 느꼈다. 사부와 제자가 서로 붙잡고 의지하는 모습을 보자 마음이 더욱 쓰라리고 답답해 숨을 쉴 수 없을 정도였다. 그녀가 화천골을 얼마나 부러워하는지는 하늘만이 알 것이다. 저렇게 그의 곁에 서서 그의 따스함과 보호를 누릴 수 있으니까. 하지만 그녀는 그를 볼 낯조차 없었다…….

지난날 요지 기슭이나 군선연, 상선들의 모임에서 다섯 상선이 함께 대작하고 즐겁게 노래하던 장면이 떠올랐다. 그 얼마나 통쾌하고 근심 걱정 없던 날이었던가? 그런데 하늘의 조화가 뭔지 겨우 백 년 만에야 다시 만나게 되었다. 하지만 이제 그녀는 선인도 아니고 마인도 아닌 모습이 되어 있었다.

'자화, 자화. 그 오랜 세월 동안 조금이라도 날 걱정했나요? 아냐, 관두자. 이렇게 멀리서 그를 보는 것만으로도 충분해. 그가 잘 지내고 있다면, 여전히 잘 지낸다면, 아무리 어려움을 겪어도 아무 원망도 후회도 없어.'

무심코 화천골이 그를 바라볼 때의 눈빛을 본 그녀는 순간 대경실색했다. 너무나도 낯익은 눈빛이었다. 그것은 숭배하고 동경하는 눈빛, 그리고 깊은 연모의 눈빛이었다. 순간, 하자훈은 크게 깨닫고 하늘을 향해 깔깔거리며 웃음을 터트렸다. 웃는 얼굴에는 눈물이 가득했다. 그녀는 향낭을 세게 움켜쥐며 말했다.

"암영류광, 암영류광. 좋은 이름이구나! 너는 암영, 어두운 그림자고, 그는 류광, 흐르는 빛이란 말이지. 수백 가지의 향료를 맡아 보고, 수천 가지의 향을 섭렵한 내가 네가 만든 향속에 담긴, 그를 향한 진한 애정을 맡지 못하다니! 자화, 자화! 당신은 참 좋은 제자를 두었군요! 하하하하!"

눈물이 홍수를 이루어 막을 수가 없었다.

살천맥은 재빨리 단춘추의 혈도를 짚으며, 그에게 내력을 흘려 보냈다.

"제 죄는 죽어 마땅합니다. 마군께서는 어째서 저를 구하시는 겁니까?"

단춘추가 이를 악물고 말했다.

"너는 죽어 마땅하다. 내 신임만 믿고 계속 내 명령을 어겨서도 안 되었고, 더욱이 목숨을 걸고 위험한 짓을 해서도 안 되었다. 그럴 가치가 없는 일이야."

"설마 마군께서는 이렇게 신기를 저들에게 바치는 것이 아쉽지 않으십니까?"

"아쉽지. 하지만 잘못을 되풀이하고 싶지는 않다. 물건은 잃어버리면 다시 찾아오면 되지만, 사람은 잃어버리면 정말로 사라지는 것이다."

단춘추는 그의 눈 속에 담긴 고통을 읽고 더 이상 아무 말도 하지 않았다. 살천맥은 단춘추가 회복될 때까지 기다렸다가 불귀연과 적선산, 그리고 복원정을 들고 다가가 모두 화천골에게 주었다.

"언……."

살천맥이 손가락을 입으로 가져가 "쉿!" 하면서 눈짓을 했다. 그리고 전음으로 말했다.

— 며칠 후에 널 찾아갈게.

화천골은 그의 눈이 초승달처럼 휘는 것을 보고 가만히 고개를 끄덕였다. 살천맥은 백자화를 바라보았다. 그의 얼굴은 이미 이상하리만치 냉엄한 표정으로 돌아가 있었다.

"약속한 대로 세 개의 신기를 내놓았으니 우리는 물러가겠다. 백자화, 잘 지켜라. 이 살천맥이 반드시 다시 찾을 테니!"

살천맥은 높이 날아올랐다. 화봉이 길게 울부짖는가 싶더니 순식간에 종적을 감추었다. 요마의 대군도 서서히 철수했다. 사람들은 펄쩍 뛰고 환호하며 손뼉을 쳤다.

화천골은 갑자기 정신이 번쩍 들었다.

'참, 자훈 언니는 어떻게 됐지? 사부님을 보고 싶어 하지 않을까?'

"사부님, 자훈 선자도 이곳에 있어요."

화천골이 앞쪽의 연꽃 침대를 가리켰다. 백자화는 이미 관미를 통해 화천골이 그녀와 향으로 싸우는 것까지 모두 보았다.

화천골은 시종 평온한 표정을 짓고 있는 사부를 보자 더 이상 아무 말도 하지 않았다. 게다가 하자훈도 연꽃 침대 안에서 아무 움직임이 없었다. 두 사람은 계속 그렇게 있기만 했다.

'어렵사리 마주쳤는데, 서로 얼굴을 보고 싶지도 않은 걸까?'

화천골은 백자화의 소매를 잡아당겼지만, 백자화는 여전히 꼼짝도 하지 않았다.

'사부님께서 왜 저러시지? 자훈 언니는 분명히 사부님을 좋아하는데.'

연민 때문에 견딜 수가 없어진 화천골은 직접 하자훈의 연꽃 침대 쪽으로 날아가 외쳤다.

"자훈 언니, 사부님이 오셨어요! 나와 보세요!"

마침 바람이 가리개를 휘말아 올렸다. 화천골은 눈물투성이가 된 하자훈의 얼굴을 보고 속으로 깜짝 놀랐다.

"자훈 언니……."

하자훈은 관세음보살같이 자비롭고 중생을 가엾이 여기는 눈빛으로, 동정하듯 그녀를 내려다보았다.

"천골, 빨리 그를 잊어. 절대 빠져들지 마. 저 사람같이 높디높은 신선을 어떻게 우리처럼 어리석고 비천한 여자들이 연모할 수 있겠니? 만일 네가……, 계속 그의 좋은 제자로 남을 수 있다면 넌 세상에서 가장 행복한 사람일 거야. 그렇지 않으면……, 네 말로는 이 언니보다 천 배 만 배 더 비참할 뿐이야……."

그 말이 끝나자 보라색 망사로 된 가리개가 천천히 닫히고, 연꽃 침대가 빠르게 날아올라 하늘 저편으로 사라졌다.

화천골의 머릿속에 굉음이 울렸다. 마치 마른하늘에 날벼락이 내리치는 것 같았다. 그녀는 비틀비틀 뒤로 물러났다. 목구멍이 뜨거워지며 입에서 선혈이 터져 나왔지만 그녀는 눈에 띄지 않게 억지로 삼켰다.

화천골은 오랫동안 그렇게 서 있었다. 머릿속은 여전히 텅 빈 것 같았고, 귀에서는 계속 하자훈이 남긴 말이 윙윙거리며 메아리쳤다. 그녀는 넋이 나간 사람처럼 그 자리에 꼿꼿이 선 채 오랫동안 정신을 차리지 못했다.

'언니가 무슨 말을 한 거지? 대체 무슨 말이야? 어째서 전혀

못 알아듣겠지? 무슨 말인지 전혀 모르겠어…….'

그녀는 도저히 알 수가 없었다! 사람들이 다급히 그녀를 불렀지만 그녀는 여전히 아무 반응 없이 서 있기만 했다. 그들은 그녀가 마녀에게 무슨 술법이라도 당한 줄 알고 초조해지기 시작했다.

"소골!"

백자화가 그녀에게 다가와 어깨를 두드렸다. 화천골은 멍한 눈길로 그를 올려다보더니, 놀라서 비명을 지르며 연신 뒤로 물러났다. 뜻밖에도 그녀의 눈동자에는 놀람과 두려움이 가득했다.

백자화는 이렇게 멍하고 두려워하는 그녀의 눈빛을 본 적이 없었다. 그는 그녀의 양팔을 붙잡고 몸 속에서 격렬하게 요동치는 진기가 무리 없이 흐르도록 이끌었다. 그리고 몸을 숙이며 따뜻하게 말했다.

"소골, 사부다!"

화천골은 그의 눈을 응시했다. 너무도 까맣고 깊은 그 눈동자는 그녀를 빨아들여 영원히 해를 볼 수 없게 만들 것 같았다.

"사, 사부님?"

그녀는 입을 열고 중얼거렸다. 뒤로 물러나려 했지만 그에게 붙잡혀 그럴 수가 없었다.

"자훈이……, 네게 뭐라고 했느냐?"

백자화는 살며시 눈을 찡그렸다. 밀어密語여서 아무도 듣지 못했다. 화천골은 천천히 정신을 차렸지만 얼굴은 아직도 백짓

장처럼 하얬다.

그녀가 필사적으로 고개를 저었다.

"아무것도요. 언니는 아무 말도 안 했어요……."

백자화가 그녀를 놓아주고 가볍게 머리를 두드렸다.

"아무것도 아니면 됐다."

화천골은 몸을 덜덜 떨었다. 백자화의 동작 하나하나가 그녀의 몸을 찢어발기는 것 같았다.

그녀는 평생 동안 잊을 수 없을 것이다. 천천히 감기던 하자훈의 눈에 가득한 눈물과 차마 어쩌지 못하는 표정을……, 평생 잊지 못할 것이다. 화천골의 몸은 그녀의 말에 폭발해 산산이 부서져 영원히 원래대로 돌아올 수 없게 되었다.

이번 일전에서 선계는 한 번에 여러 신기를 되찾았고, 요마는 닭을 훔치려다 도리어 빼앗기는 꼴이 되었다. 사람들은 기뻐하면서 시신을 수습하고 서둘러 뒤처리를 했다.

태백문은 사상자가 많아 더 이상 신기를 보호할 능력이 없었다. 따라서 민생검은 백자화를 통해 다른 문파에 맡기기로 했다.

이렇게 해서 행방이 묘연한 염수옥 외에 류광금, 부침주, 현진척은 장류산과 장백산, 천산이 지키게 되었고, 불귀연, 환사령, 전천련, 복원정, 민생검, 적선산 등 여섯 개의 신기는 다시 백자화가 일일이 봉인하여 큰 문파들에 분산시켰다.

"아빠, 아빠! 이쪽은 십일 사형이에요!"

당보가 무척 진지하게 낙십일을 동방욱경에게 소개했다.

"배, 백부님, 안녕하십니까……."

낙십일이 조금 긴장한 채 인사했다. 그러자 옆에서 지켜보던 화천골이 큰 소리로 웃었다.

"사형, 왜 항렬을 낮춰요? 전 당보의 엄마인데, 그럼 절 백모라고 부르시게요? 푸하하하! 그냥 동방이라고 불러요!"

낙십일은 얼굴이 빨개져서 화천골을 무섭게 노려보았다. 그가 두 손을 모으며 다시 말했다.

"동방 형……."

"십일 형, 우리 골두와 당보를 오랫동안 보살펴 주시느라 고생 많으셨소."

"아니오, 무슨 그런 말씀을. 당연히 해야 할 일이오……."

낙십일과 동방욱경은 서로 상투적인 인사말을 나누었다. 보고 있던 헌원랑은 이가 근질근질했다.

'우리 골두와 당보라니! 에잇, 열 받아! 동방욱경, 장원은 꿈 깨시지!'

그가 몸을 돌려 화천골의 손을 움켜쥐었다.

"천골, 이렇게 헤어지면 언제 또 만날 수 있을지 모르겠다! 너와 헤어지기가 참 아쉬워!"

화천골은 천진난만하게 헤벌쭉 웃었다.

"괜찮아요. 기회가 있으면 산을 내려가 황궁으로 찾아갈게요!"

"꼭이야!"

"꼭!"

"또 몇 년 걸리면 안 돼!"

"곧 갈게요, 걱정 마요!"

갑자기 누군가 뒤에서 그녀의 옷깃을 잡아당기는 게 느껴졌다. 화천골은 어리둥절해하다가, 뒤에 숨은 경수를 앞으로 끌어당겼다.

"랑 오빠, 이쪽은 제 절친한 친구인 경수예요."

헌원랑이 빙긋 웃자 경수는 온몸에 햇볕을 받은 것처럼 생기가 돌았다.

"경수 낭자, 안녕하시오."

'이 아가씨는 천골처럼 성장이 멈추지는 않았구나. 물 위로 피어난 부용꽃처럼 친절하고 호감을 주는 사람이야. 소골은 언제 이렇게 자라려나? 하지만 지금 모습에서 크게 변화는 없어야 해. 요염하거나 간드러지지는 않아도 분명 아름답겠지.'

헌원랑은 싱글벙글 웃으며 생각했다.

"안녕하세요, 폐하."

얼굴을 붉히며 고개를 숙인 경수는 그를 훔쳐보았다. 심장이 쿵쿵 뛰어 입 밖으로 튀어나올 것만 같았다.

관미를 통해 동방욱경과 헌원랑을 보았던 백자화는 태연하게 그들과 인사를 나눈 후 장류산 제자들을 이끌고 어검술을 펼쳐 돌아갈 준비를 했다. 하지만 끝내 마음에 걸리는 것이 있었다. 하자훈이 화천골에게 뭐라고 했기에 그녀가 그런 상태가 될 정도로 놀랐는지 알 수가 없었다. 비록 나중에는 아무 일 없는 척했지만, 태도나 기분, 그리고 눈빛까지 분명히 그 전과는 달랐다.

4부

이 내 마음 정 깊어 세상을 잊히니
이 한 몸 아낌없이 차가운 연못에 던지다

25. 경화수월鏡花水月

"골두, 탄다, 타! 빨리, 빨리!"

당보가 솥에 든 요리를 보며, 화천골의 어깨 위에서 다급하게 팔짝팔짝 뛰었다. 화천골은 그제야 정신을 차리고 황망히 솥을 들다가 손을 데고 말았다. 그릇과 접시 등이 와장창 떨어졌다. 그녀는 고개를 숙인 채 풀 죽은 얼굴로 그릇을 주운 다음 다시 시작했다.

백자화는 식탁 앞에 앉아 그녀가 만든 요리를 맛보며 한참 동안 아무 말도 없었다.

"사부님?"

"소골, 무슨 걱정이라도 있느냐?"

"어떻게 아셨어요?"

"너는 언제나 집중력이 있어서 만들어 내고자 하는 맛을 그대로 만들어 냈다. 그러나 잡념이 있으니 자연히 그 맛도 달라졌구나."

절정전으로 돌아온 후 두 달 간, 그녀는 무슨 일을 하든 늘 딴생각을 했다. 덕분에 상처는 점차 나았지만 도행은 갈수록 나빠졌다. 지금까지 그녀의 수행 속도가 무척 빨라 동급 제자들 중에서 두각을 나타낸 것은, 그 마음이 누구보다도 맑고 투명했기 때문이었다. 하지만 지금은 그 맑음이 사라지고, 잡념으로 마음이 어지러워져 밝게 보지 못하고, 마음속 응어리는 나날이 깊어졌다.

화천골은 젓가락을 씹으며 고개를 숙였다.

"사부님, 곤란한 일이 있는데, 아무리 생각해도 잘 이해가 안 돼요."

"마음이란 고인 물처럼 흔들려도 그 이유를 알 수 없지. 이해하려고 하면 할수록 오히려 알 수 없게 되는 일이 무척 많다. 마음속에 한번 집념이 생기면 실타래처럼, 당길수록 더 꼬이는 것이다."

"그렇지만 사부님, 좋지 않은 일이 생길 것 같은 예감이 들면 어떻게 해야 하나요?"

"피할수록 마주치는 법. 무슨 일이든 자연스레 흘러가도록 놔두는 것이 좋다. 어차피 벌어질 일이면 그에 따르는 것이야말로 생존의 길이다."

백자화는 그녀의 머리를 쓰다듬으며 위로했다. 화천골은 한참 동안 생각에 잠겼다가 마침내 생긋 웃으며 밥그릇을 들고 와구와구 먹기 시작했다.

하자훈이 한 말을 전부 이해할 수는 없었지만 완전히 모르는 것도 아니었다. 어쨌든 열일곱 살이나 되었으니 그녀 역시 이런저런 사랑 이야기를 보고 들은 적이 있었다. 다만 아는 것과 이해하는 것은 별개의 문제였다. 예만천이 낙십일을 좋아하는 것도 알고, 경수가 헌원랑을 좋아하는 것도 알지만, 그것이 어떤 감정인지는 알 수도 느낄 수도 없었다.

하지만 하자훈은 사부를 좋아했다. 그것을 알게 된 순간, 그녀도 속으로는 하자훈과 똑같이 비통하고 무력한 느낌이 들었다. 그 절망적인 느낌에 거의 숨이 막힐 것 같았다. 어째서 하자훈의 사랑을 그녀도 느낄 수 있는 걸까?

'자훈 언니는 나더러 사부님을 사랑하지 말라고 했어. 하지만 난 원래 사부님을 사랑하는걸! 이 세상에 아빠, 엄마, 당보를 빼고 가장 사랑하는 사람이 사부님인걸. 사부님이 원한다면 뭐든 할 수 있어. 이 목숨, 그리고 내가 가진 모든 것이 사부님의 것이야. 이것은 결코 나쁜 일이 아니야. 나는 아무것도 바라지 않아. 다만 지금처럼 아침저녁으로 사부님 곁에 있기만 하면 돼. 사부님이 자연스럽게 놔두라고 하셨으니 그러는 게 낫겠어. 그렇게 하기로 했으니 아무것도 생각하지 않을래. 그냥 사부님을 따르며 영원히 곁에서 떠나지 않을 거야.'

아침 일찍, 까치가 나무 위에 앉아 깍깍 울었다. 좋은 일이 생길 모양이었다!

"사부님, 찾으셨어요?"

백자화가 고개를 끄덕였다.

"며칠 후면 군선연이다. 너도 나와 함께 참석하자."

"정말요?"

화천골은 폴짝폴짝 뛰었다.

"지난번 태백산에서 큰 공을 세웠기 때문에, 제후께서 특별히 널 데려오라고 하셨다. 네게 따로 선첩까지 보내셨지."

백자화는 금빛이 번쩍이는 초대장을 그녀에게 건넸다. 화천골은 그 빛에 눈이 부셔 눈을 제대로 뜰 수가 없었다. 초대장을 열어 보니, 그 위에는 이렇게 쓰여 있었다.

모산 장문 화천골

그녀는 무척 기뻐하며 말했다.

"당보를 데려가도 될까요?"

백자화는 고개를 끄덕였다. 화천골과 당보는 어딜 가든 떨어지지 않았다.

"태백산 싸움에서 이기긴 했으나, 네가 아직 경험이 부족한 것은 분명하다. 군선연이 끝나면 너를 데리고 인간 세계를 유람하며 경험을 쌓게 해 주마."

백자화는 화천골의 마음속에 응어리가 생긴 것은 경험과 견식이 크게 부족하기 때문이라고 생각했다. 아무것도 모르는 순수함은 세상만사를 겪고 모든 것을 꿰뚫어 보는 순수함과 비교

할 때, 아무래도 너무 단순하고 충격에 약했다.

화천골은 감격해서 그의 소맷자락을 잡고 흔들며 아양을 부렸다.

"사부님, 사부님은 참 좋은 분이세요……."

백자화가 그녀의 머리를 톡톡 두드렸다.

"짐을 싸고, 경수나 친구들에게 작별 인사를 하고 오너라. 이번에 나가면 반년 후에나 돌아 올 테니."

"사부님께서 안 계시면 장류산의 일은 어떻게 되나요?"

"걱정 마라. 모든 것은 네 사백께서 처리하실 거다. 중요한 일은 내게 통지해 줄 것이고."

"좋아요!"

화천골은 바람처럼 달려 나갔다.

소식을 들은 사람들은 모두 기뻐했다. 하지만 낙십일은 눈을 찡그렸다.

'이럴 수는 없어! 반년 동안이나 당보를 볼 수 없다니, 나더러 어떻게 살라고!'

신난 당보의 얼굴을 보자 낙십일은 더욱 마음이 아팠다.

'당보, 넌 어떻게 아쉬워하지도 않니…….'

다시 곤륜산으로 가게 된 화천골은 말로 표현할 수 없을 만큼 흥분했다. 이번에는 지난번처럼 외롭고 의지할 곳 없어 애벌레로 변해 몰래 숨어든 어린아이가 아니라, 정정당당한 일파의 장문인 신분으로 참석하는 것이다. 또 백자화와 같은 구름을 탈 필요 없이, 혼자 힘으로 멋들어지게 검을 타고 날아가는 것이다. 연회장에 있던 맛있는 음식과 커다란 복숭아를 떠올리자 화천골과 당보의 입가에 침이 흘렀다.

처음으로 사부와 함께 외출하게 되자 화천골은 심장이 쿵쿵 뛰었다. 긴장하고 흥분해서 가는 내내 쉼 없이 조잘조잘 떠들어 댔다.

검을 타고 날고는 있지만, 화천골의 속도에 맞추다 보니 하루가 걸렸고, 가는 동안 몇 번이나 쉬어야 했다. 덕분에 그들이 요지에 도착했을 때는 연회가 벌써 시작된 후였다.

화천골은 아래에 펼쳐진 일곱 빛깔의 요지와 변함없는 분홍색 복숭아 숲을 내려다보았다. 선악이 흘러나오고, 옥패가 땡땡거리며 부딪혔다. 신선들은 춤을 추고 술을 마시며 노래를 불렀다. 그런데 "장류 상선 도착이오!"라는 소리에 이어 "모산 장문인 도착이오!"라는 소리가 울리자 장내는 순간 조용해졌다. 모든 사람들이 고개를 들고 그들을 바라보았다.

예전처럼 눈보다 새하얀 옷에 차갑고 탈속한 분위기의 남자가 천천히 아래로 내려왔다. 그 뒤에는 몇 년 전 남루한 옷을 입고 요지로 뛰어들었던, 남장을 했던 소녀가 따르고 있었다.

이날 화천골은 단순한 흰색 방직 치마를 입고 머리를 양쪽으로 동그랗게 묶고 있었다. 몇 년 전에 비해 전혀 자라지 않아 여전히 어린애 같은 모습이었다. 눈썹은 그린 것처럼 곱고, 눈은 별처럼 반짝이고, 피부는 윤나고 투명했다. 뺨은 매끄럽고 부드러워 마치 꽃송이 같았고, 발갛게 달아오른 것이 사과 같기도 해서, 보는 사람마다 달려가서 꼬집고 싶을 정도였다.

화천골은 사람들의 시선이 자신에게 쏠리자 다소 긴장하여 백자화의 기다란 소맷자락을 붙잡았다. 두 사람은 앞뒤로 나란히 걸어갔다. 한 사람은 속세를 벗어난 비범한 모습이고 다른 한 사람은 순진하고 귀여운 모습이어서, 하늘 가득 분홍빛 꽃비가 쏟아지는 절경과 어우러져 사람들의 탄성을 자아냈다. 그때 천둥처럼 거칠고 흉악한 목소리가 사방에 울렸다.

"빌어먹을 백자화야, 후회스럽구나!"

어딘지 귀에 익은 목소리였다. 화천골이 어쩔 줄 몰라 하는 사이, 금빛 머리칼에 금빛 수염을 가진 거구의 남자가 어느새 눈앞에 나타나 있었다. 구리 방울처럼 커다란 눈동자가 그녀의 작은 눈망울을 마주 보았다. 화천골은 깜짝 놀라 뒤로 물러났다. 하지만 정확히 보고 나자 놀랍고 기뻤다. 그 사람은 바로 랑 오빠의 사부인 낙하동이었던 것이다.

낙하동은 커다란 입을 벌리고 그녀를 향해 껄껄 웃더니, 가무잡잡하고 거친 커다란 손을 내밀어 그녀의 작은 얼굴을 힘껏 꼬집었다.

"요 계집애, 이제 보니 요렇게 보들보들하구나."

화천골은 울지도 웃지도 못한 채, 그가 얼굴을 밀가루 반죽처럼 조몰락거리도록 가만히 있었다. 백자화가 소리 없이 그녀 앞을 막아섰다.

"낙 선인, 오랜만입니다."

낙하동은 씩씩대며 손을 거두고는 콧방귀를 뀌었다.

"그래그래, 오랜만일세. 이봐, 노백[16], 자넨 참 운도 좋아. 나는 분명 청허 도장에게 제자를 구해 주었는데, 어쩌다 자네 손에 들어갔지? 빌어먹을, 이거 후회스럽구만. 미리 알았다면 요 제자를 빼앗아 왔을 텐데. 그러면 그 많은 신기를 되찾은 게 장류산의 몫이 되진 않았을 거야. 난 불귀연이 몹시 보고 싶었는데, 아무리 생각해 봐도 어디로 가야 찾을 수 있을지 모르겠더군. 차라리 선녀가 목욕하는 것을 훔쳐보는 것이 쉬울 거야. 일단 내가 좀 시험해 보면 안 될까?"

그 말을 끝내기 무섭게 낙하동은 "아야!" 하고 비명을 지르더니 한쪽 엉덩이에서 앵두를 빼냈다.

'빌어먹을 사선녀.'

낙하동은 속으로 욕을 퍼부었다. 이 썩을 군선연에 오는 게 아니었다. 제군과 제후 앞에서는 그 사나운 여자도 감히 소란을 피우지 못하고 몰래 수작만 부렸지만, 군선연이 끝나면 그의 살을 조각조각 뜯어 효천견[17]에게 먹이고야 말 것이다.

낙하동은 씩씩거리며 엉덩이에서 빼낸 피 묻은 앵두를 한입에 통째로 삼켰다. 사람들이 놀라 눈을 동그랗게 떴다.

'앵두야 먹으면 살로 가는 것이고, 엉덩이는 본래 내 살이니 낭비할 수야 없지!'

백자화는 가볍게 헛기침을 했다. 낙하동이 무얼 하든 모르

---

16 老白. 백자화를 친근하게 부르는 말.
17 哮天犬. 전설에 나오는 신수.

는 척하는 것이 좋다는 것을 일찌감치 배운 터였다.

낙하동이 탄식했다.

"나도 요 계집애가 보통이 아니란 것은 알고 있었어. 타고난 운명이 좀 나쁘지만, 뜻밖에도 기회를 잘 만나 모산의 장문인이 되고, 노백 자네가 파격적으로 제자까지 삼지 않았나. 정말 생각지도 못한 일이야! 여제자는 귀찮다고들 하지만, 귀엽고, 철도 있고, 말도 잘 듣지. 내가 데리고 있는 그 자식은 오만하고 못난 데다 늘 내게 맞선다네. 노백, 자네가 참 부러워!"

그는 그렇게 말하고 몸을 돌려 외쳤다.

"이 못난 놈, 썩 이리 오지 못해! 네가 오매불망 그리던 누이가 와 있다. 네놈이 저 애를 보겠다고 군선연에 데려가 달라고 매달리지 않았느냐! 안 그랬으면 내 이곳에 오지도 않았어!"

그 말을 듣자 화천골은 기뻐서 고개를 들었다. 과연 헌원랑이 와 있었다. 비록 낙하동의 제자 신분으로 군선연에 왔지만, 아무래도 특수한 지위 덕분에 상석에 앉아 있었다. 지금 그는 보라색 옷을 입고, 백옥 허리띠를 두르고, 옷깃을 높이 세워 마치 높은 산을 유람하는 선인 같았다. 지난번에 만났을 때보다 고상하면서도 훨씬 탈속한 느낌이었다. 그는 멀리서 화천골을 바라보며 부드럽게 웃었지만, 그래도 제왕의 풍격을 잃지 않았다.

화천골은 백자화를 따라 헌원랑의 탁자 옆에 가서 앉았다. 여느 때와 다름없는 복숭아 꽃밭에 여느 때와 다름없는 군선연이었지만 모든 것이 달라진 것 같았다. 쓸데없는 허례허식이나 제군과 제후의 표창, 선인들의 상투적인 인사말이 줄어들었다. 모두들 백자화가 제자를 거두었다는 사실에 무척 놀란 듯했다.

백자화는 인사치레를 좋아하지 않았고 말수도 적었다. 그래서 항상 살짝 고개만 끄덕이고 지나갔다. 반대로 화천골은 차를 술 삼아 마시고 또 마셨다.

군선연에서는 논의할 항목이 매우 많았다. 심지어 사나흘 동안 진행되는 회의도 있었다. 지난번 화천골이 뛰어들었을 때가 가장 짧은 회의여서, 반나절도 되지 않아 모두들 씩씩대며 돌아갔었다. 하지만 이번에는 달랐다. 신기를 여럿 되찾아 다들 마음의 근심을 덜었고, 연회는 화기애애했다.

화천골은 그 모습을 바라보며 처음에는 재미있고 신기하게 여겼다. 하지만 얼마 되지 않아 먹는 것에만 눈길이 가서 당보와 함께 달려들었다. 헌원랑은 웃으며, 게걸스럽게 먹는 그녀를 사랑스러운 듯이 바라보았다. 가끔 던지는 그의 한두 마디는 시원한 바람처럼 부드럽게 그녀의 마음을 때렸다.

당보는 옆에서 벌어지는 일에는 관심을 끊고 오로지 복숭아에 구멍을 뚫느라 바빴다. 지난번에 반도 복숭아를 먹지 못한 것이 내내 한스러웠기 때문에, 이번에는 죽을 둥 살 둥 먹으면서 복숭아 속으로 기어 들어갔다. 덕분에 얼마 지나지 않아 당보는 탁자 위의 복숭아 태반을 먹어 치웠다.

화천골이 고개를 돌려 백자화를 보자 그는 마침 낙하동, 동화 상선 등과 술잔을 나누며 이야기를 하고 있었는데, 표정은 여전히 차분하고 차가웠다. 유리잔 속에 든 망우주에서는 맑은 향기가 감돌고, 술 빛깔은 차가웠다. 반사된 술 빛 아래에서, 백자화는 분홍색 복숭아꽃에 둘러싸여 있었다. 여전히 고독하고 멀게 느껴졌지만, 약간은 따뜻함이 더해진 것 같아서 화천골은 마음 깊숙이 포근한 느낌이 들었다.

고개를 들어 머리 위의 복숭아나무를 보자, 지난번에 저 위에서 떨어졌던 장면이 생각났다. 갑자기 꽃잎이 춤을 추듯 휘날리고, 그중 하나가 백자화의 술잔 속에 들어갔다. 순간 그녀는 무슨 생각이 들었는지 막 술잔을 드는 백자화의 소맷자락을 붙잡았다.

백자화는 술잔을 멈추고 멍하니 자신을 바라보는 그녀를 향해 고개를 숙였다.

"왜 그러느냐?"

화천골은 당황했다. 그러나 그녀는 곧 정신을 차리고 애교를 부리며 웃었다.

"사부님, 저도 한 모금 맛보면 안 돼요?"

백자화는 들고 있는 술잔을 내려다보았다.

"너는 술을 못 마시지 않느냐?"

"괜찮아요. 한 모금만 마실게요. 취하지 않을 거예요."

백자화는 고개를 끄덕였다. 그가 술을 따라 주려고 하는데, 화천골이 더 빨랐다. 그녀는 백자화의 잔을 낚아채 살짝 맛보았다.

"소골?"

갑자기 머리가 어지럽고 눈앞이 흐려졌다. 역시 술기운을 이길 수가 없어, 그녀의 뺨은 순식간에 복숭아처럼 빨개졌고 눈동자에도 불길이 이는 것 같았다. 조금 전 술잔에 빠졌던 분홍색 꽃잎이 그녀의 입술에 붙어 있었다. 화천골이 보드라운 혀를 내밀어 꽃잎을 살짝 휘말아 입에 넣고는 백자화를 향해 바보처럼 웃었다. 그 순간 커다란 파도가 이는 것 같아 백자화는 황망히 고개를 숙이고 유리잔을 쥔 그녀의 하얀 손가락을 바라보았다. 잔에 든 술이 찰랑거리며 눈부시게 그의 눈을 찔렀다.

전광석화와 같은 시간이 지나고 모든 것이 평소대로 돌아왔다.

"소골? 괜찮으냐?"

백자화는 나른해진 그녀의 몸을 붙잡아 주었다. 화천골은 그의 어깨에 기댔다. 복숭아꽃 향기와 풀 향기, 사부의 향기가 미풍 속에 섞여 이상한 향기를 만들어 냈고, 눈앞의 모든 것이 꿈같았다. 갑자기 이대로 취해서 그의 품에 안긴 채 영원히 깨지 않았으면 하는 생각이 들었다. 그런데 어떤 목소리가 머릿속에서 계속해 그녀를 일깨웠다.

'자지 마. 욕심 부리지 마. 빠지지 마……. 그곳은 네가 있을 곳이 아니야. 그 대가는 네가 감당하지 못할 거야.'

그녀는 억지로 일어나 바보처럼 웃었다.

"사부님, 전 괜찮아요. 사실 전 주량이 대단해요. 단지 지금은……. 화장실 좀 가야겠어요! 헤헤헤!"

말을 마친 그녀는 불안한 걸음걸이로 자리를 떴다.

"소골?"

백자화는 안심이 되지 않아 자리에서 일어났지만, 차마 따라갈 수는 없었다. 그때 헌원랑이 말했다.

"존상, 걱정 마십시오. 제가 가서 살펴보겠습니다."

"하하하! 이놈, 가는 건 괜찮지만 훔쳐보면 안 된다! 좋은 것은 안 배우고 나쁜 것만 배우는 이 사부를 닮으면 안 돼!"

헌원랑은 엉망으로 취한 그를 바라보며 어쩔 수 없다는 듯 고개를 설레설레 젓고는 화천골을 쫓아갔다. 당보는 여전히 복숭아에 구멍을 뚫는 것에만 몰두해 있었다. 백자화는 그제야 다시 자리에 앉았다. 그는 낙하동이 가득 따라 준 술잔을 받아 들고, 방금 화천골이 사용했던 유리잔을 바라보았다. 한 모금 마시자 어쩐지 조금 전과는 맛이 완전히 다르게 느껴졌다.

헌원랑은 주위를 빙빙 돌다가 마침내 멀지 않은 반도원에 있는 화천골을 찾아냈다. 그녀는 복숭아나무 위에 올라가 있었다. 그녀는 무지막지하게 커서 두 팔로도 껴안을 수 없는 복숭아를 끌어안고 힘껏 갉아먹는 중이었다. 신발마저 나무 밑에 벗어 던져, 맨발이 공중에서 흔들렸다.

"이 바보, 겨우 한 모금 먹고 취하냐?"

"안 취했거든!"

화천골은 복숭아를 와작와작 씹어 댔다. 헌원랑이 다가와 그녀의 발에 묻은 진흙을 털고 신발을 주워 다정하게 신겨 주었다.

"감기 조심해야지."

화천골은 깜짝 놀라 복숭아를 씹는 것조차 잊고 입을 떡 벌렸다. 지금의 헌원랑은 부드럽고 우아한 동방욱경과 조금 닮아 있었지만, 몸 속에서 흘러나오는 강인함과 고귀함은 동방욱경에게는 없는 것이었다.

"랑 오빠?"

화천골은 고개를 갸웃하며, 모르는 사람 보듯 멍하니 그를 바라보았다. 그러다 실수로 손에 힘이 빠져 거대한 복숭아가 그만 헌원랑의 머리 위로 떨어졌다.

"악!"

머리를 문지르며 다시 고개를 든 헌원랑의 얼굴은 본래의 흉악한 모습으로 되돌아가 있었다.

"야! 감히 날 때려!"

헌원랑이 화천골의 발을 붙잡아 나무 아래로 힘껏 끌어내렸다. 그녀가 바닥에 엉덩방아를 찧자 그는 팔짱을 끼고 큰 소리로 웃어 댔다. 화천골은 엉덩이를 비비며 일어나려고 바동거렸지만, 두어 번 비틀거리다가 다시 주저앉고 말았다. 한참을 씨름하던 그녀는 결국 포기하고 바닥에 앉아 꼼짝도 하지 않았다. 헌원랑이 그녀의 머리를 콩 때렸다.

"취했다고 할 것이지, 이 바보!"

그는 한 손으로 그녀를 일으켜 나무 위에 앉혀 주었다. 화천골은 힘없이 그의 어깨에 기댄 채 눈꺼풀과 싸웠다.

"아……. 아주 맛있어, 술도 그렇고!"

그녀의 촉촉한 눈동자와 빨개진 두 뺨을 보자 헌원랑은 참지 못하고 손가락으로 그녀의 뺨을 쿡쿡 찔렀다.

"먹고 마시는 것만 아는 돼지!"

화천골이 중얼거렸다.

"망우주, 망우주. 술을 마시면 다 잊고 걱정도 사라진다. 어쩐지……. 많은 사람들이 속세를 떠나지 못하는 것도 당연해."

헌원랑은 그녀를 품에 꼭 끌어안고 진기를 흘려 보냈다.

"버텨 봐. 잠들면 오랫동안 못 일어날 거야."

화천골은 온 세상이 흔들리는 것 같았다. 랑 오빠의 품은 사부와는 다른 널찍한 느낌이 있었다.

그녀는 애써 눈을 떴다. 헌원랑의 얼굴이 점점 백자화로 변해 가자 그녀는 바보처럼 웃었다. 그리고 작은 소리로 불렀다.

"사부님……."

헌원랑은 그녀를 품에 꼭 안았다.

"너희 사부님은 아직 우리 사부님과 술을 마시고 계셔."

"제가 귀여워요, 당보가 귀여워요?"

헌원랑은 어이없어하며 웃었다.

"그 질문은 돼지가 귀여운지 애벌레가 귀여운지 묻는 것이나 마찬가지야. 비교할 수도 없고, 건설적이지도 못해."

"그럼 왜 당보한테는 웃어 주면서 저한테는 안 웃어 주세요?"

"내가 언제 당보한테 웃어 줬어?"

헌원랑은 어리둥절했다.

"아, 아니야. 당보가 나였고, 내가 당보였어……. 하지만 잘못 보셨어요. 그건 저였지 당보가 아니었다고요. 하지만 저는 그래도 저한테 웃어 주시는 걸 보고 싶어요. 당보였던 제가 아니라……."

헌원랑은 황당했다.

"무슨 소린지 전혀 모르겠군."

화천골은 몸을 비틀며 그의 품 속에서 가장 편안한 자세를 찾았다.

"하지만, 그거 아세요? 만약, 만약 당보가 된 저에게만 잘해 주실 거라면, 그럼 전, 저는 아무것도 필요 없어요. 그대로 당 보가 되어 곁에 있을래요……."

화천골의 목소리가 점점 숨소리로 변해 갔다. 그녀는 여전 히 한 손으로 그의 허리를 꼭 붙잡은 채 천천히 잠들었다. 헌원 랑이 그녀의 코를 꼬집고 뺨을 톡톡 때렸다.

"어이, 돼지! 어서 일어나. 자면 안 돼! 안 들려?"

하지만 화천골은 얼굴에 미소를 떠올렸다. 벌써 뭔가 꾸역 꾸역 먹는 꿈을 꾸고 있는 것이다. 심심해진 헌원랑은 그녀의 만두 모양 머리와 긴 속눈썹을 만지작거렸다.

"못된 돼지 같으니. 이렇게 오랜만에 겨우 만났는데 잠이 들 다니. 이제 어쩐다? 이 랑 오빠는 점점 더 너와 헤어지기 싫어 지는데. 항상 널 내 곁에 꽁꽁 묶어 두고 싶어!"

헌원랑은 사랑스러운 눈길로 그녀를 내려다보았다. 그리고 고개를 숙여 그녀의 이마에 가볍게 입맞춤했다. 그때 갑자기 누군가 나타났다. 고개를 들어 보니 다름 아닌 백자화였다.

"존상……."

백자화가 담담하게 고개를 끄덕였다.

"소골은 잠들었습니까?"

"네, 취해 쓰러졌습니다."

헌원랑은 전혀 두려워하지 않고 그를 똑바로 바라보았다. 백자화가 봤든 못 봤든, 속으로 전혀 거리낌이 없었다. 하지만 아직은 시국이 안정되지 않았기 때문에 그와 함께 있는 것은 화천골에게 너무 위험했다. 육계가 안정을 찾은 후 세상에서 가장 화려하고 가장 거창한 의례를 준비해 백자화 앞에서 화천골에게 청혼할 것이다.

"소골이 취했으니 저는 먼저 돌아가야겠군요. 당신은 그만 가서 제후와 당신 사부와 더 이야기를 나누시지요."

"알겠습니다."

백자화가 화천골을 받아 들었지만, 헌원랑은 놔주기 아쉬웠다. 이렇게 헤어지면 또 언제 만날지 알 수 없었다. 하지만 자신을 바라보는, 헤아릴 수 없이 깊은 백자화의 시선을 대하자 마침내 손을 놓았다.

눈앞에서 흰 그림자가 바람처럼 휙 지나가더니 순식간에 종적을 감추었다. 헌원랑은 나무 아래에 멍하니 서 있었다. 손바닥에는 여전히 화천골의 온기가 희미하게 남아 있었다.

"사부님?"

화천골은 어렴풋이 눈을 떴다. 몽롱한 촛불 속에 하얀 뒷모습이 보였다. 백자화가 몸을 돌려 침대 곁으로 다가왔다. 그의 손에는 맑은 차가 담긴 그릇이 들려 있었다.

"괜찮으냐? 불편한 곳은 없고?"

"머리가 조금 어지러워요. 제가 얼마나 잤어요?"

그녀는 고개를 들어 방 안을 살펴보았다. 공간도 크지 않고 장식도 간소했지만, 깨끗하고 편안했다.

"오래는 아니었다. 아주 적게 마셨기 때문에 겨우 사흘 잤을 뿐이다."

"사흘이요!"

화천골이 놀라 외쳤다.

"하지만 겨우 한 모금 입에 댔을 뿐인걸요."

"이 선계에서는 술에 취해 3년 넘게 자는 일도 종종 있다."

백자화가 그녀에게 차를 건네자, 마침 목이 말랐던 그녀는 꿀꺽꿀꺽 깨끗이 마셨다.

"당보는요?"

"당보도 몰래 술을 마셨다. 조금 맛보고 어지러워서 술잔에 빠진 것 같은데, 내가 꺼내고 보니 이미 인사불성이 되었더구나. 아직도 자고 있다. 아마 며칠 더 자야 할 거다."

화천골은 큰 소리로 웃어 댔다.

"사부님, 여긴 어디예요? 하늘과 땅이 다 흔들리는 것 같아요. 아직 취해서 그런 걸까요?"

"우리는 배를 타고 있다."

그 말에 화천골은 놀라고 기뻐하며 침대에서 폴짝 뛰어내려 가리개를 걷고 뛰어나갔다. 과연 커다란 강 위에 뜬 일엽편주 속이었다. 주위에는 끝을 헤아릴 수가 없는 푸른 물결이 일렁이고, 양쪽 기슭은 가파르게 솟아 수려한 모습으로 구불구불 이어져 있었다. 씻은 듯이 깨끗한 밤하늘에는 갈고리처럼 휘어진 초승달이 떠 있었고, 하늘 가득한 별들이 강 위에 반사되어 빛이 산란되는 것이 마치 수정을 흩뿌려 놓은 것 같았다.

밤바람은 거세고 주위는 고요했다. 화천골은 뱃머리에 뛰어올라 바람을 맞고 섰다.

"사부님, 저 방금 꿈을 꿨어요."

"음?"

"사흘 동안 세 개의 꿈을 꿨어요. 첫 번째 꿈속에서는 돌멩이가 되어 매일 심심하게 나무 아래에서 버티고 있었어요. 제 곁에는 작은 풀과 꽃들, 나무들이 있었어요. 친구가 많았죠. 그래도 늘 심심했어요. 저는 하늘을 나는 새가 부러웠거든요. 날개가 있으면 어디든 날아갈 수 있고, 드넓은 세상을 볼 수 있잖아요. 그래서 두 번째 꿈에서는 작은 새가 되었어요. 그런데 새가 되는 것도 즐겁지는 않더라고요. 전 훨씬 멀리, 높이 날고 싶었거든요. 그래서 늘 하늘에 걸린 해를 부러워했어요. 결국 세 번째 꿈에서는 해가 되었어요. 하지만 그것도 힘든 일이더라고요. 매일 높은 하늘에 매달려서 풀과 꽃과 나무가 즐겁게 함께 노는 것을 바라보았어요. 그런데 저는 혼자 외로이 하늘에 걸려 있잖아요. 전 무척 슬펐고, 후회했어요. 제 마지막 바람은 다시 돌멩이로 돌아가는 거였어요."

백자화는 그녀 곁으로 다가와 머리를 쓰다듬었다.

"그래서 어떻게 되었느냐?"

화천골은 살짝 뒤로 몸을 젖혀 그에게 기댔다.

"그게 끝이에요. 세 개의 꿈만 꾸었으니까 돌멩이로 되돌아갈 수가 없었어요. 계속 해인 거죠. 하지만 이제 알았어요. 고독하게 하늘에 걸려 있지만 전 매일 모두를 볼 수 있고, 모두에게 따뜻함을 줄 수 있어요. 세상에서 일어나는 여러 가지 재미있는 일도 볼 수 있고요. 그래서 마지막에는 저도 즐거웠어요."

"세 번 꿈을 꾸는 것은 망우주의 효과란다. 그 꿈에 담긴 의미를 알겠느냐?"

"네."

화천골은 열심히 고개를 끄덕였다.

"처음 갖고 있던 것이야말로 가장 좋다는 것을 알았어요, 사부님. 그리고 설령 처음으로 돌아가지 못해도 마음속 집념을 버리면 즐거워질 수 있다는 것도요."

백자화는 몸을 숙여 그녀를 바라보며 고개를 끄덕였다.

"소골, 사람들은 각 단계마다 서로 다른 꿈을 꾼다. 때로는 얽매인 곳 없이 자유로운 꿈을 꾸기도 하고, 드넓은 세상을 떠도는 꿈을 꾸기도 하지. 그러니 너도 앞으로 매 같은 날개가 생기고 해와 같은 능력을 얻더라도, 반드시 돌멩이였을 때의 마음을 간직하며 창생과 대지를 행복하게 해 주어야 한다."

"아!"

화천골은 백자화의 얼굴에 나타난 표정을 확실히 알 수가 없었다. 하지만 속으로는 이렇게 맹세했다.

'난 매 같은 날개도, 해 같은 능력도 필요 없어. 평생 사부님

곁에 있는 돌멩이가 될 테야.'

"소골, 검법을 하나 전수해 주마. 이 검법은 적과 싸울 때 쓰는 것이 아니라 몸과 마음을 닦을 때 쓰는 것이다. 내력을 올리는 데 큰 도움이 되지. 내가 보여 줄 테니 잘 보아라."

화천골은 무척 기뻤다. 사부 곁에 몇 년째 있었지만, 금을 타는 것 외에는 그녀에게 뭔가 직접 가르쳐 주신 적이 없었다. 기본적으로는 스스로 배워야 했다. 사부가 누구와 싸우는 것은 말할 것도 없고, 검을 연습하는 모습을 훔쳐본 적도 없었다.

'이상하네. 오늘 사부님께서 뭘 잘못 드셨나?'

"이 검법의 이름은 '경화수월鏡花水月'이다. 허무함을 의미하지."

백자화가 몸을 날려 강 위에 똑바로 섰다. 달빛을 받은 그의 옷은 눈보다 더 하얗게 보였다. 몸 주위로 옅은 은빛 광채가 너울거리고, 그 빛이 물에 반사되어 환상처럼 아름다웠다. 화천골은 그만 헉 하고 숨을 들이켰다.

백자화는 바람을 타고 움직이며 물 위를 평지처럼 걸었다. 흰 옷이 경쾌하게 나풀거리고, 까만 머리칼은 폭포와도 같았다. 파도에 놀라지 않으며, 헤엄치는 용처럼 힘차고, 놀란 기러기처럼 경쾌하여, 마치 선인이 하늘 위를 날아다니는 것 같았다. 화천골은 완전히 넋이 나갔다. 지난날 군선연에서 처음으로 백자화를 보았을 때로 돌아간 것 같았다.

그의 손에는 검이 없었지만 검이 있는 것보다 더욱 훌륭했다. 강에 반사된, 점점이 부서진 별빛이 하나씩 날아올라 그의 몸을 휘감았다. 백자화의 손에는 마치 은색의 빛의 검이 들려 있는 것 같았다. 그는 은빛 검으로 하늘과 땅을 가리키며 검법을 펼쳤다. 순간, 강물이 흐름을 멈추고 물결도 그 자리에 굳었다. 이어서 그가 하늘로 날아오르는 순간 거대한 파도가 일었다. 그러나 그가 검기를 휘두르자 곧 파도는 하얀 물보라로 산산조각 났다.

몇 년 후, 화천골은 그날 밤 사부가 강 위에서 그녀에게 검무를 보여 주던 장면을 종종 떠올리곤 했다. 그것은 그녀의 인생에서 가장 아름답고, 가장 꿈결 같은 장면 중 하나였다. 가능하다면, 생명과 바꿔서라도 다시 한 번 그 장면으로 돌아가고 싶었다. 다시 한 번 그의 곁의 작은 돌멩이였던 자신으로 돌아가고 싶었다.

"다 외웠느냐?"

화천골은 고개를 들어 그를 올려다보았다. 마치 천신을 보는 것처럼. 그녀의 가슴속에는 존경심이 가득했다. 그녀의 마음은, 그가 고개를 숙여 한번 바라보기만 해도 순식간에 고인 물처럼 고요해졌다.

"다 외웠습니다."

화천골은 살짝 뛰어올라 강 위에 내려섰다. 단념검도 그녀의 마음을 알았는지 날카롭게 윙윙 소리를 냈다. 백자화는 조용히 옆에 앉아서 가끔씩 하나둘씩 지적해 주었다. 그러다 구옥이 화천골의 가슴 앞에서 생명이 있는 것처럼 흔들리는 것을 보자 그는 저도 모르게 눈썹을 추켜세웠다.

마침내 화천골이 갑판 위에 앉아 휴식을 취하자 백자화가 구옥에 대해 물었다. 화천골은 그제야 생각이 난 듯 구옥을 벗어 백자화에게 내밀었다.

"십일 사형도 묻더니, 돌아가면 사부님께 보여 드리라고 했어요. 왜 그러세요, 사부님? 이 구옥에 문제가 있나요?"

백자화는 한참 동안 자세히 살피고, 법술까지 써서 조사하더니, 고개를 저으며 말했다.

"아니다. 누군가 그 속에 혼백을 잡아 두었구나. 그간 계속 잠들어 있다가 최근에 깨어났는데, 약간 답답한 모양이다."

"에? 봉인된 요괴 같은 건가요?"

"아니, 외로운 영혼일 뿐이구나. 아무 힘도 없는."

"그렇다면 참 안됐어요. 사부님께서 풀어 주어 다시 태어나게 하실 수 없나요?"

백자화는 고개를 끄덕이더니, 구옥의 봉인을 풀었다. 화천골은 푸른 빛이 빠르게 하늘 저편으로 사라지는 것을 보았다.

"와아! 사부님, 유성 같아요!"

그때 하늘 위로 또다시 몇 줄기의 빛이 스쳐 지나갔다. 진짜 유성우였다. 화천골은 백자화까지 붙잡아, 갑판 위에 누워 밤하늘을 바라보았다. 마음이 더없이 따뜻하고 달콤했다. 평생 이렇게 많고 아름다운 별을 본 것은 처음이었다.

그 후로 그들은 강을 따라 동쪽으로 내려가 유명한 산과 커다란 호수들을 지나고, 수많은 동천복지洞天福地에 들었다. 경험을 쌓기 위해서 산과 숲, 늪지, 마귀의 동굴과 시체 굴도 찾아갔다. 화천골의 몸에서 나는 이상한 향기가 각종 위험한 것들을 불러들였지만, 백자화가 가진 선기仙氣 덕택에 요마들은 그를 보자마자 앞다투어 달아나거나 무릎 꿇고 용서를 빌었다. 그래서 백자화는 가끔 그녀와 갈라져, 그녀 혼자 요마들이 많이 출몰하는 곳으로 보내 싸우게 하거나, 요마계와 인간계의 틈이 있는 곳으로 보내 출구를 봉인하게 했다.

화천골은 이미 요마들에게 익숙해졌지만 아직도 귀신은 두려웠다. 하지만 백자화가 소홍과 소백이 도와주지 못하게 했으므로, 가엾은 화천골은 원혼에게 쫓기고 악귀에게 뜯기는 비극적인 운명을 꿋꿋이 맞이할 수밖에 없었다.

백자화의 반복되는 비인간적인 훈련과 지도 아래 화천골도 한 번, 또 한 번 귀신의 손에서 요행히 살아났다. 백자화는 언제나, 진실로 강한 사람의 마음에는 경외심만 있을 뿐 공포는 없다고 말했다. 화천골은 울상을 지은 채, 사부가 있는 한 자신은 절대로 가장 강한 사람이 될 수 없다고 생각했다. 사부가 귀신보다 더 무섭기 때문이었다. 귀신을 만나면 달아나면 되지만, 사부를 만나면 두 다리가 덜덜 떨리고 달아날 힘조차 없어졌다.

두 사람은 신선같이 초탈한 모습을 하고 있기 때문에 보통 사람들 앞에서는 장안법障眼法을 썼다. 비록 본모습을 볼 수는 있지만, 보통 사람들은 그 모습을 보아도 그들의 외모를 기억하지 못했다.

어느 날, 화천골과 백자화는 항주에 도착했다. 화천골이 배가 고프다고 징징대자, 두 사람은 근처 호숫가에서 잘 알려진 열래객잔悅來客棧으로 들어갔다.

강호인들은 열래객잔에 들어가면 반쯤은 무림에 든 것과 마찬가지라는 것을 알고 있었다. 식사하다가 충돌이 벌어져 탁자를 뒤집어엎는 일이 일어나지 않으면 오히려 이상한 일이었다. 그래서인지 화천골이 한 상 부러지게 주문하고 당보와 함께 그릇을 깨끗이 비우는 사이, 돼지 잡는 칼 하나가 쉭 하고 날아와 탁자 한가운데 탁 박혔다.

백자화는 꽃양배추 하나를 우아하게 입 속에 넣으며 눈썹 하나 까딱하지 않았다. 화천골은 먹느라 바빠, 겨우 정신을 차렸을 때는 칼이 그녀의 얼굴 앞에 박혀 있었다. 코와 채 한 치도 떨어져 있지 않을 만큼 가까웠다.

화천골은 심호흡을 하고, 입 밖으로 삐져나온 당면과 야채를 입으로 쏙 넣었다. 기름이 줄줄 흐르는 살진 얼굴에 가슴팍을 드러낸 5척 단신의 남자가 그들 앞으로 달려와 연신 허리를 숙이며 사과했다.

"미안하오, 미안하오. 실수였소, 실수."

칼을 뽑은 그가 양손에 퉤퉤 하고 침을 뱉은 후 좌우로 이리저리 조준을 했다. 그리고 이번에는 매우 정확하게 맞은편 구석에 있는 탁자에 칼을 꽂았다. 맞은편 탁자의 사람들은 잠시 당황하더니, 챙챙 하고 칼을 뽑으며 일어나 칼을 던진 남자를 화난 눈길로 바라보았다.

그 남자는 상대방 다섯 명을 바라보았다. 그를 따라온 사람은 둘뿐이니, 저쪽이 사람 수도 많을 뿐 아니라 키도 자기편보다 더 컸다. 기세가 부족하다고 느낀 그는 우당탕거리며 화천골의 탁자 위로 올라섰다.

"앗! 내 배추!"

화천골은 그의 커다란 발에 짓밟힌 쟁반을 마음 아파하며 바라보았다.

요리를 내온 점원은 이미 이런 일에 이골이 나 있었다.

'그런데 주방 심부름꾼이 게을러서 채소를 잘 씻지 않았나? 무에 왜 저렇게 커다란 애벌레가 붙어 있지? 에이, 뭐 어때. 어차피 먹는다고 죽지는 않잖아.'

점원은 사희환자[18] 한 쟁반을 내밀며 말했다.

"맛있게 드세요, 손님."

화천골은 그가 탁자 위에 쟁반을 내려놓지 못하도록 황급히 낚아챘다. 또다시 뚱보의 발에 짓밟힐까 봐 겁이 나서였다. 그녀는 쟁반을 끌어안고 구석에 웅크리고 앉아 먹기 시작했다. 어제 밤새도록 요괴와 싸우느라 허리와 다리가 끊어질 듯 아팠다. 평소에는 사부를 따라 채식을 많이 했지만, 지금은 몸보신을 해야 했다.

그녀가 젓가락으로 완자 하나를 집어 입에 넣으려고 하는데, 갑자기 맞은편에서 큰 소리가 들려왔다.

---

18 四喜丸子. 네 가지 색과 향, 맛으로 이루어진 고기 완자.

"폭우이화침暴雨梨花針!"

소털처럼 가느다란 수침이 비 오듯 쏟아졌다. 암기를 배울 때 백자화가 만든 물방울에 수없이 맞았던 화천골은 반사적으로 다섯 손가락으로 네 개의 완자를 집어, 내력을 이용해 침들을 모조리 끌어당겼다.

정신을 차리고 보니 아름답고 사랑스러운 네 개의 완자는 고슴도치가 되어 있었다. 화천골은 고통스러운 비명을 내질렀다. 물론 사부님은 사람들의 주의를 끌지 말고, 쓸데없는 일에 나서지 말고, 일반인을 괴롭히지 말라고 재삼 당부했다. 하지만……, 그녀 자신은 참을 수 있을지언정 완자는 참을 수가 없었다!

화천골은 무림의 7종 무기 중 으뜸인 의자를 휘둘러, 둘로 나뉘어 패싸움을 하고 있는 사람들을 마구 때렸다.

"아아악, 내 완자! 내 완자를 돌려줘!"

백자화는 채소 이파리 하나 몸에 묻지 않고 우아하게 한쪽으로 피했다. 차라리 보지 않는 편이 마음 편했다.

"살려 주세요, 여소협女小俠! 여소협!"

결국 사건은 그들이 화천골에게 채소 한 접시와 완자 두 쟁반을 배상하는 것으로 마무리되었다. 화천골은 탁자에 엎드리다시피 하여 완자를 먹으며, 자비심을 발휘하여 양편의 분쟁을 해결해 주었다.

분쟁의 원인은 무림대회의 초청장인 영웅첩英雄帖 때문이었다. 결국 영웅첩은 여소협에게 주어 양쪽이 싸울 이유가 없어지는 것으로 결정되었다. 배불리 먹고 마시고, 한바탕 싸움으로 몸까지 푼 화천골은 팔다리를 쭉 펴며 기지개를 켰다.

"사부님, 우리 무림대회에 가요."

"내가 몇 번이나 말했느냐. 인간 세상에서 쓸데없는 일에 나서지 말고, 말썽을 부리지 마라. 저들은 보통 사람일 뿐이야."

"예예, 알겠습니다. 그래서 저도 보통 방법으로 해결했잖아요."

화천골은 험상궂은 표정을 지으며 오동통한 팔을 쑥 내밀었다.

"바로……, 주먹!"

그러고는 백자화 주위를 뱅뱅 맴돌았다.

"사부님, 가요, 가요! 요괴들과 싸우는 데는 지쳤다고요. 전투력도 강해졌고, 이제는 귀신을 만나도 예전보다는 느릿느릿 도망가잖아요. 가끔 귀신이 딴 데 정신 팔린 사이 부적 같은 것을 던져서 때려눕히기도 하고요. 무림대회가 그렇게 재미있다는데, 전 아직 한 번도 못 봤어요. 우리 가요, 네? 혹시 사부님의 이 제자가 어쩌다 무림 맹주라도 되면, 사부님은 무림 맹주의 사부님이 되시는 거예요. 얼마나 멋져요!"

백자화는 어쩔 수 없다는 듯이 고개를 저었다. 화천골의 견문을 넓혀 주려고 산을 내려왔으니, 그녀가 정말 관심이 있다면 가도 괜찮겠다는 생각이 들었다.

"보기만 하고……."

"끼어들지는 마라!"

화천골이 알아서 말을 이었다. 그녀는 신이 나서 폴짝거리며, 마치 우리를 벗어난 아기 돼지처럼 즐거워했다. 어깨 위에 앉은 당보도 고기 완자를 쥔 채 기뻐했다.

그 뒤에서 천천히 걸으며 방방 뛰는 그녀의 모습을 바라보던 백자화는 저도 모르게 빙그레 웃음을 지었다. 산을 떠난 지 두어 달, 화천골은 예전보다 훨씬 활발하고 명랑해졌다. 백자화는 만약 자신이 선인이 아니라면, 매일 저 요정 같은 아이와 강호를 떠돌며 새로운 생활을 할 수도 있지 않을까 생각했다.

저 멀리 푸른 하늘과 흰 구름을 바라보니, 뜻밖에도 마음속에 기쁨이 줄기줄기 솟아났다. 이제 채 반년도 되기 전에 그에게 큰 액겁이 닥칠 것이다. 어쩌면 그렇기 때문에 최근 들어 더욱더 서둘러 그녀를 가르치는 반면 통제는 다소 늦추어 준 것일지도 모른다. 특별히 그녀를 데리고 하산한 것도, 남은 시간 동안 할 수 있는 한 그녀에게 많은 것을 가르쳐 주기 위해서였다.

이번 재앙을 잘 넘길 수 있을지 없을지는 그다지 관심이 없었다. 이 정도 수준까지 수련을 했으면 생사 여부는 마음을 떠난 지 오래였다. 비록 몇 년 전 군선연에서 그녀를 본 순간, 그녀로 인해 재앙이 닥칠 거라는 걸 알고 있었음에도 불구하고 그는 결국 그녀를 제자로 받아들였다. 그때 그는 이미 마음의 준비를 했다. 운명은 바꾸기 어렵지만, 선택권은 항상 그의 손에 있었다.

예전에는 걱정이 되기도 했다. 만일 훗날 그가 없다면 또다시 혼자가 된 화천골이 어떻게 저 기구하고 험난한 운명을 장악할 수 있을까? 그러나 이제 그녀의 곁에 친구들이 하나둘 늘어나고, 그녀를 사랑하는 사람이 점점 많아지는 것을 보자 차차 안심이 되었다. 그녀에게는 당보와 경수, 낙십일, 삭풍, 동방욱경, 헌원랑, 살천맥이 있었다…….

저 많은 꽃과 풀과 나무가 있으니, 설령 그녀가 정말 해가 되더라도 외롭거나 의지할 데가 없거나 하지는 않을 것이다. 그리고 그가 할 수 있는 일은 가능한 한 오래 그녀와 함께 있어 주는 것이었다.

평소 얼음처럼 차가운 백자화의 얼굴에 따스함이 어렸다. 깊게 가라앉은 눈동자는 여전히 깊이를 알 수 없을 만큼 까맸다. 입가에는 모든 것을 꿰뚫어 보는, 자비롭고 따뜻한 연꽃이 피어났다.

거리는 무척 떠들썩했다. 화천골은 가는 내내 이쪽저쪽으로 뛰어다니며 무엇에나 흥미를 보였다. 잡기를 보여 주는 예능인들, 노래를 파는 부녀, 악당을 혼내 주는 협객, 짐을 메고 거리를 따라가며 물건을 파는 행상인은 물론이고, 광주리를 끼고 값을 깎는 아주머니까지, 모두 한참 동안 구경했다.

밤이 되자 그들은 객잔에 들어가 쉬었다. 한밤중에 화천골은 사부에게 이끌려 교외의 무덤으로 가서 담력을 키우는 연습을 해야 했다. 몇몇 잡귀를 잡아 보따리에 넣고 나자, 더 이상 피곤해서 견딜 수가 없었다. 그래서 그녀는 다른 사람 무덤 위에 엎드려 날이 밝을 때까지 쿨쿨 잤다.

무림대회에 갔을 때는 이미 막이 오른 후였다. 비검술과 법술로 어지러이 싸우는 모습에 익숙한 화천골에게, 소위 무림 대파들이 진짜 칼과 창으로 서로 베고 찌르는 장면은 긴장이나 화려함이 훨씬 덜했다. 그녀는 연신 하품을 하며 속으로 속았다고 외쳐 댔다.

무림맹주 자리를 두고 싸우는 것이기 때문에, 남몰래 속임수를 쓰거나 암기를 던지는 일이 많았다. 화천골도 해 보고 싶어 안달이 났지만, 사부가 허락하지 않아 다른 방식으로 놀아야 했다. 화천골은 시합의 심판이라고 자부하며, 누군가 속임수나 독, 암기를 쓰면 아무도 모르게 모두 막아 버렸다.

이렇게 해서 이번 무림대회는 강호 역사상 사상자가 가장 적고, 가장 광명정대하고 공평한 시합이 되고 말았다. 덕망이 높고 수염이 허연 강호의 연장자들은 기뻐서 눈물을 쏟았다.

'과연! 장강의 뒤 물결이 앞 물결을 밀고 나간다더니, 그 말대로야!'

그리고 마지막으로, 땅땅땅, 마침내 무림맹주가 탄생했다. 화천골이 거리에서 만났던, 횡포를 부리던 자를 혼내 주고 약한 자를 도우며 악당을 물리친, 명성 높은 젊은 협객 왕석일王 昔日이 바로 그였다.

각 문, 각 파에서 연심을 품은 미혼 처녀들과 이미 결혼한 젊은 부인들의 입을 통해 전해지는 왕석일의 약력은 이러했다. 왕석일, 이 초절정 미남은 가난한 농부 출신으로, 등에 곡괭이 하나만 메고 천하에 나왔다. 어느 날 그는 개방 제자에게 두드려 맞고 쫓기던 절름발이 늙은 누렁개를 구하다가 낭

떠러지에서 떨어졌다. 그런데 바보에게는 바보만의 복이 있다더니, 뜻밖의 호박덩이가 굴러 들어왔다. 그는 전설에 나오는 역천신검逆天神劍과 그 내공 심법을 얻어 절세의 무공을 익히게 되었다. 그리하여 무림을 비웃으며 독보천하하게 된 것이다, 하하하!

책 소개에 쓸 만한 개인 약력은 이러했다. 왕석일, 전설 속에 나오는 9척의 장검을 든 비범한 남자. 봄가을처럼 따뜻하게 웃으며 천하를 주유한다. 그는 역천신검을 쓰는데, 검의 길이가 마음대로 변화하여 가장 길 때는 9척이나 된다. 전설에는 사람을 죽여도 피가 흐르지 않으며, 죽은 사람은 추위나 고통을 전혀 느끼지 않는다고 한다. 역천신검은 가장 아름답고 화려한 검이요, 가장 신성하고 인자한 검이다. 검의 위력이 최고조로 발휘되면, 천지풍운이 뒤바뀌어 거위의 깃털 같은 폭설이 내린다. 왕석일 그는 신이자, 성인이자, 선인이다. 그가 화를 내는 것을 본 사람은 아무도 없으며, 그가 눈물을 흘리는 것을 본 사람은 더더욱 없다. 다만 가볍게 근심하는 모습은 마치 천산의 외로운 절벽 끝에 핀 깨끗한 설련雪蓮처럼 보는 사람을 마음 아프게 한다……

화천골은 실눈을 뜨고 웃으며 귀를 가렸다. 주변에 있는, 사랑에 빠진 수천 명의 소녀들이 미친 듯이 비명을 질러 대는 소리를 막기 위해서였다. 물론 그의 검법은 화천골의 눈에는 아무것도 아니었지만, 자못 명가다웠고 기세도 대단했다. 또 그의 외모도 화천골의 눈에는 아무것도 아니었지만, 확실히 체구가 우람하고 정직해 보였고 의표도 당당했다. 척 봐도 대협다운 모습에 정의의 본보기요, 무림의 선봉장이자 소녀들의 우상이었다.

"아아, 끝났네요, 끝났어. 이제 볼 것도 없으니 우리 가요, 사부님!"

두 사람이 떠나려는데 갑자기 왕석일이 다가와 두 손을 모으며 인사했다.

"목숨을 구해 주셔서 감사합니다, 낭자."

몇 번의 싸움에서 그는 여러 차례 상대방의 독수에 다칠 뻔했으나 화천골이 나서서 도와주었던 것이다. 화천골은 경악해서 입을 떡 벌렸다.

"에에, 대협, 그걸 보셨군요!"

'괜찮은데? 진짜 솜씨가 좀 있는 모양이야.'

그는 무공이 매우 뛰어났고, 정의감도 있으며, 올바른 길만 따랐다. 하지만 성격이 너무 강직해서 무림맹주가 되면 오히려 귀찮은 일이 벌어질 수도 있었다.

왕석일은 화천골이 나이는 어리지만 솜씨가 비범하다는 것을 알아보았다. 그녀의 뒤에 선 남자도 외모는 평범해 보이나 모든 것을 꿰뚫어 보는 듯이 기복이 없는 눈빛만 보아도 보통 사람이 아니라는 것을 알 수 있었다.

"어제 거리에서도 두 분을 뵈었으니 인연이라고 할 수 있겠군요. 꺼리지 않으신다면 누추하나마 저희 집에서 며칠 머무르시지 않겠습니까?"

화천골이 킥킥 웃으며 승낙하려는데 백자화가 말했다.

"우연히 만났을 뿐이니 귀찮게 해 드리고 싶지 않습니다. 기회가 있으면 다음에 만나지요!"

화천골은 입을 뾰로통하게 내밀었지만 어쩔 수 없이 왕석일에게 손을 흔들었다.

"다음에 봐요!"

왕석일이 두 손을 모으며 예의바르게 인사했다.

"목숨을 구해 주신 은혜는 영원히 잊지 않겠습니다."

그는 크고 작은 두 사람의 탈속한 뒷모습이 점점 사라지는 것을 끝까지 지켜보다가, 돌아가서 상황을 정리했다.

"사부님, 그 사람은 무척 재미있어 보였어요. 보통 사람 중에서는 꽤 대단한 솜씨를 가졌던데, 다소 바보스럽기도 했어요."

백자화가 그녀의 머리를 두드렸다.

"그는 너와 약간의 인연이 있다. 그러니 언젠가 다시 만나게 될 것이다."

"정말요? 그럼 정말 좋겠어요. 사부님, 이제 우리는 어디로 가요?"

"북해로 가자."

"군선연에서 북해 용왕을 본 적이 있어요. 머리칼이 빨간색이고, 예쁘고 시원시원하던데요? 북해에 가면 그분도 뵈러 가요. 그리고 용궁에서 좀 놀고요. 괜찮죠?"

백자화는 고개를 끄덕였다. 그렇게 해서 두 사람은 먼저 북해로 갔다가 새외를 들러 남강南疆으로 가기로 했다. 반년 동안 온갖 산과 들을 돌아다니면서 화천골의 도행은 비약적으로 발전했다.

어느 날 밤, 두 사람은 산골짜기에서 밤을 보냈다. 화천골과 당보는 배불리 먹고 풀 더미 위에 누워 잠들었다. 여름밤은 찌는 듯 더웠고 산골짜기에는 모기가 무척 많았다. 백자화는 벌레를 쫓는 가루를 주위에 뿌렸다.

큰대자로 벌렁 드러누워 입을 살짝 벌리고 자는 화천골의 모습은 전혀 우아하지 않았다. 코끝에는 땀 몇 방울이 맺혀 있었고, 호흡은 거칠었다가 약해지고, 길었다가 짧아지곤 했으며 간간이 조그맣게 코를 골았다. 당보도 마치 베껴 놓기라도 한 듯 그녀와 똑같은 자세로 자고 있었다.

백자화는 입가에 빙그레 미소를 지으며 손을 뻗었다. 그러자 저 멀리 나무에서 커다란 잎 하나가 날아와 그의 손으로 들어왔다. 그는 자는 화천골의 얼굴을 가만히 바라보다가 그녀와 당보에게 살며시 부채질을 해 주었다. 하지만 아쉽게도 화천골은 그때 돼지처럼 잠에 빠져 있었다. 그렇지 않았다면 아마 행복해서 까무러쳤을 것이다.

갑자기 멀리 하늘 저편에서 쐐액 소리와 함께 작은 종이학 한 마리가 날아와 백자화의 손바닥에 내려섰다. 백자화가 펼쳐 보니 간단히 한 마디가 쓰여 있었다.

신기를 빼앗김.

단춘추는 요사한 얼굴로 의자에 기대앉았다. 탁자 앞의 쟁반에는 비밀 제조법으로 만든 누에고치 통과 벌통이 놓여 있었다. 그때 마침 문을 열고 들어온 운예는 그가 그것을 즐겁게 먹는 모습을 보자 구역질이 났다. 그래도 그는 단춘추의 남자다운 모습이 차라리 나았다.

"이렇게 한가하게 계시다니, 신기를 얻은 모양이군요?"

지난번 태백산에서의 실패를 살천맥은 신경 쓰지 않았지만, 단춘추는 피를 토할 정도로 화가 나 신기를 되찾기 위해 새로운 음모를 꾸미고 있다는 것을 운예도 알고 있었다.

"물론이다. 신기를 어느 문파에서 보호하는지만 알 수 있다면 반드시 얻을 방법은 있지. 어쨌든 그 머저리들은 신기를 사수할 줄만 알지 쓸 줄은 모르니까."

"마군께서는요? 분명 기뻐하시겠습니다. 또 큰 공을 세우셨으니."

운예는 일부러 단춘추를 자극했다.

"마군은 폐관 중이시다."

살천맥의 폐관이란, 천지의 영기가 모이는 곳으로 자러 갔다는 뜻임을 운예도 잘 알고 있었다. 더구나 한번 잠들면 무척 오랫동안 깨지 않았다. 그 방법은 공력을 올려 주기도 하지만, 무엇보다 얼굴을 관리하기 위해서였다.

"마군께 알리지 않으실 겁니까?"

운예는 눈을 찌푸렸다. 지난번 그렇게 혼이 났는데 또다시 독단적으로 행동한다면…….

"필요 없다. 신기를 얻은 후에 알리면 돼."

단춘추는 제멋대로인 살천맥이 마지막에 또 일을 망쳐 놓을까 봐 걱정스러웠다. 차라리 직접 행동하는 게 나았다.

"하자훈 쪽도 속이셨습니까?"

"속이지 않으면 어쩌겠느냐? 그녀가 만든 독을 백자화에게 쓰겠다고 하면 그 여자가 우리를 도울 것 같으냐? 우리와 목숨 걸고 싸우지 않으면 이상하지. 선술 문파 중에는 촉산과 장류산이 늘 골칫거리였다. 촉산에는 묵빙선墨冰仙이 있고, 장류산에는 백자화가 있기 때문이지. 하지만 묵빙선은 몇 백 년 동안 모습을 드러내지 않아 벌써 죽었다는 말도 있다. 두난간이 사라진 후 선인들은 패권 싸움을 벌였고, 천병과 천장들은 오합지졸이 되어 아무 힘이 못 돼. 이제 백자화만 제거하면 요신이 나타나 육계를 통일할 날이 머지않았다!"

"아쉽게도 이제 육계 중 오계만 남았군요. 선계는 지역이 협소하고 분산되어 마치 인간계에 떠 있는 기포 같고, 명계는 환경이 열악하여 죽은 영혼 외에는 아무도 가고 싶어 하지 않을 겁니다. 그러니 당신이 바랄 만한 곳은 인간계밖에는 남지 않았군요."

단춘추의 얼굴이 갑자기 여자로 바뀌었다. 그가 운예의 귀쪽으로 몸을 숙이며 기이한 웃음을 흘렸다.

"내가 온 힘을 다해 요신을 나오게 하려는 이유가 뭔지, 네가 알고 있는 줄 알았지? 요신의 힘을 빌리는 것은 둘째 치고, 그때가 되면 신계의 문이 활짝 열릴 거야. 그럼 훗날 너도 극락보다 더 아름다운, 끝없는 세계를 볼 수 있을 거란다!"

이튿날 아침, 백자화와 화천골은 검을 타고 북쪽으로 날아 갔다. 화천골은 무슨 일이 일어났는지 확실히 몰랐지만, 아무래도 지난번에 되찾아 각 문파들에게 맡긴 신기를 다시 빼앗긴 것 같았다. 그뿐만 아니라 노산의 많은 사람들이 섭혼술에 걸리고, 부도 도장 등이 납치되었다.

요마는 백자화가 직접 사람을 찾으러 오라고 전했다. 그렇지 않으면 그가 올 때까지 매일 한 사람씩 죽이겠다는 것이었다. 따라서 이번 여행길의 목적은 사람을 구하는 것이었다.

북쪽으로 갈수록 날씨가 추워졌고, 특히 높은 곳은 바람이 거셌다. 화천골은 산들을 굽어보았다. 하얀 눈으로 뒤덮인 산들이 광활하게 펼쳐져 있었다. 추위에 몸을 덜덜 떠는 그녀의 눈썹과 머리에도 서리가 두껍게 내려앉았다.

당보는 그녀의 귓속으로 들어가 잠을 청했다. 겨울잠을 자야겠다며 작은 천을 발처럼 걸어 찬바람이 들어오지 못하게 했다.

"소골?"

백자화는 그녀가 힘들어하는 것을 알고 나란히 날며, 그녀를 자신의 몸 주위에 펼쳐진 빛의 벽 속으로 들어오게 했다. 화천골은 갑자기 하늘과 땅이 따뜻해지는 것을 느꼈다.

사태가 급박했기 때문에 구름 같은 것을 타는 것보다 빠른 어검술을 택했고, 가는 내내 쉬지도 않았다. 화천골은 버티려고 애를 썼지만 여전히 눈이 감기고, 검이 불안하게 흔들렸다.

백자화는 아예 그녀에게 검을 거두게 하고는 자기 뒤에 태워 함께 날아갔다.

이번 길은 무척 위험했기 때문에 본래는 화천골과 같이 갈 생각이 없었다. 하지만 그녀가 태백산 일전에서 잘하기도 했고, 어차피 경험을 쌓으러 나온 길이었으니 그녀의 능력을 더욱 믿어 볼 만했다.

화천골은 사부가 처음으로 어검술을 가르쳐 주던 때로 돌아간 것 같아 환히 웃었다. 하지만 피로를 견딜 수가 없어 백자화의 허리를 끌어안고 얼굴을 그의 등에 바짝 갖다 댔다. 찬바람이 쌩쌩 불어오고, 눈과 서리가 흩날려 하늘은 온통 희뿌옜다. 곧 주변 경관이 거의 보이지 않을 정도가 되었지만 화천골은 더없이 달콤하게 잠에 빠졌다.

검의 속도가 점점 느려지면서 두 사람은 천천히 아래로 내려섰다. 화천골이 게슴츠레하게 눈을 떠 보니 우뚝 솟은 빙하가 조각조각 떠 있었다. 풀이나 나무는 코빼기도 보이지 않았고, 사람이나 새, 짐승들은 말할 것도 없었다.

바람과 눈이 점점 잦아들었다. 백자화는 허정에서 끈이 달린 하얀 여우 가죽 두루마기를 꺼내 화천골에게 덮어 주고는 끈을 묶었다. 그는 여전히 얇은 백삼 한 장뿐이었다.

"사부님, 춥지 않으세요?"

백자화는 고개를 저으며 그녀의 몸에 묻은 눈을 털어 주고 진기를 조금 나눠 주었다. 그녀는 살짝 따뜻해지는 것을 느꼈다. 그녀가 선 자리에서 발을 콩콩 구르더니 백자화에게 하얀 입김을 호 불었다.

"헤헤, 보세요, 사부님. 저 안개를 토해 낼 수 있어요!"

백자화는 어쩔 수 없다는 듯 고개를 저으며, 화천골이 장난스럽게 웃으면서 앞으로 달려가는 모습을 바라보았다. 하지만 빙판이 거울처럼 미끄러워 그만 꽈당 넘어지고 말았다. 그녀는 우아하게 대자를 그리며 땅바닥과 친밀하게 접촉했다. 입술이 얼음에 부딪히고, 얼굴은 온통 눈투성이가 되었다.

백자화의 얼굴에 사랑스러운 듯한 미소가 살짝 떠올랐다 사라졌다. 안타깝게도 화천골은 입술이 얼어붙을까 봐 어서 빨리 일어나겠다고 발버둥 치느라, 장장 6년 동안 간절히 바라던 그 웃음을 보지 못했다.

백자화가 다가가 그녀를 부축해 일으켰다. 하지만 화천골의 장화는 너무 미끄러워서 일어나기 무섭게 다시 엉덩방아를 찧었다.

"아야……."

화천골은 울상이 되었다. 백자화가 몸을 숙여 그녀가 신은 장화를 살짝 건드리자, 장화 밑바닥에 짤막하고 둥근 말뚝이 여러 개 생겨났다. 그리고 말뚝 위에서 신비한 청록색 잎이 솟아나 화천골의 다리를 친친 감았다.

"일어나 보아라. 이렇게 하면 미끄러지지 않을 것이다."

백자화가 그녀를 일으켜 세웠다. 화천골이 달려 보니 과연 모래밭을 달리는 것처럼 편안했다.

"와, 저한테도 풍화륜[19]이 생겼어요!"

그녀는 엉덩이를 문지르며 찌이익, 찌이익 앞으로 달려갔다. 단념검에 달린 작은 방울이 쉴 새 없이 땡땡거렸다.

"사부님, 우리 어디로 가요?"

백자화는 주위를 둘러본 후 서쪽을 가리켰다.

"사방에 진법이 펼쳐져 있으니 함부로 뛰어다니지 말고 조심해라."

화천골은 다시 찌이익, 찌이익 그의 곁으로 돌아와 소맷자락을 붙잡았다.

"괜찮아요, 사부님. 제겐 천수적이 있잖아요!"

화천골이 목에 건 줄을 꺼내 흔들어 보였다.

"보통 진법은 깨뜨릴 수 있지만 센 것은 어렵다. 요마가 사람을 잡아 놓고 우리더러 구하러 오라고 한 걸 보면, 여러 가지 함정을 만들어 놓았을 것이다. 그러니 각별히 조심해야 한다."

"사부님, 일부러 우리를 부른 것을 알면서 왜 스스로 그물 속으로 뛰어드시는 거예요?"

"그렇다고 보고만 있을 수는 없지 않느냐. 걱정 마라. 무기가 있으면 무기로 막고, 물이 덮치면 흙으로 덮으면 된다."

백자화는 그녀의 머리를 두드렸지만, 액겁이 다가온다는 사실은 숨겼다.

두 사람은 얼어붙은 하천을 따라 서쪽으로 가다가 커다란

---

19 風火輪. 《봉신연의》에 나오는 나타의 이동 수단으로, 한 번에 9만 리를 갈 수 있음.

협곡을 지났다. 백자화는 주위를 둘러보았다. 아무래도 사람들은 근처의 얼음 동굴 속에 있을 것이다.

그때 갑작스레 하얀 그림자가 덮쳐 왔다. 백자화는 피하지 않고 그것이 몸에 부딪히도록 놔두었다. 화천골이 허리를 젖히고 깔깔 웃어 대자 백자화는 황당하다는 듯이 고개를 저었다.

"사부님, 우리 눈싸움할래요?"

화천골이 또다시 눈뭉치를 만들어 백자화에게 던졌다. 백자화는 가볍게 몸을 피했다.

"오냐!"

"에?"

'사부님께서 허락하셨어?'

화천골은 당황했다. 그녀가 채 반응을 보이기도 전에 눈송이가 공중으로 떠오르더니, 수많은 눈덩이가 되어 비처럼 빽빽하게 그녀에게 날아들었다. 화천골은 머리를 감싸 쥐고 내뺐다. 엉덩이와 온몸에 눈덩이를 맞자, 그녀는 달아나면서도 울먹이며 외쳤다.

"사부님, 너무해요!"

백자화는 고개를 들고 위를 바라보더니 갑자기 소리쳤다.

"조심!"

그가 몸을 날려 화천골을 끌어안고 30장 밖으로 피했다. 화천골은 그의 품 속에 웅크린 채 고개를 돌려 보았다. 방금 서 있던 자리가 산벼랑에서 쏟아진 고드름과 눈으로 완전히 덮여 있었다.

"장난은 그만 해라. 눈사태가 일어나지 않느냐."

백자화가 그녀의 머리를 콩 때렸다.

"아, 안 할게요……."

화천골은 한 손으로 그의 목에 매달린 채 다른 손으로 그의 검은 머리칼에 묻은 눈송이를 털어 주었다. 네 개의 눈동자가 마주쳤다. 너무도 가까웠다. 화천골은 심장이 쿵 내려앉고 얼굴이 빨개졌다. 백자화가 그녀를 내려 주었다.

"가자."

"네."

화천골은 신나게 뒤를 따르면서, 습관적으로 백자화의 소맷자락을 붙잡았다. 그리고 실눈을 뜬 채 잠시 생각하다가 마침내 용기를 내어 살그머니 그의 손을 잡았다. 백자화가 그녀를 내려다보았다.

"추우냐?"

그는 그녀의 '무 뿌리' 같은 열 손가락을 살짝 쥐고 손으로 비볐다. 화천골은 양팔이 저릿저릿하고 두 다리가 후들후들 떨렸다. 하지만 억지로 천진난만한 웃음을 유지한 채 그를 바라보았다.

끝없는 눈보라 속에서, 화천골은 그렇게 백자화의 손을 잡은 채, 그녀의 일생에서 마지막으로 근심 걱정 없는 달콤한 노정의 끝을 걸어갔다.

26. 피할 수 없는 재앙

앞으로 갈수록 쌓인 눈이 점점 두꺼워졌고, 길은 점점 걷기 어려워졌다. 두 사람은 검을 타고 낮게 날았다. 벼랑에는 긴 고드름이 맺혀 있고, 곳곳에 크고 작은 얼음 굴과 동굴이 나 있었다.

가는 동안 마주친 진법과 함정은 백자화가 쉽사리 파괴했다. 하지만 지금껏 요마는 나타나지 않았다. 그는 불길한 예감이 들었지만 뭐라고 꼬집어 말할 수가 없었다. 그가 고개를 숙여 화천골에게 당부했다.

"조심해라. 저들은 우리가 왔다는 것을 알고 있다."

한바탕 치열한 싸움을 피할 수는 없을 것이다. 하지만 이제 화천골도 도행이 약하지 않았고, 더욱이 그가 곁에 있으니 경험을 쌓을 좋은 기회라고 생각했기 때문에 크게 걱정하지 않았다.

백자화는 눈을 감고 정신을 집중했다. 방원 백 리 안에 있는 모든 생물의 기척이 또렷하게 느껴졌다.

"바로 저곳이다."

두 사람은 빙산 위의 얼음 절벽을 따라 하강했다. 절벽 가운데쯤 얼음 굴이 있었다. 화천골이 막 검을 거두고 안으로 들어가는데, 갑자기 발밑이 푹 꺼지며 커다랗고 시커먼 구멍이 생겨났다. 구멍 아래에서는 불꽃이 활활 타오르고 있었다. 그녀는 "앗!" 하고 비명을 질렀지만 몸을 위로 날릴 수가 없었고, 도리어 계속 아래로 떨어졌다. 불꽃이 순식간에 그녀를 집어삼켰다.

"소골!"

백자화가 크게 외쳤다. 그녀가 갑자기 쓰러지더니 다리를 끌어안고 무척 아픈 것처럼 미친 듯이 발버둥을 치고 있었다.

화천골은 백자화의 목소리를 듣자 갑자기 머릿속에 굉음이 울리는 것 같았다. 정신을 차리고 다시 살펴보니 자신은 빙판 위에 잘만 앉아 있고, 아무 일도 없었다.

"어떻게 된 거야? 구멍은 어디 갔어? 불꽃은?"

화천골은 빙판 주변을 마구 더듬었다. 백자화는 곧 어떻게 된 것인지 알아채고 그녀를 일으켜 세웠다.

"이번에는 남우회가 온 모양이구나. 그녀는 환술과 섭혼술에 정통해서 상대에게 거짓으로 마비 현상이나 상처를 만드는 데 능하다. 하지만 설령 거짓이라 해도 뇌가 그것을 믿으면 몸에도 그에 상응하는 손해를 입게 되지. 항상 명심해라. 네 눈이 보는 것은 진실이 아니다. 잡념을 없애고 마음의 문을 단단히 지켜 절대 그녀에게 기회를 주지 마라."

"그런 것도 있나 보네요."

화천골은 지난번 태백산에 남우회가 없었던 것이 다행이라고 속으로 중얼거렸다. 남우회가 사부의 모습을 하고 나타나거나 그녀의 마음을 통제했다면, 그렇게 오랫동안 버티지 못했을 것이다.

그녀는 억지로 몇 걸음을 더 걸었다. 온몸이 타박상이 생긴 듯이 아프고 덴 것처럼 뜨거웠지만 상처는 찾아볼 수 없었다. 그녀는 관자놀이를 문지르며 '이것은 가짜다. 그냥 착각일 뿐이다.' 하고 필사적으로 스스로에게 되뇌었다.

한참 지나자 통증과 열감이 마침내 사라졌다. 두 사람이 동굴로 들어갈 준비를 하는데, 갑자기 허공에 하얀 옷을 입고 치맛자락을 휘날리는 여자들이 가득 나타났다. 족히 백 명은 넘는 것 같았다. 모두 안색이 창백해 마치 시체 같았고, 눈보라 속에 떠 있는 모습은 더욱 기이했다. 화천골이 두어 걸음 물러나며 힘껏 눈을 비볐다.

"이, 이것도 가짜예요?"

"저건 진짜다."

백자화의 말소리가 끝나기도 전에 검이 뽑혔다. 백의 여자들은 순식간에 흉악한 얼굴로 앞뒤에서 그에게 덤벼들었다. 백자화의 횡상검이 환한 빛을 뿌리자 주위의 여자들은 잇달아 연기가 되어 사라졌다. 그때 갑자기, 분명하지는 않지만 듣기 좋은 방울 소리가 들려왔다. 화천골에게는 어딘지 귀에 익은 소리였다.

"환사령이다! 소골, 청각을 막아라!"

"괜찮아요, 사부님. 지난번에 저 방울의 위력을 경험했는데, 저는 눈물이 없는 사람이어서 저에겐 아무 소용이 없어요."

말은 그렇게 했지만, 화천골은 갑자기 눈앞에 보이는 풍경이 비틀리고 회전하는 것을 깨달았다. 몸도 무척 무더운 느낌이 들었다. 백자화가 설명해 주었다.

"환사령은 사람의 마음속에서 가장 슬픈 일을 끌어내기도 하지만, 다른 정서를 불러일으키기도 한다."

화천골은 당황하여 백자화를 바라보았다. 갑자기 그를 꼭 끌어안고 싶은 충동이 일었다. 사부는 항상 멋있지만 언제나 아득히 멀고 더럽혀서는 안 되는 것처럼 느껴졌지, 한 번도 이렇게 매혹적으로 느껴진 적이 없었다. 심지어 미간에는 요사한 아름다움까지 어려 있었다. 화천골은 마치 수많은 새끼 토끼들이 심장을 긁어 대는 것 같아, 사부를 쓰러뜨리고 야금야금 먹어 버리고 싶은 생각까지 들었다!

종소리가 점점 빨라지자 화천골도 점점 견디기 어려워졌다. 그녀는 황급히 가부좌를 틀고 앉아 기운을 다스리며 마음을 가라앉혔다. 백자화는 그녀가 버틸 수 있도록 법력을 나눠 주려고 손을 뻗었지만, 그녀의 등에 닿기 무섭게 즉시 거둬들였다.

화천골은 이 기괴하고 낯선 몸의 반응에 도저히 적응할 수가 없어 저도 모르게 화를 냈다.

"무슨 요사한 술법이야! 실력이 있으면 나와서 싸우자!"

그러자 어디서 들려오는지 모를 여자의 웃음소리가 주위에 메아리쳤다.

"너희는 남녀 한 쌍이고, 나는 환사령으로 술법을 쓸 수 있으니 너희의 욕망을 자극하는 게 당연하잖니! 이 추운 곳에서 한참 동안 너희를 기다리느라 얼마나 심심했는지 몰라. 그러니 스승과 제자의 패륜적인 교접 행위를 한번 보여 주려무나?"

화천골의 가슴이 쿵쿵 뛰었다.

'그럴 순 없어! 난 색마로 변하고 싶지 않다고!'

백자화를 흘끗 바라보니 그는 아무런 영향도 받지 않은 것 같았다. 하지만 할 수 있는 일은 없는지, 뒷짐 지고 선 채 다소 엄숙한 표정으로 그녀를 바라보고 있을 뿐이었다.

'큰일이야, 사부님께서 불쾌해하시잖아.'

마음속에서 스멀스멀 고개를 들던 욕망이 놀라 쏙 들어갔다. 화천골은 열심히 마음을 다스리는 주문을 외었다. 방울 소리는 점점 작아지고 멀어졌고, 보일 듯 말 듯 그녀를 휘감았던 붉은 기운도 옅어졌다.

백자화는 나름대로 만족스러웠는지 살짝 고개를 끄덕였다. 분명 그에게는 화천골이 저렇게 고통받지 않도록 도울 방법이 있었다. 하지만 발단은 마음에서 생겨났으니 반드시 스스로 극복하는 법을 배워야 했다. 이 또한 그녀에게는 하나의 시험이라 할 수 있었다. 칠정육욕七情六欲을 끊는 것은 선인도 하기 어려운 일이니, 보통 사람이라면 벌써 이성을 잃었을 것이다.

그런데 화천골이 저 정도의 영향만 받는 것을 보면, 요 몇 년간의 가르침이 헛되지는 않은 것 같았다.

남우회는 신기라는 환사령이 저 두 사람에게 별다른 효과가 없다는 것을 믿을 수가 없었다. 백자화는 그렇다 치자. 그가 선계에서 가장 무정하고 욕망이 없는 사람이라는 것은 일찍부터 들어 알고 있었다. 하지만 그의 제자조차 현혹당하지 않을 줄은 몰랐다.

물론 화천골이라고 왜 아름다움을 가까이할 마음이 없겠는가. 다만 사부를 너무 두려워한 나머지 조금이라도 거역하거나 모독할 수가 없을 뿐이었다.

방울 소리는 차차 멈췄다. 이제 남우회는 꼭두각시가 된 노산파 제자를 이용해 공격했다. 예상대로 백자화와 화천골은 행동에 제약을 받을 수밖에 없었다. 백자화가 노산파 제자들이 당한 술법을 푼 다음 살펴보니, 어느새 화천골은 어디론가 사라지고 없었다!

"사부님!"

화천골은 혼이 달아날 듯 놀랐다. 빨간 옷을 입은 사람이 갑자기 사부 뒤에 나타났다. 놀랍게도 살천맥이었다.

"안 돼!"

모든 것이 너무 빨리 일어났다. 살천맥이 든 민생검이 갑자기 길게 빛을 쏘아 내며 순식간에 사부의 가슴을 관통했다. 사부도 재빨리 검으로 반격해 똑같이 살천맥의 배를 찔렀다. 두 사람은 빠른 속도로 절벽 아래로 떨어졌다.

혼비백산한 화천골은 다른 것을 생각할 틈도 없이 다짜고짜 그들을 따라 뛰어내렸다. 얼음 절벽은 구름을 뚫고 높이 솟아 있었던 터라, 하강하는 화천골의 눈에는 주변의 구름들이 끊임없이 위로 올라가는 것처럼 보였다. 이윽고 몸이 점점 따뜻해지고 얼음이 점점 사라지더니 눈앞에 푸르른 녹지가 나타났다.

바닥에 도착했을 때는 벌써 날이 완전히 어두워졌고, 둥근 달이 공중에 걸려 있었다. 주변 풍경은 청산녹수로 변해 마치 인간 세상의 선경 같았다. 화천골은 단념검을 뽑아 힘껏 손바닥을 그었다. 피가 쏟아지듯 흘렀지만 주위 경관은 여전히 아무 변화가 없었다. 그녀는 더욱 당황했다. 더 이상 이 장면이 진실인지 환상인지 따지고 싶지 않았다. 어서 빨리 백자화를 찾아야 한다는 생각뿐이었다. 그녀는 미친 듯이 달리며 소리 높여 외쳤다.

"사부님! 사부님……!"

새와 짐승들이 놀라 달아났지만 백자화나 살천맥의 모습은 끝내 보이지 않았다. 한참이나 돌아다니던 그녀는 그제야 속았다는 것을 깨달았다. 길을 잃은 것이다. 그녀는 어검술로 힘껏 날아올랐다. 달은 공중에 떠 있지만 바람도 서리도 얼음도 눈도 없었다.

'아차, 사부님과 헤어지고 말았어!'

화천골은 마음을 가라앉히고 관미를 펼쳐 사부가 어디에 있는지 살펴보았다. 하지만 마치 벽에 가로막힌 듯 아무것도 볼 수가 없었다. 정처 없이 허공을 날아다니는데 갑자기 눈앞에 거대한 호수가 나타났다. 환한 달빛 아래 마치 수정처럼 반짝이는 호수였다.

호수 속에는 연꽃이 가득했고, 백학 몇 마리가 수면 위로 낮게 날고 있었다. 갑자기 사방으로 물방울이 튀는 소리가 들렸다. 아래를 내려다본 화천골은 아연했다. 요사하고 아름다운, 긴 머리의 여자가 호수 밑에서 튀어나와 달빛 아래 두 팔을 활짝 벌렸다. 순간, 세상의 빛이 모두 그녀 한 사람에게 모여들었다.

눈을 비비고 다시 바라본 화천골은 깜짝 놀라 손으로 입을 가렸다. 여자의 속눈썹은 가늘고 길고 짙어, 흑진주같이 반짝이는 눈동자를 마치 휘장을 드리운 것처럼 가리고 있었다. 투명하리만치 흰 피부 위에는 가늘고 작은 비늘이 가득 덮여 있고, 어깨에 솟은 지느러미는 춤추는 나비 날개처럼 얇고 사각거렸으며 맑고 투명했다. 마치 건드리기만 해도 부서질 것 같았다.

여자는 고개를 들고 달을 바라보며, 기괴한 소리로 길게 소리를 질렀다. 화천골이 평생 들어 본 것 중에 가장 아름답고도 감동적인 소리였다. 그 소리는 몸 속의 모든 세포를 하나하나 꿰뚫는 것 같았다.

또다시 물방울이 사방으로 튀고, 여자가 물고기처럼 폴짝 뛰어올라 달빛을 받으며 우아한 호를 그렸다. 그녀의 하반신은 영락없는 물고기의 꼬리였다.

"이, 인어!"

화천골은 눈을 비볐지만 은색 실처럼 쏟아져 나오는 물기둥이, 이 모든 것이 환상이 아니라는 것을 알려 주었다. 미인어의 모습은 공중에서 셀 수 없이 많은 형상으로 변하더니, 날이 세 개 있는 거대한 삼지창을 춤추듯 휘두르며 공격했다.

"당신이 바로 남우회? 설마……."

'그녀가 인어일 줄이야!'

"그래."

남우회는 웃으며 그녀를 바라보았다. 말도 안 되게 느껴질 만큼 환상적이고 허령한 목소리였다.

"상상한 것과는 조금 다르지? 네가 화천골이구나. 백자화의 제자인? 운예 등에게 네 이야기는 들었지만, 직접 만나는 것은 처음인 것 같은데."

남우회의 장기는 환술이었고, 법술 같은 것은 별로 대단하지 않았다. 다행히 화천골은 검법이 크게 발전하여 억지로나마 그녀와 대등하게 겨룰 만했다. 다만 주위에 똑같은 얼굴들이 너무 많아 어느 것이 진짜인지 알 수가 없었다.

화천골은 점점 더 초조해졌다. 사부가 어떻게 되었는지 아직도 모르고 있기 때문이었다. 살천맥이 이곳에 있을 리 없다는 것은 분명했다. 좀 전에 본 것은 환상이고, 남우회가 그녀와 사부를 떼어 놓기 위해 장난을 친 것일 게다. 그래도 역시 걱정이 되어 마음이 어지러웠다.

"사부님은 어떻게 되셨어?"

"너희 사부? 아마 단춘추에게 붙잡혀 복원정에 처박혔을 거야. 지금쯤이면 벌써 재가 되었을지도 모르지. 사람들 중에서 내 도행이 가장 얕아 너를 상대하는 임무를 받은 거야!"

"거짓말!"

화천골은 금세 손발이 어지러워졌다.

'사부님이 어떤 분이신데 그렇게 쉽게 잡혀?'

남우회가 일부러 그녀의 정신을 흐트러뜨리려고 하는 것을 알면서도, 마음은 어쩔 수 없이 두렵고 걱정되기 시작했다.

이미 깨어 있던 당보는 옆에서 모든 것을 똑똑히 보았다. 하지만 화천골의 귀에 대고 아무리 소리치고, 귀를 꼬집고 깨물어도, 환상에 빠진 순간부터 그녀는 아무것도 듣지 못했다. 둘은 마치 서로 다른 세상에 있는 것처럼 단절된 것 같았다. 당보는 그녀가 환상 속으로 점점 깊이 빠져들며 헤어나지 못하는 것을 보자 상황이 나쁘다는 것을 깨달았다.

화천골은 이를 갈며 생각했다.

'너만 제압하면 반드시 이 환상을 깰 수 있어!'

그와 동시에 단념검이 뽑혀 막힘없이 날아갔다. 검보에 기록된 초식이 화천골의 손에서 절묘하게 펼쳐졌다. 화천골은 입술을 꽉 깨물고 가까스로 마음을 가라앉혔다. 눈에 빛이 나고 머리도 점점 맑아져 금세 진짜 남우회를 알아볼 수 있었다. 검은 그녀의 환영을 순식간에 깨뜨리고 진짜 그녀의 팔을 베었다. 비늘들이 검을 맞고 벗겨져 나갔다. 남우회가 상처를 입자마자 서북쪽 하늘이 무너지기 시작해 어스름한 혼돈이 드러나기 시작했다.

남우회는 싸울수록 힘에 겨웠다. 저 꼬마가 이렇게나 강할 줄은 전혀 몰랐다.

화천골이 손을 뻗어 혈도를 짚으려 했지만 남우회의 몸은 미꾸라지처럼 미끄러웠다. 남우회는 그녀 주위를 맴돌며 뒤쪽에서 꼬리로 그녀의 등을 힘껏 때렸다. 화천골은 극심한 통증을 참으며 반격했다. 그러나 검을 찌르려는 순간, 눈앞에 있는 사람이 갑자기 백자화로 변했다. 깜짝 놀란 그녀는 사람을 속이는 환상이라는 것을 알면서도 저도 모르게 검을 멈추고 말았다.

그녀가 잠시 딴 데 정신을 판 사이, 남우회의 팔꿈치에서 갑자기 극독이 잔뜩 묻은 녹색의 가느다란 가시가 솟아나 그녀의 가슴을 찌르려고 했다.

모든 것이 너무도 빠르게 벌어졌다. 화천골이 정신을 차렸을 때, 누군가가 하늘 저편에서 날아와 그녀의 앞을 가로막는 것이 보였다. 진기로 몸을 보호하고 있었으나 가시는 눈앞에 있는 사람의 몸에 살짝 꽂혔다. 갑자기 검은 피가 흘렀다.

"사부님!"

화천골은 너무 놀라 어쩔 줄을 모르며, 눈앞에서 비틀거리는 백의의 남자를 황급히 부축했다. 남우회가 큰 소리로 웃으며 원래 모습으로 돌아왔다.

"정말 재밌어! 저 백자화가 가짜라는 것을 알면서도 손을 못 쓰다니!"

"사부님! 사부님!"

땅에 쓰러진 남자의 얼굴이 점점 창백해지고 핏기가 가시는 것을 보자 화천골은 황급히 중요한 혈도를 눌러 막고, 떨리는 손으로 회청단을 꺼내 허둥지둥 그에게 먹였다.

"쓸데없는 짓 하지 마. 그건 보통 독이 아니야. 복원정으로 만든 독이어서 해약도 없어. 요마든 신선이든 아무도 피해 갈 수 없는 독이지. 백자화라 해도 아무 소용 없어."

쓰러진 사람의 몸을 감싼 은광이 점점 약해지자 화천골도 그녀의 말이 거짓이 아니라는 것을 알 수 있었다. 남우회의 삼지창이 그녀를 겨누었다.

"일어나. 사부의 복수를 해야지."

하지만 이미 화천골은 아무것도 들리지도, 보이지도 않았다. 그녀는 몸을 숙이고 백자화의 독을 힘껏 빨아냈다. 남우회가 눈을 찡그렸다.

"너 바보니? 복원정으로 만든 독이라고 했잖아. 너도 사부와 함께 죽고 싶어?"

화천골은 입술을 떨면서 눈을 크게 뜨고 백자화만 멍하니 바라보았다. 마치 미친 사람 같았다. 그 얼굴 표정만 보고도 남우회는 온몸에 소름이 돋았다.

'내 잘못이야. 모두 내 잘못이야. 내가 사부님을 해쳤어. 제발 일어나세요, 사부님!'

남우회는 어쩔 수 없다는 듯 고개를 저었다.

"사실 난 백자화만 죽일 생각이었어. 그런데 네가…… 관두

자. 어차피 너도 살아날 순 없을 테니."

그녀가 긴 삼지창을 휘둘러 화천골을 내리쳤다. 화천골은 백자화의 독을 빨아내는 데 정신이 팔려 피하지도 않았다. 그 때, 쾅 하는 소리와 함께 맑은 소리가 울리더니 남우회의 삼지 창이 튕겨 나갔다.

무너진 서북쪽 하늘의 틈으로 누군가가 나타났다. 놀랍게도 백의를 흩날리는, 또 다른 백자화였다.

"소골!"

화천골은 가늘고 정교한 은병銀瓶을 안고 뭔가를 마시고 있 었다. 입가에는 선혈이 흐르고 있었다. 백자화는 소매를 휘둘 러 병을 쳐서 떨어뜨렸다. 이 환상은 남우회가 복원정으로 만 들어 낸 것이었다. 백자화는 그녀의 존재를 느꼈지만 한참 동 안 입구를 찾지 못해 무척 초조했었다.

손에 든 은병을 놓치자 화천골은 고개를 들어 멍하니 그를 바라보았다.

'어떻게 사부님이 한 명 더 있지?'

이렇게 넋이 나가고 절망적인 그녀의 눈빛을 본 적이 없던 백자화는 마음 아파하며 그녀를 일으켜 세웠다. 화천골이 손 을 뻗어 그의 얼굴을 만져 보았다. 그리고 다시 발치에 있는, 독에 당한 백자화를 만지자 그 백자화는 조각조각 빛이 되어 부서졌다.

"사, 사부님……."

그녀가 속삭였다. 그리고 갑자기 입에서 새까만 피를 토하며 그의 품으로 쓰러졌다. 사부가 죽었다고만 생각했다. 자신이 그를 죽게 만들었다고만 생각했다!

백자화는 기를 운용해 그녀의 독을 빨아내려고 했지만 화천골은 황급히 고개를 저으며 그의 품에서 힘껏 빠져나왔다.

"안 돼요, 사부님! 이건 복원정의 독이에요! 해독할 수 없다고요!"

백자화는 그런 것은 완전히 무시하고, 대뜸 그녀를 붙잡아 혈도를 짚고 손가락으로 미간을 살짝 눌러 독을 모두 뽑아냈다. 그녀의 도행만으로는 조금만 늦었어도 목숨을 보존하지 못했을 것이다.

남우회는 소리 없이 한쪽에 서서 바로 이 순간만을 기다리고 있었다. 백자화가 몸을 뺄 수 없는 상황이 오자 그녀는 재빨리 환상을 거두었다. 순식간에 주위의 시공이 흐리고 혼란에 빠졌다. 마치 찐득이는 풀처럼 아무것도 보이지 않았다.

"큰일 났다!"

당보가 비명을 질렀다. 주위의 나무들과 별, 꽃, 새, 호수들이 마치 종이를 접는 것처럼 평평해져 거대한 청동 솥 안으로 빨려 들어갔다.

"골두, 조금만 버텨. 내가 구원군을 데려올게."

그렇게 말한 당보가 빨아들이는 힘에서 필사적으로 벗어났다. 그러고는 초록색 빛으로 변해 바깥의 눈보라를 향해서 순식간에 사라졌다. 하지만 백자화는 화천골을 안고 함께 복원정 안으로 빨려 들어가고 있었다. 남우회는 얼음 위에서 꼬리를 휘두르며 요사하고 아름답게 몸을 팔랑팔랑 흔들었다.

"백자화, 내 환술이 네게는 아무 소용이 없다만, 네 어린 제
자를 가둘 정도는 돼. 지난번 나에게 가로막혔을 때 너는 서둘
러 태백산으로 가느라 날 죽이지도 않고 오히려 놓아주었지.
그것이 가장 큰 실수였어. 이 세상에서 장류 상선을 제압할 사
람이 없다는 것은 나도 알아. 하지만 이제 너는 극독에 중독되
었고, 복원정에 갇히기까지 했어. 설령 내 독으로 너를 당장 죽
이지는 못해도, 복원정 속의 삼매진화라면 널 태워 죽일 수 있
을 거야. 너도 이젠 재가 되고 말걸!"

화천골은 오장육부가 불타는 것처럼 참기 어려운 통증을 느
꼈다. 주변 공기가 팔다리를 마구 잡아당겨 찢어질 것 같았다.
주위는 혼돈에 빠져 아무것도 보이지 않았다. 오로지 눈부시게
빛나는 새빨간 빛과 화르륵 밀려드는 열기뿐이었다. 거대한 압
력이 짓눌러 와 숨을 쉴 수도 없었다. 그녀의 몸은 조각조각으
로 찢어지고, 짓이겨져 가루가 될 것 같았다.

"사부님!"

그녀는 몹시 당황하여 주변을 더듬었다.

'사부님은 아무 일 없으실 거야! 사부님은 괜찮아! 이 모든
건 환상이야!'

갑자기 은빛 광채가 시원한 바람을 몰고 덮쳐 오더니, 따뜻
하고 익숙한 팔이 그녀를 끌어당겨 품에 안았다.

"사부님!"

화천골은 울음이 터질 것 같아 힘껏 그 은빛에 달라붙어 그

를 꼭 끌어안았다. 죽어도 놓지 않으려는 듯이.

백자화는 여전히 무표정했고, 얼굴은 무서우리만치 창백했다. 그는 공력을 움직여 몸 속의 독을 억누르는 한편, 화천골을 에워싸 복원정의 담금질에 털끝 하나 다치지 않도록 보호했다.

화천골 역시 얼마나 위급한 상황인지 알아차렸다. 두 사람은 복원정 속에 갇히고, 사부는 그녀 대신 지독한 독에 당했다. 계속 이렇게 시간이 흐르면 두 사람 다 잿더미가 되고 말것이다.

"사부님, 제가 사부님을 해쳤어요. 저 때문에……."

화천골의 목소리가 떨렸다. 더 이상 사부가 이 고통을 받지 않게 할 수만 있다면 이 자리에서 죽어 버려도 좋을 것 같았다.

백자화가 고개를 저으며 조그맣게 웅크린 그녀를 품에 꼭 안았다. 불길은 맹렬하게 타올랐다. 그의 은빛 보호막은 점점 줄어들고, 독도 점차 그의 선신을 침식했다. 그 역시 얼마나 버틸 수 있을지 몰랐다.

"이 사부의 액겁이 다가온 것이지, 네 탓이 아니다. 자부심 때문에 너를 데려오지만 않았어도 너까지 끌어들이지는 않았을 텐데. 모든 진기를 단전에 모아라. 복원정 밖으로 나가도록 도와주마."

"싫어요! 싫어요!"

화천골은 힘껏 버티며 필사적으로 발버둥 쳤다. 사부가 온 힘을 쏟아부어 자신을 희생하고 그녀를 구하려 한다는 것을 알 수 있었다. 하지만 싫었다! 차라리 복원정 속에서 죽는 게 나았다!

"소골!"

백자화가 그녀를 힘껏 안았다. 그의 몸은 안팎의 격렬한 통증 때문에 살며시 떨리기 시작했다.

"사부 말을 들어라!"

복원정은 신기였다. 조금만 늦어도 그의 내력은 완전히 사라질 것이다. 그러면 정말 아무 방법이 없었다.

화천골은 그의 보호막 속에 있었지만 여전히 숨이 막히고 괴로웠다. 그러니 사부는 얼마나 더 힘들지 알 만했다. 그녀는 그의 뒤로 돌아가 그를 대신해 이 뜨거운 불길을 막아 주고 싶었지만, 그가 꼭 붙잡고 움직이지 못하게 했다. 그는 마지막 힘을 쥐어짜 그녀에게 조그마한 하늘을 만들어 주려 했다.

화천골은 백자화가 모든 힘을 그녀의 몸에 쏟아붓는 것을 느꼈다. 이어서 백자화가 천천히 손을 놓자 그녀는 점점 위로 떠올랐고, 백자화는 불길 속으로 점점 더 깊이 가라앉았다.

화천골은 그를 붙잡기 위해 안간힘을 써서 손을 뻗었다. 몸을 감싼 광채가 점점 짙어지며 위로 날아올랐다. 그렇게 백자화와 점점 멀어지는 것을 지켜보며, 그녀는 어린아이처럼 필사적으로 바둥거리며 울었다.

"싫어요, 싫어요! 사부님과 같이 죽을래요!"

백자화가 몸을 부르르 떨었다. 그는 가볍게 탄식하더니, 두 손을 한데 모아 연꽃 위에 좌정한 것 같은 태도로, 마지막 힘을 다해 복원정을 봉인하려 했다. 화천골은 백자화의 몸이 알갱이처럼 흩어져 수천 갈래의 빛무리로 변하려는 것을 보았다. 그녀는 견딜 수가 없어 하늘을 뒤흔들 것처럼 큰 소리로 울부짖었다.

순간, 그녀의 몸이 유리처럼 투명해졌다가 눈 깜짝할 사이 원래대로 돌아왔다. 고개를 숙였다가 들자 미간에 괴상한 표식이 보였다. 동공은 보라색으로 변하고, 그 속에는 한 겹 한 겹 둥근 고리가 생겨나 삼라만상을 비추었다.

백자화는 몹시 놀랐다. 화천골이 그를 향해 빠르게 날아와 두 손으로 그를 꽉 껴안았다. 갈가리 찢어질 것 같았던 그의 몸이 다시금 합쳐지고, 생명력도 조금씩 돌아왔다.

"네가 어떻게……."

백자화는 견디지 못하고 입에서 새빨간 피를 토했다.

두 사람이 갑자기 유성처럼 복원정에서 하늘로 솟구치자, 남우회도 피를 토하며 연신 뒷걸음질 쳤다. 그녀 역시 안색이 바뀔 정도로 놀랐다.

'이럴 리 없어! 어떻게 이럴 수가! 백자화는 분명히 맹독에 중독되었는데 어떻게 저런 힘이 남아 있는 거야!'

화천골은 얼음 위에 꿇어앉아 뒤에서 백자화를 끌어안고 피를 토하는 백학처럼 슬피 울었다. 어찌나 구슬픈지 듣는 사람의 심장이 갈가리 찢기는 것 같았다. 남우회는 양쪽 귀에서 굉음이 울리는가 싶더니 새빨간 피가 흘러내리는 걸 느꼈다.

화천골의 몸이 힘없이 흐느적거리며 쓰러졌다. 그 모습에 백자화조차 가슴이 아팠다.

"소골!"

백자화는 슬프고 절망한 화천골의 모습을 보며 온 힘을 다해 소리를 질렀다. 화천골은 멈칫하는가 싶더니 광채가 사라지고 순식간에 본래 모습으로 돌아왔다.

"사부님, 사부님! 돌아가신 게 아니었어요?"

"난 죽지 않았다……."

백자화는 힘없이 고개를 저었다.

'내가 저 애의 운명을 헤아릴 수 없었던 것도 이상한 일이 아니었구나……. 됐다, 됐어.'

화천골은 그를 향해 웃어 보이려고 했지만, 너무 놀란 바람에 얼굴 근육이 굳어져 아무 표정도 지을 수가 없었다. 그녀는 백자화의 두 손을 꼭 쥐고 쉼 없이 흔들었다. 아주 조금, 조금만이라도 늦었더라면 사부를 잃었을 것이다. 앞으로 그녀더러 어떻게 살라고?

"조심해!"

백자화가 힘껏 그녀를 밀어냈다. 남우회의 삼지창이 빙판을 내리쳤다.

"사부님!"

화천골은 백자화의 입에서 피가 계속 흐르는 것을 보았다. 검붉어진 그의 안색을 보자, 그녀 자신도 아파서 눈물이 왈칵 쏟아질 것만 같았다.

"복원정에서 벗어났다고 내 손바닥에서 달아난 것이라고 생각하니?"

남우회는 계속 공격을 했다. 화천골은 황망히 단념검을 날려 대항했지만, 여전히 손이 덜덜 떨렸다. 사부를 잃어버릴 뻔한 일 때문에 아직도 공황 상태여서, 마음을 차분히 가라앉힐 수가 없었다.

눈보라가 점점 거세졌다. 남우회는 불시에 얼음 속으로 사라져 물속에서 헤엄치듯 자유롭게 움직였다. 화천골은 백자화가 마음에 걸렸다. 조금 전과 똑같이 허공에 뜬 백의의 여자가 수없이 나타나는 것이 보였기 때문이다. 백자화는 억지로 마지막 힘을 끌어올려 검을 움직였지만, 생각과는 달리 힘이 모자랐다.

백자화가 점점 위험해지고 상처도 점점 많아지자 화천골은 아무것도 돌보지 않고 남우회의 삼지창을 덮쳐 두 손으로 양쪽 날을 단단히 붙잡았다. 가운데 날이 그녀의 미간을 찔렀고 손은 온통 피투성이가 되었다. 손바닥의 피가 창날을 따라 흘러내리자 창은 부식되어 녹색으로 변하기 시작했다.

화천골은 크게 소리를 지르며 모든 내력을 끌어올려 창끝을 뚝 부러뜨렸다. 남우회는 깜짝 놀라 재빨리 얼음 속으로 숨어들어갔다. 하지만 화천골의 눈썰미와 움직임이 빨랐다. 그녀는 움직이는 소리를 따라 힘껏 얼음 속으로 창날을 찔렀다. 참혹한 비명과 함께 얼음이 깨어졌다. 남우회의 꼬리는 창에 꿰어 얼음 위에 박혀 있었다. 참기 힘든 통증에 꼬리가 좌우로 요동쳤다.

화천골은 황급히 몸을 돌려 백자화를 부축한 다음 검을 타고, 요물 해파리가 변한 여자들의 포위를 뚫고 날아갔다. 얼마나 날아갔는지 모르지만 사방은 온통 얼음판이 펼쳐져 있고, 끝을 알 수가 없었다. 화천골은 방향을 잃고 말았다. 요마들이 무리 지어 여기저기서 튀어나왔다. 화천골은 그들의 파상공격을 감당할 수가 없었다. 더구나 백자화까지 보호해야 했기 때문에 곧 힘이 다했다.

더 이상 어검비행을 할 수 없게 되자 화천골은 계곡에 몸을 숨기고, 백자화를 부축하여 조금씩 조금씩 어렵게 걸어갔다. 그녀의 등에 엎드린 백자화는 마치 영원히 멈추지 않을 것처럼 울컥울컥 피를 토했다. 화천골의 등과 목둘레가 온통 빨갛게 물들었다. 그녀는 그것이 백자화의 피인지 그녀 자신의 피인지 구분할 수 없었다.

"사부님, 버티셔야 해요! 사부님……."

화천골은 떨리는 목소리로 외쳤다. 울음 때문에 목이 쉬어 있었다. 자그마한 그녀는 백자화의 키 반밖에 되지 않았기 때문에 그를 업고 힘겹게 걸음을 옮기다 보니 거의 기어가다시피 했다. 하얀 눈 위로 핏방울이 한 점 한 점 떨어지는 것을 보자 그녀는 숨이 막힐 정도로 마음이 아팠다. 얼마쯤 걷자 백자화는 완전히 정신을 잃었다.

화천골의 발이 미끄러져 두 사람은 눈 쌓인 언덕에서 데굴데굴 굴렀다. 화천골은 머리가 어지럽고 눈앞이 흐려졌다. 그녀는 비틀비틀 언덕을 달려가서 백자화를 끌어안고 필사적으로 내력을 보태 주었다.

"사부님! 정신 차리세요!"

화천골의 손이 얼음장 같은 그의 얼굴에 닿았다. 마치 시체 같았다. 백자화는 몽롱한 가운데에서도 이상한 피비린내를 맡고 화천골의 손을 잡아 입으로 가져갔다. 화천골은 그 뜻을 알아챘다.

"피? 피가 필요하세요?"

화천골은 상처를 백자화의 입술에 갖다 대고 힘껏 눌렀다. 피가 방울방울 그의 입 속으로 떨어졌다.

백자화는 목구멍이 뜨거워지는 것을 느꼈다. 몸에도 차차 감각이 돌아왔다. 억지로 눈을 떠 보니 화천골이 놀라고 기쁜 얼굴로 그를 바라보고 있었다.

"소골?"

"사부님, 조금만 참으세요! 이곳에서 모시고 나갈게요. 우리 장류산으로 돌아가요. 절정전으로요!"

화천골은 이를 악물고 그를 다시 업었다. 백자화는 고개를 들어 하늘 가득 몰아치는 눈보라를 바라보았다. 이렇게 왜소한 몸으로 어떻게 그를 업고 간단 말인가.

"소골……"

그는 자기 힘으로 일어나려고 애썼지만 몽롱하게 다시 정신을 잃고 말았다. 화천골은 한 걸음 한 걸음 도장을 찍듯 눈보라 속에서 걸음을 옮겼다. 몸을 보호할 진기가 없어 눈썹과 머리카락이 꽁꽁 얼었고, 속눈썹 위에도 서리가 두껍게 맺혔다.

"사부님, 주무시면 안 돼요! 저랑 얘기해요! 이제 곧 장류산이에요. 돌아가면 제가 맛있는 걸 많이 해 드릴게요. 뜨끈뜨끈한 호회나한재蘆薈羅漢齋는 어때요? 아니면 청증노어清蒸鱸魚나 고전아장탕苦煎鵝掌湯은요? 아니지, 사부님은 채소를 좋아하시니까 사부님께서 제일 좋아하시는 도화갱桃花羹이 좋겠어요. 그렇죠?"

화천골은 계속 떠들어 댔다.

"사부님, 대답해 보세요! 약속할게요. 돌아가면 다시는 게으름 피우지 않겠어요. 매일 일찍 일어나서 진지하게 검을 익히고, 열심히 수행할게요. 사부님께 걱정 끼치지 않고, 세존의 화를 돋우지도 않을게요. 다음 달에는 제 고향 집을 보러 가기로 했잖아요. 약속을 어기시면 안 돼요. 사부님, 대답하시라니까요! 돌아가거든 열심히 바둑을 배워서 매일 사부님과 바둑을 둘 거예요. 참, 사부님. 제가 서재에서 사부님께서 가장 좋아하시는 수정 벼루를 깨뜨렸어요. 그래서 묵선墨仙께 한참 동안 빌었더니, 묵선께서 똑같은 모양으로 만들어 주셨어요. 사부님, 일어나서 절 혼내 주세요……."

화천골은 힘겹게 걸음을 옮기는 한편 흐느끼면서 하소연했다. 싫다. 이렇게 조용한 세상은 싫다. 그녀는 너무 두려웠다. 사부가 더 이상 아무 소리도 내지 못하게 될까 봐 두려웠다.

"소골……."

백자화가 천천히 눈을 뜨더니 다시 피를 토했다.

"날 내려놓고 빨리 가거라."

"싫어요! 죽어도 사부님을 버려두고 갈 순 없어요!"

모두 그녀 때문이었다. 그녀 때문에 사부가 중독된 것이다!

백자화는 억지로 힘을 내 그녀를 떠밀고 눈 쌓인 바닥으로 떨어졌다. 화천골이 황급히 그를 부축했다.

"사부님, 왜 그러세요?"

무슨 생각을 했는지 그녀가 검을 꺼내 손목을 힘껏 그었다. 선혈이 솟구치자 그녀는 피를 모조리 백자화의 입에 흘려 넣었다. 거절할 힘도, 저 이상하고 유혹적인 향기를 거부할 수도 없는 백자화는 그녀의 피를 이용해 잠시나마 독성을 억누를 수밖에 없었다.

"이제 어디로 달아나는지 볼까?"

남우회가 맞은편 얼음 절벽 위에 나타났다. 꼬리의 상처는 대강 치료해서 아직도 피가 배어나고 있었다. 화천골은 단념검을 쥐고 백자화를 보호하듯 앞에 섰다. 그리고 사부가 가르쳐 준 경화수월을 떠올리며, 아무 내력 없이 검초만 사용하여 남우회와 하얀 요마들의 공격을 막아 냈다.

그사이 남우회는 끊임없이 환상으로 그녀를 미혹시키려 했다. 하지만 화천골의 마음은 쇳덩이처럼 단단했다. 절망에 빠지자 오히려 냉정하게 가라앉아 이용할 틈이라곤 전혀 없었다. 그러나 몸에 난 상처는 점점 많아져 더 이상 버티기 어려워졌다.

남우회가 꼬리를 휘두르자 수많은 얼음 조각이 날아왔다. 화천골은 그것을 일일이 검으로 막으며 비틀비틀 물러났다. 그때 누군가 뒤에서 그녀를 지탱했다. 고개를 돌려 보니 핏기

하나 없는 백자화가 보였다. 두 사람의 시선이 마주치는 순간 마음이 편안해졌다. 그때 갑자기 녹색 광채가 하늘을 가로질 렀다.

"골두 엄마, 내가 도우러 왔어!"

당보가 화천골의 머리 위로 안전하게 내려앉았다. 당보의 몸에서 환히 빛나는 빛의 벽이 그녀와 백자화 두 사람을 감쌌다. 그와 동시에 그들 주위로 악귀 가면을 쓴 십여 명의 흑의인이 소리도 없이 나타났다. 눈보라 속이어서 그들의 모습은 유달리 눈에 띄었다.

"너희들은 누구냐?"

남우회는 깜짝 놀랐다.

'이 주변에 천라지망처럼 빽빽하게 진법을 펼쳐 놓았는데, 저들은 어떻게 들어왔을까?'

대장인 듯한 녹색 옷을 입은 여자는 키가 매우 컸다. 그녀가 무심한 눈길로 남우회를 훑어보았다.

"각주의 명으로 급히 두 사람을 데려간다. 다른 요마들은 이유 불문하고 격살하라."

그녀가 한 손을 휘두르자 뒤에 있던 십여 명의 흑의인들이 기괴한 움직임으로 순식간에 요녀들을 참살했다. 한 손으로 턱을 깨뜨려 일격에 목숨을 앗아 가는 방식이었다.

남우회는 섭혼술을 쓰려고 했으나, 십여 명의 흑의인은 죽은 사람처럼 생각의 기복을 찾아볼 수가 없었다. 남우회는 적수를 만났다는 것을 깨달았다. 게다가 그녀는 이미 무거운 상처를 입었으니 달아나는 것이 상책이었다.

　그녀가 얼음 속으로 내빼는 것을 보자 녹색 옷의 여자가 큰 소리로 외쳤다.

　"달아나겠다? 그게 그리 쉬울 줄 아느냐? 복원정을 내놓아라!"

　그녀가 힘껏 발을 구르자 빙판이 격렬하게 흔들리기 시작했다. 그녀는 몇 걸음 달려가다가 손으로 빙판을 내리쳤다. 빙판에 구멍이 뻥 뚫렸다. 그녀의 손이 다시 구멍 밖으로 나왔을 때에는 남우회의 목을 붙잡아 꺼내고 있었다.

　그녀에게 붙잡힌 남우회는 물고기처럼 바싹 마른 육지 위에서 필사적으로 버둥거리고, 미친 듯이 허공에 꼬리를 휘둘렀다. 녹색 옷의 여자가 무서운 소리로 말했다.

　"네 손으로 내놓겠느냐, 내가 직접 네 심장에서 꺼내게 하겠느냐?"

　남우회는 연신 살려 달라고 빌며 허정에서 복원정을 꺼내 힘껏 내던졌다. 녹색 옷의 여자가 그것을 받았을 때, 남우회는 어느새 얼음 속으로 사라지고 없었다. 녹색 옷의 여자도 더 이상 쫓지 않고 화천골에게 다가와 물었다.

　"괜찮니?"

　"난 괜찮아요. 하지만 사부님께서……."

　한참 동안 그녀를 바라본 화천골은 어딘지 낯이 익다는 생각을 했다. 바로 이후각을 찾아온 사람들을 접대하던 여자였다.

　'그녀가 어떻게 나를 구하러 왔을까? 각주라고 하던데, 그럼 이후군이 그들을 보낸 걸까? 그럴 거야. 당보는 본래 이후각의 영충이니까, 당보가 저 구원병들을 부른 게 분명해.'

"때맞춰 구해 줘서 고마워요, 언니……."

녹색 옷의 여자가 쌀쌀한 눈길로 그녀를 흘끗 바라보았다.

"고마워할 것 없어. 이후각은 밑지는 장사는 하지 않으니, 때가 되면 당연히 네게 대가를 요구할 거야."

화천골은 힘껏 고개를 끄덕이며 그녀의 두 손을 잡았다.

"제발 사부님을 살려 주세요. 무슨 대가를 치러도 좋아요!"

녹색 옷의 여자는 이미 인사불성이 된 백자화를 바라보더니 절로 눈을 찌푸렸다. 복원정으로 만든 독약은 신선이라 해도 방법이 없었다.

화천골이 스르르 정신을 차리고 보니, 놀랍게도 절정전에 있는 자기 방에 와 있었다.

'설마, 모두 환상이었나?'

"사부님……."

그녀는 일어나 앉으며 주위를 둘러보았다.

"천골, 깨어났구나!"

막 약을 들고 들어오던 경수가 흥분하여 그릇을 놓고 그녀에게 달려들었다.

"너 때문에 놀라 죽을 뻔했다고! 알기나 알아?"

화천골은 믿을 수 없는 눈길로 그녀의 얼굴을 만졌다.

"너……, 정말 경수야?"

"그래, 나야! 경수라고!"

경수는 화천골의 두 손을 감싸 쥐었다. 눈가에 눈물이 글썽였다.

"네 상처가 심해서, 존상께서 널 돌봐 주라고 특별히 날 절정전으로 부르셨어!"

"사부님이? 사부님께서는 어때? 어디 계셔?"

"나도 몰라. 돌아오신 후로 뵙지 못했으니, 폐관이라도 하시나 봐. 내게 널 잘 보살피라고 하셨어."

"그럴 리가? 상처가 심각하셨는데!"

"상처? 존상께서 다치셨다고? 아닌데? 존상께서는 무사하셔. 사람을 구하러 갔었다며? 사람도 구하고 복원정도 찾았지만, 넌 중상을 입고 진기를 모두 소모했었대."

화천골은 어리둥절했다.

'사부님께서는 왜 사람들을 속이셨지? 게다가 이후각 사람들은 어디로 간 거야? 누가 우리를 이곳까지 데려왔을까? 설마 사부님의 독이 완전히 해독되었나?'

"당보는? 당보는 어디로 갔어?"

'오랫동안 못 봤는데, 설마 돌아오자마자 낙십일에게 달려간 건 아니겠지?'

경수는 망연히 고개를 저었다.

"존상과 네가 돌아온 이후로 한 번도 당보를 보지 못했어."

화천골은 깜짝 놀랐다.

"당보가 안 보인다고? 그럼 우린 어떻게 돌아온 거야?"

"그때 넌 기절해 있었어. 존상께서 널 안고 돌아와 사람을 보내 나더러 네 상처를 돌봐 주라고 하셨어. 그 후로는 나도 존상을 뵙지 못했어."

"사부님은 어떠셨어? 정말 아무렇지도 않았어?"

"안색은 창백했지만 다른 건 아무 문제 없었어. 천골, 이번 여행길에 무슨 일이라도 생긴 거야?"

경수가 초조한 얼굴로 그녀를 바라보았다. 화천골은 마음이 혼란스러웠다.

'사부님의 독은 정말 해독된 걸까? 혹시 이후각에서 사부님을 치료해 주고 그 대가로 당보를 데려간 걸까? 아니야, 그럴 리 없어!'

"사부님을 찾아야겠어!"

화천골은 다급히 밖으로 달려갔다. 뒤에서 경수가 불렀지만 아랑곳하지 않았다. 그녀는 곧 백자화가 폐관할 때 쓰는 뒷산의 탑에 이르렀지만 들어갈 수가 없었다.

"사부님……!"

그녀가 초조하게 외쳤다.

"무슨 일이냐?"

백자화의 고요한 목소리가 안에서 흘러나왔다. 마치 아무 일도 없었던 것 같은 목소리였다. 화천골은 어찌할 바를 몰랐다.

"사, 사부님……. 독은 어떻게?"

"이제 괜찮으니 걱정마라. 네 몸은 나았느냐?"

"예, 사부님, 저는 아무렇지도 않아요. 하지만 사부님께서는⋯⋯."

'그렇게 무서운 독인데, 어떻게 괜찮다는 거지?'

"그렇다면 돌아가서 푹 쉬어라."

화천골은 문 앞을 왔다 갔다 했다. 어떻게 해야 좋을지 알 수가 없었다.

"사부님, 우리가 어떻게 돌아왔지요? 당보는 또 어디로 갔나요?"

"당보는 이후각에 있다. 며칠 후면 돌아올 것이다. 걱정 말고 상처를 잘 다스리도록 해라. 두 달 후면 선검대회가 있다."

화천골은 또다시 깜짝 놀랐다.

'이번에는 왜 참가하라고 하시는 거지? 지금까지는 참가하지 않았는데?'

지난번 선검대회에서 참패한 일이 아직도 어제 일처럼 생생했다.

"예. 사부님의 명예를 더럽히지 않을게요⋯⋯. 하지만 사부님, 사부님께서는 세존과 유존, 그리고 다른 사람들에게 중독되신 일을 말씀하지 않으셨죠?"

"말할 필요 없다. 괜히 걱정시킬 뿐이다. 어서 돌아가거라. 특별한 일이 없으면 찾아오지 말고."

화천골은 한참 동안 망설였다. 뭔가 찜찜했지만 달리 방법이 없어 허리를 숙여 절한 후 물러났다.

그녀의 상처는 심각하지 않았다. 독소는 이미 백자화가 모두 뽑아냈고, 가벼운 외상뿐이었기 때문에 조리를 잘하고 선단과 옥로玉露을 먹으니 매우 빨리 회복되었다. 그사이 낙십일과 삭풍, 청류 등이 몇 번 그녀를 찾아왔다. 세존과 유존은 그녀를 불러 질문을 했지만 그녀는 사부가 중독된 일은 숨기고, 지금 폐관 중이라고만 대답했다.

마엄과 생소묵은 백자화의 능력을 잘 알고 있었으니 그가 다쳤다고 해도 믿지 않았을 것이다. 하지만 백자화는 보름이 넘게 폐관을 하며, 화천골이 음식이나 단약을 가져다주어도 먹지 않았다. 그녀는 도저히 참을 수가 없어 탑 앞에 무릎을 꿇고 낮게 그를 불렀다.

"사부님, 괜찮으세요? 들어가서 좀 뵐 수 없을까요?"

"아니다. 돌아가거라."

들려오는 것은 여전히 백자화의 차가운 목소리뿐이었다. 화천골은 그 말을 따를 수가 없어 무릎을 꿇은 채 애걸복걸하며 생각했다.

'들어오지 못하게 하면 계속 여기서 무릎 꿇고 같이 있겠어요.'

새벽이 되자 마침내 문이 열렸다. 백자화가 문을 열고 나왔다. 여전히 티끌 하나 없이 아름다운 모습이었지만 얼굴에 싸늘한 서리가 한 겹 덧씌워져 있었다.

화천골은 소리를 듣자마자 눈을 떠 그를 올려다보았다. 너무 기뻐 눈물이 날 것 같았다. 그녀는 백자화의 두 다리를 꼭 끌어안았다.

"사부님, 많이 걱정했어요……."

백자화가 허리를 숙여 그녀의 머리를 쓰다듬더니 가볍게 한

숨을 쉬었다.

"자, 돌아가자."

"네!"

화천골은 힘껏 고개를 끄덕이고 일어나 공손하게 그의 뒤를 따랐다.

'정말 다행이야. 사부님께서는 진짜 괜찮으셔.'

드디어 마음이 놓였다.

27. 발각된 사랑

하지만 사건은 그렇게 간단히 끝나지 않았다. 당보는 돌아
오지 않았고, 연락도 되지 않았다. 동방욱경도 더 이상 꿈에 나
타나지 않았다. 그에게 편지를 보냈지만 대답이 없었다. 낙십
일은 거의 미쳐 버릴 것처럼 안달하며, 직접 이후각에 쳐들어
가 당보를 빼내 오려고까지 했다.

사부는 아주 가끔씩만 화천골과 밥을 먹었고, 절정전에서
나오지도 않았다. 그는 대부분의 시간을 정실靜室에서 혼자 보
냈다.

선검대회가 나날이 가까워지자 사람들은 그 준비로 바쁘거
나, 연공에 박차를 가했다. 화천골은 도저히 마음 편히 있을 수
가 없었다. 시도 때도 없이 사부가 마음에 걸렸지만, 그는 그녀
를 일부러 피하는지 얼굴조차 보기 힘들었다.

어느 날 화천골이 밤새도록 뒤척이며 잠을 이루지 못하는데 갑자기 찻잔 부딪히는 소리가 어렴풋이 들려왔다. 착각인가 했지만 아무래도 사부의 방에서 들리는 소리 같았다. 그녀는 도무지 마음이 놓이지 않아 겉옷을 걸치고 살피러 갔다.

사부의 방 문 앞에 도착해 보니 방 안은 등불도 없이 어두컴컴했다. 그녀는 한참 동안 안으로 들어가지 못하고 주위를 배회했다. 요즘 사부는 그녀에게 몹시 엄격했고, 특히 그녀가 방해하는 것을 싫어했다.

문 밖에 한참 서 있던 그녀는 안에서 아무런 기척이 없자 돌아서서 살그머니 떠났다. 그러나 몇 발짝 옮기기 무섭게 갑자기 유리 조각이 바닥에 살짝 끌리는 소리가 들려왔다. 크지 않은 소리였지만, 고요한 밤이라 마치 귀를 때리는 것 같았다.

그녀는 깜짝 놀라 그 자리에 멈췄다. 잠시 후, 다시 경미한 기침 소리가 들려왔다. 무척 작고 꾹 참는 소리였지만, 순식간에 잔뜩 긴장한 그녀의 신경을 탁 끊어 놓았다. 그녀는 고개를 돌려 사부의 침실로 뛰어가 다짜고짜 방 문을 열어젖혔다.

"아니⋯⋯."

백자화는 갑자기 방 문이 벌컥 열리고, 문 앞에 멍하니 서서 그를 바라보는 화천골을 보았다. 그녀의 눈에는 놀라움과 당황함이 가득했다. 백자화는 한 손으로 억지로 몸을 지탱하며 다른 손으로 입을 막았다. 하지만 피는 계속 흘러 어느새 그의 희고 깨끗한 소맷자락을 물들였다.

"사부님!"

화천골이 그의 앞으로 달려가 침대 옆의 깨진 찻잔 파편 속에서 그를 부축했다. 내력과 진기가 끊임없이 그의 몸으로 흘러들었다.

"또 각혈을……."

화천골의 목소리에 떨림이 묻어났다. 그녀는 손을 내밀어 그의 맥을 짚어 보았다.

'이렇게까지 허약해지셨다니! 공력이 하나도 남아 있지 않잖아. 그럴 줄 알았어, 그럴 줄 알았다고! 독이 그렇게 쉽게 사라질 리가 없어. 사부님께서는 이렇게 억지로 버티신 거야. 하루하루 선기仙氣가 약해지다가 언젠가는 돌아가시겠지.'

"사부님……."

화천골은 그를 부축해 침대 위에 눕히고, 황망히 품에서 하얀 손수건을 꺼내 그의 입가에 묻은 피를 닦았다. 그의 생명, 그의 공력, 그리고 그의 선기가 피를 따라 계속 흘러나왔다. 달빛에 비친 그의 얼굴은 종이보다 더 창백했다.

백자화도 그녀를 오랫동안 속일 수 없다는 것을 알았지만, 가능한 한 알리는 것을 미루어 왔다.

"나는 괜찮다, 소골. 돌아가거라."

화천골은 침대 옆에 무릎을 꿇고 그의 손을 잡았다.

"사부님, 정말 해독할 방법이 없나요?"

백자화는 그녀를 속이고 싶지 않아 살며시 고개를 저었다.

"독이 뼛속으로 스며들어 구할 방법이 없다."

화천골은 헉 하고 냉기를 들이켰지만 포기하지 않고 물었다.

"방울도 단 사람이 떼어 낼 수 있다는 말이 있잖아요. 복원 정으로 만든 약이면 되지 않을까요?"

백자화는 그래도 고개를 저었다.

"이미 늦었다……."

중독뿐이었다면 몰라도, 중독된 후 복원정으로 빨려 들어가는 바람에 독이 이미 그의 몸 곳곳에 스며들었다. 이제 그는 차츰차츰 선신을 잃고 재가 될 것이다. 할 수 있는 일은 독성에 지배당하여 마도에 빠지지 않도록 있는 힘껏 자신을 다스리는 것, 그리고 그날을 최대한 뒤로 미루는 것뿐이었다.

"아니에요!"

화천골은 그의 손을 꽉 잡고 필사적으로 고개를 저었다. 바닥을 적신 피를 보자 갑자기 생각나는 것이 있었다.

"맞아요, 제 피! 사부님, 제 피예요!"

'사부님은 지난번에 내 피를 마시고 훨씬 좋아지셨어!'

화천골은 바닥에서 유리 파편을 주워 손목을 힘껏 그었다. 피가 솟구쳤다. 그 기이한 향기를 맡자 백자화는 순식간에 정신이 혼미해지는 것을 느꼈다. 갑자기 몸 속에서 한 번도 겪어보지 못한 탐욕과 굶주림이 요동쳤다.

"비켜라!"

백자화가 낮은 소리로 꾸짖으며 그녀의 팔을 힘차게 밀어냈다. 어떻게 제자의 피를 마시며 연명할 수 있단 말인가?

"사부님!"

화천골은 말을 듣지 않고 계속 팔을 그의 앞에 내밀었다.

"드시지 않으면 피가 다 빠져나갈 때까지 내버려 두겠어요."

"뭐……."

백자화는 기가 막혔다.

"전 피가 많아요, 사부님. 그러니 드세요. 괜찮아요. 사부님을 구할 수만 있다면 저는 뭐든 할 수 있어요!"

피가 방울방울, 백자화의 얼굴로 떨어졌다. 창백한 얼굴에 떨어진 피는 유난히 선명하고 아름다웠다. 백자화는 지워 버릴 수 없는 짙은 피 냄새에 머리가 무겁게 가라앉는 것을 느꼈다. 마침내 그도 버티지 못하고 입술을 화천골의 손목에 댔다. 눈 앞에는 새빨간 핏빛 외에 아무것도 보이지 않았다.

화천골은 사부의 얇은 입술 두 개가 자신의 손목을 빨자 마치 전류가 몸을 관통하는 것 같았다. 두 다리가 마비되고 몸이 부르르 떨렸다. 그녀는 바닥에 꿇어앉아 힘없이 의자에 기댔다.

한참이 지난 후 바라보니 백자화는 조용히 잠들어 있었다. 화천골은 팔을 빼냈다. 그가 빨았던 상처가 불에 덴 듯 홧홧했다. 하지만 통증은 아니었다. 그녀는 상처를 천으로 아무렇게나 싸맨 다음 바닥을 정리하고, 피 묻은 이불과 겉옷을 갈아 주었다. 그리고 일어나 방으로 돌아갔다. 피를 많이 흘려 걸음이 비틀비틀했다.

이튿날과 그 다음 날도 사부는 방에서 나오지 않았다. 나흘째가 되자 화천골은 피의 효과가 가셨으리라 생각하고 밤에 다시 백자화의 방 문 앞으로 갔다. 그녀가 뭐라고 말하기도 전에 백자화의 차가운 음성이 들려왔다.

"돌아가라!"

"하지만 사부님, 독이······."

"필요 없다. 돌아가라고 했다, 못 들었느냐!"

이렇게 엄한 백자화의 목소리는 처음이었다. 그녀는 몹시 두려워 몸을 돌려 돌아가려 했지만, 백자화가 또 독이 발작하여 계속해서 피를 토할까 봐 걱정되었다. 사부의 명을 거역하는 것이 되더라도 차마 그를 외면할 수 없어서, 그녀는 다시 문을 열고 안으로 들어갔다. 뜻밖에도 은광이 날아들어 화천골의 무릎을 때렸다. 그녀는 통증을 느끼며 털썩, 무릎을 꿇었다.

"이 사부가 뭐라고 했느냐? 사부의 말이 아예 들리지 않느냐?"

화천골은 억울하고 괴로워 머리를 조아렸다.

"명령대로 하겠습니다."

그런 다음 그녀는 방에서 물러 나왔다.

다음 날, 피처럼 붉은 도화갱이 백자화의 방 문 앞에 놓였다. 화천골이 자신의 피를 고아 만든 것이었다. 그렇지만 방 안에서는 하루 종일 기척이 없었다. 다음 날이 되자 또다시 새로운 그릇이 놓였지만 백자화는 여전히 꼼짝도 하지 않았다. 사흘째에 또 새 그릇이 왔고 아무도 손대지 않았다. 그리고 나흘, 닷새······.

엿새째에 화천골이 그릇을 치우고 새로운 도화갱을 그의 문 앞에 놓을 때 마침내 문이 열렸다. 백자화는 초췌한 얼굴에 핏발이 선 눈으로 그녀를 잡아 일으켜 자기 앞으로 끌어당겼다.

화천골은 백자화의 눈에서 처음으로 은은한 분노의 불길이 이글거리는 것을 보았다. 그녀는 떨리는 목소리로 억지로 그의 앞에 그릇을 내밀었다.

"사부님, 뭐라도 좀 드세요⋯⋯."

백자화는 힘없이 그녀를 붙잡았던 손을 놓으며 비틀비틀 물러났다.

백자화같이 고결하고 성스러운 사람이 어떻게 그녀의 피를 계속 마시는 것을 용납할 수 있겠는가? 그녀는 왜 이렇게도 그를 몰아세우는가?

화천골이 그의 발치에 털썩 엎드려 그의 옷자락을 붙잡으며 낮은 소리로 애원했다.

"사부님, 저를 버리지 마세요. 사부님께 정말 무슨 일이 생기면 저는 어떡해요? 제발 부탁이에요. 제 피는 별로 귀한 것도 아니에요. 조금 없어진다고 해서 죽지 않아요. 사부님, 제발 버틸 수 있을 때까지 버텨 주세요. 제가 반드시 사부님을 구할 방법을 찾아내겠어요!"

백자화는 마음이 아팠다. 애원하는 그녀를 보고 있자니 일시적으로 어떻게 해야 할지 알 수가 없었다. 그는 늘 생사에 연연하지 않으며 태연하게 행동해 왔다. 그런데 언제부턴가 그녀와 깊이 엉키고 말았다. 망연한 가운데 가슴에 울화가 맺히자 독이 안팎에서 그를 파고들어 절로 마성魔性이 솟구쳤다.

화천골은 그의 부축을 받고 일어나, 그가 이끄는 대로 오른손을 높이 들었다. 그녀가 무슨 일인지 깨닫기도 전에 손목이 따끔했다. 그제야 그녀도 놀라면서 깨달았다. 백자화의 이가 그녀의 피부를 꿰뚫고 새빨간 피를 힘차게 빨았다.

화천골은 갑자기 다리에서 힘이 풀렸지만 백자화가 때맞춰 잡아 주었다. 온몸이 굳고, 손목과 백자화의 이가 맞닿은 곳만 감각이 느껴졌다. 그곳에서부터 퍼지는 활활 타오르는 불길이 아래위로 나뉘어 몸을 휩싸고, 그녀의 온몸을 뜨겁게 달구었다.

화천골은 이상한 소리를 내지 않도록 아랫입술을 힘껏 깨물었다. 피는 마치 그가 빨아 주는 것이 영광스럽기라도 한 듯 앞다투어 솟아났다. 비할 데 없는 행복과 저릿저릿한 느낌이 거친 파도처럼 밀려왔다. 그 순간, 그녀는 설령 사부가 자신을 모조리 씹어 삼킨다 해도 기꺼이 자신을 내주었을 것이다.

백자화는 잠깐 동안만 그녀의 피를 마신 후 곧 손을 놓았다. 그리고 지혈을 위해 재빨리 혈도를 막은 다음 다시는 돌아보지 않고 방으로 들어가 문을 닫았다. 화천골은 오른손을 들어 깊이 난 잇자국을 바라보며 힘없이 벽에 기댔다.

"천골, 황기와 당귀, 당삼黨參, 천궁川芎을 왜 그렇게 많이 가져가지? 그 약재들은 출산 후에 출혈이 있는 여자가 산후 조리하면서 피를 보충할 때 쓰는 거야."

의약각의 유삼이 이상하다는 듯 그녀를 바라보았다.

"아, 지난번 다쳤을 때 피를 많이 흘렸어요. 아직 다 낫지 않아서 선검대회 전에 보충 좀 하려고요."

화천골이 무척 난처한 얼굴로 대답했다.

"그랬구나. 참, 정루 서쪽의 가장 높은 곳에 있는 서랍에 천 년 묵은 재배 인삼이 있다. 얼마 전 노산 장문께서 감사 인사를 하러 오시면서 가져온 거지. 같이 가져가서 먹어."

"감사합니다."

화천골은 미소를 지으며 고개를 끄덕였다. 의약각을 나온 후 그녀는 주방으로 가서 식료품도 골랐다. 당보는 없고 사부는 중독되었으니, 그녀의 생활은 방향을 잃은 것 같았다.

문득 뒤에서 누군가 그녀를 툭 쳤다. 돌아보니 삭풍이었다.

"곧 선검대회인데, 준비는 잘되어 가?"

삭풍은 그녀 대신 쌀가루를 부대에 담으며 물었다.

"응, 그럭저럭."

"다친 곳은 나았고?"

"그래."

"그런데 왜 안색이 좋지 않은 것 같지?"

"아니야. 하하, 그러고 보니 우리 한 번도 겨뤄 본 적이 없구나. 이번에는 겨루게 될지 모르겠네. 그때 만약 내게 지더라도 너무 창피해하지 마!"

삭풍은 장난스럽게 웃는 그녀의 얼굴을 보자 그제야 안심하고 고개를 끄덕였다.

화천골은 절정전으로 돌아와 물건들을 정리한 후 사부를 찾으러 갔다. 사부는 이미 뒷산에서 폐관 중이었다.

'어쩌면 날 피하기 위해서인지도 몰라.'

그렇게 생각하자 마음이 답답했다. 독이 워낙 강해서 사부에게 남은 날은 많지 않았다. 이제 그녀는 어떻게 해야 할까? 그저 피를 바치는 것 말고는 할 수 있는 일이 없을까?

화천골은 품에서 눈처럼 하얀 손수건을 꺼냈다. 그 위에는 설 전에 그린 백자화의 모습이 있었다. 이것을 그리느라 오랫동안 힘들게 연습했다. 비록 노풍석 위에서 산을 내려다보는 편안한 뒷모습뿐이었지만, 무척 흡사했다.

지금 그 손수건 위에는 검붉은 혈흔이 얼룩덜룩하게 말라붙어 있었다. 화천골은 마음이 아파 나무 아래 펼쳐진 풀 위에 드러누운 뒤 손수건으로 얼굴을 덮었다. 머릿속에 사부와 함께한 날들이 끊임없이 떠올랐다. 사부는 그녀를 아끼고 보호했으며, 성심성의껏 가르치고 자신을 희생하면서까지 그녀를 구해 주었다. 그 은혜를 어떻게 갚을 수 있을까?

수많은 밤을 남몰래 백자화의 방 문 앞을 지키며 눈 한번 감지 않았던 그녀는 피로가 쌓여 그대로 몽롱하게 잠이 들었다. 거센 바람이 불어와 그녀의 얼굴을 덮은 손수건을 멀리 날려 보냈다. 그리고 또 한 번의 바람에 손수건은 펄럭펄럭 날아 절정전을 넘어 장류산 뒷산에 떨어졌다.

예만천은 예전처럼 개울가에서 연검으로 연습을 하고 있었다. 태백산에서 돌아온 후 그녀는 더욱 열심히 공부했다. 화천골이 혼자 주목받은 일 때문에 질투가 나서 미칠 것 같았다.

'대체 그 애의 어디가 좋아서 그렇게 많은 사람들이 도와주는 거람. 신비한 서생에, 마계의 군주, 인간계의 제왕까지라

니. 그래 봤자 젖비린내 나는 어린애잖아. 내 가슴께에도 못 미치는!'

그녀도 지금 자신이 화천골보다 훨씬 뒤처진다는 것을 알고 있었다. 지난번처럼 요행으로 그녀를 이기는 것은 불가능했다. 그러니 목숨 걸고 연습하는 수밖에 없었다.

'그깟 게 뭐라고! 지난번에는 분명 나한테 졌는데, 존상은 어째서 제자로 받아 주셨을까! 그리고 어째서 나날이 강해지는 걸까!'

그 때문에 그녀 자신은 화천골에 비해 훨씬 뒤처지고 있었다!

예만천이 아무렇게나 검을 휘두르는 바람에 물방울이 사방으로 튀었다. 그때 갑자기 하늘에서 하얀 손수건이 날아왔다. 그녀는 손을 뻗어 낚아챈 후 자세히 살펴보았다.

"존상 아냐?"

어려서부터 시와 그림, 음률 등에 정통했던 예만천은 이제 막 배우기 시작한 화천골에 비하면 훨씬 뛰어나, 곧 그 그림 속에 담긴 끈끈한 정을 간파했다. 그러나 그녀는 장류산에서 존상을 연모하는 어떤 제자가 그린 그림으로 여기고 웃음을 금치 못했다. 그러다 다시 자세히 보니, 핏자국이 있는 구석에 놀랍게도 '화' 자가 수 놓여 있었다. 그것을 본 그녀는 순간 멈칫했다.

잠시 후, 예만천은 또다시 교태 가득한 웃음을 터트렸다. 새와 짐승, 물고기까지 놀라서 소름이 끼칠 정도로 날카로운 소리였다. 그녀는 탐란전으로 돌아가지 않고 곧장 절정전으로 향했다. 마침 잠에서 깬 화천골은 초조하게 손수건을 찾던 중이었다.

"사숙, 뭘 찾으시나요?"

예만천이 나무 위에 내려서서 화천골을 바라보며 웃었다. 화천골은 긴장했다.

"네가 왜 여기 있지? 누가 너더러 절정전에 들어오라고 했어?"

"아이 참, 난 좋은 마음으로 특별히 사숙께 물건을 전해 드리러 왔어요! 사숙, 혹시 이걸 찾으세요?"

예만천이 손수건을 꺼내 허공에서 흔들었다. 그것을 보자 화천골의 안색이 싹 변했다.

"돌려줘!"

그녀는 몸을 날려 빼앗으려 했지만 예만천이 교묘하게 피했다.

"사숙, 왜 그렇게 무섭게 구세요! 안 돌려주겠다고 한 것도 아닌데!"

화천골의 이가 덜덜 떨렸다.

"어쩔 생각이야?"

"아무것도요. 하지만 장류산에 사숙같이 불초한 제자가 있다니……."

예만천은 아름다운 눈썹을 살짝 치켜떴다. 목소리가 무섭게 변했다.

"화천골, 정말 간이 크구나! 존상이 네 마음대로 좋아할 수 있는 대상인 줄 알아? 그야말로 대역무도한 일이야! 인륜으로 따지면 패륜이라고!"

그 말을 듣자 화천골은 천둥소리라도 들은 것처럼 순식간에 머리가 텅 비었다. 그동안 그녀는 늘 아버지의 말씀을 깊이 새기고 있었다.

"사람이 공허한 것은 타락했기 때문이요, 사람이 즐겁지 않은 것은 만족하지 않기 때문이다."

그녀는 6년 동안 백자화 곁에 있었다. 장류산에 발을 들여놓던 순간부터 그녀는 세상에서 가장 아름다운 수정 궁전에 온 것처럼, 지난날 오랫동안 그녀를 휘감고 있던 검은 악몽, 귀신과 마귀를 모두 떨쳐 냈다. 그때부터 그녀의 삶에는 더 이상 번뇌도, 걱정도 없었다.

친구는 그녀에게 있어 비와 이슬이었고, 사부는 바로 그녀의 태양이었다. 그녀가 노력한 것은 사부의 기대에 부응하기 위해서였고, 그녀가 미소를 지은 것은 사부에게 보여 주기 위해서였다. 사부는 곧 그녀 인생의 중심이자 방향이었다. 이런 나날들은 너무나도 단순하고 아름다웠다.

밤에 자다 깨면, 그녀는 늘 자신이 꿈을 꾸고 있는 것이 아닌가 생각했다. 사람은 행복이 최고조에 이르면, 그것을 잃을까 봐 두려워하는 공포가 따라온다. 그리고 그녀에게는 자신이 사부에게 품은 이름 모를 감정을 의식하게 되는 것이 그 무엇보다 강한 공포였다.

모든 것이 그저 어리벙벙할 뿐이지만, 그녀의 예민함과 총명함은 그 일이 불러올 무시무시한 결과를 금방 알아챘다. 때문에 앳되고 풋풋한 그 느낌은 제대로 영글기 전에 그녀의 손에 파괴되었고, 그녀는 잠재의식 속에서 자신의 성장을 멈추었다. 화천골은 영원히 사부와 함께 있으면서 아무것도 모르는, 말 잘 듣는 어린아이고 싶었다. 그런데 뜻밖에도, 밤낮으로 함께하는 사이 자기도 모르게 정이 깊이 뿌리를 내리고 있었던 것이다.

하지만 그녀는 여전히 아무것도 바라지 않고, 현상을 유지하려고 노력하며, 그 그리운 정을 깊이깊이 봉인하고 숨겼다. 어쩌면 깊이 생각하지 않고 그렇게 평생을 지내려 했을지도 모른다. 화천골은 사랑이 무엇인지도 영원히 모르고, 자신이 마음속으로부터 사랑하는 사람이 누군지조차 영원히 모르고 싶었다!

하지만 그 모든 것, 그녀의 마음속 깊은 곳의 가장 비밀스러운 부분은 태백산에서 하자훈의 손에 무참하게 꿰뚫리고 말았다. 그녀가 지키려고 노력한 세계는 차차 무너지기 시작했다.

그 후 근 1년 동안 그녀와 사부는 도처를 유람했다. 그때가 그녀의 인생에서 가장 즐거운 시간이었다. 하지만 마음속에 있는 남모르는 커다란 고민은 내내 그녀를 두렵게 했다.

그러다가 사부는 그녀를 보호하기 위해 중독되어, 그녀의 피를 마셔야만 연명할 수 있게 되었다. 그것이 오랫동안 쌓아온 그녀의 감정을 점차 끓어오르게 했고, 부인하며 똑바로 바라보지 않는 것이 점점 어려워졌다.

그렇게 오래 함께했으니 그녀가 백자화를 모를 리 없었다. 그가 이 불결한 자신의 마음을 알게 된다면, 그 결과는 예상조차 할 수 없었다.

그런데 예만천이 증거를 쥐고, 벌건 대낮에 그녀가 가장 감당하기 힘든 일을 보란 듯이 고발하고 있는 것이다. 화천골은 오랫동안 행복하게 살아온 수정 궁전이 조각조각 무너져 수포로 돌아가는 것을 보는 것 같았다. 사부의 보살핌과 친구들의 웃는 얼굴이 하나씩 사라져 갔다. 그렇게 되면 그녀의 인생은 얼마나 거친 폭풍우와 마주하게 될 것인가?

화천골은 쓴웃음을 지었다. 갑자기 동방욱경과 같이 있을 때, 그가 더 이상 자라지 않는 그녀를 보고 마치 모든 것을 안다는 듯이 했던 말이 생각났다.

"누구든 평생 어린아이로 남을 수는 없소."

화천골은 가볍게 한숨을 쉬며 절망적으로 눈을 감았다. 그녀의 잘못이었다. 사부를 사랑하지 말았어야 했다. 하지만 순간적인 마음의 움직임을 어떻게 다스릴 수 있을까? 그저 필사적으로 숨기고 되돌리려 할 수밖에 없었다. 정말 할 수만 있다면 영원히 자라지 않는 어린아이가 되었을 것이다. 그러면 얼마나 좋았을까. 그녀는 아무것도 원하지 않았다. 오직 아무것도 변하지 않기를 바랄 뿐이었다.

화천골은 예만천을 바라보았다. 감정이 점점 가라앉아 더 이상 마음이 어지럽지 않았다. 놀람과 두려움 외에 어렴풋이 시원한 느낌도 들었다. 결국 이 감정은 점점 강해져, 마음속 깊이 묻어 놓아도 한 사람조차 속이기가 무척 힘들었다. 그러니 언젠가는 버티지 못하고…….

"어쩔 생각이야?"

화천골은 창백한 얼굴로 물었다. 그녀의 몸은 마치 바람에 춤추는 나뭇잎처럼 연약해 보였다. 예만천은 고개를 쳐들고 깔깔 웃었다. 화천골이 이렇게 쉽게 굴복하다니! 하지만 약점을 잡혔는데도 여전히 차분한 모습에 화가 치밀었다.

"어머, 사숙! 정말 성의가 없네요. 이 예만천이 남을 협박할 사람 같아요? 다만 사숙이 제 앞에서 잘난 척하며 나대는 것이 보기 싫을 뿐이에요! 마엄 세존께서 이 일을 아시면 분명 대로하시고 사숙을 사문에서 쫓아내시겠죠? 아끼는 제자가 당신께 이런 생각을 품고 있다는 것을 아시면 존상께서는 어떤 표정을 지으실까요?"

화천골은 마음이 아파 말조차 할 수가 없었다. 이마에서 식은땀이 똑똑 떨어졌다.

"대체 원하는 게 뭐야?"

예만천은 그녀를 매섭게 노려보았다. 아름다운 얼굴이 유난히 흉악해 보였다.

"넌 내게 빚을 진 거야, 화천골! 바닥에 무릎을 꿇고 내게 빌어!"

화천골은 주먹을 꽉 쥐었다. 그리고 그대로 예만천을 향해 꼿꼿하게 무릎을 꿇었다.

"부탁해."

그녀가 한 자씩 힘주어 말했다. 예만천은 당황해서 눈을 잔뜩 찌푸리고 그녀를 내려다보았다. 그러더니 갑자기 큰 소리로 깔깔, 웃음을 터트렸다. 그 소리는 더욱 날카롭고 무시무시했다.

"뭘 부탁하는 건데?"

화천골의 입술이 파르르 떨렸다.

"사부님께 말하지 말아 줘……."

예만천은 그녀의 뒤로 돌아가 꼿꼿이 세운 등을 걷어찼다.

"넌 배짱이 있는 사람 아니었니? 그런 네가 내게 빌 날이 올 줄 누가 알았겠어."

화천골은 눈을 똑바로 뜨고 꼼짝도 하지 않았다. 예만천은 그녀의 그런 표정이 죽이고 싶을 정도로 미웠다. 분명히 자기 앞에 무릎을 꿇고 있는데도 여전히 굳세고 뻣뻣했다.

"화천골."

그녀는 몇 걸음 다가가 그녀의 머리카락을 힘껏 틀어쥐었다.

"예전에 목숨 걸고 나와 싸우며 존상의 제자가 되려고 한 것도 존상을 좋아하기 때문이었어. 그렇지?"

'이 아이만 아니었다면! 이 아이와 싸우지만 않았다면 지금 장류산의 장문 제자는 바로 나였을 텐데!'

그랬다면 그녀와 낙십일은 사형매를 칭하며 자연스레 함께 지냈을 것이고, 모두가 행복했을 것이다. 하지만 이 아이가 끼어드는 바람에 그녀는 낙십일의 제자가 되었다.

당시 그녀는 나이가 어렸고, 막 사랑에 눈을 떠 아무것도 몰랐다. 그저 그를 좋아하는 마음에 밤낮으로 함께 있을 수만 있으면 좋겠다고 생각했다. 사부와 제자라는 관계가 그녀에게 가장 큰 장애가 될 줄은 생각도 하지 못했다. 뒤늦게야 당시 큰 실수를 했다는 것을 알았지만 돌이킬 수도 없었다. 매일 화천골과 낙십일, 청류, 삭풍, 경수 등이 술을 마시며 노는 것을 보면서 그녀는 질투로 미칠 것만 같았다. 특히 그 빌어먹을 애벌레가 대체 뭐라고 낙십일이 그렇게 잘해 주는 것인지!

"만약, 만약 너와 그 못된 애벌레가 나타나지만 않았다면……."

예만천이 화천골의 목을 틀어쥐었다. 화천골은 가여운 눈길로 그녀를 바라보았다. 예만천은 손을 놓고 두어 걸음 물러나더니 고개를 쳐들고 깔깔거렸다.

'대체 누가 누굴 가엾어하는 거야?'

그녀도 자신을 가엾다고 생각한 적이 있지만, 뜻밖에도 화천골이 그녀 자신보다 훨씬 가여웠다. 둘 다 사제지간이지만, 존상과 낙십일은 전혀 달랐다. 그러니 화천골은 그녀 자신보다 수천 수만 배 더 절망적일 것이 분명했다.

"이 손수건을 돌려줄 수도 있어. 대신 곧 선검대회가 있으니 그때 순순히 내게 져 줘야겠어."

"약속할게."

화천골은 차가운 목소리로 말했다. 몸은 여전히 꿇어앉은 채 움직이지 않았다. 예만천은 만족스럽다는 듯이 고개를 끄덕이더니 그녀에게 다가가 예쁘게 미소를 지었다.

"기억해 둬. 오늘부터 너는 내 사숙이 아니라, 내가 키우는 개야!"

화천골은 버럭 화가 나 손을 휘둘렀다. 예만천은 꽃처럼 아름답게 웃으며 피할 생각도 하지 않았다. 마지막 순간, 장풍은 허공에서 멈추고 말았다. 예만천은 손에 든 손수건을 흔들며 깔깔 웃으면서 떠나갔다. 화천골은 화가 나서 온몸이 덜덜 떨렸다. 손바닥으로 바닥을 내리치자 바닥이 우르르 진동했다.

'어쩌면 이 모든 것이 하늘의 뜻일지도……'

화천골은 절망에 빠져 얼굴을 다리 사이에 묻고 구석에 쪼그려 앉았다. 방 안은 칠흑같이 어두웠지만 등불을 켜지도 않았다. 이 순간, 그녀는 당보가 곁에 있기를 무척이나 바랐다. 하지만 당보는 없었고 동방욱경도 전혀 연락이 닿지 않았다.

화천골은 얼굴을 탁탁 때리며 강해져야 한다고 다짐했다. 지독한 독에 중독된 사부는 아직 그녀의 보살핌이 필요했다. 그녀는 기듯이 일어나 사부의 방으로 콩콩 뛰어갔다.

"사부님."

그녀는 조용히 부른 후 대답을 기다리지 않고 문을 열고 들었다. 나날이 독성이 강해지면서 백자화는 정력과 자제력이 점차 약해졌고, 그녀의 피도 거절하지 않게 되었다.

백자화는 침대 위에 조용히 앉아 있었다. 얼굴에는 핏기가 전혀 없어 마치 완벽하고 아름다운 얼음 조각 같았다.

화천골은 몸을 숙여 능숙하게 팔을 내밀었다. 백자화는 눈을 뜨지도 않은 채 코끝을 그녀의 손목에 스치더니 이로 힘껏 깨물었다. 그러자 하얗고 투명하고 종이처럼 얇은 피부가 터지며, 선혈이 활짝 핀 장미처럼 천천히 흘러나왔다. 향기가 사방을 채웠다. 화천골은 피비린내만 맡을 수 있었지만, 백자화의 마음은 우리에 갇힌 맹수처럼 더 많은 것을 갈구했다. 하지만 여전히 몇 모금만 마신 후 곧 그녀를 밀어냈다. 자신 때문에 화천골이 피를 너무 많이 흘릴까 봐 두려워서였다.

"사부님, 괜찮아지셨어요?"

화천골은 소매로 그의 입가에 묻은 피를 닦아 주었다. 견딜 수 없을 만큼 마음이 아팠다. 언제나 초탈하던 사부가 그녀 때문에 이런 모습이 되다니.

"많이 좋아졌다……."

백자화가 그녀의 머리를 두드렸다. 요즘 들어 그녀가 훨씬 창백하고 초췌해진 것 같았다.

"선검대회 준비는 잘되고 있느냐? 사부가 옆에서 지켜보지 않는다고 게으름을 피우면 안 된다."

화천골은 가슴이 조여드는 것 같아 부자연스런 얼굴로 고개를 숙였다.

"늘 사부님의 말씀대로 열심히 연습하고 있어요. 사부님, 독이 이렇게 심한데 선검대회에 나오셔야 해요? 사백과 사숙께 발각되실 거예요. 아니면 더 이상 그분들을 속이지 않는 게 어떨까요? 다 같이 방법을 생각해 봐요!"

백자화는 고개를 저었다.

"장문인은 반드시 대회에 나가야 한다. 내가 중독되었다는 소식이 퍼지면 장류산은 큰 혼란에 빠질 것이다. 이 독은 해약이 없으니, 네 사백과 사숙이 알면 쓸데없이 걱정만 더할 뿐이다."

"하지만, 남우회가 이 일을 단춘추 같은 사람에게 알렸을 수도 있잖아요."

"그럴 리 없다. 이후각 사람이 손을 썼으니 말을 할 수 없을 것이다. 아니면 그들이 그렇게 쉽게 남우회를 놔주지 않았겠지."

화천골은 알 듯 말 듯 고개를 끄덕였다.

"사부님, 제가 상처를 치료해 드릴게요."

그렇게 말한 후 그녀는 그에게 진기를 주입해 주려 했다. 하지만 백자화가 그녀를 저지했다.

"선검대회까지 내력을 남겨 두어라. 늦었으니 그만 돌아가 쉬어라."

화천골은 그제야 물러났다.

선검대회의 날이 다가왔다. 화천골은 아침 일찍부터 백자화의 문 앞에서 기다렸다.

"소골, 들어오너라."

"예, 사부님."

화천골은 안으로 들어갔다. 밤새 한숨도 자지 못해 눈 밑이 검었다.

백자화는 예전처럼 머리를 길게 풀고 있었다. 화천골은 그의 뒤로 돌아가 빗을 들었다.

"사부님, 제가 해 드릴게요!"

백자화가 고개를 끄덕이자 화천골은 자그마한 손으로 그의 긴 머리칼을 잡았다. 여전히 빗질을 할 필요도 없을 정도로 부드러워, 금방 간단하고 고운 모양으로 묶었다. 백자화는 거울을 보았다. 문득, 화천골이 처음 머리를 빗겨 줄 때의 굼뜬 모습이 생각나 저도 모르게 가슴이 따뜻해졌다.

"가자!"

"사부님!"

화천골은 그의 앞으로 가서 팔을 들었다.

"괜찮다, 소골. 독이 발작하기에는 아직 이르다."

"사부님께서 못 버티시다 사백께서 알아채실까 봐 걱정돼요."

백자화는 고개를 숙여 그녀의 손목에 가득한 자신의 잇자국을 바라보았다. 마음이 아련하게 아파 왔다. 화천골은 황급히 손을 거두고 다른 쪽 손을 내밀었다.

"다른 손으로 바꿀까요?"

백자화가 부드럽게 그녀의 왼손을 잡아 입으로 가져갔다.

"오른손은 조금 있다가 어검술을 해야지."

나비의 입맞춤처럼, 차가운 입술이 부드럽게 내려앉았다. 화천골은 마음이 어지러워 차마 그를 바라보지 못했다. 매번 이때가 그녀로서는 가장 견디기 힘들었다. 자신의 몸 속에 있는 피가 그의 몸으로 흘러 들어간다는 사실을 느끼기만 해도 심장이 미친 듯이 뛰어 어찌할 바를 몰랐다.

잠시 후 백자화가 그녀를 놓아주고, 살며시 그녀의 팔을 쓰다듬어 남겨진 상처를 하나하나 지워 주었다. 화천골의 마음은 슬픔으로 가득 찼다. 만약 사부가 자신이 품고 있는 생각을 알게 된다면 다시는 이렇게 어린아이 대하듯 아무 방비 없이 보살피고 보호해 주지 않을 것이다. 그녀는 사부에게 미움받고 싶지 않았다. 그러니 죽는 한이 있어도 사부가 알게 할 수는 없었다!

선검대회는 순조롭게 진행되었다. 높은 무대 위 백자화 옆에 선 화천골은 예만천이 득의양양하게 고개를 들고 자신을 향해 웃는 모습을 바라보았다. 수천 마리의 개미가 심장을 물어뜯는 것만 같았다.

이번에 각 문파에서 보낸 사람은 작년보다 훨씬 많았고, 시합도 무척 훌륭했다. 하지만 화천골은 구경할 마음이 없었다. 낙십일 등 사부가 된 사람들은 시합에 참가할 필요가 없었기 때문에 마음 쓸 일도 없었다.

사부가 있는 조에서 마지막 남은 네 사람은 화천골과 예만천, 삭풍, 운단이었다. 화천골은 삭풍과 먼저 싸우기를 바랐다. 그의 손에 지는 것이 예만천에게 지는 것보다 나았다. 하지만 하늘은 그녀의 바람대로 해 주지 않아, 삭풍은 운단과 싸우고, 그녀는 예만천과 싸우게 되었다. 어차피 질 거라면 아무도 눈치채지 못하게 져야 했다. 예만천보다 실력이 훨씬 뛰어난 그녀에게는 정말이지 어려운 문제였다.

마지막 시합들이 벌어지는 장소는 그 범위가 무척 넓어, 산을 오르거나 바다로 나갈 수도 있었고, 하늘 높이 오르거나 땅에 내려서는 것도 허락되었다. 예만천은 공중에 서서 쌍검을 들었다. 두 사람은 각자 딴생각을 하며 서로를 마주했다. 화천골은 단념검을 뽑지 않았다. 이런 시합에서 사부가 선물한 검을 모욕하고 싶지 않았기 때문이다.

두 사람은 서로 돌아가며 공격을 주고받았다. 화천골은 더 이상 지난날의 화천골이 아니었지만 패배라는 숙명에서 벗어날 수는 없었다.

삭풍과 낙십일 등은 그녀가 무언가로 인해 망설이고 있다는 사실을 곧 알아챘다. 그녀의 지금 법력이라면 예만천을 상대로 이렇게 오래 끌 리가 없었다.

화천골은 억울하고 내키지 않아 백자화를 바라보았다. 그가 오랫동안의 수련 성과를 보고 싶어 한다는 것은 알지만, 그를 실망시킬 수밖에 없었다.

두 사람은 점점 더 격렬하게 싸우며 높이 올라갔다. 예만천의 검에서 거대한 덩굴이 자라나 화천골을 단단히 묶었다. 그런 다음 또 다른 덩굴이 두 사람을 가두어, 마치 거대한 녹색 구체가 되어 사람들의 시선을 가렸다.

"패배를 시인해야지?"

예만천이 아름답게 웃었다. 지난번 화천골의 피가 묻어 벽락검이 망가진 경험이 있는 그녀는 검 대신 오른손 가운뎃손가락에 날카로운 고드름을 만들어 화천골을 찔렀다. 화천골은 멈 칫했지만 피하지 않고 고드름이 배를 찌르도록 내버려 두었다. 슬프고 애통했다.

'결국 지난번과 똑같구나!'

예만천이 통쾌하게 웃었다. 이 기회를 놓칠 수는 없었다. 그 녀는 연속해서 화천골의 몸을 때려 순식간에 화천골의 근육과 경맥을 몇 군데나 끊어 버렸다. 그러나 그녀가 이를 악물고 비 명도 지르지 않는 것을 보자 저도 모르게 화가 치밀었다.

— 정말 뜻밖이야. 존상에 대한 정이 그렇게 깊다니. 감동해 서 죽을 것 같구나.

예만천은 전음을 써서 말하며 또다시 고드름을 깊이 찔렀다.

— 정말 말 잘 듣는 개로구나. 날 이렇게 즐겁게 한 사람은 정말 오랜만인걸. 말해 봐, 이제 내가 널 어떻게 할 것 같아? 늘 우리 사부에게 붙어 있는 그 더러운 애벌레를 어떻게 하면 좋겠어?

그 말을 듣자 화천골이 몸을 부르르 떨며 고개를 들고는 화 난 눈길로 그녀를 바라보았다. 예만천은 위압적이고 날카로운 그녀의 눈빛에 저도 모르게 가슴이 철렁했다. 격분한 그녀는 또다시 세 번째 고드름으로 화천골의 배를 찔렀지만, 화천골이 단번에 박살냈다. 예만천은 은근히 겁이 나기 시작했다.

"잊지 마. 네 칼자루는 내가 쥐고 있다는 것을!"

화천골은 깊이를 알 수 없는 눈빛으로 그녀를 바라보며 아 무 말도 하지 않았다. 그녀는 한 번도 사람을 죽여 본 적이 없었다. 하지만 그들은 높은 곳에 있었고, 바깥에 보호막과 빛의 장막이 쳐져 있어 모든 것과 단절되어 있었다. 아래에 있는 사람들은 그들을 볼 수도 느낄 수도 없었다. 그러니 예만천이 죽더라도 싸우다가 실수로 벌어진 일로 위장할 수 있었다.

처벌을 받더라도 받아들일 것이다. 예만천을 없앨 수만 있다면. 그렇지 않으면 앞으로 계속 그녀의 강요와 핍박을 받아야 하고, 그 일은 영원히 끝나지 않을 것이다. 그녀는 예만천을 너무나 잘 알고 있었다. 그녀 자신에게 강요하는 것은 상관없었다. 하지만……

'아무도 당보를 해칠 수 없어!'

화천골의 눈에서 갑자기 살기가 세차게 솟구쳤다. 그녀는 예만천이 손수건을 숨긴 허정을 망가뜨리려고 손을 뻗었다. 그녀에게 가장 중요한 비밀. 아무도 그 비밀을 알아서는 안 되었다!

그녀의 손이 심장을 꿰뚫으려는 순간, 멀리서 거대한 빛이 날아들어 덩굴을 부수고 그녀의 등을 힘껏 내리쳤다. 화천골은 왈칵 피를 토하며 거칠게 땅으로 곤두박질쳤다. 그리고 한참 동안 일어나지 못했다. 그녀와 다른 사람들이 무슨 일이 일어났는지 깨닫기도 전에, 하얀 그림자가 그녀 앞으로 날아왔다.

"사부님……"

그녀는 온 힘을 다해 몸을 일으켜 황공한 태도로 무릎을 꿇었다. 몸이 부들부들 떨리고, 차마 고개를 들 수가 없었다.

시합장에 있는 수천 명의 사람들은 무슨 일이 있었는지 몰

라 멍해졌다. 더욱 예사롭지 않은 것은, 백자화가 이렇게 화를
내며 사람들 앞에서 제자를 때린 적은 한 번도 없었다는 사실
이었다.

예만천은 등에 식은땀이 가득했고 다리가 후들거렸다. 그녀
도 무슨 일인지 확실히는 몰랐으나, 존상이 때맞춰 나서지 않
았다면 화천골의 손에 죽을 뻔했다는 것은 알고 있었다.

백자화는 바닥에 꿇어앉아 놀라서 덜덜 떠는 제자를 바라보
았다. 그의 입술에는 혈색이 없고, 얼굴도 시퍼랬으며, 눈동자
에는 억누를 수 없는 분노의 불꽃이 타오르고 있었다. 그는 소
매를 한번 매섭게 휘두르더니, 몸을 돌려 바람을 타고 곧장 절
정전으로 돌아갔다.

백자화에게 뺨을 맞은 화천골은 얼굴이 빨갛게 부어오르고,
입가에는 피가 흘렀다. 그녀의 눈은 텅 빈 것처럼 아무런 빛도
없었다. 경수가 황급히 달려와 그녀를 힘껏 흔들었지만, 그녀
는 바보처럼 넋이 나가 아무 반응이 없었다.

"사부님……."

그녀가 갑자기 깨어난 사람처럼, 주위를 둘러싼 사람들을
무시하고 빠르게 절정전으로 날아갔다. 예만천은 떠나가는 그
녀의 모습을 보며 기쁨을 감출 수가 없었다. 이렇게 되면 우승
은 그녀의 것이 분명했다. 존상이 저렇게까지 화를 내고 화천
골은 벌을 받게 되었으니, 이런 결과도 나쁘지 않았다.

'하지만…….'

그녀는 이마에 맺힌 식은땀을 닦았다. 아직도 심장이 오싹

했다. 방금 본 화천골의 모습은 너무나도 무서웠다.

"사부님, 제가 잘못했어요. 사부님, 잘못했어요. 사부님……."

화천골은 백자화의 방 문 앞에 꿇어앉아 미친 사람처럼 머리를 찧었다. 이마가 터지고, 고드름에 찔린 배에서도 피가 흘러 바닥은 온통 그녀의 피였다.

방 안에 있는 백자화는 감정을 다스릴 수 없어 당장이라도 폭발할 것 같았다. 그는 차분하게 찻잔을 들고 필사적으로 떨림을 억눌렀다. 그러나 차를 입으로 가져가기도 전에 찻잔은 그의 손아귀에서 바스러졌다.

'이 백자화가 가르친 제자건만! 별것도 아닌 선검대회에서 이기기 위해 수단과 방법을 가리지 않고 동문 사형제에게 살기를 품고, 흉악하고 독한 짓을 하다니! 오랫동안 돌보고 마음을 쏟아 가르친 결과 저런 못된 것을 키워 냈다니!'

수백 년 동안 이렇게 울화가 치민 적이 없었다. 실망인지, 아니면 다른 어떤 것인지 알 수가 없었다. 그가 정말로 그녀의 성격과 운명을 바꿀 수 없다면, 훗날 그녀가 창생에 화를 미치기 전에 지금 친히 죽이는 것이 나았다. 그녀는 그의 진전을 이어받았고, 신분 또한 높았다. 그러니 만약 언젠가 그가 죽으면 누가 그녀를 막을 수 있을까?

이렇게 생각하자 그의 손이 떨리기 시작했고, 손바닥은 뜨겁게 타올랐다. 조금 전 그렇게 심하게 그녀의 뺨을 때렸지만, 그라고 마음이 좋을 리 없었다. 이렇게 통제력을 잃은 적은 없었다. 보아하니 독이 점점 더 무섭게 그의 몸을 갉아먹어 곧 선신을 잃을 것 같았다.

화천골은 여전히 밖에서 미친 듯이 울며 애원하고 있었다. 그는 얼음처럼 차가운 얼굴로 침대에 앉아 꼼짝도 하지 않았다. 광풍이 일고, 검은 구름이 하늘을 덮었다. 잠시 후 콩알만 한 빗방울이 억수처럼 쏟아졌다. 화천골은 목이 다 쉬었다. 왜소한 몸집은 폭우에 젖어 언제 쓰러져도 이상하지 않을 것 같았지만, 여전히 머리를 찧고 있었다. 다만 그 속도는 점점 느려졌다.

폭우는 하루 밤낮 동안 이어졌고, 그녀는 문 앞에서 하루 밤낮 동안 머리를 찧었다. 빗속에서 몇 번이나 혼절했지만, 깨어나면 다시 일어나 머리를 조아리며 사부에게 용서를 빌었다.

그녀의 피는 빗물을 따라 정원을 적셨고, 천 년 동안 지지 않던 복숭아나무가 하룻밤 만에 모두 말라 죽었다. 생소묵이 백자화를 찾으러 절정전에 왔다가 빗속에 쓰러진 화천골을 발견하고, 황급히 그녀를 구해 방 안으로 데려갈 때까지, 백자화의 방 문은 열리지 않았다.

28. 유구무언

생소묵은 은 통소를 손가락 사이에서 빙빙 돌리며, 나른하면서도 태연하게 문을 열고 들어갔다. 그는 침대 위에 단정히 앉아 있는 백자화를 보지도 않고 의자에 턱 앉아, 알아서 차를 따라 마셨다.

"왜, 어디 다치셨어요?"

백자화가 잘 숨기긴 했으나, 예만천을 구할 때 상태가 드러나고 말았다. 다른 사람은 몰라도 그의 눈을 속일 수는 없었다. 백자화는 고개를 끄덕였다.

"사형께는 말하지 마라."

"큰 상처는 아닌가 봐요?"

백자화가 대답이 없자 생소묵은 눈을 찌푸렸다.

"무슨 상처인데요?"

"복원정의 독이다."

생소묵은 가볍게 탄식했다.

"서둘러 장문 자리를 물려줄 일을 처리해야겠군요. 남길 말씀이 있으시면 제게 말씀하세요."

그러더니 그는 일어나 문 쪽으로 향했다. 그 얼굴에는 조금도 슬퍼하거나 걱정하는 표정이 없었다.

그가 문을 나설 때에야 백자화가 무덤덤하게 입을 열었다.

"소골을 어떻게 했느냐?"

생소묵은 입가에 장난스런 웃음을 떠올리며 끙끙거렸다.

"계속 그렇게 머리를 찧다간 피가 절성선을 뒤넢을까 봐 석정스럽더군요. 죽는 거야 상관없지만 저 진귀한 화초를 망가뜨리는 건 죄악이지요. 그래서 냉실에 던져 놓았습니다. 피가 얼면 더 이상 흐르지 않을 테죠, 뭐. 이 문 앞에서 사형의 눈에 거슬릴 일도 없고요."

백자화는 손가락을 움찔했지만 아무 말도 하지 않았다. 생소묵이 그를 돌아보았다.

"사부님께서 예전에 이런 말씀을 하셨죠. 우리 세 사형제 중에서 사형이 가장 무심하고 편안해 보이지만 사실은 가장 원칙적이고 가장 고집스러운 사람이라고요. 그 말씀이 틀리지 않았어요."

그는 몇 걸음 가다 말고 뭔가 생각났는지 다시 돌아보며 말했다.

"하지만, 전 사형이 그렇게까지 아무 사심 없고 공정하기만

276

한 사람이라고는 믿지 않아요. 천골이 정말 그런 아이라고 생각하신다면 대사형에게 넘겨 계율당의 처벌을 받게 하면 됩니다. 동문을 살해하려 한 것은 죽을죄지요. 하긴, 그렇게 오래 함께 지냈고, 제자라고는 그 애밖에 없으니 아무래도 미련이 있겠군요. 직접 하기 어려우시면 제가 대신 사형에게 데려갈까요?"

"내 일이니 네가 걱정할 필요 없다."

백자화가 차갑게 말했다. 생소묵은 어깨를 으쓱하더니 웃음기 어린 눈으로 떠나갔다.

생소묵이 절정전을 떠나기 무섭게 백자화는 냉실로 달려갔다. 비와 피를 뒤집어쓴 화천골은 꽁꽁 얼어붙어, 얼굴은 창백하고 입술은 파랗게 변한 채 바닥에 누워 겨우 숨만 쉬고 있었다. 백자화는 노기가 치밀었다. 생소묵은 늘 그를 따라다니고 성가시게 하며 무슨 일이든 장난처럼 처리했다. 백자화는 그녀를 가볍게 안아 들고 밖으로 나가면서, 진기를 그녀의 몸 속에 흘려 넣었다.

그는 그녀의 얼굴을 보고 싶지 않았다. 아련하게 가슴 아픈 그 느낌이 싫어서였다.

그는 본래 무정하고 욕망이 없었다. 하물며 화천골은 발육이 전혀 안 된 어린아이여서 전혀 꺼릴 이유가 없었다. 어차피 이 절정전에는 시중을 들 다른 사람이 없었기 때문에, 그는 고개를 돌린 채 재빨리 화천골의 젖은 옷을 갈아입혔다.

하지만 자신이 중독되었다는 것은 잊고 있었다. 가슴에서 불길과 굶주림이 타오르기 시작했다. 공기 속에는 맹독에 중독된 그에게 몹시 유혹적인 비린내가 퍼져 있었다. 맹독이 그의 몸 속에서 용틀임 치며, 화천골의 새빨간 피에 대한 갈망을 가득 채웠다.

처음 그녀의 피를 마신 이유는 목숨을 부지하기 위해서였지만, 시간이 흐르면서 이제는 중독이 되고 말았다. 그녀를 볼 때마다 피를 빨고 싶은 마음을 힘껏 억눌러야 했다. 그 욕망은 그에게는 무척 낯설었다. 그는 혼란스럽고 어쩔 줄 몰라, 가능한 한 그녀를 피했다. 하지만 그녀는 스스로를 쟁반에 얹어 그 앞으로 내밀어 참는 것조차 어렵게 만들었다.

"사부님, 잘못했어요……."

침대에 누운 그녀가 고통스러운 듯 눈을 찌푸리며 꿈속에서 중얼거렸다. 창백한 얼굴은 고통 때문에 식은땀으로 가득했고, 추위에 몸을 덜덜 떨었다.

백자화는 가볍게 탄식하며 그녀를 품에 안고 더 많은 진기를 흘려 보냈다. 수년 간 밤낮으로 함께했는데, 이 아이가 어떤 사람인지 왜 모르겠는가. 하지만 기대가 너무 높았기 때문에 순간적으로 받아들이기가 어려웠다. '사랑이 깊으면 탓하는 일도 많다.'는 말이 있듯이.

몸 속의 맹독 때문에 의지도 인내심도 차츰 사라져 갔다. 그 순간 그는 정말 정신이 나갈 만큼 화천골에게 화가 났다. 그래서 앞뒤 생각할 것도 없이 매섭게 뺨을 올려붙인 것이다.

'평생 이렇게 냉정하지 못했던 적이 없었는데……. 이 아이에게 너무 관심이 많았기 때문일까? 감정과 이성이 모두 이 아이에게 이끌려 여러 가지 일들을 명확히 볼 수 없게 된 걸까?'

백자화의 마음속에서 어렴풋이 화가 치솟았다. 화천골에게 화가 난 것이 아니라 자기 자신을 향한 분노였다. 맹독에 당한 후 쓸데없이 영문을 모를 감정들이 많이 생겨난 자신에게 화가 났다. 감정을 제어하지 못해 이렇게까지 통제력을 잃은 것은 처음이었다. 어쩌면 이제 떠날 때인지도 모른다. 나날이 늘어가는 마성 때문에, 장류산에 계속 남아 있다가는 무슨 일을 벌일지 그 자신도 알 수 없었다.

화천골의 어린아이 같은 몸이 그의 품 속에서 바르르 떨었다. 그는 마음속 깊은 곳에서 솟아오르는 가련함과 안타까움을 모르는 척하려고 애쓰며, 너무 심하게 책망하지 않았나 하며 스스로를 나무랐다.

그는 본래 운명을 믿지 않았다. 그래서 화천골을 받아들인 것이다. 그동안 그는 자신의 가르침에 크게 자신이 있었다기보다는 화천골을 믿었다. 이 아이는 굳세고 총명하고 용감했으며, 또 의지력도 있었다. 게다가 이제는 자신의 운명을 움켜쥘 능력도 갖추었다. 그러니 그가 할 일은 올바른 길로 이끌어 주는 것뿐이었다.

하지만 처음부터 끝까지, 그녀의 흉악한 운명은 그녀를 누차 어려움에 빠뜨렸고, 다른 사람에게까지 재앙을 가져왔다. 평범한 여자로 태어났다면 좋았겠지만, 이상한 힘을 가지고 있는 이상, 그녀가 사악한 길로 빠져 중생의 재앙이 된다면, 그는 대의를 위해 조금도 망설이지 않고 그녀를 제거할 것이다.

화천골이 정신을 차렸을 때는 이미 몇 시간이 지난 후였지
만, 백자화는 그때까지 그녀를 어린아이처럼 품에 안고 있었
다. 머리가 무척 복잡했고, 많은 생각이 들었다.

눈을 떠 그를 본 화천골은 절망 속에서도 끝없는 기쁨이 샘
솟는 것을 느꼈다.

"사부님, 용서해 주세요. 절 모르는 척하지 말아 주세요……."

화천골은 조그마한 손으로 그의 옷자락을 잡고, 머리를 그
의 품에 파묻으며 낮게 흐느꼈다. 백자화는 마음이 풀어졌다.
아무튼 그녀는 아직 어린아이였다.

"시합에서 왜 그렇게 심하게 했느냐? 이 사부가 법술을 가르
친 것은, 네게 사람을 죽이라는 뜻이 아니었다!"

오히려 앞으로의 험난한 길에서 그가 없더라도 스스로를 보
호할 수 있기를 바라서였다.

사부가 해명을 들어 주려 하자, 화천골도 사부의 화가 많이
풀려 돌이킬 여지가 있다는 것을 깨달았다. 하지만 그 이유만
큼은 사부에게 밝힐 수가 없었다.

"죄송해요, 사부님. 일시적인 호승심에 그만……. 잘못했어
요, 다시는 안 그럴게요. 용서해 주세요, 사부님……."

백자화가 엄한 표정으로 그녀를 바라보았다.

"사부의 눈이 먼 줄 아느냐? 처음에는 계속 양보만 하다가
마지막에 갑자기 마음먹고 살수를 쓰지 않았느냐? 대체 무슨

속사정이 있는지 정확히 말해 보아라!"

"저, 전⋯⋯."

화천골의 등에 식은땀이 흘렀다.

"제 잘못이에요. 잠시 정신이 나갔었나 봐요. 부디 벌해 주시고, 제발 절 버리지 마세요!"

백자화는 속에서 다시 화가 끓어올랐다. 그녀가 함부로 사람을 죽이려 해서가 아니라, 자신을 믿지 못하고 말을 하지 않으려 하기 때문이었다.

"몇 년 동안 너는 요리를 하면서도 닭 한 마리 죽이지 못했다. 그런데 시합에서 이기겠다고 동문을 몰래 죽이려 했단 말이냐?"

"사부님⋯⋯."

화천골은 침대 위에 무릎 꿇고 그를 향해 머리를 조아렸다. 어떤 벌을 받아도 좋지만, 무슨 일이 있어도 말할 수는 없었다. 그가 모든 것을 알게 되면 정말 끝장이었다.

"정말⋯⋯."

백자화는 영리하고 사리에 밝아 한 번도 그의 명을 거역한 적이 없는 화천골을 바라보았다. 화가 치밀자 독성이 발작해 몸이 살짝 휘청거렸다. 화천골이 황급히 그를 부축했다.

"사부님, 독이⋯⋯!"

화천골은 허둥지둥 소매를 걷었지만 백자화는 그녀를 밀어냈다. 그녀는 이미 피를 너무 많이 흘렸다. 그가 돌아서서 떠나려 했지만, 화천골이 있는 힘껏 그의 허리에 매달렸다.

"사부님, 제발요. 화낼 때 내시더라도 우선 독부터 누르세요. 그 다음 무슨 벌을 내리시든 달게 받겠어요!"

백자화는 그녀의 손에서 벗어날 수가 없었다. 머리가 점점 무거워지고 눈앞이 새빨개졌다. 피, 오직 피가 필요했다!

돌아서서 화천골을 보자 갑자기 눈앞이 먹을 쏟은 것처럼 까매졌다. 텅 빈 어둠 속에는 아무런 광채도 없었다. 빛이 모두 어둠 속에 빨려 들어간 것 같았다.

화천골은 온몸에 소름이 돋았다. 늘 함께했던 눈앞에 있는 사람이 갑자기 몹시 낯선 사람처럼 느껴졌다. 그녀는 손을 놓고 슬며시, 두려운 듯이 뒤로 물러서려고 했다. 하지만 그녀가 움직이기도 전에 몸이 둥실 떠올라 백자화에게 다가갔다.

"사부님!"

화천골은 놀라 비명을 질렀고, 이어 백자화가 오른쪽 목 언저리를 깨물었다. 그러자 마치 머리에서부터 얼음물을 뒤집어 쓴 것처럼, 화천골은 순식간에 목소리를 잃었다. 세상이 눈 깜짝할 사이 사라졌다…….

화천골은 힘없이 고개를 들고 숨을 할딱였다. 주위의 공기도 피를 따라 함께 흘러 나갔다. 나른해진 몸은 백자화의 손에 단단히 잡혀 있었다. 그 몸은 마치 한 줄기 풀처럼, 살짝만 힘을 줘도 꺾일 것 같았다.

복원정의 독은 치료약이 없었다. 설령 선인이라 해도 얼마 지나지 않아 석상처럼 몸이 굳고, 결국 재가 되고 만다. 백자화는 세상에서 손꼽히는 능력과 화천골의 피 덕분에 두 달 넘게 버틸 수 있었다. 그러나 조금 전 예만천을 구하고, 화천골에게 진기를 주입하는 바람에 독이 더욱 세차게 심장으로 흘러들었다. 지금까지는 억지로 버텼지만, 마침내 독성에 져 완전히 의식을 잃어버린 것이다.

피의 향기는 점점 그녀의 새하얀 피부에 스며드는 것 같았다. 목의 동맥은 손목보다 굵고, 피는 더욱 맛있고 빨아먹기도 쉬웠다. 종이같이 얇고도 가냘픈 피부는 그의 이에 손쉽게 뚫렸다. 조금 더 힘을 주면 혈관까지 닿을 정도였다. 피가 입술과 이 사이로 세차게 밀려들었다. 비리면서도 달콤한 향기는 세상 그 어떤 맛있는 술보다 훌륭했다.

화천골은 백자화의 코가 귓가에서 숨을 내뿜고, 그의 얼굴이 자신의 얼굴에 살짝 맞닿는 것을 느꼈다. 입술과 이는 목 언저리를 물고 빨았다. 아프면서도 상상할 수도 없이 편안하고 나른한 느낌이 들었다. 몸에서 모든 힘이 빠져나간 것 같아 발버둥을 칠 수도 없었다. 더구나 마치 연인처럼 그녀의 목에 얼굴을 묻은 사람이 사부라는 것은 생각조차 할 수 없었다.

야릇한 간지러움이 그녀의 온몸을 점령했다. 영혼이 전율하고, 머리칼마저 바르르 떨렸다. 화천골은 이상한 비명이나 신음을 지르지 않으려고 입술을 꼭 깨물었다. 하지만 그 기묘한 느낌은 피와 함께 몸 속에서 계속 솟아올랐다. 그녀는 살포시 숨을 몰아쉬었다. 더 이상 눈앞의 광경이 보이지 않았다. 오로지 늘 얼음장 같던 사부의 몸이 불처럼 뜨거운 것만 느낄 수 있었다.

그녀는 평소처럼 사부가 빨리 끝낼 것이라 생각했지만, 백자화는 마치 중독된 것처럼 내내 그녀를 놓아주지 않았다. 그녀의 몸에 있는 피를 모두 마셔 버릴 것 같았다. 화천골은 피를 너무 많이 흘려 머리가 점점 몽롱해졌다…….

'좋아. 이것이 사부님의 벌이라면, 기꺼이 받을 테야.'

의식이 점점 흐릿해지고, 손도 천천히 백자화의 등에서 늘어졌다. 그리고 마침내 완전히 정신을 잃었다.

또다시 깨어났을 때도, 여전히 자신의 방 안이었다. 몸이 나른하고 힘이 전혀 없었다. 방금 일어난 모든 것이 꿈만 같았다. 거울을 보니, 놀랍게도 목에 피를 빨린 잇자국이 두 개나 있었다. 잇자국 주변으로는 피를 빨려 생겨난 연붉은색 피멍이 들어 있었다. 마치 입맞춤의 흔적 같았다.

탁자 위에는 탕약 한 그릇이 놓여 있었다. 사부가 친히 달인 듯했다. 화천골의 외상은 거의 나아 있었다. 적어도 사나흘은 잤을 것이고, 사부는 분명히 온갖 귀한 약재와 자신의 내력을 잔뜩 써서 그녀를 치료했을 것이다. 화천골은 선신만 있지, 아직 득도하지 못했다. 때문에 장생불로할 수는 있어도 여전히 다치기는 쉬웠다.

"사부님……."

그녀는 멍하니 중얼거렸다. 몇 년을 함께했지만, 군선연에서 한 번 웃은 것을 제외하면 사부가 다른 표정을 짓는 것을 한 번도 본 적이 없었다. 그녀가 무슨 잘못을 하거나 그들이 위험에 처해도, 사부는 눈빛에서조차 감정을 드러내지 않았다. 그의 표정은 늘 침착하고 냉정해서, 차가우면서도 어딘지 범접할 수 없는 느낌이었다. 하지만 이번에는 화가 나서 직접 그녀를 때리기까지 했으니, 얼마나 화가 났는지, 얼마나 그녀에게 실망했는지 알 수 있었다.

화천골은 마음이 아릿했다. 억울해서 눈물이 쏟아질 것 같았다. 절대 일부러 그를 속이려던 게 아니었다. 누군가를 해치려던 것도 아니었다. 다만 누구도 그 일을 아는 것이 싫었을 뿐이었다.

이제 혼란을 틈타 몰래 예만천을 죽일 수 있는 기회는 사라졌다. 그때는 두 사람 주위에 법술로 보호막이 쳐져 있어서, 주변 사람들은 무슨 일이 벌어지는지 볼 수가 없었다. 다만 그녀와 늘 함께 지낸 사부만이 그녀의 살기를 느끼고 나선 것이 분명했다.

이제 예만천을 죽이는 것은 더욱 어렵게 되었다. 장류산처럼 경계가 삼엄한 곳에서, 어떻게 사람을 죽이고도 의심받지 않거나 발각되지 않을 수 있을까? 그리고 예만천이 살아 있는 이상, 손수건을 되찾아 온들 아무 소용이 없었다. 예만천이 함부로 말해 버려도 다른 사람들은 믿지 않을지도 모르지만, 만약 사부의 귀에 들어간다면 그녀는 끝장이었다.

'어떡해, 어떡하면 좋아! 정말 방법이 없는 걸까?'

화천골은 냉정해지려고 애썼다. 설령 사부가 그녀를 대역무도하고, 사조를 욕보이고, 동문을 해치는 사람이라 생각하게 되더라도, 어쨌든 죽는 한이 있어도 절대 예만천이 그 이야기

를 떠들게 놔둘 수는 없었다. 차라리 그녀와 함께 죽어 버리는
것이 나았다!

화천골은 비틀거리며 일어나 문을 열고 밖으로 나가려고 했
다. 사부의 독은 어떻게 되었을지 궁금했다. 의식을 되찾은 후,
자신이 통제 불능 상태로 그녀의 피를 빨았다는 것을 알게 되
었다면 분명 무척 견디기 힘들었을 것이다. 하지만 그의 탓이
아니었다. 이것은 분명 그녀의 잘못이었다! 그를 해독시킬 수
만 있다면 하늘과 땅이 무너져도 두렵지 않았다. 자신을 푹 삶
고 다져 탕을 만들어 바치라고 해도 기꺼이 그럴 수 있었다.

정오의 태양이 환하게 내리쬐었다. 화천골은 눈이 부셔 제
대로 눈을 뜰 수가 없었다. 비틀거리다가 앞으로 고꾸라지려는
데, 갑자기 힘센 팔 두 개가 그녀를 붙잡았다.

고개를 들어 보니 놀랍게도 동방욱경이었다. 어깨에는 당보
가 붙어 있었다. 순간, 어찌할 바 모르고 갈팡질팡하던 마음과
슬픔, 억울함이 폭발해, 화천골은 그대로 그의 품으로 달려들
었다.

동방욱경은 눈을 잔뜩 찌푸린 채, 종이처럼 하얗고 핏기 하
나 없는 그녀의 얼굴과 움푹 들어간 눈을 바라보았다. 그는 마
음이 아파 가볍게 한숨을 쉬며 그녀를 꼭 끌어안았다.

"골두 엄마, 우리 왔어……."

당보가 그녀의 얼굴에 붙어 꿈틀거렸다. 화천골은 애써 웃
음을 지어 보였다. 감격으로 손이 떨렸다.

"어디 갔었어? 이제 엄마가 필요 없는 줄 알았잖아."

당보는 그녀의 얼굴에 힘껏 뽀뽀했다.

"아빠를 찾아갔었어. 존상을 해독할 방법을 찾아보려고."

"찾았어?"

화천골이 흥분해서 동방욱경을 바라보았다. 동방욱경은 한참 동안 말이 없더니, 몸을 숙이고 그녀의 조그만 얼굴을 쓰다듬으며 마음 아픈 듯 말했다.

"어쩌다 이렇게 야위었소?"

화천골은 코끝이 시큰해져 동방욱경의 손을 잡았다. 터무니없게도 따뜻함과 믿음이 느껴져, 결국 낱낱이 털어놓고 말았다.

"내 손수건을 예만천에게 빼앗겼는데, 예만천이 날 협박했어요. 선검대회에서 그녀를 죽이려고 했는데, 사부님께 들켜서……."

"손수건이라니? 무슨 손수건인데 그렇게까지 협박을 당하고, 심지어 그녀를 죽일 생각까지 했소?"

동방욱경이 그녀를 바라보며 물었다. 날카로운 눈빛은 이미 모든 것을 간파한 것 같았다.

"그건……. 그녀가 내 비밀을 알았기 때문에……."

화천골은 차마 그를 볼 수가 없었다. 동방욱경이 눈을 가늘게 뜨며 웃는 듯 아닌 듯한 목소리로 말했다.

"비밀? 내가 있는 한 비밀이란 없소."

화천골은 깜짝 놀라 휘둥그레진 눈으로 그를 올려다보았다. 갑자기 동방욱경이 무척 낯설면서도 무척 익숙하게 느껴졌다.

"당신이 해결할 방법이 없다면, 내가 도와주겠소."

그가 천천히 말했다. 그 목소리는 신비로운 환상처럼 부드럽고도 기괴했다. 화천골은 천천히 그의 손을 놓고 뒤로 물러났다. 그리고 쓴웃음을 지었다.

"좋아요, 말할게요. 대가를 원한다면, 내가 줄 수 있는 것은 뭐든 주겠어요."

동방욱경은 고개를 쳐들고 웃음을 터트렸다. 그의 웃는 얼굴을 여전히 삼월의 봄빛처럼 따스했다.

"언제부터 알았소?"

화천골은 하는 수 없다는 듯이 고개를 저었다.

"태백산에서도 약간 눈치챘지만 믿을 수가 없었어요. 시부님께서 중독되시고 위기에 빠졌을 때, 당보가 또 이후각 사람들을 데리고 구하러 온 것을 보고 확신이 생겼죠."

"그렇다면 다시 정식으로 소개해야겠군. 이 몸의 이름은 동방이東方異고 자字는 욱경이오. 금기서화와 기문둔갑, 기관술 등은 전혀 좋아하지 않지만, 정통하지 않은 것이 없소. 왕조의 교체와 육계의 흥망성쇠, 별의 변화도 모두 알지만 관심은 없소. 이후각의 365대 각주로서, 죽은 사람의 혀와 산 사람의 목숨을 수집하오……."

동방욱경은 얼굴을 마주하고 화천골을 지그시 내려다보았다.

"당신, 내가 두렵지 않소?"

화천골은 쓴웃음을 지었다.

"왜 두려워해요? 계속 날 돕고, 구해 주고, 내게 잘해 줬잖아요."

동방욱경의 입가에 의미심장한 미소가 떠올랐다.

"당신은 언제나 총명하고 영리한데, 백자화의 일이라면 바보가 되는군."

화천골은 역시 쓴웃음을 지었다.

"좀 더 일찍 눈치챘어야 했어요. 평범한 서생이 어떻게 그렇게 많은 것을 알고, 어떻게 기문이술에 능통할 수 있겠어요?"

동방욱경은 그녀의 머리칼을 쓰다듬으며 부드럽게 말했다.

"내가 속여서 밉소?"

화천골은 고개를 저었다.

"이유가 있었겠죠. 신분이 어떻든 당신은 당신이에요. 내게는 아무 차이가 없어요."

동방욱경이 두 눈 가득 웃음을 띠었다.

"나는 우리 골두의 이런 점이 좋단 말이야. 그래서 신분이 들통날까 봐 걱정한 적이 한 번도 없었소."

화천골은 고개를 돌려 무서운 얼굴로 당보를 힘껏 꼬집었다.

"이 못된 애벌레! 너까지 저 사람을 따라 오랫동안 날 속이다니! 그건 용서 못해!"

"으아앙! 잘못했어! 아빠, 살려 줘!"

당보는 황급히 동방욱경의 목 뒤로 숨었다. 동방욱경이 하하 웃었다.

'이렇게 가족처럼 영원히 함께할 수 있다면 좋을 텐데. 하지만…… 이미 늦었다.'

"처음 당신을 만났을 때가 생각나요. 커다란 망토를 두르고,

혀가 길게 늘어진 가면을 쓰고 있었죠. 마치 커다란 박쥐처럼 날 무척 놀라게 만들더니, 그 다음에는 케케묵은 바보 서생으로 변장해서 날 놀렸어요!"

"그러는 당신은, 무덤에서 캐낸 야생 무를 내게 주질 않나, 나중에는 강에서 목욕하는 것도 들키고……."

화천골이 얼굴을 붉히며 화를 냈다.

"일부러 그랬군요!"

동방욱경은 사악한 미소를 지었다.

"당신 몸을 봤기 때문에 책임감을 갖고 있는 거요. 보상을 위해 신기를 되찾게 해 주고, 당신의 근심을 없애 주고, 돌봐 주고, 지켜 주는 거요. 평생."

화천골의 몸이 부르르 떨렸다. 그녀는 고개를 숙였다.

"대가가 너무 커요. 이후각에게는 밑지는 장사잖아요."

동방욱경이 가볍게 탄식했다.

"하지만, 지금은 나도 예만천의 일만 도와줄 수 있소. 백자화의 독에 대해서 여러 가지 방법을 생각해 봤지만 다 소용이 없었소……."

화천골은 얼이 빠졌다. 마음의 준비는 했지만 그래도 지독하게 마음이 아팠다. 이후군까지 이렇게 말한다면 정말로 아무 희망이 없었다.

동방욱경은 순간적으로 무너지는 그녀의 표정을 보자 눈을 잔뜩 찌푸렸다. 그는 무슨 말을 하려다 말고 화제를 바꿨다.

"예만천이 그 비밀을 지키도록 하고 싶소, 아니면 죽여서 깨끗이 해결하고 싶소?"

동방욱경은 그런 말을 하면서도, 마치 오늘 어디서 식사를 할지 물어보는 것처럼 태연자약했다.

화천골은 어리둥절했다. 갑자기 백자화가 한 말이 생각났다.

"네게 법술을 가르친 것은 사람을 죽이라는 뜻이 아니었다."

"죽이지 않고도 비밀을 지키게 할 수 있다면 제일 좋죠. 하지만 예만천이 그렇게 할까요?"

예만천이 죽을죄를 지은 것은 아니었다. 시합 중에 그녀를 죽이려고 한 건 도무지 어쩔 도리가 없었기 때문이었다. 어린 새를 보호하는 어미 새처럼, 예만천이 앞으로 그녀 곁에 있는 사랑하는 사람들을 해칠 것이라 생각하는 순간 스스로를 제어할 수가 없었던 것이다.

동방욱경이 웃으며 말했다.

"내가 무얼 하는 사람인지 잊었소? 난 세상 사람들 자체에는 관심이 없지만, 그들의 혀는 모두 내 관할이지. 그중 하나가 내 말을 듣지 않으면 바로……."

동방욱경은 품에서 뱀 모양의 작은 금빛 칼 하나를 꺼냈다.

"잘라 버리지!"

화천골이 눈을 동그랗게 떴다.

"정말 그녀의 혀를 잘라 벙어리로 만들려는 건 아니죠?"

예만천이 만약 혀를 잘린다면, 그건 죽은 것과 다름없었다.

"말은 못해도 글을 쓸 수도 있고, 그림을 그릴 수도 있어요. 전음을 쓸 수도 있고요!"

'똑똑한 척하지만 정말 바보라니까!'

동방욱경이 그녀의 머리를 쓰다듬었다.

"걱정 마시오. 내가 깔끔하게 처리하겠소."

화천골은 곧 안심이 되었다. 며칠 동안 그녀는 늘 마음이 불안했다. 누군가에게 칼자루를 쥐어 주는 것은 정말 견디기 힘든 일이었다.

예만천은 탐람전의 자기 방에서 세존이 선검대회에서 우승한 포상으로 준 두 권의 비급을 보고 있었다. 이제부터 화천골이 순순히 자기 말을 들을 것이라 생각하자 무척 흥분되었다. 그때 뒤에서 누군가의 기척이 느껴졌다.

"누구야?"

그녀가 황급히 몸을 돌렸다.

'어떻게 다른 사람이 슬그머니 탐람전에 숨어들 수가 있지? 게다가 들키지도 않고 내 방까지 오다니!'

그녀가 입을 닫기도 전에 무엇인가가 입 안으로 들어왔다. 차가웠다. 그것이 목구멍을 따라 흘러 들어가자 그녀는 곧 몸을 움직일 수 없게 되었다.

"너는……, 동방욱경!"

예만천이 놀란 눈으로 그를 바라보았다. 태백산에서 불쑥 나타나 화천골을 도와 광야천을 물리치고 신기를 빼앗은 그 곱상한 서생이었다.

'설마⋯⋯. 설마 화천골이 날 죽이라고 보낸 걸까?'

예만천이 매섭게 소리쳤다.

"감히 날 건드려? 선검대회에서 날 죽이려고 할 때부터 이런 날이 올 줄 알았지. 그래서 그 손수건은 편지 한 장과 함께 법술로 숨겨 놨어. 내가 죽으면 그 편지는 자동적으로 세존과 유존의 손에 들어갈 거야!"

동방욱경은 그녀를 바라보며 부드럽게 웃었다. 그러나 예만천의 눈에 비친 그 웃음은 마치 마귀 같았다. 그녀는 이상한 생각이 들었다.

'화천골은 대체 어디서 이런 이상한 자를 알게 되었을까!'

"자, 입을 벌려라!"

예만천이 눈을 동그랗게 떴다. 놀랍게도 자신의 입이 정말 시키는 대로 천천히 벌어지는 게 아닌가.

"혀를 내밀어라."

동방욱경이 만족스럽게 고개를 끄덕이더니 품에서 뱀같이 생긴 작은 칼을 꺼냈다. 예만천은 공포에 질려 도리질을 치려고 애썼지만, 그녀의 몸은 그가 명령하는 부위 외에는 전혀 움직이지 않았고, 법술도 쓸 수가 없었다.

'안 돼! 안 돼! 저 남자는 대체 날 어쩌려는 거지? 설마 말을 못하게 혀를 자르려는 건 아니겠지! 이렇게 하면 발설하지 않을 거라고 생각하는 거야? 화천골, 너 정말 독하구나! 귀신이 되어서라도 널 놓아주지 않겠어!'

예만천이 무서워 눈을 감는 순간, 동방욱경이 칼로 자신의 가운뎃손가락을 긋더니, 피 묻은 손가락을 그녀의 혀에 살짝 댔다. 예만천은 강렬한 단맛이 치밀어 오르는 것을 느꼈다. 몸 구석구석이 그 달달한 맛에 젖어 노곤해졌다.

'그런데 사람의 피가 어쩜 이렇게 달까?'

공기 속으로 느끼할 정도의 단내가 퍼져 미각뿐 아니라 머리까지 마비되는 것 같았다.

동방욱경은 허공에서 수인을 맺으며 입으로 무언가를 중얼중얼했다. 마치 경문經文 같은 금색 글자가 환영처럼 그의 입에서 튀어나와 예만천의 이마로 들어갔다.

"뭐 하는 거야? 놓아줘! 놓아 달란 말이야! 사부님, 사조님! 살려 주세요!"

예만천은 마구 소리를 질렀지만, 주변은 이미 결계로 덮여 있어 아무 소용이 없었다.

"손수건을 어디에 두었지?"

'말해 주지 않을 테야. 내가 왜 말해 줘?'

하지만 그녀의 목소리는 이미 말을 하고 있었다.

"탁자 위에 있는 패물함에요."

동방욱경이 돌아서서 패물함을 들자 예만천은 화가 나 이를 갈았다.

"말해라. 그 누구에게도, 어떤 방식으로도 화천골의 비밀을 말하지 않겠다고."

예만천은 동방욱경의 기이한 웃음과 신비한 목소리에 몸이 부들부들 떨렸다. 세상에 이렇게 무시무시한 사람이 있다는 것을 생전 처음으로 깨달았다. 세존이나 헌원랑에게 사람을 짓누르는 힘이 있다면, 이 사람에게는 신비하고 환상적인 조종력이 있었다. 누구든 자기 마음과는 상관없이 그의 목소리와 눈빛, 그 미소 속에 빠져들고, 결국 몸과 영혼을 기꺼이 그에게 바치게 되는 것이다.

"나, 나는 누구에게든, 어떤 방식으로도 화천골의 비밀을 말하지 않겠어요."

그녀는 그렇게 말하는 자기 목소리가 무척 낯설게 느껴졌다. 도저히 자기 목소리 같지 않았다.

"그리고 오늘 일어난 일도 누구에게도 말하지 않을 것이다."

"누구에게도 오늘……, 오늘 일어난 일을 말하지 않겠어요."

예만천은 필사적으로 입술을 깨물었지만, 잘게 부서진 낱말들은 여전히 목구멍에서부터 튀어나왔다. 한 글자를 말할 때마다 그것은 금빛 글자가 되어 공중에 떠올랐다가 동방욱경이 꺼낸 하얀 손수건에 달라붙었다.

"착하구나!"

동방욱경은 손가락으로 그녀의 이마를 살짝 눌렀다. 금빛 글자들은 그녀의 머릿속으로 들어갔고, 빨간 핏자국만 남았다가 잠시 후 완전히 사라졌다. 동방욱경은 하얀 손수건을 자루에 넣고 웃으며 말했다.

"너도 도장을 찍어야지?"

예만천은 자기 손이 저절로 금색 칼날에 다가가 베이더니,

자루에 도장을 찍는 것을 보았다. 동방욱경이 만족스레 고개를 끄덕였다.

"좋아. 계약을 맺었으니 이만."

동방욱경은 두어 걸음 가다 말고 몸을 돌려, 다시금 아무 해도 끼치지 않을 것같이 부드러운 얼굴로 그녀를 바라보았다.

"우리 골두에게 상처를 입힌 게 너지? 어떻게 그럴 수가 있지? 동문 간이니 서로 아끼며 사랑해야지, 그렇게 괴롭히면 못써."

말을 마친 그는 손을 들어 예만천의 턱을 살짝 두드렸다. 예만천은 입 안에서 거친 파도가 일어나는 것 같았다. 턱이 얼얼해 감각을 완전히 잃었고, 혀조차 아무것도 느낄 수가 없었다.

"나는 여자를 때리지 않아서 이 정도로 끝낸다. 부디 다시는 그러지 말기를!"

동방욱경은 몸을 돌려 나갔다. 한참이 지나서야 예만천은 다시 몸을 움직일 수 있었다. 그녀는 황급히 낙십일을 찾아갔지만, 그는 당보가 돌아왔다는 소식에 벌써 절정전으로 가 버리고 없었다.

세존은 서재에서 업무 중이었다. 예만천은 그에게 한참 동안 손짓 발짓을 해 가며 노력했지만, 화천골과 동방욱경의 일을 얘기하려고 할 때마다 혀가 말을 듣지 않았고, 또 글로 쓸 수도 없었다. 그리고 그녀의 미각은 한 달이 꼬박 지난 후에야 겨우 회복되었다.

동방욱경이 돌아와 손수건을 건네주자, 화천골은 흥분해서 폴짝폴짝 뛰었다.

"어떻게 찾아왔어요?"

동방욱경이 대강 있었던 일을 이야기해 주자 화천골은 알 듯 말 듯 고개를 끄덕였다.

"어쩐지. 사부님께서 남우회가 아무 말도 하지 않을 거라고 하셨는데, 그 녹색 옷을 입은 언니가 손을 쓴 거군요. 이제 안심이에요. 뭐라고 해야 좋을지 모르겠어요. 지난번에도 나와 사부님을 구해 줬잖아요. 무슨 대가든 바라든, 내가 줄 수 있는 거라면 뭐든 줄게요. 뭐든 시켜요!"

동방욱경은 고개를 저었다.

"지난번의 일은 벌써 당보가 갚았소. 이후각에 그렇게 오랫동안 머물며 도움을 주었지. 그리고 이번에는 지난날 이후각이 당신에게 진 빚을 갚은 것뿐이오."

화천골은 그제야 이후군이 그녀의 세 가지 문제를 해결해 주겠다고 하던 것이 떠올랐다. 아직 하나가 남아 있었다.

"하지만 지난번에 태백산에서도 날 많이 도와주었잖아요."

"그때는 동방욱경이지 이후각주가 아니었소. 무얼 하든 내 자유요."

화천골은 감동한 눈길로 그를 바라보았다. 무슨 말을 해야 좋을지 알 수가 없었다.

"골두, 지금 나와 함께 떠나자고 해도 듣지 않으리라는 것을 알고 있소."

"그래요, 나는 사부님 곁에 있을 거예요."

"그는 얼마 남지 않았소."

"그러니 더욱 같이 있어야죠. 버틸 수 있을 때까지요."

"왜 그렇게까지 해야 하오? 언젠가는 죽을 텐데."

화천골은 담담하게 미소 지으며 고개를 숙였다.

"이제 깨달았어요. 사부님은 삶과 죽음이란 모두 허망한 것이라고 하셨죠. 선을 닦는 사람은 생사에 집착해서는 안 되며, 슬퍼할 필요도 없다고요. 선인이든 사람이든 귀신이든 중요하지 않아요. 난 그저 영원히 그분 곁에 있고 싶을 뿐이에요."

그러자 동방욱경의 얼굴에 전에 본 적 없는 울적한 표정이 떠올랐다. 때로는 너무 많이 아는 것도, 너무 잘 아는 것도 결코 좋은 일이 아니었다.

"좋은 것은 안 배우고, 쇠고집만 사부를 꼭 닮았군. 그가 죽으면 당신도 살 수 없을 거요. 당신에게 삶과 죽음이란 무처럼 간단하게 구덩이를 파서 묻으면 그만이겠지. 하지만 당보는 어떻게 될지 생각해 봤소? 그리고 나는?"

순간 화천골은 넋이 나갔다. 사부에 대한 자신의 감정을 알 듯이, 자신에 대한 동방욱경의 감정도 얼핏 느끼고 있었던 것이다.

동방욱경은 방 안을 왔다 갔다 하며 몇 바퀴 돌았다. 무척 심란한 것 같았다. 이렇게 된 이상 돌이킬 수 없었다. 그에게는 원래부터 선택의 여지가 없었다.

"백자화를 해독할 희망이 아주 없는 것은 아니오. 한 가지 방법이 있는데……."

화천골의 두 눈이 밤하늘에 불을 켠 별처럼 순식간에 생기로 반짝였다.

"무슨 방법이에요?"

동방욱경은 결심을 내린 듯 깊이 한숨을 내쉬었다.

"염수옥炎水玉이오."

화천골도 염수옥의 치료 능력이 세상에서 제일이며, 죽은 사람도 살리는 신기한 기능이 있다는 것을 알고 있었다. 그녀는 잘 모르겠다는 듯이 멍하니 그를 바라보았다.

"하지만 염수옥은 오랫동안 행방이 묘연하다면서요. 그리고 이미 깨졌다고 들었어요."

"상고시대 신기에는 요신의 거대한 힘이 봉인되어 있소. 깰수 있었다면 벌써 다른 선인들이 깨 버렸을 거요. 염수옥은 조각이 났지만, 여전히 세상 구석구석에 존재하고 있소."

화천골은 미칠 듯이 기뻐하며 그의 손을 붙잡았다.

"정말 잘됐어요! 드디어 사부님께서 살아나시게 됐군요."

동방욱경은 고개를 저으며 눈을 찌푸렸다.

"조각조각 부서진 옥을 하나씩 찾아낼 생각이오? 10분의 1을 찾아내기도 전에 당신 사부는 죽을 거요."

겨우 찾은 희망의 불씨는 순식간에 꺼져 버렸다.

"그래도 방법이 있을 거예요. 그렇죠?"

동방욱경은 화천골의 간절한 시선을 피했다.

"십방신기 사이에는 기묘한 관계가 있소. 신기들이 서로 상생상극을 이루니, 만약 그중 몇 가지를 찾아낸다면, 다른 것들의 위치는 이술異術을 통해 알아낼 수 있소. 아홉 개의 신기를 다 모을 수 있다면, 염수옥도 절로 얻을 수 있다는 말이오.”

화천골은 고개를 끄덕였다.

“그래서 단춘추도 서두르지 않고 하나씩 모으고 있었군요. 그렇죠?”

동방욱경은 가볍게 한숨을 쉬었다.

“그러니 내가 뭘 걱정하는지도 알겠지?”

“내가 아홉 개의 신기를 모아 염수옥으로 사부님을 해독해 주려고 할까 봐 걱정인 거죠? 목적은 다르지만 사실상 단춘추가 하는 일과 같으니까요. 모든 신기를 한곳에 모은다는 것은 무척 위험한 일이에요. 조금만 잘못해도 봉인이 풀려 요신이 나타날 수 있으니까요.”

동방욱경은 그 눈빛을 보고 그녀가 이미 결심했다는 것을 알 수 있었다. 그는 그녀의 얼굴을 돌려 자신을 보게 했다.

“당신 사부는 항상 천하 창생을 가장 먼저 생각했소. 그러니 그 자신이 죽는 한이 있어도 신기를 모아 요신이 나타날 기회를 주도록 허락하지 않을 거요.”

“그러니 반드시 사부님이 모르시게 해야죠.”

화천골의 눈빛은 어린아이 같은 겉모습과 달리 냉정하고 단호했다. 사부의 독을 없앨 수 있는 방법을 알고 나자, 오랫동안 당황하고 절망에 빠져 허공에 붕 떠 있던 마음이 닻을 내린 듯 순식간에 차분히 가라앉았다.

“온 힘을 다해 신기를 보호하겠어요. 요신이 나타나지 못하

300

게."

"하지만 신기들은 요마와 각 문파의 손에 흩어져 있소. 그리고 당신 사부의 허정 속에 있는 것도 있소. 그걸 다 어떻게 꺼낼 생각이오?"

"분명 방법이 있을 거예요!"

사부의 목숨이 달렸으니, 무슨 일이 있어도 얻어 내야 했다!

동방욱경은 또다시 장탄식을 했다.

"사실 나도 알고 있었소. 신기를 모으면 요신이 나타나 생명이 도탄에 빠진다고 알려 준들, 백자화를 구하기 위해서라면 당신은 그렇게 하리라는 걸 말이오. 그렇지 않소?"

화천골은 멍하니 고개를 저었다.

"나도 모르겠어요. 그럴지도 모르죠. 하지만 잘 생각해 봐야겠어요."

"어쩔 생각이오? 어쨌든 나는 보통 사람일 뿐이니 당신을 돕는 데도 한계가 있소. 그리고 이후각과 계약을 하려면 대가가 매우 커서 그럴 가치가 없소."

"당신을 끌어들일 수는 없어요. 무척 중대한 사안이라 선계가 알면 죽음이라는 벌을 피할 수 없을 테니까요."

동방욱경의 걱정스런 얼굴을 보자 화천골은 곧 웃음을 지어 보였다.

"걱정 말아요. 방법이 있을 거예요. 태백산의 위험도 넘긴 걸요. 내 실력을 믿으라고요. 나도 이제 어른이에요!"

비밀을 들킨 순간부터 그녀는 더 이상 어린아이인 척할 수 없었다.

동방욱경은 살며시 고개를 끄덕이며, 손을 뻗어 그녀를 품에 끌어안았다. 오늘부터 그녀가 혼자 걸어갈 길은 무척이나 위험했다. 그리고 그 모든 것은 그의 손으로 만든 것이었다.

동방욱경은 결국 손님일 뿐이었다. 이곳에 온 것도 당보를 바래다주기 위해서였으므로, 이튿날 바로 장류산을 떠났다. 화천골은 멀리까지 그를 배웅했다. 이유는 알 수 없지만, 기구한 운명 때문에 앞으로 다시 만나기가 쉽지 않다는 것을 느낄 수 있었다.

백자화는 며칠 후에야 폐관을 끝내고 나왔다. 그는 화천골을 보고도 마치 아무 일도 없었던 것처럼 행동했다. 어쩌면 그때 정신을 잃어 아무것도 기억하지 못하는 것일지도 모른다. 화천골은 기뻐하면서도 어쩐지 조금 실망스러웠다.

모든 것은 지금까지와 다름없었다. 다만 선검대회 때 일어난 일로 두 사람의 사이는 조금씩 멀어졌다. 백자화의 독은 점점 심해졌고, 성격도 점점 바뀌었다.

그는 화천골이 고집스럽게 예만천을 죽이려던 이유를 말하지 않자 더는 추궁하지 않았다. 하지만 그동안 자신이 화천골을 충분히 가르치지 못한 것이 아닌지 반성했다. '엄격한 스승 밑에 훌륭한 제자가 나고, 자상한 어머니 밑에는 패륜아가 많다.'는 말이 있었다. 이제 살날이 얼마 남지 않았으니, 마지막 힘을 다해 그녀가 일시적인 잘못으로 나쁜 길로 빠지지 않도록 잘 가르치는 수밖에 없었다. 그래서 백자화는 화천골에게 상냥하게 대하는 일이 드물고 늘 엄격하고 차갑게 대했다. 예전에도 그의 태도는 차갑고 무덤덤했지만 멀리 있는 느낌은 아니었다. 하지만 지금은 마치 천 리 밖으로 밀어낸 것 같아서 완전히 달랐다.

화천골은 다시는 함께 세상을 유람하던 그때처럼 매일 사부의 뒤를 따를 수가 없었다. 더욱이 가깝게 지내거나 어리광을 부릴 수도 없었다. 그녀도 완전히 말수가 줄어 그의 앞에서 떠드는 일이 거의 없어졌다. 웃는 일은 더욱 없었다. 태도도 언제나 조심스럽고 공손해서 마치 세존 마엄을 대하는 것 같았다. 다만 매일 그의 앞에 설 때면, 불을 지핀 듯 목이 뜨겁게 타오르는 것 같았다.

화천골이 매일 생각하는 것은 어떻게 신기를 얻어 사부를 해독시키는가였다. 경수 등 친구들과 있을 때도 넋을 잃기 일쑤였고, 언제나 걱정이 태산 같은 모습이었다.

백자화는 더 이상 그녀와 같이 식사하지 않았다. 매일 엄청난 양의 약만 먹었다. 그러나 화천골은 여전히 한 상 가득 밥을 차렸다. 향기롭고 단 음식에 고기와 채소도 있었지만 마치 돌을 씹는 것 같았다.

마음이 아팠지만 이런 것에 신경 쓸 시간이 없었다. 사부가 그녀를 어떻게 대하든 상관없었다. 지금 가장 중요한 것은 사부의 독을 없애는 것이었다. 그녀는 우적우적 밥을 퍼먹고, 억지로 피를 보충하는 음식과 약을 삼켰다.

백자화의 독이 발작하는 횟수는 점차 늘어났지만, 조금이라도 의식이 남아 있는 한 결코 그녀의 피를 마시지 않으려고 했다. 하지만 일단 의식을 잃으면 제어할 수가 없어, 한밤중이라도 피 냄새를 찾아 소리 없이 그녀의 침대로 다가와 자고 있는 그녀의 목을 물었다. 그녀는 놀라 꿈에서 깨곤 했다.

피가 몸에서 빠져나가는 느낌은 정말 이상했다. 아프면서도 나른하고 달달했다. 사부의 촉촉하고 뜨거운 콧김이 귓가에 닿고, 입술과 이가 목 언저리를 왔다 갔다 하며 빨 때면, 가만히 할딱이는 것 말고는 아무것도 할 수가 없었다.

이때가 백자화와 가장 가까이 있을 때였다. 심지어 그의 몸에서 솟아나는 냉기까지 느낄 수 있었다. 그녀는 그를 따뜻하게 해 주고 싶었지만, 차마 예의를 저버릴 수가 없어 뻣뻣하게 몸을 굳힌 채 그가 피를 빨도록 내버려 두기만 했다. 그리고 그가 독성을 억누를 만큼 피를 빨고 나면, 그녀는 그의 혈도를 눌러 잠들게 한 다음 그의 방으로 데려갔다.

반드시 자신을 건강하게 만들어야 했다. 그래야 피를 충분히 만들어 사부를 좀 더 버티게 할 수 있고, 신기를 모을 시간도 만들 수 있었다.

당보라는 정보원 덕분에 그녀는 한 달 동안 자료를 수집하고 정리하여 계획을 세웠다. 완전히 준비가 되자, 며칠 동안은 떠날 채비를 했다. 신기를 하나라도 잃어버리면 선계는 발칵 뒤집혀 더욱 경계를 높일 것이 분명했다. 그러니 반드시 단 한 번에 모든 신기를 얻어야 했다.

그사이 장류산에는 또다시 목검절이 찾아왔다. 이름에서도 알 수 있듯이, 목검절은 장류산에서 2년에 한 번씩 거행되는 제검대전祭劍大典으로, 모든 제자들이 의식에 따라 삼생지수에서 자신의 검을 씻으며 더러움을 제거하는 날이었다. 사람처럼 검도 악취를 제거하여 더욱 영민해지게 만드는 것이다.

이 행사는 선검대회처럼 다른 문파 사람들이 참가하는 것은 아니지만, 선검대회보다 더욱 성대하고 북적였다. 의식이 끝난 후 각자 활동을 하는데, 싸움 같은 것이 아니라 경기나 지능 계발, 놀이같이, 주로 오락 위주의 활동이었다. 밤에는 바다 위에 모닥불을 피우고, 밤하늘에 오색 빛깔 꽃등을 달았다. 그리고 각양각색의 종목과 공연이 있었다. 모두들 즐겁게 웃고 떠들고 춤추고 노래했다.

경기 종목은 어검궁술이었다. 비검을 타고 하늘 높이 올라가 별처럼 떠 있는 빛나는 공을 쏘아 맞히는 것으로, 많이 맞힐수록 큰 상을 받았다. 궁술이 뛰어난 제자들은 공중을 빙빙 돌며, 빙당호로처럼 줄줄이 꿰어진 공들을 화살 한 대로 꿰뚫었다.

그 외에도 공중 축국, 바다 밑에서 보물이나 물고기 찾기, 도옹 등의 나이 든 학자들이 내는 문제 풀기 등의 놀이가 있었다. 그중에는 재미없는 것도 있고 재미있는 것도 있었지만, 법술을 익히는 데 힘을 쏟는 사람들에게는 편안히 쉴 수 있는 기회이자, 동물과 자연을 가까이하며, 이른바 천인합일天人合一에 좀 더 일찍 다가갈 수 있는 날이었다.

백자화의 안색은 정상이라고 볼 수 없을 정도로 창백했고, 점점 더 얼음 조각상을 닮아 가 법술을 쓰지 않으면 가릴 수가 없었다. 그래서 그는 내내 모습을 드러내지 않았다.

화천골도 가고 싶지 않았다. 절정전에 남아 그를 보살피고 싶었지만 당보가 데굴데굴 구르며 떼를 쓰고, 경수의 초대를 거절할 수가 없어 나갔다. 그런데 장류대전에 도착하기 무섭게 예만천과 부딪혔다.

화천골은 지금껏 가능한 한 그녀를 피했다. 사부님이 오해하고 계시니 또다시 예만천과 충돌할 수는 없었던 것이다.

예만천은 그녀를 보자 화가 나 속이 뒤집혔다.

"화천골, 너…… 너…… 너……."

동방욱경의 일을 꺼내려고 하자 말문이 막히고, 혀도 말을 듣지 않았다.

"너, 너, 너라니? 내가 뭐?"

화천골은 우습다는 듯이 그녀를 바라보았다. 예만천은 핏대를 올리며 발길질을 했다.

"그래, 너 잘났다! 화천골, 기억해 둬. 반드시 언젠가 백배 천배로 갚아 줄 테니까!"

화천골은 노기등등하게 떠나는 그녀를 보며 가만히 한숨을 쉬었다. 아무래도 이 일로 더욱 골이 깊어진 것 같았다.

29. 핏빛 입맞춤

삭풍은 공중에서 발끝으로 투명한 꽃등을 살짝 밟았다. 아무렇게나 풀어헤친 머리카락이 밤하늘에 어지럽게 휘날렸다. 검은 천으로 얼굴을 가렸지만, 여전히 깊이를 헤아릴 수 없는 눈동자가 밖으로 드러나 있었다.

그는 높은 곳에서 조용히, 아래에 있는 화천골을 내려다보았다. 그는 말을 잘하는 사람이 아니었다. 그래서 요즘에는 묵묵히 그녀를 지켜보기만 했다. 사람들이 다 함께 술을 마시며 노래할 때도 그는 적당한 거리를 두고 구석에 조용히 앉아 있었다. 이 정도가 좋았다.

하지만 이번에 장류산으로 돌아온 그녀는 예전과는 확실히 달랐다. 마치 늘 사람들을 피하는 것 같았다. 하루 종일 걱정에 싸여 있는 것 같고, 간혹 넋을 잃곤 했다.

그는 몰랐다. 이 세상에는 그가 모르는 일이 너무 많았다. 그래서 그는 늘 배우고 관찰하려고 힘썼다. 하지만 화천골은 수정 같았다. 그 자신조차 그녀가 어떤 사람인지 척 보면 알 수 있었으니까. 하지만 지금 그 수정에는 얇고 우울한 물안개가 덧씌워져 아무리 해도 볼 수가 없었다.

"당보, 나하고 놀자. 바다 속에 들어가서 공연을 보는 건 어때?"

낙십일이 아무런 꿍꿍이도 없는 듯한 미소를 지으며 말했다.

"음⋯⋯."

당보는 고개를 돌려 창백한 화천골을 바라보았다. 골두와 좀 더 있고 싶었다. 요즘 그녀는 무척 지쳐 있었다.

화천골은 무슨 말을 하려다가 결국 삼키고는 웃으며 당보에게 손을 흔들었다.

"가 봐. 신나게 놀아. 나는 좀 피곤해서 곧 돌아갈 거야. 안 기다릴게."

떠나는 낙십일의 뒷모습을 보면서 화천골은 살짝 눈을 찌푸렸다. 똑같이 부드럽고 우아하지만, 낙십일은 오랫동안 연마한 옥처럼 신중하고 원만했다. 부드럽고 상냥한 운은이나 교활한 동방욱경, 그리고 게으른 느낌의 생소묵과는 전혀 달랐다. 그는 언제나 조심스레 자신의 날카로움과 개성을 숨겼다. 다른 사람이 다칠까 봐 두려워서인지, 아니면 자신을 보호하기 위해서인지는 알 수 없었다.

당보 앞에서는 완전히 다른 얼굴을 보였지만, 그 외에는 누구

앞에서도 성숙하고 내성적이었다. 그래서 누구든 마음 놓고 기대고 의지할 수 있었다. 언제나 완벽하게 일처리를 했고, 트집을 잡지도 않았다. 세존조차 그를 무척 신임하여 장류산의 크고 작은 일을 그에게 맡겼다. 이런 남자라면, 예만천이 좋아하는 것도 당연한 일이었다. 하지만 화천골은 어쩐지 걱정스러웠다.

경수는 그녀를 데리고 이리저리 돌아다니면서 때때로 헌원랑 이야기를 꺼냈다. 헌원랑이 계속 편지를 보내 화천골의 최근 상황에 대해 걱정하더라는 말이었다. 그리고 화천골에게 헌원랑은 대체 어떤 사람이냐고 물었다. 하지만 화천골 역시 그와 함께했던 시간이 워낙 짧았기 때문에 경수의 수많은 질문에 모두 대답할 수는 없었다. 예를 들어, 헌원랑이 무엇을 좋아하는지, 평소에 무얼 하며 즐기는지, 어떤 음식을 좋아하는지 같은 질문에는 대답할 수 없었다. 그래서 그저 그가 좋은 사람이라고만 했다.

화천골은 경수가 헌원랑 이야기를 하면서 전혀 숨기지 않고 행복한 미소를 짓는 게 부러웠다. 깊숙이 마음을 숨겨야 하는 자신과는 달랐기 때문이다.

곳곳에서 즐거운 웃음소리가 들렸다. 평소에 고된 수련과 오랜 압박을 받아 온 제자들이 마음껏 놀고 있었다. 화천골은 시끄러운 소리에 머릿속이 웅웅거리고 어지러워, 그저 경수가 이끄는 대로 따라갔다. 경수는 그녀의 상처가 아직 다 낫지 않은 것을 알고 재삼 몸조리를 당부한 후에야 결국 그녀를 보내 주었다.

화천골은 검을 타고 장류산에서 몇 리 정도 벗어나 바다 위에 멈춰 섰다. 오늘은 축제였기 때문에 장류산 부근 백여 리까지 자유롭게 왔다 갔다 할 수 있었다.

가슴이 답답하며 아프고, 별다른 이유 없이 몸에 힘이 쭉 빠졌다. 그녀는 일부러 옷깃이 높이 올라오는 옷을 입어, 지워졌다가 다시 생겨나는 목의 상처를 가리고 있었다. 이제는 저급의 치료 법술조차 쓸 수가 없었다. 피를 너무 많이 흘렸고, 내력과 진기도 빠르게 빠져나갔다.

사부가 피를 빨 때마다 그녀는 견디기 힘들 만큼 마음이 아팠고, 그 후에는 신기를 모으겠다는 결심이 더욱 굳건해졌다. 사부가 그런 모습으로 변하는 것이 싫었다. 그를 해독할 수만 있다면 죽어도 상관없었다.

둥근 달이 바다를 비추었다. 그녀는 달그림자 속에 서서 달빛을 받았다. 갑자기 등불 하나가 나뭇잎처럼 아래로 내려왔다. 화천골이 등불을 받으며 올려다보니 삭풍이었다. 상처받고 약한 모습을 그에게 보였다는 것을 알자 어쩐지 난처했다.

"왜 여기 있어? 사람들과 놀지 않고?"

삭풍은 대답하지 않고 품에서 야명주 같은 것을 꺼냈다. 둥글고 빛이 나는 것인데, 바닥에 투명한 갈퀴 같은 것이 둘 있고, 커다란 검은색 눈동자가 데굴데굴 돌고 있었다.

"곤곤어滾滾魚!"

화천골은 기뻐하며 다가가, 동그랗고 탄성이 있는 물고기의 머리를 이리저리 찔러 보았다. 곤곤어는 물고기가 아니라 당보

같은 요정이었다. 보통 물속에서 생활하고, 물 위를 자유롭게 미끄러지며 다니는데, 공처럼 물 위를 굴러다니다가 배가 고프면 물속으로 들어가 작은 물고기나 새우를 잡아먹곤 했다.

삭풍이 곤곤어에게 술법을 걸어 물속으로 들어가지 못하게 한 다음 물 위에서 공처럼 튀겼다. 곤곤어가 무척 높이 튀어 올랐다. 삭풍이 손을 떼자 곤곤어는 재빨리 물 위를 미끄러져 갔다. 불가사의할 정도로 빠른 속도였다. 물 위에는 순식간에 은빛의 구불구불한 선이 생겨났다.

"왜 안 잡아?"

축제에는 곤곤어를 잡는 놀이도 있었다. 때로는 곤곤어가 많이 나타나 누가 많이 잡나 시합할 때도 있었고, 때로는 여럿이서 하나를 두고 싸우기도 했다. 곤곤어는 무척 기민해서 달아나는 속도가 빠를 뿐 아니라 미끌미끌해서 법술을 쓰지 않으면 잡기 어려웠다.

삭풍이 그녀를 바라보았다.

"시합할래?"

화천골은 소매를 걷어붙였다. 두 사람은 한 번도 시합을 한 적이 없었는데, 곤곤어 잡기로 시합을 해 볼 생각이었다.

말이 나오기 무섭게 그녀는 쏜살같이 바다 위를 미끄러지며 수면에 나타난 둥근 달을 갈랐다. 삭풍은 다소 생기가 도는 그녀를 보자 눈동자에 웃음을 띠며 재빨리 쫓아갔다. 두 사람은 쫓고 쫓기고, 밀고 밀치며 신나게 놀았다.

그때 백자화는 절정전의 노풍석에 앉아 바다를 내려다보고 있었다. 그 자리는 그가 백 년 동안 이 장류선산을 지키던 곳이었다. 지금 바다에는 등불이 환하게 비치고, 꽃등이 가득했으며, 웃음소리와 생기로 충만해 있었다. 하지만 그는 전각의 복숭아나무처럼 천천히 시들어 가고 있었다.

며칠 동안 그는 독이 발작하지 않을 때는 요마들이 다시금 봉인을 푼 신기들을 봉인하기 위해 노력했다. 수천만 년 동안 신기는 이리저리 빼앗겼다가 되찾아 오기를 반복했다. 한때 죽염竹染이 염수옥을 제외한 아홉 개의 신기를 모았을 때가 가장 위험했지만, 그 외에는 다행히도 신기는 도처에 흩어져 있었다. 하지만 그 사악한 힘은 어둠 속에서 늘 서로 모일 방법을 생각하고 있었다.

백자화는 장류산에 있어 자신이 얼마나 중요한지 잘 알고 있었다. 그리고 자신의 책임을 아직 다하지 못한 것도 알았다. 사부는 그에게 자리를 물려주면서 이렇게 말했다.

"자화가 있는 한 장류산은 천 년의 뿌리를 보존하고, 선계는 오래도록 평안할 것이다."

하지만 그는 역시 사부를 실망시켰다. 심지어 자기 자신마저 구하지 못했고, 제자의 피에 의지해 겨우 목숨을 부지하고 있었다.

화천골을 제자로 거둘 때만 해도 그는 하늘에 도전해 보려는 오기가 있었다. 하지만 지금은 하늘이 정해 준 운명을 따를 수밖에 없었다. 가능한 한 그 시기를 뒤로 미루며, 심혈을 기울여 일어날 것으로 예측되는 일과 그 대책을 하나하나 기록했다. 장류산과 선계가 그 난관을 이겨 내는 데 도움이 되도록.

그는 자신이 모든 것에 미련을 버렸고, 아무 걱정도 없다고 여겼다. 하지만 지금 그는 여전히 세상 사람들에 대한 자비심을 품고 있었고, 장류산에 애착을 가지고 있다는 것을 깨달았다. 특히 그의 유일한 제자에게서 손을 뗄 수가 없었다.

백자화는 멀리 바다 위에 있는 화천골을 손쉽게 볼 수 있었다. 그녀는 지금 삭풍과 곤곤어를 쫓고 있었다. 해수면 위를 경쾌하게 미끄러지는 것이 마치 하늘을 나는 새 같았다. 저렇게 즐겁게 웃는 얼굴을 본 것이 얼마 만일까?

한풍이 불어오자 백자화는 뜻밖에도 추위를 느꼈다. 죽음이 임박했다. 하지만 아직 못다 한 일이 있었다. 그에게 조금만 더 시간을 준다면, 조금만 더 시간이 있다면 장류산과 선계의 일을 마무리해 놓고, 좀 더 저 아이와 함께하며, 좀 더 가르칠 수 있게 해 준다면…….

늘 높은 곳에 머물던 그의 모습이 지금은 무척 약해져 있었다. 하지만 멀리서 볼 때는 여전히 하늘에 뜬 커다란 보름달보다 더 눈부시게 빛났다. 그는 이미 통증에는 무뎌져 있었지만, 갑자기 어딘지 몸이 이상한 것을 느꼈다. 독이 발작하려는 조짐이었다. 그는 어쩔 수 없다는 듯이 고개를 흔들며 표표히 노풍석에서 내려가 자기 방으로 돌아갔다.

화천골은 숨을 헐떡였다. 마침내 먼저 곤곤어를 잡은 것이다. 그녀는 큰 소리로 깔깔 웃었다.

"내가 잡았어……."

"천골!"

삭풍은 그녀의 웃음이 천천히, 얼굴 위에서 힘없이 무너지는 것을 보았다. 눈이 감기고 몸이 푹 꺼지면서 그녀는 물속으로 풍덩 빠졌다. 삭풍이 재빨리 달려가 한 손으로 물에 빠진 그녀를 끌어냈다. 화천골은 물에 빠진 생쥐처럼 흠뻑 젖었다.

놀란 삭풍이 미친 듯이 그녀의 이름을 불렀다. 진기를 그녀의 몸 속에 밀어 넣으면서야 그녀가 몹시 허약해져 있다는 것을 알 수 있었다. 화천골이 흐리멍덩하게 눈을 뜨고 웃으며 말했다.

"나 좀 봐. 어쩌다 서서 잠들었지……."

삭풍은 황급히 그녀를 안아 들고 장류산 절정전으로 날아갔다.

백자화는 화천골이 돌아오는 것을 느꼈다. 다른 사람의 기척도 함께였다. 방에서 나가 보니 삭풍이 흠뻑 젖은 화천골을 안고 황급히 내려서는 것이 보였다.

"누가 절정전에 들어와도 된다고 했느냐?"

백자화가 차갑게 말했다. 삭풍에게 안긴 화천골이 벌벌 떠는 것이 보였다.

"죄송합니다. 존상. 천골이 갑자기 기절해서 데리고 왔습니다."

오랫동안 그를 보지 못한 삭풍은 속으로 깜짝 놀랐다. 존상이 어쩌다 저렇게 무거운 상처를 입었을까? 선신도 거의 잃은 것 같았다.

그는 앞으로 나아가 화천골을 백자화에게 넘겼다. 뜻밖에도 백자화가 한 걸음 물러났다. 독이 발작하여 멀리 있어도 화천골의 신선한 피 냄새를 맡을 수 있는 지금, 결코 그녀 가까이 가서는 안 된다.

"네가 천골을 방에 데려다주어라."

처음 절정전에 온 삭풍은 구조를 잘 몰라 곧장 백자화의 방으로 갔다. 백자화는 화천골의 방은 그곳이 아니라고 말하려다가, 귀찮기도 하고, 어서 빨리 그를 내보내고 싶어 입을 다물었다.

"천골이 왜 갑자기 쓰러졌습니까? 혹시 빈혈 때문인가요?"

삭풍은 걱정이 된 나머지 다소 캐묻는 투로 말했다. 백자화는 그녀가 가장 존경하는 사부인데, 어째서 그녀를 잘 보살피지 않고 이 지경이 될 때까지 몰랐을까?

백자화는 가슴이 쿵 내려앉아 차갑게 말했다.

"됐다. 그만 가거라."

"예, 존상."

삭풍은 화천골을 백자화의 침대 위에 눕혔다. 그때 그녀의 목에 있는 잇자국을 발견하고는 그만 그 자리에 굳어 버렸다. 그는 고개를 돌려 백자화를 잠시 똑바로 바라보다가 몸을 돌려 밖으로 나갔다.

"절정전에 함부로 들어왔으니, 계율당에 가서 속죄하는 걸 잊지 마라."

"알겠습니다."

삭풍은 굳은 어조로 대답했다. 이해할 수 없고, 분하고 답답한 목소리였다. 그는 바람처럼 사라졌다.

백자화는 화천골 앞으로 걸어갔다. 지난날 어린아이같이 통통하고 매끄럽던 얼굴이 지금은 그보다 더 창백했다. 그는 가슴이 죄어드는 것 같아 그녀의 어깨에 손을 얹었다. 흠뻑 젖은 옷이 순식간에 말랐다. 그는 다시 적지 않은 진기를 그녀에게 흘려 보냈다.

화천골이 몽롱하게 눈을 뜨더니 미안한 얼굴로 말했다.

"제가 왜 사부님 방에 와 있어요? 죄송해요, 바로 갈게요."

화천골은 억지로 침대에서 내려와 비틀비틀 걸음을 옮겼다. 현기증 때문에 주저앉으려는데, 백자화가 재빨리 그녀를 부축했다. 그녀는 마치 그의 품에 뛰어드는 꼴이 되었다.

예전에도 사제지간에 이렇게 안은 일이 여러 번 있었지만, 지금처럼 긴장되고 이상하지는 않았다. 화천골은 벌써 열이 오르기 시작해 몸이 불처럼 뜨거웠고, 백자화는 여전히 얼음장 같았다.

화천골은 몸이 시원해지는 것을 느꼈다. 무척 편안했다. 그녀는 몽롱한 상태에서 눈앞에 있는 것을 잡아당기며, 더 이상 움직이지 않았다.

갑작스레 꽃향기와 피 냄새 등 여러 가지 향기를 맡자 백자화는 머리가 웅웅 울렸다. 더 이상 독을 억제할 수가 없었다. 그의 이가 화천골의 목을 물었다. 따뜻한 피가 잇새로 스며들고, 화천골의 목과 머리칼로 떨어졌다.

화천골은 낮게 신음했지만 여전히 꼼짝도 하지 않고, 놓지 않으려는 듯이 그를 꼭 끌어안았다. 하지만 이번에는 백자화가 그 어느 때보다 더 힘껏 피를 빨아, 어느 때보다 더 아팠다. 그의 두 손은 그녀의 작은 몸을 꽉 움켜쥐어 거의 숨을 쉴 수도 없을 지경이었다.

"사부님……."

화천골은 정신이 들어 그의 품에서 벗어나려고 했다. 그러나 그의 이가 더욱 깊이 들어왔다. 화천골은 피가 빠르게 사부의 몸으로 흘러드는 것을 느꼈다. 혼이 빠져나가는 것 같고, 고통이 밀려왔다. 그녀는 입술을 꽉 깨물며 필사적으로 견뎠다.

그때 종이학 하나가 창문을 통해 날아 들어와 두 사람 주위를 뱅뱅 돌았다. 그러나 아무도 알아보지 못하자 결국 두 사람의 발치에 떨어졌다.

화천골은 계속 이렇게 있다가는 사부에게 피를 완전히 빨릴 수도 있다는 것을 알았다. 사부의 독을 해독하기 전에 죽을 수는 없었다. 그녀는 온 힘을 끌어올렸다. 순간 은광이 번쩍이는가 싶더니 백자화가 뒤로 물러섰다.

백자화는 고개를 들었지만 눈동자에는 아무런 빛이 없었다. 입술에는 아직도 새빨간 피가 묻어 있고, 일부는 입가를 따라 흘러내려 눈처럼 하얀 그의 옷 위로 떨어졌다.

"사부님……."

화천골은 텅 빈 그의 눈을 보자 당혹감에 휩싸였다. 고통을 참느라 힘주어 입술을 깨무는 바람에 피가 묻은 화천골의 입술이 달싹거렸다. 백자화는 그 입술을 가만히 바라보다, 그 빨갛고 매혹적인 모습에 참지 못하고 몸을 숙여 입술을 덮었다.

화천골은 순식간에 넋이 나갔다. 하늘과 땅이 무너지는 것이 이런 것인가 싶었다. 머릿속에 산산이 부서진 별 조각들이 맴돌았다. 출렁이는 그 별빛은 날개도 없이 날아든, 신의 경지에 이른 자유로움이었다.

사부의 입술은 차갑고 얇았다. 약하디약한 수정처럼 살짝만 닿아도 쉽사리 깨져 버릴 것 같았다. 알싸하고 뻣뻣한 느낌이 입술을 타고 온몸으로 퍼져 나갔다. 공기 속 먼지마저 떠다니는 것을 멈추고, 세상은 순식간에 적막에 빠져 아무것도 남지 않은 것 같았다. 오로지 오래전부터 있어 온 달빛만이 고요하게 그녀와 사부 두 사람을 비추었다.

화천골은 아무것도 알 수 없었다. 그녀의 머릿속에는 오로지 몇 글자만 반복해서 떠오를 뿐이었다.

'이것은 꿈이다. 이것은 꿈이다……. 눈을 뜨면 꿈은 끝날 것이다.'

하지만 힘껏 눈을 떠 보아도, 여전히 하늘에서 내려온 사람 같은, 평소 생각하는 것조차 죄악으로 느껴지던 사부의 얼굴이 보였다. 그녀는 숨이 막혀 눈을 방울처럼 동그랗게 떴다. 손을 뻗어 밀어내 보려 했지만, 사부의 혀끝이 그녀의 입술 위를 가볍게 미끄러지자 그대로 녹아내렸다.

입술과 이 사이로 비린 맛이 퍼졌다. 입술에 묻은 피를 다 핥은 백자화는 이제 힘껏 빨기 시작했다. 화천골은 온몸이 부르르 떨렸다. 영혼도 피를 따라 몸에서 빠져가는 것 같았다.

그녀는 더 이상 서 있을 수가 없어 비틀거리며 뒤로 물러났다. 하지만 백자화는 그녀를 붙잡기는커녕, 도리어 몸을 기울여 그녀와 함께 침대 위로 쓰러지더니 부드럽게 몸을 휘감고 힘껏 핥고 빨았다. 그는 일시적으로 의식을 잃었지만, 피비린내가 섞인 부드러움과 따스함이 그를 재촉해 더 많이 맛보고만 싶었다.

화천골의 조그마한 몸이 움츠렸다가 전율했다. 사부와 이 정도까지 친밀하게 접촉하게 될 줄은 생각해 본 적도 없었다. 마음속의 공포와 당황스러움은 어느새 크나큰 기쁨으로 바뀌었다.

'사부님이 의식을 잃은 틈을 타서 이런 일을 해도 될까? 사부님은 정신이 몽롱하지만 나는 멀쩡하잖아? 사부님이 깨어나시면 무슨 낯으로 얼굴을 본담?'

하지만 지금 그에게 짓눌린 몸에는 아무런 힘이 없었다. 꾹 눌러 참는, 미약하게 할딱이는 소리만이 날 뿐이었다.

"사부님!"

백자화가 입술을 깨무는 것이 느껴졌다. 더 많은 피가 흘러나가 머리칼과 침대 위로 떨어졌다. 얼이 빠질 정도의 통증에 그녀는 저도 모르게 두 손으로 백자화의 몸을 꽉 끌어안았다.

마치 더욱더 많은 입맞춤을 요구하는 것처럼.

순간 문 밖에서 "앗!" 하는 소리가 들렸다. 아름답던 환상이 순식간에 깨어졌다. 화천골은 머리끝부터 발끝까지 얼음물에 풍덩 빠진 것 같았다. 그녀는 적이 쳐들어오기라도 한 것처럼 빠르게 백자화의 수혈睡穴을 짚고는 몸을 날려 재빨리 방 밖으로 달려 나갔다. 세존이 가까이 부리면서 편지나 명령을 전하고, 자질구레한 일을 맡기는 제자 이몽李蒙이 얼어붙은 채로 서 있었다. 믿을 수 없고, 당황한 눈빛이었다. 화천골은 심장이 완전히 식어 버리는 기분이었다. 그녀는 조심스레 딱딱한 웃음을 지으며 깜짝 놀란 그를 달래려고 했다.

"제 말을 들어 보세요……. 그런 게 아니에요. 이건 단지 사고……."

그녀는 살짝 그에게 다가갔다. 놀란 눈동자가 번쩍이는가 싶더니 이몽이 힘껏 고개를 저었다.

'이건 사실이 아니야. 고귀하고 높으신 존상께서 어떻게 제자와 저런 짓을! 안 믿어! 믿을 수 없어!'

이몽은 몸을 돌려 바람을 타고 날아갔다. 하지만 화천골은 그를 놓아줄 수 없었다. 만약 그가 이 모든 것을 발설하거나 세존에게 알린다면 그녀는 끝장이었다. 다른 사람들은 어떻게 생각하든 상관없지만 사부는 어쩌란 말인가! 절대로 그가 사부의 명예를 망치도록 놔둘 순 없었다!

화천골은 진기를 써서 얼음으로 된 암기 몇 개를 날렸다. 허둥지둥 달아나던 이몽은 쉽사리 암기에 맞았다. 화천골은 재빨리 날아가 그의 혈도를 짚고, 애원하는 얼굴로 그를 바라보았다.

"방금은 사부님께서 중독되어 정신을 잃으셨던 거예요. 당신이 상상하는 그런 게 아니라고요."

이몽은 화난 얼굴로 그녀를 바라보았다. 큰일이 벌어져 세존이 전음과 편지로 절정전에 알렸지만, 존상은 대답이 없었다. 그래서 그를 보냈고, 덕분에 이 후안무치하고 원망스러운 장면을 목격한 것이다!

"천박한 것! 네가 존상을 꼬드겼지! 장류산의 명예가 네 손에 끝장나게 생겼어!"

화천골은 힘없이 그를 바라보았다.

"알아요, 모두 제 잘못이에요. 부탁이니 제발 말하지 마세요. 당신을 죽이고 싶지 않아요."

이몽은 바닥에 힘껏 침을 뱉었다.

"패륜아 같으니! 사부를 기만하고, 사문을 더럽혀? 날 죽여라! 내가 널 위해 이 일을 숨겨 줄 거라고는 생각 마."

화천골은 눈을 감고 손을 들었다가 그의 목을 힘껏 내리쳤다. 이몽은 금세 기절해 버렸다. 평생 이렇게 선택하기 어려운 일은 없었다. 예만천이 그녀의 마음을 알아채도 그뿐이었다. 그 일이 소문나면 그래 봤자 사부에게 버림받고 사문에서 쫓겨날 뿐이었다. 하지만 이몽에게 들킨 장면은 사부의 명예와도 이어져 있어 결코 작은 일이 아니었다.

'이제 어떻게 해야 하지? 죽여?'

하지만 지난번의 일로도 사부는 화를 냈다. 그날 이 자리에서 계속 머리를 조아리며 잘못했다고 말하던 것을 그녀는 아직 기억하고 있었다. 그때 그녀는 정말로 자신의 잘못을 깨달았고, 정말 온 힘을 다해 반성했다. 살인은 나쁜 것이었다. 설령 사부의 목숨을 위해 다른 사람의 목숨을 취하는 것이라 해도 여전히 나쁜 것이었다.

예만천의 일에서 굳이 이유를 찾는다면, 예만천의 마음씨가 곱지 못했기 때문이라고 할 수 있었다. 하지만 이몽은? 그저 우연히 벌어지지 않아야 할 일을 목격했다고 해서 죽일 수는 없었다!

화천골은 마음이 어지러웠다. 동방욱경도 곁에 없고, 심지어 당보도 없었다. 상의할 사람이 전혀 없었다. 하지만 계속 미루다가 시간이 오래 지나면 세존은 분명 의심을 할 것이다. 화천골은 절망적으로 하늘에 뜬 달을 바라보았다. 그리고 마침내 결심을 내렸다.

'됐어. 그만두자. 무슨 벌이든, 모두 나 혼자 받으면 그만이잖아.'

남우회와 싸울 때 그녀는 너무 많은 고통을 겪었다. 그녀에게 졌기 때문에 사부가 저렇게 무서운 독에 당했다는 것을 화천골은 항상 마음에 두고 있었다. 다음에 남우회를 만나면 다시는 조종당하지 않기 위해서, 그녀는 돌아오자마자 섭혼술과 환술에 대해 열심히 연구하기 시작했다. 그것은 정파 사람들에게는 금기시된 일이었다. 그래서 화천골도 꽤 시간을 들여야 했다. 지금 생각해 보면, 섭혼술로 사람의 마음을 조종할 수 있다면 사람의 기억도 없앨 수 있지 않을까?

그녀는 마음이 불안했지만 도박을 할 수밖에 없었다. 그래서 눈 딱 감고 이몽에게 섭혼술을 펼쳤다. 법술이 꽤 성공적이었던지 이몽은 몽롱하게 정신을 차리고 그녀를 바라보았지만 무슨 일이 있었는지는 기억하지 못했다. 화천골은 존상이 이미 잠들었으니 방해하면 안 된다고 말했다. 그래서 이몽은 그녀에게 세존의 말을 전하며 존상에게 말해 달라고 한 다음, 멍하니 절정전을 떠났다.

화천골은 안도의 숨을 쉬었다. 그의 뒷모습을 바라보며 그녀는 이번에는 아무도 다치지 않고 해결하게 되었다고 생각했다.

방으로 돌아오니 백자화는 아직 잠들어 있었다. 입술에는 빨간 핏자국이 남아 있었다. 화천골은 고개를 숙여 그를 바라보았다. 달빛을 받아 투명하게 반짝이는 그의 얼굴을 만지고 싶었지만 차마 예의에 어긋난 행동을 할 수가 없었다.

그녀는 소매로 그의 입가에 묻은 피를 조심조심 닦아 준 다음 그의 머리에 손을 얹었다. 보라색 광채가 반짝이더니, 오늘 밤 백자화의 기억도 똑같이 사라졌다. 이렇게 하지 않으면, 백자화 같은 사람은 아무리 의식을 잃었다고 해도 깨어났을 때 그녀에게 한 일을 어렴풋이나마 기억할 것이 분명했다. 그 일을 알게 할 수는 없었다.

그날 밤, 그 달콤하고 피비린내 나는 입맞춤은 그녀의 인생에서 가장 아름다운 추억으로 남기고, 영원히 세월의 먼지 속에 가둬 두는 것이 좋았다. 그는 그녀의 사부였고, 그녀는 영원히 그를 사부로 모시고 싶었다.

화천골은 살며시 그에게 이불을 덮어 준 후, 처량한 미소를 지으며 돌아서서 방을 나갔다.

다음 날 백자화가 깨어나 보니 침대에 핏자국이 묻어 있었다. 어젯밤 또 독이 발작해 화천골의 피를 빤 듯했다. 그런데 지금까지는 어렴풋이나마 기억이 났는데 이번에는 아무런 기억조차 없어 그는 자신에게 약간 화가 났다. 아무래도 더 이상 이곳에 남아 있을 수가 없었다. 그러지 않으면 언젠가 화천골의 목숨까지 위험하게 할지도 몰랐다.

하지만 마음을 끊임없이 잡아끄는 아쉬움이 또다시 그를 까닭 없이 심란하게 했다. 대체 그는 무엇에 미련을 느끼고 있는 것일까?

책상 위에 사형이 보낸 편지가 문진에 눌려 있는 것이 보였다. 화천골이 놓아 둔 것이리라. 그는 탐란전으로 향했다. 기본적으로는 모든 준비가 끝났으니 이제 사형에게 알릴 때였다. 그런 다음 장류산을 떠날 것이다.

"골두!"

당보가 그녀를 힘껏 흔들었다.

"응? 뭐야?"

화천골은 허둥거리며 젓가락을 떨어뜨렸다.

"대체 내 말을 듣기나 하는 거야! 아침 댓바람부터 젓가락을 물고 창밖을 보며 실실 웃고 있잖아. 바보처럼!"

"하하……. 나 괜찮아. 계속해, 계속."

당보는 배춧잎이 마치 손수건이라도 되는 양 문 채, 부끄러운 얼굴로 그녀를 바라보았다.

"그럼 난 어떻게 하는 게 좋겠어?"

화천골은 당보의 배추를 붙잡아 입에 넣으며 와구와구 밥을 먹었다.

"뭘 어떻게 해?"

당보는 씩씩거리며 그녀 앞의 탁자 위에서 나뒹굴었다.

"내 말을 듣지도 않았잖아! 십일 사형이 어젯밤 내게 고백했단 말이야. 난 어쩌면 좋아?"

"푸합."

화천골은 눈을 동그랗게 뜨며 입에 문 밥을 토해 냈다. 밥알이 당보의 몸에 흩뿌려졌다.

"뭐라고?"

당보는 부끄러운 듯이 얼굴을 감추었다. 몸이 투명해졌다가 발갛게 물들었다. 당보가 공처럼 몸을 잔뜩 움츠리자 화천골이 손가락으로 그의 몸을 쿡쿡 찔렀다. 우스우면서도 황당했다.

"사형이 뭐라고 하든?"

"그러니까, '보보, 난 네가 정말 좋아. 평생 널 돌보게 해 줘!'라고 했어."

당보는 정이 담뿍 담긴 낙십일의 어조를 따라 했다.

"푸하하! 그리고?"

"그런 다음, 그런 다음엔 내가 넋이 나간 틈을 타서 뽀뽀했어."

당보의 목소리가 더욱 낮아졌다. 화천골은 배를 붙잡고 정신 나간 사람처럼 웃어 댔다.

"그게 고백이라는 걸 어떻게 알아? 혹시 사형이 널 집으로 데려가 애완동물 삼으려는 것일지도 모르잖아?"

"그럴 리가 없어. 사형은 나한테 무척 잘해 준단 말이야. 내가 사탕이 먹고 싶다고 하면 사 준다고. 흥, 엄마처럼 먹는 걸 제한하면서 매일 풀과 나뭇잎만 먹으라고 강요하지도 않아."

"내가 그러는 건 이가 썩을까 봐 그러는 거야. 넌 애벌레잖아. 당연히 녹색 식물을 많이 먹고 유생소비타민를 보충해야지. 나는 좋은 엄마니까, 너희 아빠나 낙십일처럼 뭐든 네가 하잔 대로 하지 않는 거야! 그래서 어떻게 됐어? 넌 뭐라고 대답했는데?"

"골두 엄마가 날 평생 보살펴 줄 거라고 했어. 그러니 지금처럼 종종 나와 놀아 주기만 하면 된다고."

화천골은 그 대답을 들은 낙십일이 얼마나 마음 상했을지 상상이 갔다. 그녀는 젓가락으로 당보를 잡아 눈앞으로 끌어올렸다.

"난 귀찮아서 널 돌봐 주기 싫거든? 말해 봐, 넌 십일 사형을 좋아해?"

"좋아."

당보가 솔직히 대답했다.

"그럼 경수는?"

"물론 좋지."

화천골이 황당하다는 듯이 고개를 저었다.

"내가 보기엔, 우선 그 좋아하는 감정이 어떤 건지 구분부터 해야 될 것 같아. 어떻게 하면 좋을지 좀 더 생각해 봐. 하지만 난 네가 십일 사형과 너무 가깝게 지내는 건 바라지 않아."

"왜?"

화천골은 대답하지 않고 수심에 잠긴 듯 창밖을 바라보았다. 질투가 무척 심한 예만천이 당보에게 독수를 쓰지 않는다는 보장이 없었다. 하지만 지금 의지할 곳은 낙십일뿐이었다.

"골두, 골두!"

당보가 그녀의 손을 힘껏 깨물었다.

"아직도 신기를 훔치는 일로 걱정하는 거야? 상관없어. 우리가 계획을 잘 세워 놨으니 문제없을 거야."

화천골은 고개를 끄덕이고 가볍게 한숨을 쉬었다. 갑자기 당보가 낮은 소리로 말했다.

"골두, 정말 그렇게 존상이 좋아? 사실 아빠도 참 좋은 사람인데."

화천골은 뜨끔해서 고개를 숙이고 당보에게 미소를 지어 보였다.

"사부님에 대한 감정은 단순히 좋아하는 정도가 아니야. 그보다는 존경하고, 흠모하고, 감사하는 마음이 더 커. 나는 아무것도 원치 않아. 그분이 잘 지내시고, 영원히 그분의 제자로 곁에 있기만 바랄 뿐이야."

"하지만 신기를 훔치고 나면 존상께서 용서하실까?"

화천골은 고개를 저었다.

"그것까지 신경 쓸 겨를이 없어. 사부님을 해독할 수만 있다면 무슨 벌이든 받을 거야. 하지만 당보, 넌 언제나 예만천을 주의해야 한다는 걸 잊지 마."

"왜?"

"이 바보. 너한테 잘해 주는 사람만 알고 널 싫어하는 사람은 몰라선 안 돼. 예만천은 비록 본성은 나쁘지 않지만, 질투가 너무 심하고 호승심이 강해서 수단과 방법을 가리지 않아. 그런 성격을 가진 사람은 보통 앞뒤 재지 않고 무서운 일을 저질러 버리기 쉬워. 어쩌면 내가 공연히 걱정하는 것인지도 모르지만, 그래도 역시 십일 사형과 너무 친하게 지내지 않는 것이 좋겠어. 나에 대한 화풀이를 너한테 할지도 모르니까. 알겠지?"

"알았어. 걱정 마. 나도 꽤 솜씨가 있다고. 그깟 예만천 따위 충분히 상대할 수 있어."

화천골은 고개를 저었다.

"예만천은 늘 남몰래 손을 써서 걱정이야."

화천골 자신도 몇 번 당한 적이 있었다.

"소골."

순간 귓가에 백자화의 목소리가 들려 화천골은 깜짝 놀랐다.

"사부님, 무슨 분부라도?"

"서재로 오너라. 할 말이 있다."

화천골은 황급히 서재로 달려갔다. 당보는 여전히 식탁 위에서 음식과 씨름을 했다.

"사부님."

화천골은 곁눈질로 사부의 하얀 옷자락을 바라볼 뿐, 시종 고개를 들 수가 없었다. 어젯밤의 일을 떠올리면 얼굴이 사과처럼 달아올랐다.

"책상 위의 책들은 오늘부터 2년 동안 읽어야 하는 것들이다. 이 사부가 네게 시킬 일과 앞으로 맞닥뜨릴 일들이 모두 이 파란 책들에 쓰여 있다. 알 수 없는 일이나 해결하기 어려운 문제를 만나면 찾아보거라."

"사부님?"

화천골은 놀라 그를 바라보았다.

"나는 이틀 후에 장류산을 떠나 순리에 따라 하늘에 들 것이다. 큰일들은 모두 처리했으니 너도 더 이상 억지로 내 목숨을 보존할 필요가 없다. 신기는 모두 봉인해서 떠나기 전 네 사백께 전할 것이다. 그럼 네 사백께서 각지에 분산해서 숨겨 두실 것이다. 밖에는 내가 폐관했다고 알리고, 장류산이 혼란에 빠지지 않도록 최대한 사실을 숨길 것이다."

"안 돼요, 사부님……."

화천골은 멍하니 고개를 저었다.

"네 사숙께 나 대신 너를 잘 가르쳐 달라고 했다. 하지만 사부가 없으니 매사 네 자신이 알아서 해야 한다."

"싫어요, 전 사부님이 필요해요!"

화천골이 통제력을 잃고 외쳤다.

"소골, 이것은 몇 달 전부터 결정된 일이다. 사부가 네 힘을 빌려 지금까지 버틴 것이 요행이었다. 무슨 일이든 강요하면 안 된다. 너는 반은 선인이니 삶과 죽음에 집착해서는 안 된다."

백자화는 가볍게 한숨을 쉬었다.

"올해 몇 살이지?"

"열아홉 살이요."

화천골은 목소리가 떨리지 않도록 온 힘을 다했다.

"7년이구나. 이제 어른이 되었으니 더욱 확실히 보아야 한다. 선을 익힐 때 가장 꺼리는 것이 바로 마음속에 집념이 생기는 것이다. 만약……, 만약 네가 원한다면 어른의 모습이 되어 장류산에 몇 년 더 머무르다가 모산으로 돌아가 장문인 역할을 하거라. 청허 도장의 바람을 저버리지 말고 모산을 다시 일으켜라."

장류산보다는 모산이 더욱 그녀를 필요로 했다. 그녀도 그곳에서 더 능력을 발휘할 수 있을 것이다.

백자화는 몇 년 동안 변하지 않은 그녀의 얼굴을 보며, 문득 그녀가 어른이 되었을 때 어떤 모습일지 궁금해졌다. 하지만 안타깝게도 그는 그것을 볼 기회가 없었다.

화천골은 무릎을 굽혀 그의 앞에 꿇어앉았다.

"사부님, 제발 부탁이에요. 며칠만……, 며칠만 더 계시면 안 돼요? 최소한, 최소한 닷새만 저와 함께 계시면서 제 생일이 지난 후에 떠나시면 안 되나요?"

'신기를 모두 얻은 후에⋯⋯.'

백자화는 대답하지 않고 잠깐 망설였다. 그 말은 곧 화천골의 피에 의지해 며칠을 더 버텨야 한다는 뜻이었다. 그는 거듭 생각해 본 후 결국 고개를 끄덕였다.

백자화가 대부분의 시간을 폐관하며 보내는 사이, 화천골은 많은 자료를 뒤적였다. 주로 신기를 뺏는 데 도움이 될 내용, 특히 신기의 봉인을 푸는 방법에 대한 것이었다.

생일을 사부와 함께 보내기로 했으므로, 그 전날 그녀는 청류 등과 함께 생일상을 차리고 함께 먹고 마셨다. 작별 인사였다.

연회에서 사람들은 평소처럼 마음껏 노래를 부르거나 술을 마시며 웃고 떠들었지만, 화천골은 마음이 복잡했다. 내일 밤이 지나면 다시는 돌이킬 수 없을 것이다. 장류산에서 보낸 즐거운 시간들도 다시는 돌아오지 않을 것이다.

연회가 끝나고 화천골이 절정전으로 돌아가는데 삭풍이 가로막았다.

"대체 어떻게 된 거야?"

삭풍은 언제나처럼 단도직입적이었다. 화천골은 허망하게 웃었다. 문득 그가 그날 사부를 만났을 거라는 생각이 머릿속에 떠올랐다. 사부의 몸 상태를 본 이상 그를 속일 수는 없었다.

"사부님께서 맹독에 중독되셨어. 아주 심각한 일이니 제발 비밀을 지켜 줘!"

삭풍은 가만히 공중에 떠 있었다. 그의 눈은 밤하늘에서 가장 밝은 별보다 더 빛났다.

"그래서 이렇게 허약해지도록 피를 잃은 거야? 존상이 밤마다 네 피를 빨아 독성을 억누르게 하기 위해서? 그렇지?"

"아니야! 내가 억지로 사부님께 드린 거야. 사부님은 나를 구하려다 그렇게 되신 거란 말이야."

"그럼 요즘 수심에 빠져 의기소침했던 게 존상을 구할 방법을 생각하기 때문이었어?"

화천골은 고개를 끄덕였다.

"방법을 찾았어?"

"그건……."

"부인하지 마. 그렇지 않고서야 이렇게 침착하고 결연할 리 없어. 연회에서 한 말들은 분명 우리에게 작별하는 말이었어. 해독하는 방법이 무척 위험한 거지?"

"그래."

"뭐가 필요한데?"

"염수옥."

화천골은 마침내 대답했다. 속으로 삭풍을 무척 믿고 있었기 때문에 속일 필요가 없다고 생각해서였다. 삭풍의 몸이 부르르 떨렸다. 얼굴도 순식간에 창백해졌다.

"그러니까, 모든 신기를 모아 염수옥을 원래대로 만들겠다고?"

"그래."

"결심했어?"

"사부님을 구할 수만 있다면!"

삭풍은 가볍게 한숨을 쉬었다. 이런 게 바로 운명이구나 싶었다.

"좋아. 내가 도울게."

화천골은 깜짝 놀라 그를 바라보았다.

"절대 안 돼. 널 이런 위험한 일에 끌어들일 순 없어."

삭풍은 차분한 얼굴로 그녀를 바라보았다.

"정말 그렇게 위험하다면, 두 사람이 같이 하면 위험이 반으로 줄겠지. 날 믿어. 난 널 도울 수 있어."

"안 돼! 무슨 말을 해도 안 돼!"

이 일이 발각되면 장류산의 문규에 따라 열 번 죽어도 부족할 것이다.

삭풍은 웃음을 터트렸다.

"하지만 이미 알게 되었잖아. 날 끼워 주지 않으면 다 말해 버릴 거야. 그러면 너도 아무것도 못하겠지."

"너……."

화천골은 화가 나서 볼을 뾰로통하게 부풀렸다. 삭풍의 물 같은 눈빛에 어렴풋이 슬픔이 비쳤다.

"존상은 죽어선 안 돼. 이건 널 돕기 위해서만은 아니야. 존상에 대한 내 보답이기도 해."

"알았어."

화천골은 그가 자신처럼 고집이 세다는 것을 알기 때문에 타협할 수밖에 없었다.

"언제 움직일 거야?"

"내일 저녁."

이튿날은 화천골의 생일이었다. 그녀는 아침 일찍 일어나 꼼꼼하게 단장했다. 머리는 평소처럼 만두 모양으로 양쪽으로 묶었지만, 하얀 자귀나무 꽃을 양쪽에 꽂고, 녹색의 새 옷을 입었다. 치맛자락에는 무늬가 가득 수 놓여 있었는데 매우 정교했다. 살천맥이 선물로 준 옷인데 한 번도 입은 적이 없었다. 소박한 얼굴에는 연지분도 바르지 않아 맑고 산뜻했지만, 약간 창백했다.

화천골은 상다리가 부러지게 음식을 차렸다. 모두 사부가 좋아하는 음식들이었다. 그리고 절정전 안팎을 깨끗이 청소한 후 정원 앞의 시든 복숭아나무는 뽑고 산에서 새로 옮겨 와 심었다.

"사부님, 식사하세요……!"

그녀는 즐겁게 소리쳤다. 마치 예전 모습으로 돌아온 것 같았다. 백자화는 천천히 방에서 나와 정원 가득 새롭게 심은 복숭아나무를 바라보았다. 하지만 그는 나무가 아니었다. 다시는 건강을 되찾을 수 없었다.

식탁은 방 안이 아니라 정원에 나와 있었다. 백자화는 식탁 앞에 앉아, 기뻐하며 그에게 밥을 퍼 주는 화천골을 바라보았다. 작년 그녀의 생일에도 두 사람은 이렇게 보냈다. 식사를 하고, 이야기를 나누고. 단순했다. 화천골은 늘 그의 생일은 언제냐고 물었지만, 천 년 이상을 산 그에게는 삶이 너무 길어 기억할 수가 없었다. 그러자 그녀는 매년 두 사람이 만난 날에 축하를 하자고 했다.

이번이 그들 사제의 마지막 생일이자 마지막 식사인 셈이었다. 앞으로는 그녀 혼자 보내야 했다.

화천골은 끊임없이 그에게 반찬을 집어 주고 술을 따라 주었다. 그러면서 자신도 밥을 먹으며 종알거렸다. 백자화의 입가에 웃음이 피어올랐다. 어느새 몇 해가 물 흐르듯 소리 없이 지나갔다. 천 년이라는 세월은 순식간이었다. 하늘도 변하지 않았고 그 역시 변하지 않았다. 머릿속을 모두 파낸다 해도 기억 속에서 꺼낼 만한 것이 없었다. 그러나 그녀가 온 이후로는 변한 것 같았다. 색이 생기고 소리가 생겼다. 그녀와 함께한 장면 하나하나가 하나도 빠짐없이 똑똑히 기억났다. 그것은 앞서의 수백 년, 천 년의 시간을 능가했다.

식사가 끝나자 화천골이 웃으며 말했다.

"사부님, 류광금 좀 꺼내 주실래요? 사부님을 위해 한 곡 연주할래요."

어린아이같이 응석을 부리는 그녀의 표정도 오랜만이었다. 백자화는 가만히 고개를 끄덕이고는, 허정에서 류광금을 꺼내 그녀에게 건넸다.

화천골은 류광금을 받아 들고 복숭아나무 아래 앉았다. 고상하면서도 신령스러운 금 소리가 울리고, 하늘 가득 휘날리는

분홍빛 꽃잎이 화려하게 떨어져 내렸다. '적선원謫仙怨'이라는
곡이었다.

맑은 강 위로 해가 막 지는데
쓸쓸히 외로운 배 한 척 뜬다
새는 황야를 이리저리 날고
사람은 물길 따라 동서로 헤어지네
흰 구름 천리 만리 가고
밝은 달 개울 따라 흐른다
홀로 원망스레 장사長沙로 귀양을 떠나니
강가의 봄풀은 무성하네[20]

첫 번째 금 소리가 울렸다. 꽃이 날아올랐다 떨어지며 노래
하는 듯도 하고 하소연하는 듯도 했다. 두 사람이 요지에서 처
음 만났을 때, 백자화는 상쾌한 바람을 맞으며 걸어왔다. 소매
에서는 향기가 나고, 하얀 옷은 깃털처럼 가벼웠다. 활짝 웃는
그의 얼굴에 복숭아처럼 빨갛게 취해 모든 것을 잊었다. 그 후
그녀의 마음과 꽃잎은 그의 술잔에 풍당 빠졌다.

두 번째 금 소리가 울렸다. 산뜻하고 고상하며 평온함이 오
래 이어졌다. 밤낮으로 함께하며 7년을 보냈다. 그녀는 시종
산봉우리 위에서 속세를 내려다보는 그의 뒷모습을 편안히 바

---

20 당나라 시인 유장경劉長卿의 '적선원.'

라보았다. 날이 가고 해가 갔다. 한 마디 한 마디가 마음속에 새겨졌다.

세 번째 금 소리가 울렸다. 처량하면서도 우렁차고, 정직하고 굳세었다. 그의 진지한 가르침과 은혜에 교화되어, 그녀는 예약을 알게 되었고 견문을 쌓았다. 귀신이 달라붙던 저주받은 몸으로 선검대회에서 이름을 날리고, 요마와 싸워 물리치고, 검을 타고 하늘을 날며 웃었다.

네 번째 금 소리가 울렸다. 매우 차갑고 환상처럼 허망했다. 마치 천뢰天籟 같았다. 북쪽 끝 얼음 꼭대기에서 그는 그녀의 손을 이끌며 아득한 세상을 걸었다. 하얀 눈은 깨끗했고, 남몰래 감정이 자라났다. 그들은 홍진을 밟으며 함께 날았다.

다섯 번째 금 소리가 울렸다. 금 소리는 흐느끼는 것처럼 억울하고 슬퍼졌다. 그녀는 본래 바라는 게 없었고 욕심도 없었다. 그저 담담하게 함께 지내기를 바랄 뿐, 원앙이나 신선을 부러워하지 않았다. 지금 이렇게 된 이상 돌이킬 수 없었다. 그만 평안하다면 그 어떤 고초나 어려움도 그녀 혼자 짊어질 것이다…….

이 금 소리에는 말할 수도 없고 알 수도 없는 감정들이 너무도 많이 담겨 있었다. 복숭아나무 그림자가 허공에 흔들렸다. 꽃의 요정들도 저도 모르게 흐느끼며 눈물지었다.

백자화는 멍하니 그녀를 응시했다. 술잔도 공중에 멈춘 채 놀라 그 자리에 굳었다. 그녀의 금 솜씨가 이렇게까지 뛰어날 줄은 몰랐다. 마음속에서 느껴질 듯 말 듯 알 수 없는 감정들이 금 소리에 이끌려 나왔다. 아침저녁으로 함께한 일들이 금 소리를 따라 하나둘 그의 머릿속에 떠올랐다. 술잔을 쥔 그의 손에 살짝 힘이 들어갔다. 갑자기 가슴이 아팠다. 뭔가 짐작이 가는 것 같으면서도 도무지 딱 잡아 낼 수가 없었다.

"소골……."

그가 조용히 그녀를 불렀다. 그러나 더 이상 그녀의 맑은 눈을 똑바로 볼 수가 없어 고개를 돌려 하늘 저편의 구름을 바라보았다. 가벼운 탄식과 함께 금 소리가 멈추었다. 하지만 그의 머릿속에서는 여전히 그 소리가 맴돌며 한참 동안 흩어지지 않았다. 천 년 만에 처음으로, 그는 헤어짐 속에서 아쉬움을 느꼈다.

'이 아이는 이미 자신을 돌볼 수 있을 만큼 강해졌구나. 그런데, 어째서 이렇게 나를 놓아주지 않으려는 것일까?'

화천골이 류광금을 돌려주자 백자화는 그것을 허정 속에 넣었다. 화천골이 그를 향해, 처음 만났을 때와 똑같은 웃음을 지었지만 그 웃음은 마치 우는 것 같았다. 그는 머리가 조금 어지러웠다. 화천골의 녹색 치맛자락이 분홍색 꽃잎 속에서 점점 흐릿해져 갔다.

"사부님, 용서하세요……."

그는 화천골이 귓가에 뭐라고 속삭이는 것을 어렴풋이 들었다. 의식이 점점 빠져나갔다.

화천골은 몸을 훌쩍 날려 초록색 빛줄기처럼 날아갔다. 그리고 백자화가 류광금을 허정 속에 넣고 닫는 순간, 그의 허정 속으로 들어가 모든 신기를 꺼냈다. 백자화는 가슴이 철렁했지만 이미 늦은 후였다. 정신이 사로잡혀, 천천히 눈을 감는 수밖에 없었다.

30. 무거운 책임

    화천골은 조심스레 백자화를 침대 위에 눕히고 얇은 이불을 덮어 주었다. 중독된 이후 사부가 이렇게 아무 경계 없이 깊이 잠든 모습을 무척 많이 보아 왔다. 그가 높디높은 구름 위에서 떨어진 것은 모두 그녀 때문이었다. 더 이상 이렇게 약하고, 깨지기 쉬운 그의 모습을 보고 싶지 않았다.

    화천골은 마음 아파하며 흐트러진 그의 머리칼을 정리해 주었다. 할 수만 있다면 그를 위해 뭐든 할 것이다. 그가 회복되어 예전처럼 육계 으뜸의 상선 백자화가 될 수만 있다면!

    "사부님, 기다려 주세요. 반드시 염수옥을 갖고 돌아올게요."

    화천골은 침대 앞에 무릎 꿇고 공손히 머리를 조아렸다. 그런 다음 당보를 데리고 바다 밑 비밀 통로를 통해 검을 타고 장류산을 빠져나갔다.

멀지 않은 곳에 살천맥과 종종 만났던 꽃섬이 있었다. 삭풍은 그곳에서 기다리고 있었다. 사정을 모르는 사람이 보면 두 사람이 몰래 달아난다고 생각하겠지만, 사실은 죽음 속으로 뛰어드는 길이었다.

가는 동안 두 사람은 아무 말이 없었다. 화천골은 하늘과 바다 사이에 우뚝 솟은 수려한 장류산을 돌아보았다. 슬프고 괴로웠다. 장류산은 처음 왔을 때와 똑같았다. 천년만년 변함이 없었다. 하지만 지금 떠나면 다시는 돌이킬 수 없었다.

백 리 밖으로 나온 후에야 두 사람은 외지고 황량한 곳에 내려섰다. 화천골은 허정에서 불귀연을 꺼냈다.

천산과 장백산, 장류산은 거리가 무척 멀었다. 그녀의 속도로는 모든 진기를 얻는 데 몇 달, 몇 년이 걸릴지 몰랐다. 게다가 비록 술법을 펼쳐 두었지만, 사부의 힘이라면 길어야 사흘이면 깨어날 것이다. 사흘이면, 어느 곳의 신기가 사라졌다는 소식이 흘러 나가 선계가 발칵 뒤집히기에 충분했다. 그래서 그녀는 먼저 사부가 가진 류광금, 불귀연, 전천련을 손에 넣은 다음, 남우회에게서 환사령과 복원정을 빼앗을 생각이었다. 신기의 봉인을 풀면 어디든 쉽게 갈 수 있으니, 다른 신기를 훔치는 것도 어려운 일이 아니었다.

"풀 수 있겠어?"

삭풍과 당보가 걱정스레 쳐다보았다.

"해야지."

화천골은 금서禁書에 쓰여 있는 대로 신기의 봉인을 풀기 시작했다. 갑자기 하늘이 까매지더니 광풍이 몰아치고 천둥번개가 쳤다. 장류산에서 이렇게 멀리 떨어진 곳을 봉인을 푸는 장소로 선택하고 결계까지 친 것은 소리가 너무 커서 발각될까 봐 두려워서였다.

화천골은 두 손으로 수인을 맺고 입으로 주문을 외었다. 불귀연이 빙빙 돌고, 새까맣던 몸체가 차차 투명해졌다. 네 시간 정도가 지나자 결국 봉인이 풀렸다. 이어 환사령의 봉인을 풀자 날은 이미 어두워져 있었다.

"됐어. 출발하자."

화천골은 삭풍한테서 당보를 돌려받으려고 손을 내밀었지만, 삭풍은 손을 홱 치우며 거절했다. 영문을 모르는 당보가 억지로 그의 손가락 사이로 머리를 내밀었다.

"왜 그래?"

"네 속셈을 모를 줄 알아? 당보를 돌려주면 당보만 데리고 사라져 버리겠지. 그럼 난 어디 가서 널 찾아?"

화천골은 어쩔 도리가 없는 얼굴로 웃었다. 평소 늘 차갑고 오만한 척하던 삭풍도, 알고 보니 어린아이같이 생떼를 부릴 줄 알았던 것이다.

"알았어, 알았어. 널 따돌리고 혼자 움직이지 않겠다고 약속할게. 시간이 없으니 출발하자."

화천골이 그의 소매를 잡자, 두 사람은 눈 깜짝할 사이 사라졌다.

화천골은 몸이 찢어지는 것 같고 머리에 빛이 번쩍이는 느낌이 들었지만 곧 정상으로 돌아왔다. 사방은 칠흑처럼 까맸다.

"여기가 어디야?"

"휴……."

화천골은 몸을 숙이고 종유석 동굴 안을 빠르게 뚫고 나갔다. 주위는 칠흑처럼 어두웠지만 이미 지미의 경지에 이른 두 사람은 앞을 확실히 볼 수 있었다. 똑똑똑 하고 떨어지는 물소리와 각양각색의 기괴한 종유석 속에서 그들은 이리저리 구부러지며 한참을 걸었다. 화천골은 이곳 지형이 무척 낯익게 느껴졌다.

"법술을 쓰지 마."

화천골이 낮은 소리로 당부했다. 종유석 동굴을 나선 그들은 발끝을 세우고 두 개의 산봉우리를 연결한 현수교를 건넜다.

"이곳은 장백산이고, 저 앞이 바로 태황봉太皇峰이야. 장문인인 온풍여溫豊予는 폐관 중이라 방해하는 사람이 없으니 손을 쓰기가 편할 거야."

"예전에 이곳에 온 적 있어?"

"아니. 하지만 이 부근의 지형을 자세히 연구했어."

불귀연은 자신의 머릿속에 저장된 곳만 갈 수 있었다. 장백산과 천산에 가 보지 못한 그녀는 신기를 훔치겠다는 결심을 한 이후로 당보를 통해 동방욱경이 가진 자료와 그림을 자세히 익혀, 두 문파의 위치와 경로, 그리고 주변의 진법까지 훤히 알게 되었고, 술술 외울 정도가 되었다. 아마 각 문파의 제자들보다 더 잘 알 것이다.

"계획을 잘 세워 뒀구나. 난 또⋯⋯."

"내가 충동적으로 마구 덤벼들 거라고 생각했겠지. 신기를 훔치겠다는 마음에 무작정 위험 속으로 뛰어들까 봐 날 보호하려고 같이 온 거야. 그렇지?"

삭풍은 고개를 돌리고 하늘을 보는 척했다. 이제 보니 쓸데없는 걱정이었다.

"걱정 마. 사부님의 목숨이 달린 일이니 함부로 하지는 않아. 죽더라도 가치 있게 죽어야지. 그래서 이번엔 절대 실수하지 않을 거야."

삭풍은 고개를 끄덕였다. 그녀가 태백산에서 요마들을 상대할 때처럼 여유롭고 침착한 모습을 되찾은 것이 무척 기뻤다.

두 사람은 곧 온풍여가 폐관한 곳에 도착했다. 당보는 화천골의 귓속에 누워 때때로 주변 동정을 알려 주었다. 갑자기 바람이 불어와 오싹 한기가 들었다. 저 앞, 더는 가늘래야 가늘수 없는 나뭇가지 위에 누군가 서 있었다. 푸른 옷이 허공에 펄럭였다. 너무 마른 몸이어서 마치 몸은 없고 옷만 남아 있는 것 같았다.

"온 장문?"

화천골은 깜짝 놀라, 고생을 많이 한 얼굴의 중년 남자를 올려다보았다. 군선연에서 그를 두 번 만났지만 인사나 나누었을 뿐이었다. 화천골은 그에게 공손히 예를 갖추었다. 자기가 곧 나쁜 짓을 할 거라고 생각하자 양심에 가책을 느꼈다.

"너는?"

온풍여가 눈썹을 모으며 그녀를 바라보았다.

"모산 장문인 화천골? 어떻게 여기에 있지? 깊은 밤 무슨 일로 찾아왔느냐?"

입정에 들었던 그는 갑자기 태황봉에서 두 사람의 기척이 느껴지자, 아무 징조도 없는 갑작스런 출현에 이상한 느낌이 들어 나와 본 것이었다. 그런데 뜻밖에도 찾아온 사람은 화천골이었다.

"죄송합니다, 온 장문. 저희는……, 저희는 신기 때문에 왔습니다. 부침주는 아직 장문인께서 보관 중이신가요?"

"그렇다. 존상께서 안심이 안 되어 너를……."

"아닙니다. 제가 스스로 온 겁니다……. 온 장문, 죄송합니다만 제게 신기를 한 번만 빌려주세요."

화천골이 허리를 숙여 절을 했다. 온풍여가 어떻게 된 일인지 깨닫기도 전에 화천골이 품에서 환사령을 꺼냈다. 방울 소리가 울리자 정신이 흩어지고 눈물이 솟았다. 거기다 화천골의 섭혼술까지 더해지자 위력은 배가되어, 아무리 의자가 굳은 사람도 쉽게 마음이 흔들릴 수밖에 없었다.

온풍여는 재빨리 강력한 보호막을 쳐 방울 소리를 막았다. 하지만 방울 소리는 빠르게 보호막을 뚫고 들어왔다. 그가 갑자기 머리 없는 파리처럼 허공에서 마구 날뛰기 시작했다. 마치 뭔가를 쫓는 것 같기도 하고, 누군가와 싸우는 것 같기도 했다.

"석예惜蕊……. 석예……. 석예……."

온풍여는 계속 소리치며 고통스럽고 아득한 표정을 지었다. 환사령과 섭혼술에 빠져 가장 고통스러웠던 순간을 떠올린 것 같았다. 무정하고 차가운 선인이 고독하고 약한 일면을 드러내 보이다니, 삭풍은 이해할 수가 없어 그 자리에 멍하니 서 있었다.

"부침주는 어디 있지요?"

화천골이 조용히 물었다. 그러나 온풍여에게는 그녀의 목소리와 방울 소리가 더없이 신비롭고 유혹적으로 들렸다.

"내 허정 속에 있다."

"꺼내 주세요."

온풍여는 가만히 고개를 흔들었다. 눈을 잔뜩 찌푸린 모습이 힘껏 저항하는 것 같았다. 환사령이 더욱 급하게 울렸다.

"부침주를 꺼내 주세요."

화천골은 이를 악물고 다시 말했다. 온풍여는 마침내 허정 속에서 빛이 어른거리는 것을 꺼냈다. 화천골은 그것을 받아 조심스레 허정 속에 넣었다. 그런데 뜻밖에도 온풍여가 갑자기 달려들어 그녀의 손목을 붙잡았다.

"석예! 떠나지 마시오. 내가 잘못했소. 당신이 없으면 선인이 되고 장문인이 된들 무슨 소용이오! 2백 년이오. 그간의 외로움을 당신은 아시오? 난 너무 힘드오. 당신이 그립소……."

화천골은 그에게 끌려가며 놀라 꼼짝도 할 수가 없었다. 다른 이유 때문이 아니라, 그가 끊임없이 눈물을 쏟고 있어서였다. 이렇게 절망적이고 후회스러운 표정을 보니 그의 눈물이 환사령 때문인지, 아니면 2백 년간 쌓인 외로움과 슬픔 때문인지 알 수가 없었다.

화천골은 너무나 마음이 아팠다.

'울어요. 그냥 울어요. 울고 나면 마음이 편해질 거예요.'

삭풍은 멍하니 서서 움직이지 않는 그녀를 보자, 앞으로 날아가 온풍여의 수혈을 짚었다.

"서둘러. 시간이 많지 않아."

화천골은 그제야 정신을 차렸다. 그녀는 온풍여에게 섭혼술을 써서 오늘 밤의 기억을 지워 버린 다음, 장안법으로 나무 밑에 숨겼다.

"그런 건 어디서 배웠어?"

삭풍이 그녀를 바라보며 물었다. 금지된 술법을 쓰는 것은 몹시 위험한 일이었다. 특히 섭혼술은 조심하지 않으면 쓰는 사람마저 환상에 잡아먹혀 영원히 나오지 못할 수도 있었다. 그래서 섭혼술에 능한 사람 열 명 중 아홉은 미치광이가 되곤 했다.

화천골은 한숨을 쉬었다.

"우리 법력만으로 장문 자리에 있는 사람들에게서 어떻게 신기를 얻어 내겠어?"

"온풍여는 자기가 가장 사랑한 사람을 본 거지?"

"누구나 마음속에 가장 약한 부분이 있어. 그리고 누구나 자신에게 가장 중요한 사람 때문에 쉽게 쓰러지지."

"가자. 서둘러야 해."

삭풍은 그녀가 괴로워하는 것을 알았지만 어떻게 위로해야 할지 몰라 그냥 어깨만 툭툭 쳤다. 화천골은 고개를 끄덕였다. 하지만 다음 신기는……, 천산의 현진척이었다. 그것을 얻기는 아마도 쉽지 않을 것이다.

삭풍과 화천골이 다시 모습을 드러낸 곳은 천산의 비하봉飛霞峰이었다. 비하봉 선운종仙雲蹤. 천산 제자들의 어검술은 항상 선계에서 제일로 꼽혔다. 화천골은 비하봉의 얼음 성 중에서 장문인 윤홍연尹洪淵과 비교적 가까운 저택 안을 선택했지만, 윤홍연의 정확한 위치는 확실하지 않았다.

고개를 들어 보니 하늘 위로 빨갛고 파랗고 노란, 갖가지 색의 검광들이 지나가고 있었다. 주위의 얼음 성은 웅장하게 솟아 있어 마치 거대한 하늘 궁전 같았다. 화천골은 몸을 움츠렸다. 지난날 사부를 업고 절망적으로 얼음 속을 걷던 장면이 떠올라 갑자기 추위가 느껴졌다.

화천골은 섭혼술을 사용해 몇 사람에게 윤홍연의 소재를 물었지만 아무도 알지 못했다. 그래서 조심조심, 한 곳 한 곳 수색하는 수밖에 없었다.

서재를 찾아냈을 때, 갑자기 누군가 화천골의 목을 붙잡고 구석으로 끌어당겼다. 그녀는 깜짝 놀라 반격하려 했지만, 고개를 들어 보니 지난번 그녀를 구해 준, 이후각의 녹색 옷의 여자였다.

"언니? 어떻게 여기에?"

"쉿……."

여자는 주위를 둘러본 후 조용히 말했다.

"각주께서 마음이 안 놓이신다고, 너희들을 도우라고 날 이곳에 보내셨어. 부침주는 무사히 얻었니?"

"네, 큰 방해는 없었어요."

"잘됐구나. 윤홍여는 천산파 장문인이지만, 지금은 문파의 일에 나서지 않아. 이틀 전에 유람을 떠났지. 각주께선 네가 허탕을 칠까 봐 날 먼저 성 안에 들여보내 신기의 소재를 파악하게 하셨어. 천산파는 지금 윤홍여의 대제자와 넷째 제자가 나눠 다스리고 있어서, 남북 두 파로 나누어졌어. 현진척은 기관이 겹겹이 설치된 구소탑九霄塔 안에 있을 거야. 북파의 세력 안이지. 그 탑에는 장문인 말고는 아무도 들어갈 수 없어. 게다가 시간이 없어서 1층의 지도밖에 얻지 못했어. 잘 기억했다가 불귀연을 써서 곧바로 탑 안으로 들어가도록 해."

화천골은 감격한 얼굴로 그녀를 바라보았다. 본래 장문인의 현손녀인 윤상표의 신분을 이용해 윤홍연에게 접근할 생각이었는데, 이제 그럴 필요가 없었다. 정면 돌파를 하면 되는 것이다.

화천골은 지도를 받아 자세히 살펴본 후 출발할 준비를 했다.

"나도 같이 갈게."

여자가 말했다.

"하지만……."

"저 탑은 9층짜리야. 층마다 기관과 함정이 가득하니, 너희 두 사람과 당보만으로는 상대가 안 될 거야. 네게 무슨 일이라도 생기면 난 각주를 뵐 낯이 없어져."

화천골은 감동했다.

"언니, 언니 이름은 뭐예요?"

"녹초綠鞘."

화천골은 고개를 끄덕였다.

주문을 외자 세 사람은 순식간에 모습을 감추었다. 다시 정신을 차려 보니 탑 속에 와 있었다. 그런데 그들이 똑바로 서기도 전에 주변의 둥근 얼음벽에 수천 수백 개의 작은 구멍이 빽빽하게 생겨나는가 싶더니, 맹독을 바른, 가늘고 작은 수많은 은침들이 온갖 방향에서 쏘아져 나왔다.

화천골은 황급히 진기를 움직여 빛의 장막으로 사람들을 둘러쌌다. 그런데 향이 반 개 정도 탈 시간이 지났는데도 암기는 전혀 줄어들 기세가 아니었다. 벽을 아무리 공격해도 소용이 없었다.

화천골은 땅에 떨어진 은침이 스르르 사라지는 것을 보고, 그것이 은침이 아닌 독물로 만든 얼음 침이라는 것을 깨달았다. 사람의 기척이 있는 동안은 반복해서 되쏘아지기 때문에 끝이 없었다. 비록 침입자를 해칠 수는 없지만 내내 한곳에 묶어 기력을 소진하게 만들 수는 있었다.

"흩어져서 천천히 움직여, 바로 2층으로 올라가요."

삭풍과 녹초는 그녀의 보호막에서 나와 각자 보호막을 펼쳤다. 하지만 은침이 너무 많고 힘이 너무 세서 날아서 가기가 무척 힘들었다.

"계단이 어디야?"

삭풍은 사방을 둘러보았지만 하얗게 날아드는 은침뿐, 다른 것은 볼 수가 없었다.

"계단은 없어. 입구는 네 오른쪽 뒤의 천장 쪽이야. 하지만 얼음으로 막혀 있어."

화천골은 지도를 떠올리며 대답했다. 삭풍이 몸을 돌려 자세히 바라보니, 약간이지만 다른 부분이 보였다. 그가 두 손을 내리치자, 장풍이 날아드는 은침을 잠시나마 모두 떨어뜨렸다. 세 사람은 다음 침이 날아들기 전에 재빨리 얼음을 깨고 입구를 통과해 2층으로 올라갔다.

세 사람은 다음 공격을 대비했지만, 이번에는 아무 일도 일어나지 않았다. 얼음벽에 박힌 야명주가 기이한 녹색 빛을 뿌리고, 주위는 무서우리만치 고요했다. 세 사람은 곧장 3층으로 날아갔다. 하지만 역시 아무것도 없었다.

"어떻게 된 거지?"

화천골은 녹초를 돌아보았지만, 그녀도 모르겠다는 듯 고개를 저을 뿐이었다. 삭풍이 겹겹이 쌓인 얼음벽과 바닥, 그리고 위를 살폈다.

"기관이 모두 해제되었어. 누군가 우리보다 먼저 왔다 간 거야."

화천골과 녹초는 대경실색하여, 서둘러 9층으로 날아갔다.

"이 구소탑 주위는 진법이 가득해서 밖에서 들어오면 천산 사람들에게 발각될 수밖에 없어. 대체 누가 우리보다 먼저 이곳에 와서, 이렇게 깔끔하게 각 층의 기관을 해제했을까?"

녹초는 눈을 잔뜩 찌푸렸다.

"하지만 왜 1층의 기관은 해제하지 않았지?"

당보가 참다못해 물었다. 녹초가 생각 끝에 대답했다.

"1층의 기관을 해제하지 않은 것은 아마 탑에 침입한 사람이 없는 것처럼 보이기 위해서였을 거야. 윤홍연은 호방하고 제멋 대로인 성격이라, 우연히 이 탑에 왔더라도 1층의 기관이 정상 인 것을 보면 신기가 아무 탈 없을 거라고 확신하고, 귀찮게 직 접 올라가 보지는 않을 거야."

"그 말은, 벌써 신기를 빼앗겼다는 뜻이군요?"

화천골이 놀란 목소리로 물었다. 녹초는 가볍게 고개를 끄 덕였다. 세 사람이 서둘러 꼭대기 층으로 올라가 보니, 과연 얼 어붙은 시신들이 보였다.

삭풍이 주변을 살핀 후 말했다.

"신기는 무사해. 저기 있어."

"정말? 어떻게 알아?"

화천골은 깜짝 놀라며 주변을 뒤졌지만 신기를 숨긴 곳은 보이지 않았다.

'혹시 비밀 장소에 있나?'

그녀는 벽과 바닥을 차례차례 더듬었다. 그사이 녹초가 시 신들을 살펴본 후 말했다.

"모두 요마들인데, 사인死因이 무척 이상해서 뭔지 모르겠 어. 하지만 한 사람은 광야성曠野星 같은데……."

어디선가 들어 본 이름이었다.

"광야성이요? 그게 누군데요?"

"광야천의 아우야."

녹초는 품에서 이상하게 생긴 칼을 꺼내, 죽은 시체들의 혀를 거리낌 없이 잘라 들고 있던 대나무 통에 넣었다. 화천골은 차마 볼 수가 없어 고개를 돌렸다.

광야천은 바로 태백산에서 동방욱경과 싸웠던, 기관술에 능한 사람이었다. 화천골도 그에게 당해 중독되기도 했었다.

"그 사람 아우가 이곳에서 죽었다고요?"

녹초는 언 혀가 완전히 녹기를 기다렸다가, 대나무 통을 몇 번 흔들며 뭐라고 중얼거렸다. 마치 혀들에게 뭔가를 묻는 것 같았다. 그런 다음 대나무 통을 귀에 가까이 가져가 자세히 들었다. 한참 후에야 그녀는 눈을 찌푸리며 말했다.

"죽은 지 1년이 넘었어. 아마 태백산 싸움 전일 거야. 광야천과 광야성은 단춘추의 명을 받아 불귀연을 가지고 현진척을 훔치러 이 탑에 뛰어들었대. 그들 형제는 기관술에 정통해서, 탑에 들어와 9층까지 순조롭게 기관과 함정을 해제했지. 하지만 어떤 이유로 현진척을 얻지 못했고, 위험한 순간이 되자 광야천은 아우와 다른 사람들을 버리고 혼자 불귀연을 써서 구소탑을 빠져나갔대."

"그 위험이라는 게 뭐래요? 광야천은 무서운 사람인데, 대체 무엇을 만났기에 싸우지도 못했을까요? 게다가 그 후로는 현진척을 노리지 않고 차라리 태백산을 공격해 다른 신기를 빼앗으려고 했잖아요?"

녹초는 눈을 잔뜩 찡그렸다.

"이 혀의 말로는 탑 안에 괴물이 있다고……."

화천골은 오싹 소름이 끼쳤고, 당보는 놀라 그녀의 귓속으로 파고들었다.

"그자들도 요마인데 괴물을 두려워한다고요?"

삭풍은 주변을 둘러보았다. 뭔가 이상한 느낌이 들었지만, 무엇인지 꼬집어 말할 수가 없었다.

"현진척의 봉인이 왜 풀렸지?"

그가 낮은 소리로 중얼거렸다.

"뭐라고? 봉인이 풀리다니?"

도저히 믿을 수 없는 일이었다. 화천골은 침을 꼴딱 삼켰다.

"설마 탑 안의 괴물을 제압하기 위해 현진척의 봉인을 풀었다는 거야? 그래서 윤홍연도 자기 허정에 넣어 들고 다니지 않았던 거고?"

녹초는 고개를 끄덕였다.

"그 설명이 이치에 맞아. 이제 문제는 그 괴물이 어디에 있고, 현진척은 또 어디에 있느냐군."

삭풍은 눈을 찡그린 채 천천히 남쪽 벽을 향해 돌아섰다. 그리고 느릿느릿 손을 들어 벽에 구멍을 뚫었다.

"여기 있어……."

화천골은 경악하여 삭풍을 바라보았다. 갑자기 그의 목소리가 낯설게 느껴졌다.

두 사람은 삭풍을 따라 얼음벽 안으로 들어갔다. 앞은 칠흑처럼 어두컴컴했다. 이 어둠은 일종의 공허였다. 아무리 정신을 집중해 보아도 아무것도 보이지 않았다. 아마 아예 아무것도 없기 때문일 것이다. 심지어 바닥조차 없었다. 하지만 그들은 자연스럽게 평평한 면 위를 걸었다.

삭풍이 손을 뒤집어 환한 불꽃 두 개를 만들었다. 세 사람은 불꽃이 비추는 곳을 바라보았지만, 여전히 아무것도 보이지 않았다. 그저 새카만 어둠뿐이었다. 불꽃은 밝았지만 곧 어둠에 삼켜져 천장의 끝과 바닥의 끝도 비추지 못했고, 주위를 볼 수도 없었다. 그들은 끝없이 깊고 넓은 커다란 동굴 속에 있는 것 같았다.

아래에서 어렴풋이 뜨거운 바람이 불어왔다. 동굴은 마치 거대한 입처럼 숨을 쉬고 있는 것 같았다. 화천골은 긴장해서 아래를 내려다보았다. 그 속에서 강렬한 압박감이 느껴졌다.

갑자기 삭풍이 검을 꺼내 자신의 몸을 그었다. 피가 사방으로 뿜어 나가더니, 피 안개가 되어 묵직하게 아래로 떨어졌다. 그것은 질량을 가진 듯 계속 아래로 떨어져 마침내 보이지 않게 되었다.

순간, 그들 아래쪽으로 어지럽게 교차된 쇠사슬이 나타났다. 쇠사슬은 빽빽하게 아래로 이어져 도대체 얼마나 큰지 알 수 없는 동굴을 겹겹이 봉쇄하고 있었다. 쇠사슬 하나는 두 세 사람이 팔을 뻗어야 감쌀 수 있을 만큼 굵었고, 녹슨 자국이 여기저기 보였다. 아주 오래된 물건 같았다. 그리고 그 위에는 빨간 선과 주문이 가득했다.

화천골은 너무 놀라 온몸에 소름이 돋았다. 이것만 봐도 저 아래에 갇혀 있는 것이 얼마나 무시무시한 괴물일지 미루어 짐작할 수 있었다.

"현진척이 보여? 저기⋯⋯."

삭풍은 수많은 쇠사슬들이 얽혀 있는 곳에서 어렴풋이 노랗게 빛나는 물건을 가리켰다.

"광야성 일행은 현진척을 가지려다가 봉인의 힘이 약해진 순간 이 아래 있는 괴물의 습격을 받고 내단과 법력을 완전히 빨려 버렸을 거야. 광야천은 따르던 사람들이 공격받는 틈을 타 불귀연을 써서 혼자 도망친 거고."

"골두 엄마, 너무 무서워! 그만 돌아가자!"

당보가 울먹이며 말하더니 화천골을 끌어안고 덜덜 떨었다. 화천골은 망설이며 녹초를 바라보았다.

"우리가 현진척을 가져가면 저 괴물이 세상에 나와 사람들을 해칠까요? 요신은 나오기도 전에 사람들을 벌벌 떨게 만드는데, 저 괴물까지 나오면⋯⋯."

"상관없어. 다른 물건으로 가둬 두면 돼."

"다른 물건이요?"

"그래. 네 피 말이야."

녹초는 태연하게 고개를 끄덕였다.

"제 피요?"

'왜 또 내 피야? 이러다가 내 피가 만능약이 되겠군. 적을 죽

356

이고, 해독하고, 치료하고, 봉인하고, 안 쓰이는 데가 없잖아!'

"어째서 내 피가 그렇게 많은 일을 할 수 있는 거죠?"

"너……. 각주께서 말씀 안 하셨어?"

화천골은 초조해졌다.

'동방욱경은 대체 얼마나 많이 날 속인 거야!'

"무슨 말이요? 아무것도 말해 주지 않았다고요!"

"아무나의 피로 천수적에서 당보같이 높은 등급의 영충을 부화시킬 수 있다고 생각했니?"

"대체 어떻게 된 거예요?"

녹초는 고개를 저었다.

"각주께서 말씀하시지 않았다면 이유가 있을 거야. 그러니 내가 독단적으로 말해 줄 수는 없어. 어쨌든 걱정 마. 네 피는 반드시 저 괴물을 봉인할 수 있어."

"좋아요. 그럼 어떻게 해야 하죠?"

화천골은 긴장한 눈으로 아래의 어두컴컴한 동굴을 내려다보았다. 당장이라도 그들을 집어삼킬 것 같은 어둠이었다. 그것을 보자 왜 자신의 피가 그렇게 많은 용도로 쓰이는지 궁금해하고 싶지도 않았다.

녹초는 품에서, 돌멩이처럼 생겼지만 속이 빈 물건을 꺼내 그녀에게 건넸다.

"이번에는 피를 많이 써야 할 거야."

화천골은 고개를 끄덕이고, 혈관을 그어 용기를 가득 채웠다. 녹초가 그 위에 뭔가를 그리자, 돌멩이가 끔찍하리만치 이상한 붉은 빛을 뿜어냈다.

"이제 내가 내려가서 현진척을 줍고 새 봉인으로 바꿀게."

"위험하지 않을까요?"

"괜찮아."

"안 돼요. 같이 내려가서 서로 도와요."

광야성의 시체를 떠올리자 가슴이 서늘했다.

녹초는 억지로 고개를 끄덕였다. 미간에 우울한 빛이 어렸다.

일행은 조심조심, 쇠사슬을 피해 현진척 가까이 내려갔다. 주변 공기는 얼어붙은 것 같았고, 아래쪽에서 솟아나는 열기는 점점 강해졌다. 마치 누군가 급하게 숨을 헐떡이는 것 같았다. 화천골은 긴장한 눈으로 녹초가 봉인을 바꾸는 것을 바라보았다. 식은땀이 뚝뚝 떨어졌다. 삭풍이 그런 그녀의 손을 꼭 잡아 주었다.

녹초는 심호흡을 한 후, 재빨리 현진척을 주운 다음 그 자리에 화천골의 피를 놓았다. 화천골은 그녀에게서 현진척을 받아 허정 속에 넣었다. 주변이 격렬하게 흔들리고, 쇠사슬이 좌르륵 좌르륵 소리를 냈다. 아래에서 이상하고 무시무시한 괴성이 들려와 귀청이 터질 것 같았다. 화천골은 황급히 녹초를 붙잡고 떠나려고 했다. 그런데 뜻밖에도 녹초는 그녀의 손을 뿌리치고, 온 힘을 다해 그녀를 위로 밀어냈다.

"봉인이 끝나지 않았어. 늦었으니 어서 가!"

그 말을 끝내자마자 그녀는 계속 주문을 외며 두 손으로 수인을 맺었다. 그녀의 온몸이 녹색으로 빛났다. 그때, 은백색의 투명한 촉수 같은 것들이 빠른 속도로 아래에서 솟구쳤다.

화천골은 깜짝 놀라 녹초를 잡아당기려고 했지만 삭풍이 저지했다. 눈 깜짝할 사이, 촉수가 녹초의 몸을 꿰뚫었다. 화천골은 그녀의 몸에 있던 내력이 빠르게 사라지는 것을 볼 수 있었다. 하지만 그녀는 여전히 주문을 외려고 애썼다. 마침내 내단을 잃는 순간 봉인이 완성되었다. 이어 녹초는 천천히 거두어진 촉수와 함께 아래로 떨어졌다.

"녹초!"

화천골은 놀라고 두려운 목소리로 소리를 지르며, 불귀연을 이용해 아래쪽으로 날아가 그녀의 몸을 껴안았다. 그리고 촉수의 공격을 피해 삭풍과 함께 다시 탑 안으로 돌아왔다.

"날 속였어! 위험하지 않다고 했잖아요! 처음부터 자신을 희생해서 봉인을 바꾸어 주기로 마음먹은 거예요. 그렇죠?"

그녀는 울고 싶었지만 울음이 나오지 않았다.

'이후각 사람들은 모두 거짓말쟁이야!'

겨우 숨이 붙어 있던 녹초는 억지로 눈을 떠 그녀를 향해 웃어 보였다.

"왜 그런 거예요?"

그럴 가치가 없었다. 두 사람은 겨우 몇 번 만났을 뿐이고, 서로 잘 알지도 못했다. 그런데 왜 그녀를 위해 목숨까지 버려야 했을까?

"슬퍼하지 마. 난 내 임무를 다한 것뿐이야."

"말해 줘요. 어떻게 하면 언니를 구할 수 있죠? 내 피면 돼요? 내 피가 만능약이잖아요!"

화천골은 미친 듯이 손을 뻗어 그녀에게 피를 먹였다. 녹초는 두어 번 기침을 했다. 얼굴이 점점 더 창백해졌다.

"소용없어……."

화천골은 또다시 필사적으로 진기를 불어넣어 주었다.

"버텨요. 꼭 버텨야 해요! 염수옥을 얻으면 반드시 구할 수 있어요!"

녹초는 고개를 저었다.

"늦었어……. 미안해. 내가 늘 네게 험상궂게 굴거나 차갑게 군 건 네 운명 때문이었어……. 나는 각주께서 너 때문에 위험해질까 봐 늘 걱정했지. 사실 너를 처음 봤을 때부터 마음에 들었어. 그때, 그때도 넌 이렇게 작았지. 무가 든 바구니를 들고……."

화천골은 입술을 파르르 떨며 눈을 감았다. 다시 눈을 떠 보니 그들은 이후각에 와 있었다.

"동방! 동방! 나와요!"

화천골은 녹초를 안은 채 머리 없는 파리처럼 미친 듯이 사방을 뛰어다녔다.

"하하, 괜찮아. 말했잖아. 모든 것은 거래일 뿐이라고. 이 세상에 대가가 없는 건 없어. 현진척을 얻는 것도 마찬가지야. 양심에 찔리거나 내게 미안하면 우리 각주님에게 잘해 줘. 그분은 평생 고통을 받아 왔어. 부탁이니 그분을 슬프게 만들지 마……."

녹초의 목소리가 점점 낮아지더니 마침내 눈을 감았다. 화천골의 걸음이 우뚝 멈추었다. 그녀는 멍하니 정원 안에 서서 꼼짝도 하지 않았다.

동방욱경이 밖에서 날아 들어왔다. 녹초의 시신을 안고 있는 그녀를 보자 그의 얼굴도 잿빛이 되었고 표정에서도 생기가 사라졌다. 그는 화천골 앞까지 천천히 걸어왔다. 녹초를 보는 그의 얼굴은 여전히 차분했다. 그는 아무 말도 하지 않았고, 그가 무슨 생각을 하는지는 아무도 알 수 없었다.

마침내 화천골이 고개를 들고 그를 바라보았다. 얼마 전 그는 그녀에게 어려운 길이 될 거라고 말했다. 그리고 그녀는 마침내 그것이 얼마나 어려운 길인지 깨달았다.

"동방⋯⋯."

그녀는 낮게 그를 불렀다. 넋이 빠진 그녀의 모습에 동방욱경은 가슴이 아팠다. 피를 많이 흘린데다 비분이 치밀자, 화천골은 눈앞이 까매지더니 앞으로 고꾸라지며 혼절했다.

깨어나 보니 동방욱경과 당보, 그리고 삭풍이 옆에 있었다.

"녹초는요?"

그녀는 일어나 앉았다. 몹시 무서운 악몽이라도 꾼 것처럼 놀라고 무서웠다.

"걱정 마시오. 잘 처리했소. 이후각 사람에게는 이후각의 안장 방식이 있소. 그녀의 시체를 데려와 주어서 고맙소. 아니면 그녀의 혼백은 수많은 귀신들에게 먹혀 연기가 되어 흩어졌을 거요."

"왜 이렇게 해야 하죠?"

"이후각 사람은 천기를 너무 많이 알기 때문에 인간과 신선들의 공분을 사고 있소. 귀신은 물론이고 하늘도 용서하지 않겠지. 미안해할 필요 없소. 이건 녹초의 운명이오."

화천골은 깜짝 놀라 그의 손을 잡았다.

"그럼 당신도……."

동방욱경은 그녀를 향해 웃어 보였다.

"걱정 마시오. 이후각 사람은 선을 익히지 않아 장생불로할수는 없지만, 지옥에 들지도 않고 육계에 들지도 않소. 육계를 벗어난 존재지. 나중에 좋은 가정을 찾아, 녹초가 환생하도록 해 주겠소. 맹파탕[21]을 먹지 않게 해서 기억을 가지고 태어날거요. 그녀가 이렇게 끊임없이 환생하는 가엾은 숙명을 바란다면 알아서 돌아올 거요. 평범한 사람의 삶이 좋다면 그렇게 살수도 있소. 이후각과 그녀가 알고 있는 것들도, 속으로는 알지만 영원히 말하지 않을 거요. 그러다가 스물다섯 살이 되면, 전생과 이후각에 관한 일을 모두 잊고 평범한 여자가 되는 거요."

화천골은 놀란 표정을 지었다.

"말하지 않았소? 세상에 대가가 없는 것은 없다고. 이후각 사람도 예외는 아니오."

"그럼 동방 당신은……."

---

21 孟婆湯. 죽은 사람이 환생하기 전에 먹이는 탕으로, 기억을 잃게 함.

화천골은 차마 깊이 생각할 수가 없었다.

"시간이 촉박하니 나중에 천천히 말해 주겠소."

동방욱경은 그녀가 무엇을 묻는지 알았다. 그래서 재빨리 그녀의 말을 끊고 화제를 돌렸다.

"이제 당신이 찾아야 할 신기는 민생검과 적선산이오. 지금 살천맥의 손에 있을 텐데, 당신에게 주려고 할지 모르겠군. 잘 안 되면 지혜를 써서 얻는 수밖에 없소."

"언니에게 잘 말해 볼게요. 사람을 구하는 일이니 분명 이해 해 줄 거예요."

"당신은 너무 단순하게 생각하고 있소. 살천맥 일행이 심혈 을 기울여 신기를 모으는 것은 요신이 나타나 육계를 통일하기 를 바라서요. 그런데 그렇게 쉽게 당신에게 신기를 내주겠소? 설령 그가 그러겠다고 해도 다른 요마들은 그렇지 않을 거요. 그는 마군이고, 그 자리에는 책임이 따르오. 그러니 자기 마음 대로 할 수 없는 일도 많소. 그를 만나거든, 당신이 신기를 많 이 모았다는 말은 절대 하지 마시오. 아니, 그뿐만 아니라 다른 누구에게도 말해서는 안 되오. 알겠소? 이것은 신기의 안전을 위해서기도 하고, 당신의 안전을 위해서기도 하오."

"알았어요. 그럼 민생검과 적선산을 얻은 후에는요? 염수옥 의 위치를 알 수 있나요? 시간이 모자라 사부님께서 깨어나시 면 큰일이에요."

사부가 깨어나 신기가 사라진 것을 알고 버럭 화를 내는 모 습을 상상하자 다리가 덜덜 떨렸다.

"염수옥이라……. 때가 되면 삭풍에게 물어보시오!"

동방욱경은 한쪽에 내내 말없이 서 있던 삭풍을 흘끗 바라보았다. 그 말에 삭풍은 고개를 들고 놀란 눈길로 그를 쳐다보았다. 그러나 모든 것을 꿰뚫어 보는 듯한 동방욱경의 시선을 받자 저도 모르게 당황해서 표정을 숨길 수가 없었다.

"삭풍이요?"

화천골은 이해가 가지 않는 듯 눈을 찌푸렸다. 마음속 깊이, 흩어 버릴 수 없는 안개가 낀 것 같았다. 어째서 그녀 곁에 있는 사람들은 모두 그녀를 속이는 걸까?

"명심하시오. 염수옥이 본래대로 돌아오면 즉시 돌아가 당신 사부를 구해야 하오. 그 후 신기들을 사부와 온풍여의 허정에 돌려놓아 아무 일도 없었던 것처럼 만들어야 하오."

"알겠어요. 그럼 이제 살 언니를 찾아갈게요."

"가시오. 무슨 일이든 조심하고, 이상한 일이 생기면 즉시 당보를 시켜 내게 알리시오."

31. 가늠할 길 없는

단춘추는 남우회를 배웅하고 칠살전으로 돌아왔다. 남우회는 백자화와의 일전에서 일어난 일 대부분을 제대로 설명하지 못했지만, 이리저리 돌려 가며 이렇게 전했다.

"목적은 곧 달성될 것이다. 관건은 화천골이다."

단춘추는 남우회의 상처를 꿰매 주며, 그녀가 동방욱경이라는 자의 주술에 걸린 것이라고 짐작했다. 태백산의 싸움 이후 조사해 보았더니, 놀랍게도 그자는 요마조차 꺼린다는 이후각의 각주였다. 이 사실을 알고 단춘추는 무척 놀랐다. 그자는 단춘추 일행에 대해 손바닥 보듯 훤히 알고 있으니, 겨루면 지는 것이 당연했다.

비록 남우회는 십요팔마 중 가장 강한 사람은 아니지만, 언제나 가장 영리하고 유능했다. 속으로 다른 꿍꿍이가 있거나 다른 목적이 있더라도, 목표만 같으면 각자 필요한 것을 얻기에 충분했다.

모든 것이 순조롭게 진행되었다고 해도, 단춘추는 몹시 걱정스러웠다. 그는 살천맥을 너무도 잘 알고 있었다. 화천골에 대한 그의 감정이, 때가 왔을 때 또다시 일을 망칠 수도 있었다.

지금 살천맥은 전각의 보좌 위에 늘어져 하품을 하고 있었다.

"피곤해 죽겠네. 곧 폐관하러 갈 테니 중요한 일이 아니면 보고할 필요 없어."

"화천골에 대한 일입니다……."

"꼬맹이 이야기라면 물론 중요하지."

살천맥은 당장 눈을 반짝 떴다.

"마군, 마군께서는 대체 그녀를 어떻게 생각하십니까? 정말 좋아하신다면 장류산으로 사람을 보내 빼앗아 오면 될 것을, 어째서 미적거리십니까?"

살천맥이 똑바로 앉으며 진지하게 말했다.

"내가 어떻게 생각하느냐가 중요할까? 가장 중요한 것은 꼬맹이가 어떻게 생각하느냐야. 꼬맹이가 좋아하는 사람이 나라면, 그깟 백자화 따위가 아니라 만천신불이라 해도 나와 그 아이가 함께 있는 것을 막을 수 없어."

"그녀가 다른 사람을 좋아한다면 어쩌시겠습니까?"

단춘추가 떠보듯 물었다. 화천골이 좋아하는 사람이 백자화라는 것은 분명했다. 하지만 단순한 살천맥은 분명 눈치채지 못했을 것이다.

"다른 사람을 좋아하면, 그자도 그 아이를 좋아하게 만들어 줘야지. 감히 내 말을 따르지 않으면 죽여 버리겠어!"

살천맥이 기세등등하게 대답했다. 꼬맹이에게 사랑을 받는데도 감히 그녀를 사랑해 주지 않는다는 것이 마치 지독한 죄악이라도 되는 양 생각하는 것 같았다.

순간 단춘추는 멍해졌다. 살천맥이 이런 생각을 하다니! 억지를 쓰고 고집을 부리며 상대방의 마음을 돌려놓겠다고 해야 마땅한데!

이 세상에는 사랑에 미친 남자와 사랑 때문에 원한을 품은 여자가 많았다. 그런데 요계와 마계에 군림하는 그가 감정을 다루는 방식은 이렇게나 뜨겁고 대범했다. 그는 오로지 상대방의 행복만을 바라고 있었다. 단춘추는 도저히 믿을 수가 없었다!

단춘추가 헛기침을 했다.

"마군, 화천골이 마군을 뭐라고 불렀는지 기억하십니까?"

"뭐라고 부르다니? 언니라고 부르……."

말을 하다 말고 살천맥은 멈칫했다.

'그래. 꼬맹이는 계속 나를 여자로 오해하고 있어. 그런데 어떻게 나를 사랑하겠어? 큰일 났군. 쉽게 다가가기 위해 그런 척했을 뿐인데, 정정해 주는 것을 깜빡했잖아. 안 돼! 당장 가서 해명해야지!'

살천맥이 그 생각을 하기 무섭게 **뼈** 호루라기 소리가 들렸다.

화천골은 삭풍과 함께 꽃섬에서 대략 두 시간을 기다렸다. 살천맥이 바람을 타고 나풀나풀 날아왔다.

"꼬맹아, 반년 동안 못 봐서 내가 보고 싶었구나? 기다리느라 애태웠지?"

살천맥은 그녀를 와락 끌어안고 공중에서 뱅뱅 돌렸다. 그런 다음 옆에 선 삭풍에게 흉악한 표정을 지어 보였다.

"애벌레 녀석을 데려온 것은 괜찮지만, 왜 또 이런 짐짝까지 데려왔어?"

그도 화천골 때문에 삭풍을 몇 번 본 적 있었다. 삭풍은 그의 미모에 전혀 무관심한 극소수의 사람 중 한 명이었기 때문에 살천맥은 항상 마음에 두고 있었다.

삭풍은 귀찮은 듯 모래밭 위에 털썩 누워 멍하니 하늘을 바라보았다. 화천골과 경수 등은 늘 그가 존재감이 없다고 말했는데, 그럴 만도 했다. 지금까지도 그는 존재라는 것이 무엇인지조차 모르고 있으니까!

"언니, 급한 일로 찾았어요!"

화천골은 그가 삭풍을 노려보지 않게 하려고 얼굴을 자기 쪽으로 돌렸다.

"마침 잘됐구나. 나도 급히 할 말이 있어! 네가 먼저 말해."

살천맥의 목소리는 눈 깜짝할 사이에 부드럽고 달콤하기 짝이 없게 변했다.

'내가 사실은 남자라는 것을 알게 되면 꼬맹이는 어떤 반응을 보일까?'

"적선산과 민생검은 언니가 갖고 있죠? 급한 일이 있는데, 좀 빌려줄 수 있어요?"

이렇게 초조한 화천골의 모습을 처음 본 살천맥은 연신 고개를 끄덕였다.

"물론 괜찮지. 그런데 조금 전에 남우회가 갑자기 찾아와 빌려 달라고 했어. 요긴하게 쓸 데가 있다나!"

화천골은 가슴이 철렁했다.

"빌려주셨어요?"

살천맥은 손을 내저었다.

"물론 아니지. 요즘 햇볕이 너무 뜨거워서 적선산으로 내 피부를 보호해야 하거든. 그래서 민생검만 빌려줬어."

그때 남우회는 듣기 좋은 말을 수없이 했다. 어찌나 아부를 잘하는지 그는 기분이 좋아졌고, 그래서 부하들 중에서는 역시 인어가 제일 똑똑하고 믿을 만하다고 생각했다.

"야단났네."

화천골이 신음했다. 남우회는 사부의 맹독을 치료할 방법이 없다고 했지만 속으로는 알고 있었던 것이다. 화천골이 해독을 위해 신기를 모아 염수옥을 찾으려 할 것을 짐작하고 미리 민생검을 가져간 것일까?

"남우회는 자기가 동해 바다 속으로 수련하러 간다고 특별히 강조했어. 민생검을 돌려받아야 하거나 분부할 것이 있으면 즉시 찾으러 오라던데?"

화천골은 눈을 찌푸렸다. 역시 일부러 그녀를 유인하려는
것이다.

"왜 그래, 꼬맹아? 갑자기 신기로 뭘 하게? 내가 알기로 백자
화 쪽도 꽤 많이 모았던데. 정말이지 모조리 빼앗아 오고 싶다
니까!"

화천골은 그에게 모든 것을 털어놓고 싶었지만, 동방육경의
당부가 생각나 입을 다물었다.

"언니, 요신이 나타나길 바라세요?"

"그건 바라느냐 아니냐의 문제가 아니야. 요신은 반드시 나
오게 되어 있어. 중요한 것은 누가 그를 풀어 주느냐지. 그리고
난 앞으로 요신보다 더 강한 사람이 될 거야! 흥, 얼마 후면 내
가 백자화를 찾아가 신기를 빼앗을 거야. 꼬맹아, 돌아가서 네
사부에게 조심하라고 전해. 때가 되면 그간의 원한을 모두 갚
겠다고 말이야!"

"사부님은…….."

화천골은 고개를 숙였다. 울적한 표정이었다.

"왜 그래? 왜 갑자기 울상이야? 겨우 반년 못 본 사이 어쩌다
이렇게 여위고 초췌해졌지? 백자화가 밥도 안 줘? 아무래도 이
언니와 같이 가는 게 좋겠다. 언니가 맛있는 거 실컷 먹게 해
줄게! 금방 다시 통통해져서, 안으면 폭신폭신하고 포동포동하
니 탄력이 느껴지게 될 거야."

화천골은 참지 못하고 웃음을 터트렸다. 돼지라도 키우려는

모양이었다.

옆에 있던 삭풍이 그녀를 돌아보았다. 웃는 그녀의 모습이 참 오랜만이었다. 그는 마음속에 일어나는 따스한 감정을 이해할 수 없었지만, 나중에야 어찌 되든, 자신이 어떻게 되든, 그녀가 지금처럼 웃을 수 있기를 바랐다. 처음 그를 만났을 때처럼 그렇게. 그를 위해 웃어 주는 것이 아니더라도, 그녀 옆에서 묵묵히 바라볼 수 없을지라도.

살천맥은 허정에서 적선산을 꺼내 그녀의 손에 쥐어 주었다.

"이 우산으로 뭘 하려는지 모르지만, 봉인을 풀기가 무척 어려워서 햇빛을 가리거나 비를 막는 것 외에는 딱히 쓸모가 없어."

"생명과 관계된 일이고, 시간이 없어요. 나중에 설명해 드릴게요. 지금은 남우회를 찾아 동해로 가야겠어요!"

"아, 좋아. 찾아가 봐."

살천맥이 가녀린 다섯 손가락을 살짝 뒤집자 손바닥에서 투명한 기포가 솟아났다. 그가 뭐라고 중얼거리자 입에서 글자가 튀어나와 기포 속으로 들어갔고, 기포는 화천골에게 향했다.

"만나면 그 안에 든 내 말을 전해. 그러면 감히 내주지 않으려고는 못할 거야."

화천골은 살천맥을 바라보았다. 감격한 나머지 뭐라고 해야 좋을지 알 수가 없었다. 어째서 그는 항상 그녀를 믿어 주는 걸까? 천신만고 끝에 빼앗은 신기를 거리낌 없이 내주다니, 그것도 무슨 용도인지 묻지도 않고!

옆에 있던 삭풍도 한숨을 쉬었다. 살천맥의 부하들은 신기를 뺏으려고 목숨을 거는 판국인데 그 자신은 아무렇게나 신기를 내주다니, 정말이지 집안의 골칫거리였다!

하지만 바꿔 말하면, 그가 이렇게 태연하고, 얻거나 잃는 일에 무관심한 것은 강함과 굳셈의 표현이기도 했다. 신기가 어찌 되든, 그는 충분히 다시 빼앗아 올 수 있었다. 어쩌면 그야말로 육계의 진정한 강자일 것이다.

그러나 그 다음 순간, 살천맥이 헤어지기 아쉬운 표정으로 화천골에게 이리저리 부비는 모습을 보자, 삭풍은 곧 헛된 망상에 가까웠던 생각을 즉시 내던졌다.

"참, 언니. 언니가 할 말이란 건 뭐예요?"

살천맥은 손을 내저었다.

"별로 대단한 것도 아니야. 급하다고 하지 않았니? 좋은 날을 골라 천천히 이야기하자."

"좋아요!"

그리하여 살천맥은 미용을 위한 시간대[22]에 잠을 자기 위해 돌아갔다.

화천골은 한참 동안 그의 뒷모습을 응시했다.

'언니는 벌써 몇 번이나 나를 도와주었어. 그러니 이번 일에는 언니를 끌어들일 수 없어. 사부님을 구한 다음 언니에게 적선산을 돌려주면 마치 아무 일도 없었던 것처럼 될 거야.'

---

22 저녁 10시부터 다음 날 새벽 2시를 말함.

화천골과 삭풍은 즉시 불귀연을 사용해 동해 바다 속으로 이동했다. 부디 꾀 많은 남우회도 살천맥의 말에 따라 순순히 신기를 내놓기를 바라면서.

하지만 일이란 언제나 사람의 생각처럼 수월하게 풀리지 않는 법이었다. 더없이 아름답지만 단순하고 게으른 살천맥은 이미 주위에서 일어나는 복잡한 일들을 간단히 흘려버리는 데 습관이 되어 있어, 화천골에게서 뭔가 이상한 점을 전혀 느끼지 못했다. 게다가 앞으로 언제쯤 좋은 날이 찾아올지 생각도 하지 못했다.

백자화는 깨어났다.

그가 깨어났을 때 절정전은 텅텅 비어 있었다. 특별한 일이 없을 때는 이곳을 찾아올 사람이 없으니 당연한 일이었다.

어쩌면 화천골은 그의 공력을 얕보았거나, 독약의 독성을 얕보았거나, 혹은 자신의 섭혼술을 너무 믿었던 것일지도 모른다. 어쨌거나 백자화는 깨어났다. 모든 것이 아무도 예상치 못한 방향으로 굽이져 흘러가고 있었다.

깨어난 순간 그의 기분이 어떠했는지는 무엇으로도 형용할 수가 없었다. 비록 정신을 잃었지만, 그는 잠재의식 속에서 계속 스스로를 깨웠다. 하지만 실제로 깨어나 보니 차라리 지금 벌어진 모든 일이 꿈이었으면 싶었다.

그는 아무 표정도 없었고, 화천골이 동문을 죽이려고 했던 때처럼 버럭 화를 내지도 않았다. 하지만 그는 알고 있었다. 이 평온함 아래에서 얼마나 커다란 광풍과 폭우가 자라나고 있는 지를.

그는 냉정해져야 한다고 스스로에게 일렀다. 지난번처럼 갑자기 이성을 잃을 수는 없었다. 화천골을 믿어야 했다. 그는 오랫동안 화천골이 자라는 모습을 보아 왔다. 그녀가 아무 이유 없이 그의 예상에서 벗어나는 일을 할 리 없었다. 지금 그가 해야 할 일은 그 이유가 무엇인지 알아내는 것이었다.

백자화는 비틀거리며 문을 열고 나갔다. 장류산은 여전히 예전 그대로였다. 하지만 백자화는 이 평온함이 곧 무너질 것을 알았다. 불길한 예감은 점점 강해졌다. 그는 화천골의 종적을 쫓으려 애썼으나 끝내 찾을 수가 없었다. 그는 조금씩 초조해졌다. 화천골이 그의 손에서 신기를 모두 가져간 것은 곧 다른 신기를 찾으러 갔다는 뜻이었다.

'그렇다면……. 장백산의 온풍여!'

백자화는 번뜩 깨달았다. 벌써 빼앗겼는지도 모르고, 지금 달려가도 막기는 틀렸을 것이다. 그래서 천천히 숨을 고르고 수경을 사용해 장백산을 관미했다. 뜻밖에도 장백산은 혼란에 빠지고, 구슬픈 울음소리로 뒤덮여 있었다. 온풍여가 죽었다!

백자화는 힘껏 숨을 들이쉬며 눈을 찡그렸다. 온풍여가 죽고 신기를 잃어버렸다……. 오랜 세월 동안, 그를 이렇게 난처하게 만든 일은 없었다. 하지만 이번에는 정말 당황스러웠다. 화천골이 자신의 신기를 가져간 바로 그날 밤, 장백산은 신기를 잃고 장문인까지 해를 입었다. 온풍여의 죽음이 반드시 화천골 때문이 아니더라도, 완전히 무관할 수는 없었다. 하지만 어쨌든 화천골이 사람을 죽였다고 믿을 수는 없었다.

문득 선검대회 때 화천골과 예만천의 대결 장면이 눈앞에 떠올라 백자화는 가슴이 죄어들었다. 어쨌든 그녀를 찾아내는 것이 우선이었다.

백자화는 다시 수경을 들여다보았지만 여전히 화천골의 종적을 찾을 수 없었다. 체력이 얼마 남지 않아 움직이기도 힘든 판인데, 관미같이 진기와 내력 소모가 심한 법술을 썼으니 얼마나 힘든지 말할 필요도 없었다.

잠시 생각하던 그는 번쩍 정신이 들었다. 화천골은 반드시 당보를 데리고 다녔다. 그러니 당보를 찾으면 될 것이다!

당보를 통하자 과연 그들의 위치를 금방 찾을 수 있었다. 뜻밖에 삭풍도 함께 있었다. 위치는 동해인 것 같았다. 백자화는 황급히 패검을 들고 몸 속에서 기승을 부리는 맹독은 까맣게 잊은 채, 억지로 그곳으로 달려갔다.

화천골과 삭풍은 쉽사리 남우회를 찾아냈다. 어쩌면 남우회는 계속 그들을 기다리고 있었던 것인지도 모른다.

그녀를 발견하자, 화천골은 사부의 독과 그 고통이 떠올랐다. 그녀가 아니었다면 일이 지금처럼 되지는 않았을 것이다. 모든 것은 그녀가 벌인 것이었다!

화천골은 이를 악물고 남우회를 바라보았다. 남우회는 생글생글 웃으며 매우 친절한 태도를 하고 있지만, 무슨 꿍꿍이인지 알 수가 없었다.

"오늘 무슨 바람이 불어서 여기까지 왔을까?"

"민생검을 갖고 있지?"

화천골은 복수하고 싶은 충동을 눌러 참았다. 지금은 사부를 해독하는 것이 가장 중요한 일이라고 스스로에게 다짐하면서.

"그래."

남우회의 꼬리가 가볍게 흔들렸다. 그녀의 침대는 빛을 내는 커다란 조개인데, 주위에 진주와 보석이 가득 박혀 있었다. 꾸며 놓은 모양새가 용궁과 약간 비슷해서, 화려하면서도 정교했다. 이곳은 바다 속에 뜬 거대한 기포처럼, 보통 사람이 들어가도 숨 쉬는 것이 전혀 불편하게 느껴지지 않았다.

화천골은 살천맥의 말이 담긴 기포를 그녀에게 던졌다. 기포를 깨뜨려 다 듣고 난 남우회는 이미 예상했다는 듯이, 여전히 매력적인 미소를 지었다.

"아아, 민생검 말이지. 물론 줄 수 있지. 하지만 거래를 해야겠어."

"안 돼!"

화천골이 단박에 거절했다.

"아직 말하지도 않았는데, 뭐가 그렇게 급해!"

"다른 신기와 바꾸자는 거잖아. 절대 안 돼!"

"어머, 참 똑똑하네. 역시 백자화의 제자다워! 사실 네가 손해 볼 건 전혀 없어. 네가 필요한 건 염수옥이잖아. 그걸 그······. 그······."

남우회는 그 일을 입 밖으로 낼 수가 없어 하는 수 없이 헛기침을 했다.

"다른 신기는 네게 아무 소용이 없잖니. 민생검을 주고 다른 신기도 찾게 도와줄게. 신기를 다 모은 후 염수옥을 찾고, 그 다음에 내게 모은 신기들을 주면 돼. 그럼 서로 원하는 바를 이루는 셈이니 좋지 않아?"

"안 돼. 절대로 요신이 나타나 창생에게 화를 입히게 놔두지는 않아!"

"민생검은 지금 내 손에 있어. 네가 조건을 따질 입장인 줄 알아? 나도 알아. 지금 네게 신기가 있으니 네 상대가 못 된다는 걸. 하지만 말이야, 민생검이 어디에 있는지 알아낼 수 있을 것 같니? 알아내기 위해 섭혼술을 쓴다면 나 역시……."

"어떻게 알았지?"

화천골은 놀라 그녀를 바라보았다.

'내가 섭혼술을 배운 건 얼마 전 일인데, 어떻게 알았을까?'

남우회는 공중에서 천천히 날아 그녀 곁으로 오더니, 주변을 두어 번 맴돌며 요사한 웃음을 지었다.

"난 백자화를 중독시켰을 뿐만 아니라 너희 둘을 모두 죽일 수도 있었어! 그렇게 큰 공을 세웠는데도 다른 사람에게 말할 수가 없다니, 내가 얼마나 억울했는지 알아? 하지만 나도 그때는 일이 이렇게 흘러갈 줄은 예상하지 못했어. 백자화가 제자를 그렇게나 아끼는 줄 몰랐다고. 무슨 방법을 썼는지는 모르지만, 지금까지 안 죽고 있다니 놀랍구나. 하지만 그보다 더 놀라운 건 네가 그에게서 신기를 훔쳐 달아났다는 거야."

"이제 보니 몰래 우리를 감시했구나!"

"그럴 리가? 장류산의 경비가 얼마나 삼엄한데? 내가 아무리 간이 커도 그럴 수야 없지! 다만, 이 남우회는 말이지, 독을 쓰는 솜씨는 자유만 못하고, 계략은 운예만 못하고, 기관술은 광야천만 못해. 더욱이 하자훈만큼 법술이 뛰어나지도 못하고, 단춘추만큼 악랄하지도 못해. 하지만 바다에서 일어나는 일이라면, 크든 작든 내 눈을 속일 수 없단다. 처음엔 그저 물고기나 새우 같은 것들을 보내 장류산 주변 해역을 지키게 했을 뿐이야. 그런데 네가 몰래 장류산에서 나와 신기의 봉인을 푸는 것을 보게 된 거란다."

화천골은 자신의 일거수일투족이 그녀의 손아귀에 들어 있었다는 것을 그제야 깨달았다.

"그래서 내가 무엇을 하려는지 깨닫고, 한 걸음 먼저 언니한테 가서 민생검을 빌려 간 거야?"

남우회가 입을 가리며 웃었다.

"그래. 하지만 네가 그렇게 간이 큰 줄 몰랐어! 백자화를 위해 이렇게까지 하다니, 정말 감동했지 뭐니. 그렇지만 너나 나나 백자화가 어떤 사람인지 잘 알잖아. 그는 네게 감사하지 않을걸. 그가 깨어나면 엄격한 장류산의 문규에 따라 널 어떻게 벌할 것 같아?"

화천골의 표정은 변화가 없었지만, 몸은 자연스레 떨렸다.

"그러니까, 어차피 사부를 배신한 이상 더는 정파인 양 행세

할 필요 없어. 게다가 우리가 신기를 가져가서 무얼 하든 신경 쓸 필요도 없어. 네 사부만 구할 수 있다면 말이야……."

"안 돼. 사부님이 허락하지 않으실 거야!"

"바보. 이제 와서 돌이킬 수 있을 것 같아? 이틀만 지나면 네가 신기를 훔쳐 달아났다는 것을 선계 전체가 알게 될 거고, 수배령을 내려 너를 쫓을 거야. 정의롭고 자상하다고 떠들어 대는 그 선인들은 네가 신기를 훔친 이유가 무엇이든 상관하지 않을걸. 그들에게 위협이 된다면 요마보다 더 악독하게 변하는 게 그들이야!"

뭔가 떠오른 것처럼 남우회의 눈동자가 갑자기 활활 타올랐다. 말로 설명할 수조차 없는 끝없는 원한이 모든 것을 집어삼킨 것 같았다.

화천골은 부루퉁해서 고개를 돌리며, 속으로는 어떻게 그녀한테서 민생검을 받아 낼지 궁리했다.

"왜 그래? 못 믿겠어? 말해 주는데, 선계에서 각종 죄목으로 죽은 사람이 요마의 손에 죽은 사람보다 훨씬 많아! 네가 무슨 생각을 하는지 다 알아. 신기를 다시 봉인하여 돌려주면 모든 것이 없었던 일이 된다고 생각하지? 하지만 그럴 수는 없어. 온풍여가 이미 죽었으니까!"

남우회는 그녀의 귓가에 한 자, 한 자 속삭였다. 그 말이 마법처럼 순식간에 화천골을 골짜기 밑바닥으로 집어넣었다. 머리부터 발끝까지 싸늘한 느낌이 들었다.

"그러니까 아무도 몰래 처리하는 것은 불가능해. 지금 장백

산은 혼란에 빠졌거든. 온풍여가 피살되고 부침주는 도둑맞았
으니, 그들은 곧 네 사부에게 알릴 거야. 그런 다음 백자화가
신기를 잃은 일도 순식간에 선계에 퍼져 나가겠지. 그때가 되
면 삼계三界에서 다 함께 널 쫓을 거야. 네 사부까지 포함해서!
그런데도 돌이킬 수 있을 것 같니?"

"당신이……."

화천골이 그녀를 바라보았다. 화가 나 말조차 나오지 않았
고, 가슴이 철렁했다.

"당신이 죽였지?"

"그래, 내가 죽였어. 그래서? 부침주를 훔친 건 너일 텐데? 네
가 그에게 장안법과 섭혼술을 썼지만, 내 눈에는 어린애 장난일
뿐이야. 덕분에 그를 죽이는 건 손바닥 뒤집듯이 쉬웠지. 네 덕
분에 다시 공을 세우게 되었으니 참 고맙구나. 안 그랬으면 내
공력으로 장백산의 장문을 쓰러뜨리기란 절대 불가능하거든."

화천골은 가슴이 아파 고꾸라질 뻔했다. 창백하고 초췌한
얼굴로 울던 온풍여의 모습이 눈앞에 떠올랐다. 그녀가 그를
해친 것이다!

노기가 치민 화천골은 검을 뽑아 남우회를 찔렀다. 가슴속
에는 비분과 후회가 가득했다. 남우회는 가볍게 피하고는, 계
속 웃으며 그녀를 바라보았다.

"우리 쪽으로 와. 하자훈도 잘 지내잖니? 게다가 마군께서도
널 아주 좋아하시잖아."

"닥쳐!"

화천골은 연거푸 검을 찔렀다. 남우회는 공격하지 않고 방어만 했다. 경쾌하게 피하는 모습이 마치 물속을 빠르게 헤엄치는 작은 물고기 같았다.

　옆에 있던 삭풍은 화천골이 냉정을 잃고 허점투성이로 검을 휘두르는 것을 보자 황급히 가로막고, 그녀의 손을 꼭 잡아 기분을 가라앉혔다. 그때, 밖에서 두꺼비 머리에 사람 몸을 한 자가 폴짝폴짝 뛰어 들어와 남우회의 귀에 뭐라고 속삭였다. 남우회는 몹시 기뻐하며 잠시 생각하더니, 갑자기 허정에서 민생검을 꺼내 화천골에게 내밀었다.

　"착한 동생, 화내지 마. 장난 좀 쳤을 뿐이야. 마군께서 명령하셨는데 어떻게 안 줄 수 있겠니?"

　상황이 갑자기 변하자 화천골과 삭풍은 어리둥절했다.

　'지금 무슨 장난을 치는 거지?'

　화천골은 의심이 가득한 채 그녀의 교활한 미소를 바라보았지만, 결국 참지 못하고 검을 받았다. 삭풍을 돌아보자 그가 고개를 끄덕였다.

　"진짜 신기가 맞아."

　"왜 내주는 거지? 난 다른 신기를 주지 않을 거야!"

　"그야……. 네가 그렇게나 싫다니 강요할 수는 없잖아. 안 그래? 앞으로 마군 앞에서 이 언니 얘기를 잘 좀 해 줘."

　화천골은 지독하게 화가 났지만 화를 풀 곳이 없었다.

　'정말 부끄러운 줄도 몰라! 사부님과 나를 이렇게 만들어 놓은 게 누군데!'

"가자!"

삭풍이 그녀를 끌고 황급히 그 자리를 떠났다. 남우회의 말이 사실이라면, 신기를 훔친 일이 알려졌으니 잘못하면 늦을지도 몰랐다.

'어쩌면……, 이미 늦었을지도.'

남우회는 잘 가라는 표정으로 웃으며 그들을 바라보고 있었다. 승리를 거머쥔 것 같은 그 모습에 화천골은 저도 모르게 몸이 부르르 떨렸다.

눈 깜짝할 사이, 두 사람은 살천맥을 만났던 섬으로 돌아왔다. 삭풍은 내내 화천골의 손을 꼭 잡고 놓지 않았다.

"삭풍?"

화천골이 그를 부르자 삭풍은 정신을 차렸지만, 여전히 그녀의 손을 잡은 채 눈을 잔뜩 찌푸렸다. 화천골은 결계 밖에 또다시 빛의 장막을 쳐서 뜻밖의 사고가 일어나거나 남우회의 감시를 막았다. 그런 다음 신기를 하나씩 꺼내 늘어놓았다.

"정말……, 마지막 하나만 남았어."

"그래, 쉽지 않았지. 삼계를 왔다 갔다 하며 누차 싸움을 치르고 신기를 빼앗았으니까. 단 며칠 만에 신기를 모두 모으다니, 이게 천명인가……."

"천명 따위는 난 몰라. 사부님만 무사하시면 돼."

"평생 오명을 뒤집어쓰고, 사람들의 오해와 원망을 받고, 인간으로선 견딜 수 없는 고초를 겪어도 괜찮다는 거야?"

화천골은 고개를 들어 삭풍의 눈을 바라보았다. 평생 본 눈

중에서 가장 빛나는 눈동자였다. 사부의 깊고 아득한 눈과는 달리 하늘의 별처럼 반짝였다. 그 순간, 늘 말이 없고 거만하던 눈동자에 온갖 복잡한 감정이 떠올랐다. 고통과 불만, 외로움, 그리고 슬픔…….

"겁나지 않아."

화천골이 말했다. 간단한 한마디였지만 결연하고 고집스러웠다.

"좋아, 아주 좋아……."

삭풍의 목소리가 점점 떨렸다. 그는 고개를 돌렸다.

"그럼 안심이야. 오늘의 결심을 기억해. 앞으로 너 혼자 무슨 일을 당하든 반드시 버텨야 해. 후회하지 말고……."

"후회하지 않아."

화천골은 신기들을 자세히 바라보았다. 이렇게 큰 힘을 품고 있는 신기가 봉인하고 있는 요신이 얼마나 강력할지 상상조차 할 수 없었다.

"동방욱경이 민생검을 찾은 다음 네게 물어보면 염수옥이 어디 있는지 알 수 있댔어. 너 알고 있니? 신기의 봉인을 모두 풀어야 해? 불귀연이 있지만, 시간이 빠듯할 것 같아."

삭풍은 한참 동안 대답하지 않았다.

"삭풍?"

화천골이 고개를 들었다. 삭풍은 그녀를 똑바로 바라보고 있었다. 복면으로 가렸기 때문에 얼굴은 잘 보이지 않았지만, 화천골은 그의 눈빛만 보고도 그가 무척 슬픈 표정을 짓고 있다는 것을 알 수 있었다.

"삭풍, 왜 그래?"

그가 어딘지 이상하다는 것을 느낀 화천골은 일어나서 그에게 다가갔다. 신기를 찾으러 떠날 때부터 확실히 그는 이상했다. 하지만 지금 이 순간에도 그녀는 깊이 생각해 보려 하지 않고, 신기의 봉인을 푸는 데만 골몰했다.

삭풍은 웃는 듯 마는 듯한 표정으로 그녀를 바라보았다.

"뭐 하러 그렇게 귀찮게 해? 이렇게만 하면 돼."

삭풍이 적선산을 들고 뭐라고 중얼거렸다. 적선산은 순식간에 환한 빛을 뿌리더니 바로 봉인을 풀었다. 화천골은 얼이 빠져 멍하니 그를 바라보았다. 삭풍이 신기를 하나하나 건드리자 봉인은 금방 풀렸다. 그 속도가 너무 빨라 화천골은 눈을 휘둥그렇게 떴다.

'이상해, 뭔가 이상해……'

지금 삭풍의 눈에는 슬픔이 가득했고, 살짝 미친 것처럼 봉인을 풀면서 큰 소리로 웃어 댔다.

"봉인? 이렇게 쉬운 것을."

그제야 화천골은 정신을 차리고, 삭풍의 손이 점점 투명하게 변하는 것을 발견했다. 봉인을 풀 때마다 호흡도 점점 약해졌다.

'아니야, 이건 아니야! 대체 무슨 일이지?'

"멈춰! 삭풍, 당장 멈춰!"

화천골이 달려가 그의 손을 부여잡았다. 봉인이 풀리지 않은 신기가 세 개밖에 남지 않은 때였다. 그녀가 처음 봉인을 풀 때는 하늘빛마저 바뀌었는데, 지금 그의 손에서는 소꿉장난처럼 간단했다.

"넌 누구야? 대체 누구야?"

화천골은 그의 손을 꽉 잡고 앞뒤로 뒤집어 보았다.

'어쩌다 이렇게 된 거야?'

삭풍은 한숨을 쉬며 그녀를 바라보았다. 그의 몸은 반쯤 투명해져 금세 사라질 것 같았다.

"나는 누구도 아니야. 난 아무것도 아니라고."

삭풍이 다른 손을 뻗어 신기 두 개의 봉인을 해제했다. 몸은 더욱 투명해져 당장이라도 보이지 않게 될 정도였다.

"안 돼!"

화천골이 그의 손을 틀어쥐며 봉인을 풀지 못하도록 막았다. 다음 순간 그가 재가 되어 바람 속으로 사라질 것처럼.

"나는 처음부터 내가 살아 있는 이유를 몰랐어. 왜 장류산으로 갔는지, 왜 너를 만났는지도. 그러다가 네가 신기를 모아 존상을 해독하겠다고 말하는 순간 마침내 깨달았어. 그건 천만 년 전부터 정해진 일이었다는 것을. 내 존재는 너를 돕기 위해 있었던 거야."

"무슨 말이야? 난 모르겠어……."

화천골은 그의 두 손을 꽉 잡고 몸을 바르르 떨었다. 아무 일도 없을 거라고, 삭풍은 봉인을 풀기 위해 내력 소모를 많이 한 것뿐이니 조금 쉬면 나을 거라고, 필사적으로 스스로에게 속삭였다.

"천골, 중원절 밤 함께 수등을 띄웠던 일 기억나? 나더러 왜 아무것도 쓰지 않느냐고 했지? 나는 내게 가족도 없고, 친구도 없다고 대답했고."

"기억나……. 넌 너를 손오공이라고 했어."

"그래, 나는 손오공이야. 손오공은 가족이 없어. 키워 준 사람도 없이 바위에서 튀어나왔지. 나도 그래……."

화천골은 다리가 풀려 쓰러질 뻔했다. 삭풍이 손을 빼내 그녀를 품에 꼭 안았다. 화천골은 눈을 동그랗게 뜨고 힘껏 고개를 저었다.

"안 믿어! 안 믿는다고!"

"믿을 필요 없는 일도 많아. 그냥 네가 알아주었으면 해. 네 앞에 있는 나는 사람도 아니고, 신선도 아니고, 요괴도 아니고, 마물도 아니야. 그저 돌멩이일 뿐이야. 심지어 완벽한 돌멩이라고도 할 수 없지. 염수옥의 한 조각일 뿐이니까……."

화천골은 그의 품에 머리를 묻고, 입술을 깨물며 그의 팔을 세게 잡았다.

"비록 돌멩이지만 나도 고통을 느낀다고. 그렇게 힘껏 꼬집지 마."

마침내 말을 하고 나자 오히려 속이 후련했다. 삭풍은 웃으며 그녀를 내려다보았다.

"내가 언제부터 있었는지, 왜 존재하게 되었는지는 나도 몰라. 그리고 다른 조각들도 나처럼 서로 다른 모습을 하고, 다른 방식으로 이 세상에 존재하고 있는지 어떤지도 몰라. 하지만 모든 조각이 합쳐지는 날이 우리의 몸이 완전히 사라지는 날이라는 건 알지."

"아니야! 헛소리하지 마! 어떻게 그럴 수가 있어? 네가 죽더라도 염수옥을 이용해 널 살려 낼 수 있다고!"

"이 바보. 내가 염수옥인데 나 자신을 내가 어떻게 살려? 내가 다쳐도 다른 사람보다 금방 낫는 거 봤어?"

"그럼 좋아. 봉인을 풀지 말고 가자. 당장 장류산으로 돌아가서 사부님께 죄를 청하는 거야!"

삭풍은 마음이 따뜻해지고 목이 살짝 메어 말이 잘 나오지 않았다.

'됐어. 이 한마디면 충분해.'

"바보같이 굴지 마. 이렇게 고생해서 신기를 얻었는데 어떻게 그만둬? 설마 눈 빤히 뜨고 존상께서 돌아가시는 걸 보려고?"

"몰라. 아무것도 모르겠어. 하지만 널 이렇게 죽게 내버려 둘 순 없어! 염수옥도 필요 없어! 신기도 필요 없어! 가자, 돌아가자니까! 경수와 다른 사람들이 장류산에서 우릴 기다리고 있을 거야!"

그녀는 삭풍이 구소탑에서 신기의 존재를 느낄 수 있었던 이유를 마침내 알게 되었다. 동방욱경이 그가 염수옥이 어디 있는지 알 거라고 했던 것도 이해가 갔다. 동방욱경은 삭풍이 염수옥의 조각인 것을 이미 알고 있었는데 그녀를 속인 것이다.

'안 돼!'

이미 그녀 때문에 녹초와 온풍여가 죽었다. 더 이상 염수옥을 찾고자 하는 자신 때문에 누군가를 희생시킬 수는 없었다!

삭풍은 그녀를 힘껏 끌어안으며 낮은 소리로 말했다.

"천골, 염수옥이 어쩌다 부서졌는지 잊었어? 넌 누군가를 구하기 위해 다른 사람을 해치는 것을 원치 않겠지. 하지만 존상이 죽으면 너도 살아갈 수 없어. 나는 그저 먼지보다 별로 크지 않은 돌멩이에 불과하고, 내가 있든 없든 세상은 그대로야. 아무도 슬퍼하거나 아쉬워하지 않아. 하지만 존상은 달라. 존상의 안위는 삼계의 흥망과 관계가 있어."

"아니야! 네가 없어지면 난 슬퍼! 경수도 슬퍼할 거야! 그리고 사부님과 당보도 슬퍼할 거라고!"

당보는 화천골의 머리 위에 올라가 힘껏 고개를 끄덕이며 눈물을 닦았다. 삭풍이 그녀의 얼굴을 감싸 들었다.

"처음 의식이 생겼을 때 나는 물속에 있었어. 백 년, 혹은 천 년 동안 몽롱하게 잠에 빠져 있었지. 깨어난 다음 뭍에 앉아 물이 흐르고, 꽃이 피고 지고, 구름이 뭉쳤다 흩어지는 것을 백 년 동안 바라보았어. 그런 다음에는 심심해서 산에 있는 나무 위에 올라가 산허리에 있는 인가를 바라보았지. 매일 해가 뜨면 일하고, 해가 지면 쉬고, 태어나서 늙고 병들고 죽는 모습을 바라보며 백 년을 보냈어. 그 후 차차 사람 모습이 되어 갔고, 말하는 것도 배웠어. 많은 곳에 갔고, 여러 종류의 사람들을 봤어. 하지만 이 세상이 전혀 재미있게 느껴지지 않았고, 내가 왜 존재하는지도 몰랐어. 그래서 처음 있었던 강가로 가서 또다시 멍하니 백 년을 보냈지. 그러던 어느 날, 존상이 머리 위를 날아갔어. 아마 신기의 존재를 느꼈던지, 존상은 아래로 내려와 조사하다가 나를 발견했어. 내게 왜 여기 있느냐고 물었지만, 나도 알 수가 있어야지! 그래서 도리어 내가 왜 여기 있느냐고 존상에게 물었지. 존상은 나를 바라보더니 말했어. '네가 왜 여기 있는지 궁금하다면 나를 따라가자. 어쩌면 언젠가 알게 될지도 모른다.' 그래서 나는 존상의 손에 이끌려 장류산에 온 거야. 그리고 너와, 다른 친구들을 만났지. 사실 장류산도 내게는 다른 곳과 마찬가지였어. 존상을 따라간 것은 아마 신기와 접촉할 기회가 더 많았기 때문일 거야. 당시 나는 다른 신기들도 나처럼 사람도 아니고 귀신도 아닌 모습을 하고 있는지 무척 궁금했어."

"말하지 마. 다 알아. 나도 다 알아……."

화천골은 마음이 짠해서 말을 할 수가 없었다.

"하지만 존상을 따라 장류산으로 간 것은 기뻤어. 너희들과 함께 있을 때도 즐거웠고. 특히 중원절에 같이 수등을 띄우고, 목검절에 곤곤어를 쫓았을 때 말이야. 천골, 나는 그렇게 오래 살았지만, 사람과 사람 사이의 감정이 무엇인지, 어째서 사람들은 아무 관계도 없는 사람을 위해 기꺼이 죽을 수 있는지 도무지 알 수 없었어. 하지만 존상을 위해서라면 아무것도 두려워하지 않는 너를 보자 차차 이해가 가기 시작했어. 너한테 같이 신기를 찾으러 가자고 했을 때 난 이미 결심했어. 연기가 되어 사라지더라도 너를 도와 염수옥을 찾아 존상을 해독하겠다고 말이야. 그가 내게 베푼 큰 은혜를 갚는 셈이기도 하니까."

화천골은 마음이 아팠다. 그의 결심이 단호하다는 것을 안 그녀는 달려들어 봉인이 풀리지 않은 마지막 신기인 민생검을 빼앗으려 했다. 하지만 삭풍이 한 발 빨랐다.

"안 돼, 삭풍. 부탁이야. 다른 방법을 생각해 보자……."

화천골의 목소리는 솜처럼 가벼웠다. 마치 조심하지 않으면 그를 놀라게 할까 봐 두려운 것 같았다.

삭풍이 민생검을 쓰다듬었다.

"천골, 사실은 누구에게나 무서운 것이 있어. 너는 귀신과 존상이 가장 무섭다고 했어. 내가 가장 무서운 건, 물처럼 차갑게 뼈를 에는, 오랜 외로움이야. 영문도 모른 채 세상을 떠돌던 내게, 넌 우정이 무엇인지 가르쳐 줬어. 난 가족이 없지만, 너 같은 친구가 있는 것으로 충분해. 앞으로 매년 중원절에 잊지 말고 내게 수등을 띄워 줘……."

삭풍이 손가락을 살짝 눌러 마지막 봉인을 풀었다.

"안 돼……!"

화천골의 날카로운 비명이 하늘을 찔렀다. 그녀는 삭풍의 손을 잡으려고 했지만, 헛손질을 할 뿐이었다.

"얼굴을 보여 줘. 최소한 네 모습을 기억할 수 있도록!"

화천골은 힘껏 손을 내밀며 그를 붙잡으려고 했다. 삭풍의 몸이 엄청난 빛을 뿌려 댔다. 그 속에서 가벼운 웃음소리가 한숨에 섞여 들려왔다.

"난 그저 부서진 조각일 뿐이어서 자아를 결정할 수가 없어.

그래서 어떻게 얼굴을 보여 줘야 하는지 몰라. 그러니 볼 필요 없어. 난 본래 얼굴이 없으니까……. 하지만 가능하다면 존상처럼 밤낮으로 묵묵히 네 곁을 지킬 수 있기를 바라……."

삭풍의 마지막 한마디가 끝나자마자, 빛이 한데 모여 별처럼 허공을 맴돌았다. 동시에 사방팔방에서 수없이 많은 빛나는 조각들이 모여들어 순식간에 하늘을 가득 채웠다. 화천골은 더 이상 그중 어느 것이 삭풍인지 찾을 수가 없었다. 무수한 조각들이 하나로 합쳐지고, 빛이 감도는 녹색의 돌멩이가 되었다. 마침내 염수옥이 돌아온 것이다. 만 년 만에 십방신기가 다시 모였다.

"네 얼굴을 보면 안 될까?"

"안 돼."

"얼굴 좀 보여 줄 수 없어?"

"안 돼!"

"얼굴 좀……."

"말했잖아! 안 돼!"

"좀 보여 줘. 잠깐이면 돼. 못생겼다고 소리 지르지도 않고, 우습게 생겼다고 비웃지도 않을게. 잘생겼다고 침을 흘리지도 않을 거야. 아무한테도 말 안 할 테니까, 좀 보여 줘, 응?"

"안 돼. 안 돼. 안 돼, 안 돼……."

머릿속의 메아리가 점점 작아졌다. 항상 묵묵히 그녀를 지지하고 지켜 주던 그림자는 마침내 사라졌다.

　오랫동안 억지로 버텨 온 화천골의 꿋꿋함도 마침내 무너져 내렸다. 그녀는 염수옥을 꽉 끌어안고 바닥에 잔뜩 웅크린 채 목이 메도록 울기 시작했다. 하지만 눈물도 없는 울음으로 어떻게 그 모든 슬픔을 씻어 낼 수 있을까?

32. 출신의 수수께끼

화천골은 억지로 일어났다. 녹초와 온풍여의 죽음을 헛되게 할 수 없었다. 더구나 삭풍을 쓸데없이 희생시킬 수도 없었다. 화천골은 다른 신기들을 허정에 넣고, 염수옥은 품에 꼭 안았다.

전에는 이 길이 아무리 힘들어도 사부를 위해서라면 갈 수 있다고 생각했다. 그런데 사실은 그녀 혼자 고통을 겪는 정도의 단순한 길이 아니었다. 그녀는 자신의 운명을 잊고 있었다. 누구든 그녀와 관계가 있는 사람은 불행을 당했다. 아버지와 어머니가 그랬고, 사부가 그랬다. 삭풍과 녹초, 온풍여도 그랬다.

손바닥은 식은땀에 젖었고, 슬며시 불길한 예감이 들었다. 신기 하나 때문에 세 명이 목숨을 잃었다. 이제 십방신기가 모두 봉인이 풀린 상태로 모여 있으니 천지를 무너뜨릴 힘이 있었다. 어떻게 이 무거운 부담을 짊어질 수 있을 것인가?

시간이 촉박했다. 그녀의 힘으로 모든 신기를 다시 봉인하는 데는 최소한 며칠은 걸릴 것이다. 그리고 십방신기가 다시 모인 것은 매우 위험했다. 어떻게 해야 요신이 나타나는지 그녀도 알지 못했다. 그래서 방비할 수도 없었다. 어떤 사소한 일이 무시무시한 결과를 야기시킬 수도 있었다. 그러니 무조건 빨리 움직여야 했다. 사부를 구한 뒤 서둘러 신기를 돌려주고, 사부가 신기를 처리할 수 있게 해야 했다.

화천골은 당보를 어루만지며 입가에 쓴웃음을 떠올렸다. 그래도 당보가 내내 곁에 있어 주어 다행이었다. 당보도 그녀에게 몸을 비비며 낮은 소리로 위로했다. 화천골은 마음이 불안했지만 정신을 가다듬고, 불귀연을 써서 장류산으로 돌아갈 준비를 했다. 어쩌면 신기를 도난당한 일이 벌써 알려져 장류산이 경계를 하고 있을 수도 있었다. 어쩌면 사부가 벌써 깨어나 호되게 벌을 줄 수도 있었다.

하지만 그녀가 소리 없이 백자화의 방 안으로 들어갔을 때, 백자화는 보이지 않았다. 벌써 깨어난 것이다!

화천골은 장류산을 관미했지만 모든 것이 평소대로였다. 사람들은 아직 신기를 도난당한 일을 모르는 것 같았다. 사부는 사람들을 놀라게 만들지 않으려는 것이다.

'하지만 사부님께서는 대체 어디로 가셨을까?'

화천골은 당황해서 즉시 백자화의 종적을 찾았지만 법력에

막혀 보이지 않았다. 초조해 죽을 것 같았다. 천신만고 끝에 염수옥을 찾았는데 사부가 사라지다니!

화천골은 정신을 가다듬으며 당황하지 말라고 스스로에게 속삭였다. 사부가 아무 이유 없이 실종될 리 없었다. 장류산이 평소와 다름없다는 것은, 누군가 무슨 일로 찾아왔다가 발견하고 사부를 깨운 것이 아니라 사부 스스로 깨어났다는 뜻이었다. 깨어난 후, 사부는 그녀와 신기를 찾았을 것이 분명했다. 그렇다면, 그렇다면 사부는 분명 그녀를 찾아 나섰을 것이다.

'큰일 났다!'

상황을 알고 나자, 화천골은 갑자기 남우회가 이상하게 행동한 이유를 깨달았다. 그녀는 황급히 불귀연을 써서 다시 동해 바다 속의 남우회의 수정궁으로 돌아갔다. 남우회는 다시 돌아온 그녀를 보고도 전혀 놀라지 않는 것 같았다.

"빨리도 왔네. 그래, 우리 편이 되기로 생각을 바꿨니? 아니면 신기를 내놓고 거래를 할 생각이니?"

"사부님은 어디 계셔?"

화천골이 차갑게 물었다.

"어머나, 그 사람은 네 사부지 내 사부가 아니잖아. 그런데 내가 어떻게 알겠어?"

남우회는 단춘추처럼 간사하게 웃었다.

"수작 부리지 마! 한 번 더 묻겠다. 사부님은 어디 계셔?"

눈 깜짝할 사이 화천골은 불귀연을 이용해 남우회 바로 앞으로 이동해, 검을 뽑아 그녀의 목을 겨누었다. 남우회는 두려워하기는커녕, 피하거나 반격하지도 않고 노기충천한 화천골을 바라보았다.

장백산의 사고를 접하고, 삭풍의 죽음을 겪고, 마지막 순간에 사부가 사라지자, 화천골은 더 이상 냉정하고 이성적일 수가 없었다. 어서 빨리 백자화를 구하고 싶을 뿐이었다.

"정말 네 사부가 걱정되는 모양이구나. 그를 위해 신기까지 훔치다니 말이야. 네 사부도 나쁘지 않아. 희생을 감수하면서까지 널 구했을 뿐 아니라, 맹독으로 그 모양이 되었는데도 동해까지 널 찾아왔으니까. 사제 간의 정이 이렇게 깊다니, 나조차 감동했지 뭐니⋯⋯."

"사부님은? 어떻게 되신 거야?"

화천골은 긴장하고 화가 나 그녀를 노려보았다. 검이 남우회의 목에 깊은 핏자국을 만들었다. 그러나 그녀는 웃기만 했다.

"그자가 뭘 할 수 있겠어? 진기를 다 써 버리고 독이 발작해서 기절하는 수밖에. 하지만 정말 뜻밖이었어. 오늘 같은 상태로도 내 부하들을 그렇게 많이 해칠 수 있을지 몰랐거든. 그렇지만 독이 더 빨리 발작했어. 그의 천부적인 자질이라면 열흘에서 보름 정도는 억지로 버틸 수 있었는데, 이번 싸움에서 완전히 의식을 잃고 깨어나지 못하고 있어. 남은 기력으로는 길어야 하루 정도 더 살 수 있을걸."

그 자리에 있는 것은 남우회와 당보, 화천골 세 사람뿐이었다. 셋 다 백자화가 중독된 것을 알고 있기 때문에 남우회는 훨씬 더 말하기가 쉬워졌다는 것을 깨달았다.

"너도 알 거야. 난 널 괴롭히고 싶지 않아. 이 세상에서 백자화와 대적하고 싶은 사람이 누가 있겠니? 내가 원하는 건 신기라고! 백자화가 장류산에 없다는 것을 알았다는 것은 이미 신기를 모아 염수옥을 찾아냈다는 의미겠구나. 정말 잘됐어. 넌 나를 전혀 실망시키지 않았어! 너 같은 꼬마 한 명이 요계와 마계의 천군만마보다 낫다니!"

"그래서 갑자기 내게 민생검을 준 거야. 그렇지? 사부님이 네 손이 있는 이상 언젠가는 내가 찾아올 것을 알았으니까."

"그래. 민생검이 그 신기들과 바꿀 정도가 못 되더라도, 백자화는 충분하겠지?"

화천골의 얼굴이 시퍼레졌다. 화가 나 말조차 나오지 않았다. 두 번이나 남우회의 손에 놀아나게 되다니!

"안 돼."

화천골은 고개를 저었다. 하지만 목소리가 약간 떨렸고, 그녀 자신조차 확신이 없었다. 남우회는 빨간 손톱으로 그녀의 얼굴을 살짝 긁으며 매혹적인 목소리로 속삭였다.

"바보 같으니. 그렇게 스스로를 다그치지 않아도 돼. 신기가 중요해, 네 사부가 중요해? 신기를 훔치는 그 순간부터 넌 이미 알고 있었어."

"아니야!"

사부가 신기보다 중요하고, 그녀 자신보다도 중요했다. 이 세상의 모든 것보다 중요했다! 하지만 천하 백성들은? 다른 사람들은 모두 무고했다! 요신이 나타나면, 그녀가 해치거나 피해를 준 사람은 단순히 세 사람에서 끝나지 않을 것이다! 그녀가 사부를 구하기 위해 육계에 화를 불러온다는 것을 알면, 사부는 죽는 한이 있어도 그렇게 하도록 내버려 두지 않을 것이 틀림없었다.

화천골은 얽힌 실타래처럼 마음이 복잡했다. 갑자기 눈앞이 모호해지는 것을 느낀 그녀는 황급히 남우회에게 일장을 날리고 뒤로 몇 걸음 물러났다.

"쓸데없이 날 미혹시킬 생각 마! 다시는 그 수법에 당하지 않아!"

애초에 그녀가 쉽사리 남우회를 믿지 않았더라면 사부는 중독되지도 않았을 것이다. 화천골은 점점 더 양심의 가책을 느꼈다. 반드시 사부를 구해야 한다. 하지만 절대 신기를 내줄 수는 없다.

"두 가지만 말해 줄게. 첫째, 벌써 광야천을 보내 마군을 묶어 놨어. 그러니 마군을 이용해 백자화를 내놓도록 날 겁줄 생각은 마. 둘째, 시간이 얼마 안 남았어. 잘 생각해 봐. 네 사부는 얼마 못 버틸 테니까!"

화천골은 두 손으로 수인을 맺으며 재빨리 섭혼술을 펼쳤다. 동시에 환사령 소리가 맑게 울렸다. 방울 소리는 끊이지 않고 울리며 점점 빨라졌다.

남우회의 얼굴이 창백해졌다. 그녀는 이를 악물며 큰 소리로 웃었다.

"쓸데없는 짓이야. 네가 이렇게 나올 것은 이미 예상했지.

그래서 나도 백자화를 어디 숨겼는지 모른다고!"

"거짓말!"

화천골은 핏발이 가득 선 두 눈으로 두어 걸음 물러났지만 여전히 포기하지 않았다. 그녀의 섭혼술은 남우회에게 미치지 못했지만 환사령의 작용 덕분에 법력이 몇 배나 증가했다.

남우회는 끝끝내 저항했지만 결국 정신이 사로잡혀 픽 쓰러졌다. 꼬리는 고통스레 요동쳤고 눈동자는 순식간에 짙은 남색으로 변해 흰자위를 찾아볼 수 없게 되었다. 그녀는 고개를 들고 슬피 울었다. 그 소리는 세상에서 가장 감동적인 비가悲歌 같았다.

화천골은 그녀의 눈에서 눈물이 뚝뚝 떨어지는 것을 보았다. 바닥에 닿은 눈물은 반짝이는 진주알이 되어 흩어졌다. 인어의 눈물은 성城보다 더 귀한 보물이었다. 얼마나 많은 사람들이 이 눈물 때문에 인어를 붙잡아 학대했는지 모른다. 하지만 인어들은 죽을 때까지 눈물 한 방울 흘리지 않았다. 그러나 이 순간, 남우회는 비 오듯 눈물을 흘렸고, 그 눈물은 한데 모여 눈부시게 찬란한 은하수를 이루었다.

화천골은 환사령 소리에 이렇게 많이 우는 사람은 처음이었다. 대체 그녀의 마음속에는 얼마나 큰 슬픔이 숨겨져 있는 것일까? 화천골은 마음이 아파 그만두려 했지만, 사부를 생각하자 절대로 마음 약해지면 안 된다고 다짐했다. 더욱이 독사의 눈물에 미혹될 수는 없었다. 그녀는 이를 악물고 점점 더 세게 그녀의 의지를 몰아세웠다.

"사부님은 어디 계셔?"

"나도 몰라……."

"어서 말해!"

남우회의 머리가 고통스럽게 바닥에서 꿈틀댔다.

"정말 몰라……."

"그럼 누가 알아?"

"그…… 그냥 부하들에게 아무나 시켜 백자화를 숨겨 두라고 했어. 나에게 알리지 말고. 그런 다음 그자를 죽이라고 했지."

"뭐라고?"

화천골은 놀라 뒤로 물러났다. 남우회는 울면서 웃어 댔다.

"하하하! 하늘이 보라색이 되고 바다가 하늘을 향해 역류하지 않으면, 영원히 백자화를 데려오지 말라고 했단 말이야."

"무슨 말이야?"

무엇인가가 화천골의 심장에서 탁 하고 끊겨 나갔다.

"요신이 나타나지 않으면 영원히 네 사부를 볼 수 없다는 뜻이지……."

화천골은 화가 나 눈을 동그랗게 뜨고 주먹을 꽉 쥐었다. 남우회는 비명을 지르며 양손으로 머리를 감싸 안고 바닥을 데굴데굴 굴렀다. 정신이 완전히 혼란스러워진 것이다. 그녀는 날카롭게 욕을 퍼부으면서도 모골이 송연해질 것처럼 음산한 웃음소리를 냈다.

"내가 맞았어! 넌 멍청해! 계속 날 믿었으니 그렇게 당하는 것도 싸지! 너 스스로 찾아봐. 왜 귀신처럼 날 붙잡고 늘어지는 거야?"

처음에는 화천골도 남우회가 자신을 욕한다고 생각했지만, 점차 아닌 것을 느꼈다. 욕을 퍼부은 그녀는 고통스레 몸을 웅크리며 눈물을 흘렸다. 눈물방울은 거의 피처럼 빨갛게 변했다.

"살려 줘! 용서해 줘! 일부러 속인 게 아니야. 당신이 살아 있는 줄 몰랐어! 걱정 마. 곧 요신이 나올 거야. 그럼 만황蠻荒의 결계도 열릴 것이고…… 반드시 당신을 구할 방법을 찾아낼게…… 날 미워하지 마, 내가 잘못했어…… 기다려! 버텨, 계속 버텨! 난간……"

울음소리가 화천골의 심장을 아프게 찔러 질식할 것 같았다.

'그녀가 바로……'

화천골은 금세 모든 것을 깨닫고 눈앞이 까매졌다. 요신이 나오면 천지가 갈라지고, 만황이 무너지고, 육계가 멸망한다.

'이게 바로 정해진 운명이라는 걸까?'

수업 도중에 어쩌다 꺼낸 말 한마디로 두난간이 만황으로 쫓겨난 소식을 흘렸던 그녀였다. 그 결과 남우회가 집념을 품고, 수단과 방법을 가리지 않도록 만든 것이다. 그녀가 한 모든 행동은 화천골과 마찬가지로 사랑하는 사람을 구하기 위해서였을 뿐이었다…….

화천골은 환사령과 섭혼술을 멈추고 멍하니 물러났다. 그녀는 더 이상 손을 쓰지 않고 하늘을 향해 슬피 외쳤다. 순간, 그녀의 눈이 놀랄 만큼 빨개졌다. 그녀는 곧장 수정궁을 나가 수면을 뚫고 하늘로 날아올랐다. 그리고 아득하게 펼쳐진 푸른 바다를 내려다보았다. 시간이 많지 않았을 테니, 어디에 숨겼든 그리 먼 곳은 아닐 것이다. 동해를 뒤집어 놓는 한이 있어도 사부를 찾아내고야 말 것이다!

물을 부리는 부침주를 꺼낸 화천골은 눈을 감고 두 손을 힘껏 밖으로 떨쳤다. 순간, 바람이 크게 휘몰아치고 바다에는 거대한 파도가 일어났다.

"골두, 이러지 마!"

당보가 그녀를 막으려고 귓가에서 필사적으로 소리쳤다. 하지만 지금 화천골은 걱정으로 미칠 지경이 되어 아무 소리도 들리지 않았다.

바다 밑 깊은 곳에서부터 격렬한 진동이 일기 시작했고, 파도가 겹겹이 일어났다. 화천골은 부침주의 힘을 빌려, 엄청난 기력을 소모하면서 바다 속 곳곳을 뒤지며 백자화를 찾았다. 바다 속은 순식간에 어지러워졌다. 누군가 파도를 일으키는 것을 본 용궁에서 얼마 지나지 않아 대규모의 바다 군대를 보냈다. 하지만 아무리 해도 그녀에게 다가갈 수가 없었다.

용왕은 공중에서 주화입마 된 것처럼 동해를 발칵 뒤집어 놓는 사람을 알아보았다. 군선연에서 만난 모산 장문인 화천골이었다. 게다가 그녀는 신기를 갖고 있어 엄청난 위력을 발휘하고 있었다. 이대로 가다간 용궁마저 무너질지도 몰랐다. 그는 황급히 장류산과 선계 전체에 편지를 띄웠다.

남우회는 요동치는 수정궁에서 한참 후에야 정신을 차렸다. 주위 바닷물이 용솟음쳐 시야가 무척 혼탁했다. 화천골이 무엇을 하려는지 짐작한 그녀는 당황했다.

'어리석구나, 어리석어! 이 세상에 나보다 더 바보 같은 사람이 있다니!'

하지만 절대로 마음이 약해지거나 그녀를 동정할 수는 없었다. 이 세상에 그를 제외하고 그녀와 관계가 있는 사람은 아무도 없었다. 모두 죽어 없어진다 해도 상관없다! 무슨 일이 있어도 백자화는 내줄 수 없었다. 요신이 나타나지 않고서는!

'그리고 지금 한 가지만 더 하면 목적을 달성할 수 있다!'

남우회는 득의양양하게 웃었다. 미리 섭혼술로 백자화의 기억을 살펴보지 않았다면, 일이 이렇게 쉬울 줄은 전혀 알지 못했을 것이다.

해는 벌써 산 아래로 떨어져 하늘에는 노을이 가득했다. 노을이 피처럼 화천골의 빨간 눈동자를 비추었다. 바다 위 하늘에는 사람들이 빽빽했다. 모두 연락을 받고 황급히 달려온 선인들이거나 그녀를 저지하기 위한 천병과 천장들인 것 같았다.

이 많은 사람들이 동시에 그녀를 공격한다면 하늘이라도 무너뜨릴 수 있는 기세였다. 그러나 화천골은 적선산의 힘으로, 전혀 힘들이지 않고 모두 막아 냈다. 봉인이 해제된 덕분에 화천골은 마침내 적선산의 힘을 알게 되었다.

적선산.

완전한 방어. '증오'와 '저항'을 의미한다. 적선산을 든 사람은 외부의 모든 공격을 막는다. 결계와 다른 점은, 심지어 공격을 배가하여 상대방에게 반사하는 것이다.

화천골은 사람을 죽일 생각이 없었다. 하물며 선계의 사람
은 말할 것도 없었다. 그래서 적선산으로 방어만 하고 동시에
부침주를 이용해 동해를 마구 뒤집으며 사부를 찾았다. 그 때
문에 그녀가 십방신기를 가진 사실이 완전히 드러났다.

대참사가 벌어지려고 하자, 거의 모든 선계 사람들이 속속
달려왔다. 그러나 적선산을 든 그녀를 막을 수 있는 사람은 없
었다. 화천골은 이미 이성을 잃어, 아무것도 생각지 않고 미친
듯이 백자화를 찾기만 했다. 조금이라도 더 지체하면 사부는
곧 연기가 되어 사라질 것이다!

마엄과 생소묵도 도착했다. 그들은 화천골의 미쳐 버린 모
습을 보았지만 어떻게 된 일인지 알 수가 없었다.

"존상을 찾았느냐?"

"아무 데도 안 계십니다."

낙십일이 고개를 저었다. 화천골도 걱정되고 당보도 걱정되
었다.

예만천은 다소 놀라면서도 속으로는 기뻐하며 화천골을 바라
보았다. 직접 손을 쓰지 않아도 이제 그녀는 정말 끝장이었다.

경수는 계속 큰 소리로 화천골을 불러 댔지만, 무슨 말을 해
도 화천골은 듣지 못하는 것 같았다.

"자화의 신기가 저 아이의 손에 들어 있다니, 설마……."

마엄은 눈앞이 까매지는 것 같았다. 화천골을 처음 봤을 때

부터 마음에 들지 않았고, 그래서 계속 이리저리 걱정해 왔는데, 결과적으로는 그녀가 두 번째 죽염이 되고 만 것이다.

"그럴 리가요."

생소묵이 마엄의 말을 끊었다.

"이유야 어쨌든, 천골이 사형을 해쳤을 리 없습니다. 어쩌면 사형의 독이……."

"나도 안다. 저 아이를 장류산에 받아들인 것이 크나큰 잘못이었어! 못된 마음으로 장문 제자가 된 것은 신기를 노리고 있었기 때문이었던 게지. 이제 온풍여를 죽이고 십방신기를 모았으니, 요신이 나타나는 것을 막지 못하겠구나."

그러자 생소묵은 평소의 무관심한 태도를 버리고 엄숙한 얼굴로 마엄을 바라보았다.

"사형, 너무 속단하시는군요. 천골이 온풍여를 죽였다는 증거는 없습니다. 우리 둘 다 저 아이가 자라는 모습을 오랫동안 보아 왔습니다. 저 아이가 어떤 사람인지는 사형도 저도 잘 알지 않습니까."

"흥, 나는 모른다. 내가 아는 것은 저 아이가 천살天煞의 화근이라는 것뿐이야. 저 아이가 온풍여를 죽이지 않았다면 어떻게 부침주를 손에 넣었겠느냐? 요신을 풀어 줄 생각이 아니라면 신기를 모아 무얼 하려고 했겠느냐? 지난번 선검대회에서는 동문을 죽이려고도 했다. 저런 제자는 일찍이 축출해야 했어. 그런데 너와 자화가 계속 편을 들었지."

"알고 계셨군요."

"내 눈을 속일 수 있다고 생각했느냐? 하지만 제자를 어떻게 하느냐는 사부에게 달린 문제고, 고작 화천골 때문에 자화와의 틈이 더 벌어지는 걸 원치 않았을 뿐이다. 하지만 이번에는 어떻게 나올지 봐야겠구나! 이런, 젠장! 대체 어디로 갔지?"

마엄은 눈살을 찌푸리고 먼 곳에 있는 화천골을 표독스레 노려보며 나지막이 욕을 했다. 생소묵은 그가 백자화를 걱정하고 있다는 것을 알았다.

백자화가 복원정의 독에 당했다는 것을 안 후로 마엄은 겉으로는 아무것도 모르는 척했지만, 속으로는 온갖 방법을 궁리하며 애를 태웠다. 하지만 이 결정적인 순간, 죽염이 예전에 저질렀던 일이 다시금 펼쳐지고 있었다.

생소묵은 조용히 한숨을 쉬었다. 화천골은 동해를 다 뒤집어 놓으려는 것 같은데 대체 무엇을 찾기 위해서인지 알 수가 없었다. 주변의 선인들은 초조하고 걱정스런 얼굴이었다. 요신이 곧 나타나 겁난이 닥치고, 육계가 대혼란에 빠지리라는 것을 모두 짐작할 수 있었다. 하지만 지금 그들은 눈만 동그랗게 뜬 채 아무것도 할 수가 없었다.

사람이 점점 많아졌다. 선인들 외에 요마들도 속속 도착해 동해 상공을 가득 채웠다. 하지만 이 순간에는 서로 싸울 생각이 없었다. 모두 화천골만 똑바로 바라보며 사태를 관전할 뿐이었다.

선인들과는 달리 요마들은 흥분하고 기대에 차 있었다. 그들이 수천 년간 기다려 온 순간이 다가오고 있었다. 점점 밤이 되고, 달이 바다 위로 천천히 떠올랐다. 그때 화천골의 기쁨에 찬 외침이 들려왔다.

"찾았다!"

말을 마친 그녀는 불귀연을 이용해 사라졌다.

바다 밑은 칠흑처럼 어둡지는 않았다. 바다 속에서 수면을 올려다보니, 땅에서 하늘을 올려다보는 것처럼 쪽빛이 끝없이 펼쳐져 있어 신비롭고 아득했다. 형광 빛을 뿌리는 일곱 빛깔 물고기들이 어지럽게 헤엄치는 모습은 꼭 사방으로 흩어진 별 같았다.

바다 밑의 파도는 아직 가라앉지 않았다. 신기의 위력이 너무도 거대했기 때문이었다. 화천골은 가진 힘을 누차 과하게 사용했기 때문에 벌써 기력이 다해야 마땅했지만, 어떻게 된 건지 여태까지 버틸 수 있었다.

그녀는 바다 밑을 빠르게 뚫고 들어가 따스함과 빛이 느껴지는 쪽으로 다가갔다. 수초로 완전히 가려진 동굴 속으로 들어갈 때까지, 그녀의 심장은 당장이라도 끊어질 것처럼 바짝 죄어들었다.

동굴 안은 무척 간소했다. 사방 벽에서는 야명주가 은은히 빛을 발하고 있었다. 하지만 더욱 큰 빛은 한가운데 놓인 거대한 조개에서 흘러나오고 있었다.

화천골은 가슴이 조마조마했다. 조개가 숨을 쉬듯 살며시 열렸다 닫혔다 하자 빛도 나타났다 사라졌다 했다.

"사부님……."

그쪽으로 달려가 안을 들여다본 화천골은 다리에 힘이 풀려 쓰러졌다. 흥분으로 입술이 덜덜 떨려 아무 말도 할 수가 없었다.

백자화는 눈을 감은 채 조개 속에 조용히 누워 있었다. 얼굴은 눈처럼 창백했고, 눈썹에는 얇게 서리가 덮여 있었다. 표정은 여전히 차분하고 냉담해서 마치 얼음 조각 같았고, 이미 숨을 쉬지 않는 사람 같았다.

그의 얼굴을 바라보는 동안 화천골의 심장은 천천히 원래대로 돌아와 차분히 가라앉았다. 사부가 있는 이상, 사부가 무사한 이상 아무것도 두렵지 않았다.

"사부님……."

그녀는 또다시 나지막이 불렀다. 마치 그가 소리를 듣고 눈을 뜨기라도 할 것처럼, 마치 꿈꾸는 신을 깨울까 봐 두렵기라도 한 것처럼.

하지만 시간이 많지 않았다. 화천골은 주위를 둘러보았다. 바다 밑의 혼란에 작은 요괴들은 사방으로 달아났기 때문에 이곳을 지키는 사람은 아무도 없었다. 하지만 선인과 요마들이 바깥에 있으니 금방 이곳을 찾아낼 것이다.

사부님이 깨어나기만 하면 그녀 자신은 장류산의 문규에 따라 영혼조차 보전할 수 없는 극형을 받을 것이고, 죽음을 피할 수 없을 것이다. 무서운 처벌을 받는 것은 두렵지 않았지만, 사부가 다시 한 번 화를 내는 것은 견딜 수가 없었다. 지금처럼 내내 그의 곁에 있으면서 잠든 그의 얼굴을 볼 수 있다면 얼마나 좋을까. 영원히, 영원히……

"골두, 서둘러. 곧 남들이 찾아낼 거야……"

당보가 그녀의 귓속에서 재촉했다. 화천골은 고개를 숙이고 백자화의 차가운 손을 힘주어 잡았다. 두 사람이 손을 잡고 눈보라 속을 걷던 단순하고 행복하던 때가 떠올라 더욱 마음이 아팠다. 그녀는 염수옥을 꺼내 사부의 이마 위에 놓고 조용히 중얼거렸다.

"삭풍……"

그러자 염수옥에서 엄청난 빛이 솟아나, 바다 밑 동굴 속에서부터 수면을 뚫고 창공까지 솟아올랐다. 바다 위에 있던 사람들은 놀라고 두려워했다.

백자화의 몸이 천천히 공중으로 떠올랐고, 은처럼 반짝이던 빛이 하나둘 모여들었다. 그의 선신은 무너지지 않았고, 맹독은 금세 깨끗이 사라졌다. 선력도 차차 회복되었다.

"사부님……"

화천골은 기뻐하며 천천히 내려오는 그를 품에 안았다. 그리고 자신이 이미 허약할 대로 허약해져 움직일 수도 없는 몸이란 것도 잊은 채 온 힘을 다해 내력을 주입해 주었다.

백자화의 독은 드디어 사라졌고, 모든 것이 정상으로 돌아왔다. 어쩌면 조금 있으면 깨어날지도 몰랐다. 화천골은 기뻐서 그의 손을 꼭 잡았다.

"당보, 삭풍은 어떻게 됐어? 그를 구할 방법이 있을까? 염수옥의 한 조각이긴 하지만 이미 독립된 생각을 갖고 있잖아. 정말 그를 염수옥에서 빼낼 방법이 없는 거야?"

당보가 고개를 저으려는데, 갑자기 동굴 밖에서 무슨 소리가 들려왔다.

"있지."

남우회가 동굴 밖에서 헤엄쳐 들어왔다. 그녀의 눈동자는 알 수 없는 흥분으로 반짝이고 있었다. 화천골은 경계를 돋우고 일어나 민생검을 꺼냈다.

"아주 빠르군."

"당연하지. 어쨌거나 내 소굴이잖아. 남들보다 빨리 찾아내는 게 당연해. 하지만 다른 사람들도 곧 도착할 거야. 아무래도 불귀연을 써서 빨리 도망치는 게 좋을걸."

"난 도망 안 가. 사부님이 깨어나실 때까지 기다렸다가 직접 죄를 청할 거야."

"죄를 청한다고? 네가 그자의 독을 없애기 위해 신기를 훔쳤다고 하면, 그가 마음이 약해지거나 양심에 가책을 느끼고 자비롭게 널 봐줄 거라고 생각하니?"

"무슨 말인지 모르겠군. 내가 해독을 위해 그랬다고? 난 마군의 명을 받고 장류산에 들어갔어. 처음부터 신기를 훔쳐 요신을 나오게 할 생각뿐이었다고."

화천골이 차갑게 그녀를 바라보았다. 남우회는 충격을 받은 듯 한참 동안 아무 말도 하지 못했다. 그러다가 고개를 쳐들고 큰 소리로 깔깔 웃어 댔다.

"이제 보니 처음부터 그럴 생각이었구나. 죽어도 사실대로 말하지 않겠다는 거지, 안 그래? 바보인지 똑똑한 건지. 그래야만 그가 예전처럼 자유롭게 살아갈 거라고 생각하는 거야?"

화천골은 백자화를 바라보았다.

"그건 내 일이야. 상관 마."

그런 다음 그녀는 적선산과 민생검을 남우회에게 집어던졌다.

"내가 빌린 우산과 검이야. 마군께 돌려드려. 그리고 고마워."

남우회는 속으로 한탄했다.

'선계에도 이런 사람이 있다니! 마군이 그녀를 그렇게 좋아하는 것도 이상하지 않군.'

비록 마음에는 걸렸지만, 두난간을 위해서라면 이것저것 따질 때가 아니었다.

"그 사람, 구한다고 하지 않았어?"

화천골의 몸이 부르르 떨렸다.

"그럼 어쩔 거야?"

그녀는 연신 스스로에게, 저 여자는 몹시 교활하니 절대 믿지 말라고 당부했다. 하지만 그녀가 방법이 있다고 했을 때부터 마음속에서는 절로 희망이 타올랐다.

"염수옥의 조각이 사람 모습을 하고 있을 줄이야! 나도 뜻밖이었어. 염수옥이 어쩌다 부서졌는지 아니?"

"염수옥이 어쩌다 부서졌는지 잊었어?"

삭풍의 공허한 목소리가 다시금 귓가에 어른거렸다.

'왜들 저런 질문을 할까? 어쩌다 부서졌는지 내가 어떻게 알아?'

《육계전서》에도 쓰여 있지 않았고, 각종 고서적에도 그 일에 대해서는 간단히 언급만 할 뿐이었다.

"모르면 됐어."

남우회가 고개를 숙이고 피식 웃었다. 화천골이 아무것도 모르는 것을 보자 기뻤다.

"사실 그자를 염수옥에서 분리하는 것은 무척 간단해. 네 피한 방울이면 족해."

화천골은 기쁨이 솟구쳤다. 귓속에서 당보가 황급히 당부했다.

"아무 근거도 없는 이야기야. 골두, 함부로 믿지 마."

화천골은 눈을 찌푸렸다. 머릿속에 온갖 생각이 떠올랐다.

남우회는 자기의 손톱에 대고 입김을 후후 불며 아무 관심도 없는 척 말했다.

"깊이 생각할 시간이 없어. 그들이 곧 도착할 거야. 그렇게 되면 신기를 모두 빼앗기고, 다시는 그자를 구할 수 없게 돼."

긴장한 화천골의 이마에 식은땀이 송골송골 맺혔다. 왜 자신의 피가 그를 구할 수 있는지 알 수가 없었다.

'만일 그렇게 쉬운 일이었다면 삭풍은 왜 미리 말하지 않았을까?'

여기에는 분명 음모가 있을 것이다. 하지만 자신의 피는 확실히 여러 가지 능력이 있는 것 같았다. 한번 시험해 보지도 않는다면 평생 마음이 불편할 것이고, 더욱이 자기 자신을 용서할 수 없을 것 같았다.

'안 돼. 시간이 없어. 더는 망설일 수 없다고. 삭풍은 나를 위해 희생했으니 반드시 그를 구할 방법을 찾아야 해!'

"골두!"

당보는 화천골의 흥분하고 이상한 표정을 보자 커다란 공포가 밀려왔다. 하지만 화천골은 이미 아무것도 헤아리지 않고 염수옥에 피를 떨어뜨렸다. 순간, 하늘이 무너지고 땅이 꺼지는 것처럼 사방이 미친 듯이 요동치기 시작했다.

화천골은 허정 속에 있는 다른 신기들이 다 함께 울어 대는 것을 느꼈다. 신기들이 금속과 돌이 격렬히 부딪히는 소리를 내자 머리가 부서질 것처럼 아팠다. 화천골은 참다못해 신기를 꺼냈다. 그 순간, 십방신기들이 빠르게 위로 날아올랐다.

"앗!"

그녀는 무슨 일인지 알 수 없었지만, 뭔가 큰일이 일어난 것 같은 예감이 들었다.

남우회는 하늘을 향해 깔깔거리며 웃고 있었다. 웃는 한편으로는 울기도 해서 기괴하기 짝이 없었다.

"어떻게 된 거야?"

화천골은 혼란에 빠져 백자화를 끌어안고, 곧 무너질 것 같은 동굴에서 빠져나왔다. 바닷물이 혼탁해져 아무것도 보이지 않았다. 바다 밑에서 거센 지진이 일어나기라도 한 듯 용암이 천천히 새어 나오고, 동해 바다는 온통 혼란에 빠졌다.

"어떻게 된 거냐니까?"

화천골은 남우회를 붙잡았다. 그녀는 미친 사람처럼 핏발 가득한 눈으로 화천골을 바라보았다.

"요신이 나온 거야! 요신이 나왔다고! 겨우 며칠 만에 마지막 봉인을 풀게 될 줄이야! 네 피 한 방울만 있으면 되다니! 하하하! 정말 잘됐어, 아주 잘됐어! 이제 천하는 우리 것이야! 만황의 결계도 마침내 열리게 되었어!"

화천골의 머릿속에 쿵 하고 굉음이 울리더니 완전히 공백이 되었다.

"뭐라고? 그럴 리 없어! 어떻게 그럴 수가! 난 삭풍을 구하려고 했을 뿐이야! 날 속였어! 또 날 속였어!"

남우회는 웃으며 그녀를 바라보았다.

"속이긴? 난 그저 고마울 뿐이야. 그 삭풍이라는 자는 이미 사라졌어. 연기가 되어 흩어졌으니 무슨 방법으로도 돌이킬 수 없지, 하하하! 네 피는 신기의 마지막 봉인을 푸는 데 쓰였을 뿐이야. 봉인이 풀리면 요신이 나타나는 거지. 이제 더 이상 막을 수 있는 건 없어!"

화천골은 힘껏 머리를 내저었다.

"아니야, 아니야. 피 한 방울일 뿐이잖아. 겨우 피 한 방울이……, 어떻게……."

"여기까지 와 놓고도 네가 누군지 모르는 거야? 하긴 생각해 보면 그럴 수도 있겠군. 넌 네가 누군지 모르고, 이 세상 누구도 몰라. 유일하게 아는 사람이라면 백자화뿐이지. 그가 혼절한 사이, 내가 선계의 기밀을 알아내려고 그의 기억을 살펴보지 않았더라면 나도 몰랐을 거야."

"무슨 말이야? 무슨 말이냐고!"

화천골은 머리가 너무 아파 견딜 수가 없었다. 남우회는 그녀에게 얼굴을 바짝 대며 천천히, 그리고 낮은 소리로 웃으며 말했다.

"요신은 너와 신들이 힘을 모아 봉인한 거야. 염수옥도 네 손에 부서졌고, 네 피와 살과 함께 천만 조각으로 부서져 이 대지를 보수하고 땅에 영양분을 공급했던 거지. 화천골, 너는 이 세상에 남은 마지막 신이었다고⋯⋯."

화천골의 몸이 당장이라도 무너질 듯 후들후들 떨렸다. 하지만 팔에 안겨 있는 백자화의 무게가 그녀를 지탱하게 만들었다.

'이 모든 것은 가짜야. 저 여자는 거짓말쟁이야! 듣지 않겠어! 저 여자가 한 말은 모두 거짓이야⋯⋯.'

당보도 놀라 얼어붙었다.

그때쯤 십방신기가 동해 상공에 나타났다. 칠흑 같던 밤은 순식간에 요사한 짙은 보라색으로 변하고, 바닷물은 역류하여 십방신기가 만들어 낸 시꺼멓고 거대한 구멍으로 흘러들었다. 바다와 하늘 사이에 회오리치는 물기둥이 나타나, 마치 바람을 휘말아 올리는 용처럼 주위의 공기와 바닷물을 어지럽게 휘저었다.

사방팔방의 요마와 귀신들은 요신의 움직임을 느끼고 차례

차례 폭동을 일으켜 인간계를 괴롭혔다. 사방에서 지진이 일어나고 화산이 폭발하여 수많은 사람들이 죽거나 다쳤다. 하지만 이것은 전주곡에 불과했다.

동해 상공은 혼란에 빠졌다. 선인들은 놀라고 당황해 어쩔 줄을 몰랐고, 요마들은 환호하며 팔짝팔짝 뛰었다. 마엄 등은 저도 모르게 길게 탄식했지만, 이미 늦은 후였다.

그때 살천맥과 단춘추가 대군을 이끌고 달려왔다. 선계와 마계가 대립하여 일촉즉발의 순간이었다. 곧 한바탕 살육전이 벌어질 것이다.

화천골은 자신을 바보 같다고 원망해야 할지, 쓸모없다고 원망해야 할지 알 수가 없었다. 한 번도 아니고 몇 번이나 남우회에게 속아 넘어가다니! 남우회를 죽이고 싶었지만, 충격이 너무 커서 아무 힘이 없었다.

"네 피가 어째서 그런 많은 기능을 할 수 있었을까? 왜 신기가 항상 네 곁을 맴돌다가 남몰래 네 손에 의해 한자리에 모이게 됐을까? 나도 늘 이상하게 생각했어. 너와 중독된 백자화가 어떻게 복원정에서 나올 수 있었는지 말이야. 게다가 내 삼매진화에도 전혀 다치지 않고 말이야……."

화천골은 귓속이 윙윙거려 명확히 들을 수가 없었다.

사부는 벌써 알고 있었으면서 아무 말도 하지 않았던 것이다. 어쩌면 그녀가 신이든 사람이든 그에게는 아무런 차이가 없었을지도 모른다. 그런데 그녀가 속세에 내려온 신이라면, 왜 늘 재앙이 따라다니고, 이제 요신까지 놓아주게 되었을까?

정말 신이라면 이 얼마나 약한 신인가?

화천골은 웃고 싶었지만 웃을 수가 없었다. 상고시대의 전쟁 때 무슨 일이 벌어졌는지, 또 얼마나 처참했는지 그녀로선 상상할 수도 없었다. 어쩌다 모든 신족이 멸망하고 그녀 혼자 겨우 살아남아 천년만년 떠돌다가 마침내 영기를 모아 사람으로 환생했는지도 알 수 없었다.

그녀가 다시 나타났다는 것은 천지를 무너뜨릴 또 다른 재난을 의미했다. 이제 그 누가 다시 요신을 봉인할 수 있는 힘이 있을까?

화천골은 백자화를 안고 그의 품에 머리를 묻은 채 낮게 흐느꼈다. 그가 살짝 움직이는 것이 느껴졌다. 요신이 나타나고, 곳곳에서 솟아나는 사악한 기운이 그를 깨우고 있었다. 그가 곧 깨어날 것이 분명했다.

"골두, 걱정 마! 뭔가 방법이 있을 거야!"

당보는 그녀가 어리석을 짓을 할까 봐 황급히 위로했다.

"이건 골두의 잘못이 아니야. 골두는 아무것도 몰랐잖아. 단지 존상을 구하고, 삭풍을 구하려던 것뿐이었어. 요신이 나타나는 것은 언젠가는 벌어질 일이었어. 그러니 골두의 잘못이 아니야! 너무 자책하지 마! 예전에도 한 번 봉인한 적 있으니 이번에도 봉인할 수 있을 게 틀림없어!"

화천골은 멍하니 백자화를 바라보며 생긋 웃었다.

"사부님께서는 늘 잘못은 잘못일 뿐이라고 말씀하셨어. 이유가 무엇이든 간에. 내 힘에는 한계가 있지만, 가능한 한 할 수 있는 일을 해서 바로잡겠어. 사부님, 절 용서해 주셔야 해요!"

화천골은 백자화를 안은 채 있는 힘을 다해 수면으로 올라갔다. 그때 갑자기 익숙한 기운이 느껴졌다.

"자화?"

모두들 바다 속에서 화천골의 흔적을 찾고 있었다. 하자훈도 후각이 매우 뛰어난 금사어金絲魚를 이용해 바다 속에서 점점 짙어지는 이상한 향기를 따라 화천골을 찾아냈는데, 백자화도 함께 있을 줄은 몰랐다.

"자화는 어떻게 된 거야?"

화천골은 놀라 어리둥절하면서도 걱정스러워하는 그녀를 바라보자 억지로 미소를 지으며 고개를 저었다.

"사부님께서는 복원정의 독에 중독되셨어요. 다행히 자훈 언니가 전에 만들어 준 해약 덕분에 해독할 수 있었어요. 저는 마군께서 내리신 임무에 따라 십방신기를 모아 요신을 풀어 주었어요."

하자훈은 깜짝 놀라 고개를 저었다.

"천골, 무슨 말을 하는 거니? 난 전혀 못 알아듣겠어."

화천골은 여전히 혼수상태인 백자화를 그녀의 품에 밀어붙였다.

"언니, 사부님을 잘 보살펴 주세요. 나중에 물으시면 방금 제가 한 말을 전해 주시면 돼요. 언니는 분명 제 뜻을 아실 거예요."

"하지만……."

하자훈이 그녀를 붙잡았다.

"어디로 갈 생각이니?"

"제 잘못을 만회하려고요. 자훈 언니, 부탁드려요. 사부님께
는 반드시 조금 전에 한 말대로 전해 주셔야 해요."

화천골의 눈빛 속에는 거절할 수 없게 만드는 믿음과 애원
이 담겨 있었다.

"당보, 너도 여기 남아."

화천골은 당보를 귀에서 꺼내 하자훈의 어깨에 올려놓았다.

"싫어! 싫어! 같이 갈 거야!"

그녀가 무엇을 하려는지 아는 당보는 울면서 그녀의 손가락
을 꽉 붙들었다. 화천골이 섭혼술을 펼치자 당보는 곧 정신을
잃었다.

"천골!"

영문도 모르는 하자훈은 당황했다. 화천골의 몸은 여전히
자그마했지만, 그 겉모습과는 완전히 다른 눈빛이 그녀를 당황
스럽게 만들었다.

화천골은 웃으며 그녀를 위로했다. 너무 마음이 아파 온몸
이 오그라들 것 같았다. 그녀는 백자화의 손을 꼭 잡았다. 도저
히 놓고 싶지 않았지만, 마침내 마음을 독하게 먹고 몸을 돌려
수면을 뚫고 올라갔다. 그녀 스스로 벌인 잘못은 스스로 만회
해야 했다. 온몸이 부서지고 찢어질지라도.

낙십일과 살천맥 등은 화천골이 바다 속에서 솟아오르는 것
을 발견했다. 그러나 방금 바다 속에서 대체 무슨 일이 있었는

지, 요신의 봉인이 어떻게 풀렸는지 아무도 알지 못했다.

화천골은 보라색 하늘을 바라보았다. 사방의 요기와 사기, 장기 등 혼탁한 기운들이 모두 십방신기가 만들어 낸 거대한 구멍 속으로 흘러들고 있었다. 바다 위에서는 거대한 파도가 연이어 일어나고, 하늘에서는 번개가 번쩍이고 천둥소리가 크게 울렸다.

"저 못된 것을 잡아!"

화천골을 발견한 마엄이 대로하여 외쳤다. 이렇게 오랫동안 지켜 왔건만, 그녀 때문에 요신이 풀려났다. 설마 이것이 운명이란 말인가?

선인들은 놀라 어쩔 줄 몰라 하며 달려들었다. 살천맥이 손을 휘젓자, 요마들이 그들을 가로막았다.

"천골!"

"꼬맹아!"

얼마나 많은 목소리가 그녀를 불렀는지 모른다. 그녀는 천천히 주위를 둘러보았다. 그렇게 낯익은 얼굴들과 혼돈, 그리고 풍운이 이는 하늘을 바라본 다음, 그녀는 곧 빛처럼 빠르게 검은 구멍 속으로 날아 들어갔다.

《화천골》 2권 끝, 3권에서 계속